MIRA®

Der Preis dieses Bandes versteht sich einschließlich
der gesetzlichen Mehrwertsteuer.

Umwelthinweis:
Dieses Buch wurde auf chlor- und säurefreiem Papier gedruckt.

Maria V. Snyder wohnt mit ihrem Mann, ihren beiden Kindern und ihrem Hund in Pennsylvania. Nach ihrem Studium in Meteorologie an der Penn State University stellte sie fest, dass präzise Wettervorhersagen nicht zu ihren Fähigkeiten gehören. Schreiben dafür umso mehr, wie die vielen Artikel in verschiedenen Magazinen und Zeitschriften beweisen. „Yelena und die Magierin des Südens" ist Maria V. Snyders erster Roman.

Maria V. Snyder

Yelena und die Magierin des Südens

Roman

Aus dem Amerikanischen von
Dr. Rainer Nolden

MIRA®

MIRA® TASCHENBUCH
Band 65005
1. Auflage Dezember 2006

MIRA® TASCHENBÜCHER
erscheinen in der Cora Verlag GmbH & Co. KG,
Axel-Springer-Platz 1, 20350 Hamburg
Deutsche Erstveröffentlichung

Titel der nordamerikanischen Originalausgabe:
Poison Study

erschienen bei: LUNA Books, Toronto
Published by arrangement with
Harlequin Books S.A.

Konzeption/Reihengestaltung: fredeboldpartner.network, Köln
Umschlaggestaltung: pecher und soiron, Köln
Redaktion: Ivonne Senn
Titelabbildung: by „Pat Morrissey“ bei Thomas Schlueck GmbH, Garbsen
Satz: Buch-Werkstatt GmbH, Bad Aibling
Druck und Bindearbeiten: Ebner & Spiegel, Ulm
Printed in Germany

ISBN 3-89941-360-1

1. KAPITEL

Es war schwarz wie in einem Sarg. In dieser Dunkelheit, die mich umfangen hielt, gab es nichts, was mich von meinen quälenden Erinnerungen hätte ablenken können. Sobald ich meinen Gedanken freien Lauf ließ, überfielen mich die grässlichen Bilder wie wilde Tiere.

Aus der Finsternis tauchten gleißende Flammen auf und loderten vor meinem Gesicht. Im letzten Moment konnte ich ihnen ausweichen, obwohl ich mit den Händen an einen Pfosten gefesselt war, der sich mir schmerzhaft in den Rücken bohrte. Die Hitze ließ nach, ehe sie meine Haut verbrannte. Dennoch war das Feuer nahe genug gekommen, um meine Augenbrauen und Wimpern zu versengen.

„Lösch die Flammen", hatte ein Mann mit barscher Stimme befohlen. Ich spitzte die aufgesprungenen Lippen und blies auf das Feuer. Hitze und Angst hatten meinen Mund ausgetrocknet, und meine Zähne fühlten sich so heiß an, als hätten sie in einem Backofen gelegen.

„Närrin", fluchte er. „Nicht mit dem Mund. Benutze deinen Geist. Lösch die Flammen mit Hilfe deiner Vorstellungskraft."

Mit geschlossenen Augen versuchte ich, dem Inferno durch pure Willenskraft ein Ende zu setzen. Ich hätte alles Mögliche getan, gleichgültig, wie abwegig es sein mochte, nur damit der Mann endlich von mir abließ.

„Streng dich an." Wieder wurde es ganz heiß an meinem Gesicht, und das gleißende Rot blendete mich, obwohl ich die Augen fest zukniff.

„Steck ihr das Haar in Brand", befahl eine andere Stimme. Sie klang jünger und eifriger als die des anderen Mannes. „Das sollte sie gefügiger machen. Komm, Vater, lass es mich mal versuchen."

Als ich die Stimme erkannte, begann ich, am ganzen Körper zu zittern. Verzweifelt zerrte ich an meinen Fesseln, unfähig, einen klaren Gedanken zu fassen. Ein Summen drang plötzlich aus meiner Kehle, das immer lauter wurde, bis es den ganzen Raum erfüllte und die Flammen erstickte.

Das metallische Quietschen eines Schlosses riss mich aus meinem Albtraum. Ein Streifen bleichen Lichts durchschnitt die Dunkelheit und tastete sich, breiter werdend, über die Steinwand, als die schwere Kerkertür aufschwang. Die Laterne blendete mich, und schmerzerfüllt kniff ich die Augen zusammen, während ich mich in eine Ecke kauerte.

„Beweg dich, Miststück, oder du wirst die Peitsche spüren." Zwei Gefängniswächter befestigten eine Kette an dem Metallring um meinen Hals und zerrten mich hoch. Ich spürte einen stechenden Schmerz im Nacken, als ich vorwärts stolperte. Zitternd blieb ich stehen, während die Wächter mir mit flinken Bewegungen die Hände auf dem Rücken fesselten und meine Füße aneinander ketteten.

Ich vermied es, in das flackernde Licht zu schauen, als sie mich durch den Hauptgang des Kerkers führten. Ein widerlicher Geruch schlug mir entgegen. Barfuß watete ich durch Pfützen von undefinierbarem Unrat.

Die Wächter kümmerten sich nicht um die Schreie und das Stöhnen der anderen Gefangenen. Stattdessen achteten sie darauf, wohin sie traten. Ihre Worte trafen mich wie Peitschenhiebe.

„Ho, ho, ho … jemand wird bald hängen!"

„Knick. Knack. Und dann läuft dir deine letzte Mahlzeit an den Beinen herunter."

„Eine Ratte weniger durchzufüttern."

„Nimm mich! Nimm mich! Ich will auch sterben!"

Wir blieben stehen. Blinzelnd nahm ich eine Treppe wahr. Als ich die erste Stufe betreten wollte, stolperte ich über meine Ketten und stürzte. Sofort rissen die Wächter mich hoch. Die scharfen Kanten der Stufen schnitten mir ins Fleisch, und an den rauen Steinwänden schürfte ich mir Arme und Beine auf. Die Männer schubsten mich durch zwei schwere eiserne Türen und stießen mich zu Boden. Sonnenlicht stach mir in die Augen. Ich kniff sie fest zusammen, während mir Tränen über die Wangen liefen. Zum ersten Mal seit langer Zeit sah ich wieder Tageslicht.

Jetzt ist es soweit, dachte ich, während Panik in mir hochstieg. Doch die Vorstellung, dass die Hinrichtung meiner elenden Existenz im Kerker ein Ende bereiten würde, tröstete mich ein wenig.

Wieder riss man mich hoch, und blindlings folgte ich den Wächtern. Mein Körper juckte von Insektenstichen und vom schmutzigen Stroh, auf dem ich schlief. Ich stank erbärmlich. Das bisschen Wasser, das man mir zuteilte, verschwendete ich nicht für Körperpflege.

Sobald sich meine Augen an die Helligkeit gewöhnt hatten, schaute ich mich um. Nichts als kahle Wände. Nirgendwo waren die berühmten goldenen Leuchter und die feingewirkten Wandteppiche zu sehen, die, wie man mir erzählt hatte, die Hauptkorridore der Burg schmückten. Der kalte Steinfußboden glänzte zur Mitte hin vor Abnutzung. Offenbar liefen wir durch einen der Nebengänge, die nur von den Dienern und Wächtern benutzt wurden. Als wir an zwei geöffneten Fenstern vorbeikamen, schaute ich voller Sehnsucht hinaus.

Das frische Grün des Rasens tat meinen Augen fast weh. Die Bäume waren dicht belaubt. Blumen säumten die Pfade und wucherten üppig in Kübeln. Die frische Brise duftete wie ein teures Parfüm, und ich atmete tief ein. Nach den stechenden Gerüchen von Exkrementen und Körperausdünstungen schmeckte die klare Luft wie köstlicher Wein. Eine warme Brise umschmeichelte meine Haut. Verglichen mit dem ewig feuchten und kühlen Verlies war es ein wohltuend besänftigendes Gefühl.

Dies musste der Beginn der heißen Jahreszeit sein, und das bedeutete, dass ich fast ein ganzes Jahr in der Zelle eingeschlossen gewesen war. Eine sehr lange Zeit für jemanden, der auf seine Hinrichtung wartete.

Es war nicht leicht, mit Fußfesseln zu laufen, und ich war ganz außer Atem, als man mich in ein geräumiges Zimmer führte. Landkarten von Ixia und den angrenzenden Ländern hingen an den Wänden. Bücherstapel auf dem Fußboden machten es fast unmöglich, den Raum zu durchqueren. Überall standen Kerzen, einige frisch angezündet, andere fast heruntergebrannt. Manche Dokumente waren den Flammen offenbar zu nahe gekommen, denn sie wiesen braune Flecken auf. Ein großer Holztisch, übersät mit Papieren und umrahmt von einem halben Dutzend Stühlen, beherrschte die Mitte des Raums. Am anderen Ende des Arbeitszimmers, vor einem weit geöffneten Fenster, saß ein Mann an einem Schreibtisch. Sein schulterlanges Haar wehte im Wind.

Unwillkürlich fuhr mir ein Schauer über den Rücken, und meine Ketten klirrten. Durch die geflüsterten Unterhaltungen von Kerkerzelle zu Kerkerzelle hatte ich mitbekommen, dass verurteilte Gefangene einem Beamten vorgeführt wurden, um sich noch einmal zu ihren Vergehen zu bekennen, ehe sie gehängt wurden.

Der Mann trug die Uniform eines Ratgebers des Commanders: schwarze Hose und schwarzes Hemd, auf dessen Kragen zwei rote Diamanten gestickt waren. Das bleiche Gesicht des Mannes war ausdruckslos. Doch bei meinem Anblick riss er überrascht die saphirblauen Augen auf.

Jetzt erst wurde ich mir meines Aussehens bewusst. Ich schaute an meiner zerrissenen roten Gefängniskleidung hinunter, durch deren fadenscheinigen Stoff man die ungewaschene Haut sehen konnte. Mein Blick fiel auf meine schmutzigen, schwieligen Füße. Mein langes schwarzes Haar war verfilzt, und ich schwitzte unter dem Gewicht der Ketten.

„Eine Frau? Der nächste Todeskandidat ist eine Frau?" Seine Stimme klang eisig. Bei dem Wort „Todeskandidat" begann ich zu zittern und verlor die Fassung. Ohne die Wächter an meiner Seite wäre ich schluchzend zu Boden gesunken. Doch sie folterten jeden, der nur das geringste Anzeichen von Schwäche zeigte, also riss ich mich zusammen.

Der Mann zupfte an seinen schwarzen Haarlocken. „Ich hätte mir Zeit nehmen sollen, deine Akte noch einmal zu lesen." Mit einer Handbewegung bedeutete er den Wächtern, sich zu entfernen. „Ihr könnt gehen."

Nachdem sie verschwunden waren, deutete er auf den Stuhl vor seinem Schreibtisch. Die Ketten klirrten, als ich auf der Kante Platz nahm.

Er öffnete einen Ordner, der auf seinem Tisch lag, und überflog die Seiten. „Yelena, heute könnte dein Glückstag sein", sagte er.

Ich schluckte eine sarkastische Antwort hinunter. Eine wichtige Lektion hatte ich während meiner Gefangenschaft im Kerker gelernt: Man sollte nie Widerworte geben. Stattdessen senkte ich den Kopf und vermied es, meinem Gegenüber in die Augen zu sehen.

Der Mann schwieg eine Weile. „Gut erzogen und respektvoll. Du siehst mir ganz nach einer geeigneten Kandidatin aus."

Trotz des Durcheinanders im Raum herrschte Ordnung auf seinem Schreibtisch. Neben meiner Akte und einigen Schreibwerkzeugen standen nur noch zwei kleine schwarze, mit glänzenden Silberstreifen durchzogene Figuren auf der Schreibtischplatte – zwei naturgetreu geschnitzte Panther.

„Man hat dir den Prozess gemacht und dich für schuldig befunden, General Brazells einzigen Sohn Reyad ermordet zu haben." Er schwieg und rieb sich mit dem Finger über die Schläfe. „Deshalb also hält sich Brazell in dieser Woche hier auf und ist so interessiert an den Hinrichtungen, die für die nächsten Tage vorgesehen sind." Der Mann redete mehr zu sich selbst als mit mir.

Beim Klang von Brazells Namen legte sich die Angst wie ein Panzer um meine Brust. Ich tröstete mich mit dem Gedanken, dass ich schon bald unerreichbar für ihn sein würde.

Die Militärregierung hatte erst vor einer Generation die Herrschaft in Ixia übernommen, und die Justiz hatte strenge Regeln erlassen, die im Neuen Gesetzbuch niedergelegt waren. In Friedenszeiten – die, seltsam genug für eine Militärregierung, die meiste Zeit über herrschten – war es nicht erlaubt, einem anderen Menschen das Leben zu nehmen. Auf Mord stand Hinrichtung. Selbstverteidigung oder Totschlag wurden als Entschuldigung nicht anerkannt. Wenn jemand als schuldig verurteilt war, wurde der Mörder in die Verliese des Commanders gesteckt und musste dort auf seine öffentliche Hinrichtung – Tod durch den Strang – warten.

„Ich nehme an, du wirst das Urteil anfechten und behaupten, das Opfer einer Intrige geworden zu sein oder dass es Selbstverteidigung war.“ Gelangweilt lehnte er sich in seinen Stuhl zurück.

„Nein, Sir“, flüsterte ich. Mehr gaben meine ungeübten Stimmbänder nicht her. „Ich habe ihn ermordet.“

Der schwarzgekleidete Mann richtete sich auf und musterte mich mit einem durchdringenden Blick. Dann lachte er laut auf. „Das klappt ja besser, als ich dachte! Yelena, ich lasse dir die Wahl. Du kannst entscheiden, ob du hingerichtet oder die neue Vorkosterin von Commander Ambrose werden möchtest. Sein letzter Vorkoster ist kürzlich gestorben, und wir müssen die Position neu besetzen.“

Entgeistert starrte ich ihn an, während mir das Herz bis zum Hals schlug. Das musste ein Witz sein. Bestimmt machte er sich nur lustig über mich. Erst weideten sie sich an der Freude und der Hoffnung im Gesicht eines Gefangenen, und dann machten sie all seine Erwartungen zunichte, indem sie ihn dem Henker übergaben.

Trotzdem ging ich wohl oder übel auf das Spiel ein. „Nur ein Narr würde ein solches Angebot ausschlagen.“ Meine Stimme war zwar immer noch heiser, aber wenigstens ein wenig fester geworden.

„Nun, es ist eine Stellung auf Lebenszeit. Die Ausbildung kann tödlich sein. Denn woher willst du wissen, ob Gift in den Speisen des Commanders ist, wenn du nicht einmal weißt, wie es schmeckt?“ Er legte die Dokumente in den Aktenordner zurück.

„Du bekommst ein Schlafzimmer innerhalb der Burg, aber die meiste Zeit des Tages verbringst du ohnehin an der Seite des Commanders. Freie Tage gibt es nicht. Auch keinen Ehemann und keine Kinder. Einige Gefangene haben sich allerdings für die Hinrichtung entschieden. Auf diese Weise kannten sie wenigstens den genauen Zeitpunkt ihres Todes und mussten nicht befürchten, ihm beim nächsten Bissen zu begegnen." Er schnalzte mit der Zunge und lächelte boshaft.

Offenbar meinte er es tatsächlich ernst. Ich bebte am ganzen Körper. Das war meine Chance zu überleben. Dem Commander zu dienen war allemal besser als der Kerker – und tausend Mal besser als der Strick. Dutzende von Fragen schossen mir durch den Kopf: Ich bin eine verurteilte Mörderin. Wie können sie mir vertrauen? Was sollte mich davon abhalten, den Commander zu töten oder zu fliehen?

Stattdessen erkundigte ich mich vorsichtig: „Wer ist denn im Moment der Vorkoster?" Ich befürchtete nämlich, dass er seine Meinung ändern und mich zum Galgen schicken würde, hätte ich die Fragen gestellt, die mir wirklich auf dem Herzen lagen.

„Ich. Deshalb bin ich ja so sehr daran interessiert, einen Nachfolger zu finden. Außerdem schreibt das Neue Gesetzbuch vor, dass demjenigen, der sein Leben verwirkt hat, die Position angeboten werden muss."

Ich konnte nicht länger ruhig auf meinem Stuhl sitzen. Meine Ketten klirrten, als ich aufsprang und begann, im Raum hin und her zu gehen. Auf den Karten an den Wänden waren strategisch wichtige Militärstützpunkte verzeichnet. Die Bücher handelten von Sicherheits- und Spionagetechniken. Die vielen Kerzen, von denen manche schon heruntergebrannt waren, deuteten darauf hin, dass hier bis spät in die Nacht gearbeitet wurde.

Ich betrachtete den Mann, der die Uniform eines Ratgebers trug. Er musste Valek sein, der persönliche Sicherheitsberater des Commanders und Chef des weit verzweigten Geheimdienstnetzes von Ixia.

„Was also soll ich dem Henker denn sagen?“, wollte Valek wissen.

„Dass ich keine Närrin bin.“

2. KAPITEL

Valek schloss den Aktenordner. Elegant und geschmeidig wie ein Schneeleopard auf dünnem Eis schritt er zur Tür. Die Wächter, die im Korridor warteten, nahmen bei seinem Anblick Haltung an. Valek sagte etwas zu ihnen, und sie nickten. Einer der Wächter trat auf mich zu. Entsetzt sah ich ihn an. In den Kerker zurückzukehren war nicht Teil von Valeks Angebot gewesen. Blieb mir eine Fluchtmöglichkeit? Gehetzt schaute ich mich im Zimmer um. Der Wächter drehte mich um und befreite mich von den Fesseln und Ketten, die ich seit meiner Festnahme tragen musste.

An meinen blutunterlaufenen Handgelenken war das rohe Fleisch zu sehen. Ich berührte meinen Nacken und spürte Haut, wo zuvor Eisen gewesen war. An meinen Fingern klebte Blut. Ich griff taumelnd nach dem Stuhl. Befreit von den Ketten verspürte ich auf einmal ein ganz merkwürdiges Gefühl – so, als würde ich jeden Moment davon schweben oder in Ohnmacht fallen. Ich atmete tief ein, bis der Schwächeanfall nachließ.

Nachdem ich meine Fassung wieder gefunden hatte, sah ich Valek neben seinem Schreibtisch stehen und zwei Becher füllen. Die geöffneten Türen eines Holzschranks gaben den Blick frei auf merkwürdig geformte Flaschen und Becher in allen möglichen Farben. Valek stellte die Flasche zurück und verschloss den Schrank.

„Ich glaube, du kannst jetzt etwas zu trinken gebrauchen, während wir auf Margg warten.“ Er reichte mir einen hohen Zinnkrug mit einer bernsteinfarbenen Flüssigkeit darin. „Auf Yelena, unsere neue Vorkosterin. Mögest du länger leben als dein Vorgänger.“

Den Becher nahe an meinen Lippen, erstarrte ich.

„Sei unbesorgt", beruhigte er mich. „Das ist bloß der übliche Trinkspruch."

Ich nahm einen tiefen Schluck. Die süße Flüssigkeit brannte ein wenig in meiner Kehle. Einen Moment lang glaubte ich, dass mein Magen rebellieren würde. Es war das erste Mal seit langer Zeit, dass ich etwas anderes als Wasser getrunken hatte. Doch dann beruhigten sich meine aufgewühlten Nerven.

Ehe ich ihn fragen konnte, was mit dem ehemaligen Vorkoster geschehen war, verlangte Valek von mir, den Geschmack des Getränks zu beschreiben. Nachdem ich noch einen kleinen Schluck genommen hatte, sagte ich: „Pfirsich, gesüßt mit Honig."

„Gut. Jetzt nimm noch einen Schluck. Lass das Getränk über deine Zunge rollen, ehe du es hinunterschluckst."

Ich befolgte seinen Rat und war überrascht, einen Hauch von Zitrusfrüchten zu schmecken. „Orange?"

„Richtig. Und jetzt gurgle damit."

„Gurgeln?", fragte ich ungläubig. Er nickte. Ich kam mir ziemlich töricht vor, als ich mit dem Rest des Getränks gurgelte. Fast hätte ich es ausgespieen. „Verfaulte Orangen."

Kleine Fältchen bildeten sich um Valeks Augen, als er lachte. Er hatte ein ausgeprägt eckiges Gesicht, wie aus einem Stück Eisen gestanzt, aber es wurde sanft, wenn er lächelte. Er reichte mir sein Getränk und bat mich, die Prozedur zu wiederholen.

Ein wenig beklommen nahm ich einen Schluck. Erneut schmeckte ich das schwache Aroma von Orangen. Ich wappnete mich für den ekelhaften Geschmack, als ich mit Valeks Getränk gurgelte, und war erleichtert, dass das Gurgeln nur die Orangenessenz verstärkte.

„Besser?“, fragte Valek und nahm mir den leeren Becher ab.

„Ja.“

Er setzte sich hinter seinen Schreibtisch und öffnete noch einmal meinen Aktenordner. Während er den Federkiel zur Hand nahm, redete er mit mir. „Das war gerade deine erste Lektion im Vorkosten. Dein Getränk war – im Gegensatz zu meinem – mit einem Gift versetzt, das Butterfly Dust heißt. Die einzige Möglichkeit, es zu entdecken, besteht darin, damit zu gurgeln. Die verfaulten Orangen, die du herausgeschmeckt hast, waren das Gift.“

Mir schwirrte der Kopf, als ich aufstand. „Ist es tödlich?“

„Eine entsprechend große Dosis wird dich innerhalb von zwei Tagen umbringen. Die Symptome zeigen sich erst am zweiten Tag, aber dann ist es bereits zu spät.“

Mir stockte der Atem. „Hatte ich denn tatsächlich eine tödliche Dosis?“

„Selbstverständlich. Wäre sie geringer gewesen, hättest du das Gift nicht herausgeschmeckt.“

Mein Magen rebellierte, und ich musste würgen. Doch ich schluckte die Galle, die mir in die Kehle gestiegen war, hinunter, denn ich wollte mir nicht die Blöße geben, mich auf Valeks Schreibtisch zu übergeben.

Valek schaute von seinen Papieren auf und betrachtete mich aufmerksam. „Ich habe dich gewarnt. Die Lektionen sind gefährlich. Aber ich hätte dir niemals ein Gift gegeben, mit dem dein Körper wegen deiner Unterernährung nicht fertig geworden wäre. Es gibt ein Gegenmittel für Butterfly Dust.“ Er zeigte mir ein kleines Fläschchen mit einer weißen Flüssigkeit.

Mit einem Seufzer sank ich auf meinen Stuhl zurück. Valeks Gesichtsausdruck war wieder undurchdringlich geworden. Jetzt erst wurde mir bewusst, dass er mir das Gegenmittel nicht angeboten hatte.

„Um deine Frage zu beantworten, die du nicht gestellt hast, aber hättest stellen sollen …“ Valek hob das Fläschchen hoch und schüttelte es. „Auf diese Weise verhindern wir, dass die Vorkoster des Commanders fliehen.“

Ich starrte ihn an und versuchte, den Sinn seiner Worte zu begreifen.

„Yelena, du hast einen Mord gestanden. Wir müssten verrückt sein, wenn wir dich ohne gewisse Sicherheiten in die Dienste des Commanders nähmen. Er wird rund um die Uhr bewacht, sodass es ziemlich unwahrscheinlich ist, dass du eine Waffe gegen ihn richten könntest. Und um anderen Arten der Vergeltung vorzubeugen, benutzen wir Butterfly Dust.“ Valek nahm das Fläschchen mit dem Gegengift und hielt es gegen das Sonnenlicht. „Davon brauchst du täglich eine Dosis, um zu überleben. Das Gegenmittel verhindert, dass das Gift dich tötet. So lange du jeden Morgen in mein Arbeitszimmer kommst, werde ich dir das Gegengift geben. Verpasst du einen Tag, wirst du am übernächsten tot sein. Wenn du ein Verbrechen oder einen Verrat begehst, wirst du in den Kerker zurückgeschickt, und das Gift wird dich umbringen. An deiner Stelle würde ich versuchen, einem solchen Schicksal zu entgehen. Das Gift verursacht heftige Magenschmerzen und unkontrolliertes Erbrechen.“

Noch ehe ich mir der Bedeutung seiner Worte vollkommen bewusst wurde, wanderte sein Blick über meine Schultern. Als ich mich umdrehte, bemerkte ich eine kräftige Frau in der Uniform einer Haushälterin, die soeben zur Tür hereintrat. Valek stellte sie als Margg vor – die Frau, die sich um meine täglichen Bedürfnisse kümmern würde. Offenbar erwartete sie von mir, dass ich ihr folgte, denn sie verschwand, ohne ein Wort zu sagen.

Ich betrachtete das Fläschchen auf Valeks Schreibtisch.

„Komm morgen in mein Büro. Margg wird dir den Weg zeigen."

Damit war ich entlassen. An der Tür blieb ich noch einmal stehen. Tausend Fragen lagen mir auf der Zunge. Doch ich schluckte sie hinunter, und sie lagen mir wie Steine im Magen. Ich schloss die Tür und eilte hinter Margg her, die nicht auf mich gewartet hatte.

Sie legte ein rasches Tempo vor, und keuchend versuchte ich, mit ihr Schritt zu halten. Eigentlich wollte ich mir den Weg und die Windungen durch die verschiedenen Korridore einprägen, doch Marggs imposante Rückenansicht und ihr zügiges Tempo forderten meine ganze Konzentration. Ihr langer schwarzer Rock schien über dem Boden zu schweben. Die Uniform der Haushälterin bestand aus einer schwarzen Bluse und einer weißen Schürze, die vom Hals bis zu den Knöcheln reichte und fest um die Taille geschnürt war. Auf die Schürze waren zwei senkrechte Reihen von kleinen roten Edelsteinen gestickt, die am unteren Rand zusammenliefen. Als Margg schließlich bei den Baderäumen stehen blieb, musste ich mich auf den Boden setzen, um das Schwindelgefühl in meinem Kopf zu bekämpfen.

„Du stinkst", stellte sie mit einem Ausdruck des Ekels in ihrem breiten Gesicht fest. Mit einer herrischen Geste, die darauf schließen ließ, dass sie keinen Widerspruch gewohnt war, deutete sie zum anderen Ende des Raumes. „Wasch dich zweimal und leg dich dann in die Wanne. Ich hole deine Uniform." Damit verließ sie das Zimmer.

Mit einem Mal überwältigte mich das Verlangen nach einem heißen Bad. Mit neuer Energie entledigte ich mich der Gefängniskleidung und betrat den Waschbereich. Ich drehte den Hahn auf und genoss den heißen Strahl, der wie ein Wasserfall auf mich hinabstürzte. Die Burg des Commanders verfügte über Heißwassertanks, die direkt oberhalb des Badebereichs eingebaut waren. Nicht einmal Brazells verschwenderisch eingerichtetes Haus bot diesen Luxus.

Lange blieb ich so stehen und hoffte, das Wasser, das über mein Gesicht strömte, möge jeden Gedanken an das Gift wegspülen. Gehorsam wusch ich zwei Mal mein Haar und meinen Körper. Die Seife brannte auf meinem Hals, den Handgelenken und Fußknöcheln, aber ich achtete nicht darauf. Immer wieder rieb ich über die hartnäckigen Schmutzstellen auf meiner Haut. Erst als ich feststellte, dass es Prellungen oder Blutergüsse waren, hörte ich damit auf.

Ich hatte das Gefühl, dass der Körper unter der Kaskade nicht zu mir gehörte. Er hatte den Schmerz und die Demütigung der Kerkerhaft erfahren. Die Seele allerdings war ihm bereits zuvor schon in den zwei langen Jahren, die ich auf Brazells Anwesen verbracht hatte, ausgetrieben worden.

Unvermittelt tauchte das Bild von Brazells Sohn vor meinem inneren Auge auf. Reyads attraktives Gesicht war wutverzerrt. Ich trat einen Schritt zurück, und unwillkürlich hob ich die Hände, um ihn abzuwehren. Als die Vision verblasste, zitterte ich am ganzen Körper.

Es kostete mich viel Kraft, mich abzutrocknen und mir ein Handtuch umzubinden. Während ich einen Kamm suchte, bemühte ich mich, die hässlichen Erinnerungen zu verdrängen, die Reyads Gesicht in mir geweckt hatte.

Selbst nach der Wäsche widersetzten sich meine Haare

dem Kamm. Auf der Suche nach einer Schere entdeckte ich aus den Augenwinkeln eine andere Person im Baderaum. Ich betrachtete den Körper. Jemand erwiderte meinen starren Blick. Die grünen Augen waren das einzige Zeichen von Leben in dem hageren ovalen Gesicht.

Die Erkenntnis traf mich wie ein Blitz und erfüllte mich mit eisiger Angst. Das war *mein* Körper. Ich wandte den Blick vom Spiegel ab, denn ich wollte diese elende Gestalt nicht länger betrachten. Feigling, dachte ich, und schaute bewusst zurück. War meine Seele durch Reyads Tod von dem Ort, an den sie geflohen war, zurückgekehrt? In meiner Vorstellung versuchte ich, meinen Geist und meinen Körper zu vereinen. Warum glaubte ich, dass meine Seele zurückkehren würde, wenn mein Körper immer noch nicht mir gehörte? Er gehörte Commander Ambrose, und er benutzte ihn als Werkzeug, um Gifte aufzuspüren. Schaudernd wandte ich mich ab.

Ich kämmte die verfilzten Knoten aus meinem Haar und flocht den Rest zu einem langen Zopf, der mir über den Rücken hing.

Vor kurzem war meine ganze Hoffnung ein sauberes Gefängniskleid vor der Hinrichtung gewesen, und jetzt tauchte ich in die berühmten heißen Bäder des Commanders ein.

„Das reicht!", bellte Margg und riss mich aus einem leichten Schlummer. „Hier ist deine Uniform. Zieh dich an." Ihr hartes Gesicht drückte Missbilligung aus, und ich konnte ihre Abneigung gegen mich förmlich spüren.

Zur Uniform des Vorkosters gehörte Unterwäsche, eine schwarze Hose, ein breiter roter Satingürtel und eine rote Satinbluse mit einer Reihe von kleinen schwarzen, diamant-ähnlichen Steinen, die an die Ärmel gestickt waren. Die Kleidung war offensichtlich für einen Mann gemacht. Unterernährt und nur knapp ein Meter sechzig groß, sah ich aus wie ein Kind, das in die Sachen seines Vaters geschlüpft war. Dreimal schlang ich den Gürtel um meine Taille und rollte Ärmel und Hosenbeine hoch.

Margg schnaubte verächtlich. „Valek hat mir zwar nur befohlen, dir etwas zu essen zu geben und dein Zimmer zu zeigen. Aber es ist wohl besser, wenn wir auch bei der Näherin vorbeischauen." An der offenen Tür hielt Margg inne, kräuselte die Lippen und setzte hinzu: „Stiefel brauchst du auch."

Gehorsam wie ein heimatloses Hündchen folgte ich ihr.

Dilana, die Näherin, brach in fröhliches Gelächter aus, als sie meinen Aufzug sah. Blonde Locken umrahmten ihr herzförmiges Gesicht, dessen Schönheit durch die honigfarbenen Augen und langen Wimpern noch unterstrichen wurde.

„Die Stalljungen tragen die gleichen Hosen und die Küchenmädchen die gleichen roten Blusen", erklärte Dilana, nachdem ihr Lachanfall verebbt war. Sie rügte Margg, weil sie sich nicht die Zeit genommen hatte, besser sitzende Kleidungsstücke für mich zu finden. Margg presste die Lippen noch fester zusammen.

Dilanas Aufmerksamkeit wärmte mein Herz und machte sie mir sehr sympathisch. Ich konnte mir diese Frau, die sich mehr wie eine Großmutter als wie ein junges Mädchen mit mir beschäftigte, sehr gut als meine Freundin vorstellen. Vermutlich hatte sie viele Bekannte und Verehrer, die sich zu ihr hingezogen fühlten wie Höhlenbewohner zu einer wärmenden Feuerstelle. Wie gerne hätte ich Dilana berührt.

Nachdem sie meine Maße aufgeschrieben hatte, wühlte sie in Stapeln von roten, schwarzen und weißen Kleidungsstücken, die im ganzen Raum verstreut lagen.

Jeder, der in Ixia arbeitete, hatte eine Uniform. Die Diener in der Burg und die Wächter trugen eine Kombination aus schwarzen, weißen und roten Kleidungsstücken mit diamantförmigen Applikationen entweder an den Hemdsärmeln oder an den Seiten der Hosenbeine. Ratgeber und hochrangige Beamte waren in der Regel schwarz gekleidet. Kleine rote Diamanten an den Krägen wiesen auf ihre Stellung hin. Der Commander hatte die Uniformen eingeführt, nachdem er an die Macht gekommen war, damit jeder auf den ersten Blick sah, mit wem er es zu tun hatte.

Schwarz und rot waren die Farben von Commander Ambrose. Das Territorium von Ixia war in acht militärische Distrikte aufgeteilt, denen jeweils ein General vorstand. Die Uniformen der acht Bezirke entsprachen – abgesehen von der Farbe – jener des Commanders. Eine schwarz gekleidete Haushälterin mit kleinen roten Diamant-Applikationen auf der Schürze arbeitete folglich im Militärdistrikt 3 oder MD-3.

„Ich glaube, die hier passen besser." Dilana reichte mir einige Kleidungsstücke und deutete auf den Wandschirm am anderen Ende des Raumes.

Während ich mich umzog, hörte ich sie sagen: „Sie braucht auch Stiefel." In der neuen Uniform kam ich mir sogleich weniger lächerlich vor. Ich sammelte die alten Kleidungsstücke auf und gab sie ihr zurück.

„Die müssen Oscove gehört haben, dem ehemaligen Vorkoster", sagte Dilana. Einen Moment lang wurde ihre Miene traurig. Dann schüttelte sie den Kopf, als wollte sie einen unwillkommenen Gedanken vertreiben.

Alle Gedanken an eine mögliche Freundschaft verschwanden im Handumdrehen, als mir klar wurde, dass die Position der Vorkosterin mit einem großen emotionalen Risiko verbunden war. Mein Magen krampfte sich zusammen, und die

Wärme von Dilanas Herzlichkeit wurde verdrängt von einem Gefühl kalter Verbitterung.

Unvermittelt musste ich an May und Carra denken, die immer noch in Brazells Haus lebten, und endlose Einsamkeit überkam mich. Unwillkürlich zuckten meine Finger, als wollten sie wie damals Carras wirre Zöpfe richten und Mays Rock glatt streichen.

Doch statt Carras seidenweiches blondes Haar hielt ich ein Bündel Kleider in der Hand. Dilana führte mich zu einem Stuhl, kniete sich auf den Boden und zog mir Socken und weiche, schwarze Lederstiefel an, deren umgestülpter Schaft bis zur Mitte meiner Waden reichte. Dann stopfte sie die Hosenbeine in die Stiefel und half mir beim Aufstehen.

Da ich schon seit Monaten keine Schuhe mehr getragen hatte, befürchtete ich, dass sie meine Haut aufscheuern würden. Aber die Stiefel fühlten sich an meinen Füßen wie Kissen an und passten wie angegossen. Ich warf Dilana ein Lächeln zu und vergaß May und Carra fürs Erste. Es waren wirklich die wunderbarsten Stiefel, die ich jemals getragen hatte.

Sie erwiderte mein Lächeln und sagte: „Auch ohne nachzumessen finde ich immer die richtige Größe."

Margg räusperte sich vernehmlich. „Bei den Stiefeln vom armen Rand hast du dich aber vertan. Doch weil er sich in dich vergafft hat, humpelt er lieber in der Küche herum als etwas zu sagen."

„Achte nicht auf sie", sagte Dilana zu mir. „Margg, hast du nichts zu tun? Verschwinde, oder ich schleiche mich in dein Zimmer und kürze dir alle deine Röcke." Ausgelassen scheuchte Dilana uns aus dem Raum.

Margg führte mich zum Speisesaal der Diener und tischte mir eine kleine Portion Suppe und Brot auf. Die Suppe schmeckte vorzüglich. Nachdem ich das Essen hinuntergeschlungen hatte, bat ich um mehr.

„Nein. Wenn du zuviel isst, wird dir schlecht“, sagte sie nur. Zögernd folgte ich Margg und ließ meine Schüssel auf dem Tisch zurück.

„Sei bei Sonnenaufgang bereit zur Arbeit.“

Damit drehte sie mir den Rücken zu und verschwand.

In meinem kleinen Raum stand ein schmales Bett mit einer fleckenübersäten Matratze auf einem schlichten Metallrahmen, ein einfacher hölzerner Schreibtisch mit einem Stuhl, ein Nachttopf, ein Schrank, ein Leuchter, ein winziger Ofen und ein Fenster, dessen Läden fest geschlossen waren. Die grauen Wände waren schmucklos. Die Matratze gab kaum nach, als ich sie ausprobierte. Im Vergleich zu meinem Verlies war es zwar eine beträchtliche Verbesserung; dennoch stimmte mich meine neue Umgebung nicht sonderlich zufrieden.

Nichts in diesem Zimmer strahlte Behaglichkeit aus. Valeks unbewegliche Miene und Marggs missbilligender Gesichtsausdruck kamen mir in den Sinn, und ich sehnte mich nach einem Kissen oder einer Decke. Ich fühlte mich wie ein verlassenes Kind, das sich an etwas klammern wollte, etwas Weiches, das mich nicht verletzen würde.

Nachdem ich meine Uniform in den Schrank gehängt hatte, trat ich ans Fenster. Das Fensterbrett war breit genug, um darauf sitzen zu können. Die Läden waren geschlossen, aber die Riegel saßen auf der Innenseite. Mit zitternden Händen löste ich sie, stieß das Fenster weit auf und blinzelte in die plötzliche Helligkeit. Ich legte die Hand an die Stirn, kniff die Augen zusammen und betrachtete ungläubig das Bild vor meinem Fenster. Ich befand mich im Erdgeschoss des Schlosses, nur einen Meter fünfzig über dem Erdboden.

Zwischen meinem Zimmer und den Ställen befanden sich die Hundezwinger und der Trainingsparcours für die Pferde. Den Stalljungen und Hundetrainern wäre es egal, wenn ich fliehen würde. Ich hätte problemlos hinunterspringen und weglaufen können. Ein verlockender Gedanke – abgesehen von der Tatsache, dass ich dank des Gifts von Valek in zwei Tagen tot wäre. Vielleicht ein anderes Mal, wenn zwei Tage in Freiheit den Preis wert wären.

Darauf konnte ich nur hoffen.

3. KAPITEL

Reyads Peitsche schnitt mir in die Haut und hinterließ einen brennenden Schmerz in meinem Fleisch. „Beweg dich“, befahl er. Ich versuchte, den Schlägen auszuweichen, aber das Seil um meine Handgelenke, mit dem ich an einen Pfosten in der Mitte des Raumes gefesselt war, hinderte mich daran.

„Beweg dich. Mach schneller!“, schrie Reyad.

Wieder und wieder traf mich die Peitsche. Mein dünnes Hemd bot keinen Schutz vor dem harten Leder. Plötzlich meldete sich in meinem Kopf eine leise, tröstliche Stimme. „Geh fort“, flüsterte sie. „Lass deinen Geist zu einem fernen Ort reisen, wo es nichts Böses gibt. Trenne deine Seele von deinem Körper.“

Die angenehme Stimme gehörte weder Reyad noch Brazell. Vielleicht einem Erlöser? Es war ein einfacher Weg, den Qualen zu entkommen, und ausgesprochen verlockend – aber ich wartete lieber auf eine andere Gelegenheit. Deshalb ignorierte ich die Aufforderung und konzentrierte mich darauf, der Peitsche auszuweichen. Als die Erschöpfung übermächtig wurde, begann mein Körper, wie Espenlaub zu zittern. Wie ein Kolibri, der die Orientierung verloren hatte, irrte ich durch den Raum, um den Peitschenhieben zu entkommen.

Schweißgebadet fuhr ich in der Dunkelheit auf. Die verknautschte Unterwäsche klebte an meinem Körper. Aus dem Peitschenknallen in meinem Traum war lautes Klopfen geworden. Ehe ich zu Bett gegangen war, hatte ich einen Stuhl unter die Türklinke geklemmt, damit niemand hereinkommen konnte. Jetzt erbebte der Stuhl bei jedem Schlag.

„Ich komme“, rief ich. Sofort hörte das Hämmern auf. Vor der Tür stand Margg mit einer Laterne in der Hand und musterte mich griesgrämig. Schnell schlüpfte ich in meine Uniform und folgte ihr auf den Korridor. „Hast du nicht Sonnenaufgang gesagt?“

Ihr missbilligender Blick ließ mich verstummen. „Es *ist* Sonnenaufgang.“

Im Morgengrauen folgte ich Margg durch das Labyrinth der verborgenen Gänge. Mein Zimmer ging nach Westen, sodass ich die aufgehende Sonne nicht mitbekam. Margg löschte die Laterne aus, als mir der Duft von frischem Kuchen in die Nase stieg.

Ich atmete tief ein und fragte: „Frühstück?“ Verärgert stellte ich fest, dass meine Stimme hoffnungsvoll, fast flehentlich klang.

„Nein. Dein Essen bekommst du von Valek.“

Die Vorstellung von einem vergifteten Frühstück ließ mich meinen Hunger auf der Stelle vergessen. Unwillkürlich krampfte sich mein Magen zusammen, als ich mich an Valeks Butterfly Dust erinnerte. Noch ehe wir sein Arbeitszimmer erreichten, hatte ich das Gefühl, dass mich das Gift jeden Moment dahinraffen würde, falls ich nicht umgehend das Gegenmittel bekäme.

Valek stellte gerade dampfende Schüsseln und Teller auf seinen Schreibtisch. Dafür hatte er eigens einen Teil der Tischplatte freigeräumt und die Papiere achtlos zusammengelegt. Er deutete auf einen Stuhl. Während ich mich hinsetzte, suchte ich auf dem Schreibtisch vergeblich das Fläschchen mit dem Gegengift.

„Hoffentlich hast du …“ Valek musterte mich eindringlich. Ich bemühte mich, seinem Blick standzuhalten.

„Erstaunlich, was ein Bad und eine Uniform bewirken können", sagte er. Geistesabwesend kaute er ein Stück Frühstücksspeck. „Das sollte ich mir für die Zukunft merken. Wer weiß, wofür es gut ist." Er stellte zwei Teller mit Eiern und Schinken vor mich hin und sagte: „Fangen wir an."

Mir war schwindlig und heiß. „Ich möchte lieber zuerst das Gegenmittel", brach es aus mir hervor. Als Valck lange schwieg, begann ich, nervös auf meinem Stuhl hin und her zu rutschen.

„Eigentlich kannst du noch gar keine Symptome spüren. Die treten erst später am Nachmittag auf." Achselzuckend ging er zu seinem Schrank. Mit einer Pipette nahm er etwas von der weißen Flüssigkeit aus einer großen Flasche und verschloss den Schrank sofort wieder. Mein Interesse am Schlüssel musste offensichtlich gewesen sein, denn Valek ließ ihn mit einer geschickten Handbewegung verschwinden. Er gab mir die Pipette und setzte sich auf die andere Seite des Tisches.

„Trink aus, damit wir mit der heutigen Lektion beginnen können", befahl er.

Begierig sog ich den Inhalt ein, der so bitter schmeckte, dass ich den Mund verzog. Valek nahm mir die Pipette ab und drückte mir stattdessen ein blaues Gefäß in die Hand. „Riech daran."

Das Gefäß enthielt ein weißes Pulver, das wie Zucker aussah, aber wie Rosenholz duftete. Valek deutete auf die beiden dampfenden Teller vor mir auf dem Tisch und forderte mich auf herauszufinden, auf welchem das vergiftete Essen lag. Ich schnüffelte an den Speisen wie ein Spürhund auf der Suche nach Beute. Der linke Teller verströmte ein schwaches Aroma von Rosenholz.

„Gut. Solltest du diesen Geruch bei einem Gericht entdecken, das für den Commander bestimmt ist, lass es zurückgehen. Das Gift heißt Tigtus, und ein einziges Körnchen tötet innerhalb weniger Stunden.“ Valek stellte die vergiftete Speise zur Seite und deutete auf den anderen Teller. „Jetzt iss dein Frühstück. Du musst zu Kräften kommen.“

Den Rest des Tages verbrachte ich damit, Gifte zu erschnuppern, bis mir schwindlig wurde und mein Kopf schmerzte. Die Vielzahl der Namen und Gerüche verwirrte mich. Deshalb bat ich Valek um Papier, Federhalter und Tinte. Er sah mich verblüfft an.

„Wie schaffst du es bloß, mich immer wieder zu überraschen? Ich müsste doch wissen, dass General Brazell seinen Zöglingen die bestmögliche Erziehung zukommen lässt.“ Valek gab mir ein Heft, einen Federhalter und Tinte. „Nimm das mit auf dein Zimmer. Für heute haben wir genug getan.“

Insgeheim verfluchte ich mich dafür, Valek daran erinnert zu haben, warum ich die Nächste auf der Hinrichtungsliste war, während ich das Heft und die Schreibutensilien ergriff. Seine schroffe, unnahbare Miene verriet all seine Gedanken. Brazell hatte mich von der Straße geholt, mir zu Essen gegeben und mich auf eine Schule geschickt, und ich hatte es ihm gedankt, indem ich sein einziges Kind getötet hatte. Ich wusste, dass Valek mir niemals glauben würde, wenn ich ihm die Wahrheit über Brazell und Reyad erzählte.

Mit seinem Waisenhaus war General Brazell zum Gespött der anderen Generäle geworden. Sie glaubten, er sei nach der Übernahme von Ixia vor fünfzehn Jahren ein wenig wunderlich geworden. Ein Ruf, der Brazell durchaus gefiel. Als vermeintlicher Wohltäter konnte er nämlich in seinem Militär-Distrikt 5 schalten und walten, wie er wollte, ohne dass ihm jemand dreinredete.

Ehe ich Valeks Arbeitszimmer verließ, zögerte ich. Zum ersten Mal bemerkte ich die drei schweren Schlösser der massiven Holztür. Gedankenverloren betastete ich sie eine Weile, bis Valek mich ungeduldig fragte: „Was gibt's denn noch?"

„Ich weiß nicht, wo mein Zimmer ist."

„Frag eine der Haushälterinnen oder die Küchenmädchen auf den Korridoren. Um diese Tageszeit sind sie überall unterwegs." Valek sprach mit mir wie mit einem geistig zurückgebliebenen Kind. „Sag ihnen, dass du im Westflügel der Bediensteten wohnst, im Erdgeschoss. Sie werden dir den Weg zeigen."

Die erste Küchenmagd, die mir über den Weg lief, war gesprächiger als Margg, und ich machte mir ihre Gutmütigkeit zunutze. Sie führte mich zur Wäschekammer, wo ich einige Leinenlaken für mein Bett erhielt. Dann bat ich sie, mir den Weg zu den Baderäumen und zum Zimmer der Näherin zu zeigen. Vielleicht konnten mir Dilanas Uniformen eines Tages nützlich sein.

In meinem Zimmer öffnete ich die Fensterläden, um die letzten Strahlen der untergehenden Sonne hereinzulassen. Dann setzte ich mich an meinen Schreibtisch und notierte ausführlich, was ich an diesem Tag gelernt hatte. Dazu skizzierte ich einen ungefähren Lageplan der Korridore für die Dienstboten. Ich hätte die Burg gerne intensiver ausgekundschaftet, aber Valek hatte Recht: Ich musste erst einmal zu Kräften kommen. Ich tröstete mich mit dem Gedanken, später Zeit für Erkundungsgänge zu haben.

Der Unterricht in den folgenden beiden Wochen unterschied sich durch nichts von der ersten Lektion, sodass sich schon bald ermüdende Routine einstellte. Jeden Morgen erschien ich in Valeks Arbeitszimmer, um zu lernen. Nachdem ich vierzehn Tage lang Gifte erschnüffelt hatte, stellte ich fest, dass mein Geruchssinn viel schärfer geworden war. Eines Tages verkündete Valek, dass ich nun stark genug sei, um Gifte zu probieren.

„Ich beginne mit dem tödlichsten", sagte er. „Wenn dich das nicht umbringt, werden dir auch die anderen Gifte nichts anhaben können. Ich möchte schließlich nicht meine Zeit mit Lehrstunden verschwenden, nur um zu sehen, dass du am Ende doch stirbst." Er stellte eine schmale rote Flasche auf seinen Schreibtisch. „Dieses hier ist ziemlich unangenehm. Es wirkt sofort auf den Körper." Valeks Augen leuchteten, als er die Flasche betrachtete. „Es heißt ‚Drink, my Love' oder einfach nur ‚My Love', denn das Gift wurde oft von verzweifelten Frauen benutzt." Er gab zwei Tropfen des Gifts in einen dampfenden Becher. „Eine höhere Dosis würde dich sofort töten. Ist sie geringer, besteht die Chance, dass du überlebst, aber du bekommst Wahnvorstellungen, wirst paranoid und einige Tage lang nicht wissen, wer und wo du bist."

„Valek, warum muss ich ‚My Love' Gift probieren, wenn es sofort wirkt? Sollte ich mein Leben nicht lieber für den Ernstfall aufbewahren? Dafür sind Vorkoster doch da, oder? Ich teste die Speisen des Commanders. Ich falle tot um. Ende der Geschichte." Aufgebracht lief ich durchs Zimmer, stolperte aber ständig über Stapel von Büchern. Schließlich trat ich wütend gegen einen Bücherturm, dessen Bestandteile sich auf dem Boden verteilten und das Chaos noch vergrößerten. Valek sah mich durchdringend an, und sofort verschwand das befreiende Gefühl, das mir der Tritt gegen die Bücher verschafft hatte.

„Die Aufgabe eines Vorkosters ist viel komplizierter", erklärte Valek. Er strich sich das Haar aus dem Gesicht. „Das Mittel, mit dem die Speisen des Commanders vergiftet wurden, führt mich mitunter zum Täter. Deshalb muss ich in der Lage sein, das Gift zu identifizieren." Er reichte mir den Becher. „Selbst wenn dir nur der Bruchteil einer Sekunde bleibt, um ‚Drink, my Love' zu sagen, verkleinert es die Liste der Verdächtigen. Es gibt eine Reihe von Mördern, die eine Vorliebe für dieses Gift haben. Die Pflanze wächst in Sitia, im Süden des Landes. Vor der Machtübernahme konnte man es sich leicht beschaffen. Nachdem die Grenze zum Süden geschlossen wurde, gibt es nur noch wenige Leute, die reich genug sind, um es illegal zu erwerben."

Valek begann, die auf dem Boden verstreuten Bücher aufzustapeln. Seine Bewegungen waren so graziös, dass ich mich fragte, ob er Tänzer gewesen war. Wenn man ihn allerdings reden hörte, wurde einem schnell klar, dass ihn eher die Geschmeidigkeit eines ausgebildeten Mörders auszeichnete.

„Yelena, deine Arbeit ist sehr wichtig. Deshalb verbringe ich so viel Zeit mit deinem Unterricht. Ein geschickter Attentäter beobachtet einen Vorkoster unter Umständen mehrere Tage lang, um herauszufinden, wie er arbeitet." Auf dem Boden hockend, fuhr Valek mit seinen Lektionen fort. „So kann der Vorkoster beispielsweise stets ein Stück Fleisch von der linken Seite abschneiden, oder er rührt sein Getränk nicht um. Manche Gifte sinken auf den Boden des Glases. Wenn der Vorkoster nur an der Oberfläche des Getränks nippt, weiß der Mörder genau, wo er das Gift platzieren muss, um sein Opfer töten zu können." Er legte das letzte Buch auf den Stapel. Sie waren ordentlicher als die anderen Bücherhaufen. Valek schien es als Aufforderung zu nehmen, auch die anderen Büchertürme säuberlich auszurichten. Auf diese Weise schlug er eine breitere Schneise durch sein Arbeitszimmer.

„Wenn du das Gift genommen hast, wird Margg dich in dein Zimmer bringen und sich um dich kümmern. Ich gebe ihr die tägliche Dosis Gegengift für Butterfly Dust mit."

Ich schaute auf die dampfende Teetasse und nahm sie in die Hand. Das heiße Gefäß wärmte meine eiskalten Finger. Als Margg ins Zimmer kam, hatte ich das Gefühl, ein Henker würde das Podest betreten und nach dem Hebel greifen. Sollte ich mich hinsetzen oder hinlegen? Ich schaute mich im Zimmer um, ohne etwas wahrzunehmen. In meinen Armen kribbelte es, und ich merkte, dass ich den Atem anhielt.

Ich hob den Becher, als ob ich einen Toast aussprechen wollte, und leerte den Inhalt. „Saure Äpfel", sagte ich.

Valek nickte. Mir blieb gerade noch genügend Zeit, um den Becher auf den Tisch zu stellen, ehe die Welt vor meinen Augen zu zerfließen begann. Marggs Körper schwankte auf mich zu. Aus den Augen in ihrem großen Kopf sprossen Blumen. Eine Sekunde später füllte ihre wuchtige Gestalt den ganzen Raum aus, und ihr Kopf begann zu schrumpfen.

Etwas berührte mich. Aus den grauen Wänden schossen Arme und Beine, die mich umschlangen und zu Boden ziehen wollten. Graue Gespenster wuchsen unter meinen Füßen und ließen mich das Gleichgewicht verlieren. Sie tauchten unter mir hindurch, versetzten mir Stöße und lachten mich ga ckernd aus. Sie bedeuteten Freiheit. Ich versuchte, das, was von Margg übriggeblieben war, von mir zu stoßen, aber sie hielt mich fest und schlang sich um mich, drang in meine Ohren ein und hämmerte unter meiner Schädeldecke.

„Mörderin", flüsterte es um mich herum. „Hinterlistiges Biest. Bestimmt hast du seine Kehle aufgeschlitzt, als er schlief. So lässt es sich leicht töten. Hat es dir Spaß gemacht zuzusehen, wie sein Blut die Laken rot färbte? Du bist nur eine kleine miese Ratte.“

Ich versuchte, die Stimme zu fassen und sie zum Verstummen zu bringen, aber sie verwandelte sich in zwei grünschwarze Spielzeugsoldaten, die mich festhielten.

„Sie wird an dem Gift sterben. Wenn nicht, könnt ihr sie haben“, sagte das, was von Margg übriggeblieben war, zu den beiden Soldaten.

Sie stießen mich in eine tiefe Grube, und ich stürzte in bodenlose Dunkelheit.

Der Gestank von Erbrochenem und Exkrementen stieg mir in die Nase, als ich wieder zu Bewusstsein kam. Es waren die unverkennbaren Gerüche des Verlieses. Ich richtete mich auf und überlegte, warum ich wieder in meiner ehemaligen Zelle war. Eine Welle von Übelkeit überkam mich. Ich tastete nach dem Nachttopf und bekam den Metallpfosten eines Bettes zu fassen. Mein Körper wurde von trockenen Würgeattacken geschüttelt. Als sie verebbten, lehnte ich mich erschöpft an die Wand. Ich war erleichtert, dass ich in meinem Zimmer und nicht in der Zelle war. Betten waren ein Luxus, den man in den unterirdischen Bereichen vergebens suchte.

Mit einiger Mühe rappelte ich mich auf. Als ich zitternd auf den Füßen stand, zündete ich meine Laterne an. Mein Gesicht war verschmiert von eingetrocknetem Erbrochenen. Meine Bluse und meine Hose waren nass und stanken. Meine Körperflüssigkeiten bildeten eine übelriechende Lache auf dem Boden.

Margg passt wirklich gut auf mich auf, dachte ich sarkastisch. Wenigstens handelte sie praktisch. Hätte sie mich aufs Bett gelegt, hätte ich die Matratze ruiniert.

Ich dankte meinem Schicksal, dass ich das Gift überlebt hatte und mitten in der Nacht aufgewacht war. Das Gefühl von feuchten Kleidungsstücken auf der Haut war so unangenehm, dass ich unverzüglich in die Baderäume eilte.

Als ich von dort zurückkam, hörte ich Stimmen im Korridor, der zu meinem Zimmer führte. Sofort blieb ich stehen, löschte meine Laterne und schaute vorsichtig um die Ecke. Vor meiner Tür standen zwei Soldaten. Im schwachen Licht ihrer Lampen erkannte ich die schwarz-grüne Uniform. Es waren Brazells Farben.

4. KAPITEL

Sollen wir mal nachsehen, ob sie tot ist?", fragte einer von Brazells Soldaten gerade. Er hob den Arm, um mit seiner Laterne den oberen Türrahmen auszuleuchten. Dabei klirrten die zahlreichen Waffen an seinem Gürtel.

„Nein. Diese Haushälterin sieht jeden Morgen nach ihr und gibt ihr etwas zu trinken. Wir werden es schon rechtzeitig erfahren. Außerdem stinkt es da drinnen." Der zweite Soldat wedelte mit der Hand vor seinem Gesicht.

„Stimmt. Wenn einem bei diesem Geruch nicht schon alles vergeht, hätte man spätestens dann die Nase voll, wenn man ihr die vollgekotzte Uniform auszieht. Andererseits ..." Der Soldat mit der Laterne berührte kurz die Handschellen, die an seinem Gürtel hingen. „Wir könnten sie zu den Baderäumen schleifen, sie saubermachen und ein bisschen Spaß mit ihr haben, ehe sie abkratzt."

„Da würde uns bestimmt jemand sehen. Nein, nein, wenn sie überlebt, haben wir alle Zeit der Welt, ihr die Uniform auszuziehen. Das ist dann so, wie wenn man ein Geschenk auspackt, und es macht gewiss mehr Spaß, wenn sie dabei wach ist." Er grinste, und sie brachen in schallendes Gelächter aus.

Sie entfernten sich über den Gang und waren kurz darauf verschwunden. Ich stützte mich an der Wand ab und fragte mich, ob das, was ich gerade erlebt hatte, tatsächlich passiert war. Oder hatte ich immer noch Halluzinationen? Mein Kopf fühlte sich an, als sei er zu lange unter Wasser getaucht worden. Mir war schwindlig und übel.

Erst lange, nachdem die Soldaten außer Sicht waren, fasste ich mir ein Herz und ging in mein Zimmer zurück. Ich stieß die Tür weit auf und leuchtete in jede Ecke und unters Bett.

Doch das Einzige, was mir entgegenschlug, war ein aufdringlicher, säuerlicher Gestank. Würgend öffnete ich die Fensterläden und sog begierig die kühle frische Luft ein.

Angewidert betrachtete ich die Lache auf dem Boden. Sie wegzuwischen war das Letzte, wozu ich jetzt Lust verspürte, aber mir war klar, dass ich mit diesem widerwärtigen Geruch unter der Nase keinen Schlaf finden würde. Ich besorgte mir die notwendigen Putzmittel. Nur hin und wieder musste ich innehalten, um den Brechreiz zu unterdrücken, aber es gelang mir, den Boden zu säubern, ohne in Ohnmacht zu fallen.

Erschöpft streckte ich mich auf dem Bett aus. Es fühlte sich ungemütlich an. Unruhig wälzte ich mich umher auf der Suche nach einer bequemen Position. Wenn Brazells Soldaten nun zurückkamen? Schlafend wäre ich eine leichte Beute. Da ich mich gewaschen hatte, mussten sie mich nicht zu den Baderäumen schleppen. Das Zimmer roch nach Reinigungsmitteln. Außerdem hatte ich vergessen, den Stuhl unter den Türknauf zu klemmen.

Meine Fantasie ging mit mir durch. Ich sah mich wehrlos ans Bett gefesselt, während die Soldaten mich langsam auszogen, um ihre Vorfreude zu steigern und sich an meiner Angst zu ergötzen.

Die Wände meines Zimmers schienen sich aufzublähen und rhythmisch zu pulsieren. Ich stürzte in den Korridor und erwartete, Brazells Soldaten vor meiner Tür herumlungern zu sehen. Aber der Gang lag leer und verlassen vor mir.

Als ich ins Zimmer zurückgehen wollte, hatte ich das Gefühl, als ob mir jemand ein Kissen vors Gesicht presste. Ich konnte mich nicht überwinden, über die Schwelle zu treten. Mein Zimmer war eine Falle. Waren es die Nebenwirkungen des Gifts, oder warnte mich mein Instinkt? Unentschlossen blieb ich auf dem Korridor stehen, bis mein Magen knurrte. Getrieben von Hunger, begab ich mich auf die Suche nach etwas Essbarem.

Meine Hoffnung, die Küche leer vorzufinden, wurde enttäuscht. Ein hoch gewachsener Mann in einer weißen Uniform mit zwei schwarzen Diamanten auf der Hemdbrust wieselte um die Backöfen herum und murmelte etwas Unverständliches vor sich hin. Sein linkes Bein war steif. Gerade als ich mich wieder davonschleichen wollte, entdeckte er mich.

„Suchst du mich?", fragte er.

„Nein", erwiderte ich schüchtern. „Ich suche etwas zu essen." Ich musste den Kopf in den Nacken legen, um ihm ins Gesicht sehen zu können.

Stirnrunzelnd verlagerte er sein Gewicht auf das gesunde Bein, während er meine Uniform in Augenschein nahm. Für einen Koch zu dünn, dachte ich, aber er trug die entsprechende Kleidung. Außerdem würde nur ein Koch um diese frühe Uhrzeit auf den Beinen sein. Mit seinen hellbraunen Augen und dem kurz geschnittenen braunen Haar sah er auf unaufdringliche Weise recht gut aus. Ich fragte mich, ob er Dilanas Rand war, den Margg erwähnt hatte.

„Bedien dich." Er deutete auf zwei dampfende Brotlaibe. „Ich verdanke dir übrigens einen Wochenlohn."

„Wie bitte?", fragte ich, während ich mir eine dicke Scheibe Brot abschnitt. „Wieso verdankst du mir einen Wochenlohn?"

„Du bist die neue Vorkosterin, stimmt's?"

Ich nickte.

„Alle wissen, dass Valek dir eine Dosis von ‚My Love' verabreicht hat. Ich habe gewettet, dass du überleben würdest, und einen Wochenlohn darauf gesetzt." Er nahm drei weitere Laibe aus dem Ofen. „War ein ziemliches Risiko, denn du bist der kleinste und magerste Vorkoster, den wir je hatten. Die meisten, auch Margg, haben nämlich darauf getippt, dass du die Dosis nicht überstehen würdest."

Der Koch wühlte in einem der Schränke herum. „Hier." Er gab mir die Butter. „Ich backe dir einen Pfannkuchen." Er nahm verschiedene Zutaten aus dem Regal und rührte einen Eierkuchenteig an.

„Wie viele Vorkoster hat es hier denn schon gegeben?", erkundigte ich mich zwischen zwei Bissen in mein Butterbrot. Er schien nicht gerne allein zu arbeiten. Offenbar gefiel ihm meine Gesellschaft.

Ohne seine Tätigkeit zu unterbrechen, antwortete er: „Fünf, seitdem Commander Ambrose an der Macht ist. Valek ist ganz vernarrt in seine Gifte. Er hat viele Feinde des Commanders getötet, und er möchte nicht aus der Übung kommen. Du weißt schon – hin und wieder stellt er die Vorkoster auf die Probe, um sicher zu gehen, dass sie nicht nachlässig werden."

Die Worte des Kochs verursachten mir eine Gänsehaut. Mir kam es vor, als habe sich mein Körper verflüssigt und sei in eine gigantische Rührschüssel geflossen. Ich war nur eine Mischung aus Zutaten, die gerührt und geschlagen und benutzt wurden. Als der Koch den Teig in die glühende Pfanne goss, schien mein Blut ebenso heiß zu werden wie die süßen Pfannkuchen.

„Der arme Oscove. Valek hat ihn nie leiden können. Hat ihm dauernd Fallen gestellt, bis er den Druck nicht mehr aushalten konnte. Offiziell heißt es, er habe Selbstmord begangen, aber ich glaube, Valek hat ihn umgebracht."

Bestürzt sah ich ihm zu, wie er mit geschickten Bewegungen die Pfannkuchen wendete. Mir war plötzlich genauso heiß, wie es die Kuchen auf dem Ofen sein mussten.

Da machte ich mir Sorgen über Brazell, wo doch ein Fehltritt bei Valek mein Ende sein konnte. Vermutlich hatte er ein paar Giftsorten in der Hinterhand für den Fall, dass er sich entschied, den Vorkoster zu ersetzen. Unwillkürlich warf ich einen Blick über meine Schulter, um mich zu vergewissern, dass er nicht heimlich in die Küche gekommen war, um mein Frühstück zu vergiften. Nicht einmal mit dem schwatzhaften Koch konnte ich mich unbeschwert unterhalten, ohne ständig daran erinnert zu werden, dass vergiftetes Essen vermutlich nicht die einzige Gefahr darstellte, der ich bei meiner neuen Arbeit ausgesetzt war.

Der Koch reichte mir einen Teller, beladen mit süßen Pfannkuchen, nahm drei weitere Brotlaibe aus dem Ofen und füllte die Brotformen mit neuem Teig. Die warmen süßen Pfannkuchen schmeckten so ausgezeichnet, dass ich sie gierig hinunterschlang, ohne auf meinen strapazierten Magen Rücksicht zu nehmen.

„Oscove war mein Freund. Der beste Vorkoster, den der Commander jemals hatte. Jeden Morgen nach dem Frühstück kam er in meine Küche und half mir beim Erfinden neuer Rezepte. Ich muss dem Herrn andauernd etwas Neues bieten; sonst sucht er sich einen anderen Koch. Du verstehst, was ich meine?“

Ich nickte und wischte Butter von meinem Kinn.

Er reichte mir seine Hand. „Ich heiße übrigens Rand.“

Ich schüttelte sie. „Yelena.“

Auf dem Weg zu Valeks Arbeitszimmer blieb ich an einem offenen Fenster stehen. Gerade ging die Sonne über den Soul Mountains auf der Ostseite der Burg auf. Die Farben am Himmel erinnerten mich an ein verwischtes Gemälde – als habe ein kleines Kind Wasser über die Leinwand gegossen. Begierig nahm ich dieses Bild blühenden Lebens in mir auf und atmete tief ein. Ringsumher war alles in voller Blüte, und bald würde sich die kühle Morgenluft angenehm erwärmen. Die heiße Jahreszeit stand kurz bevor. Nicht mehr lange, und die Tage der drückenden Hitze und die Nächte von ermüdender, feuchter Schwüle würden beginnen. Seit vierzehn Tagen unterrichtete mich Valek bereits, und ich fragte mich, wie lange ‚My Love' mich wohl in Tiefschlaf versetzt hatte.

Ich riss mich von dem Anblick los und ging weiter zu Valeks Arbeitszimmer. Ich traf ihn an der Tür. Er wollte gerade hinausgehen. „Yelena! Du hast es tatsächlich geschafft!" Er lächelte. „Drei Tage warst du bewusstlos. Ich habe mir schon Sorgen gemacht."

Ein Blick in sein Gesicht sagte mir, dass er sich tatsächlich darüber freute, mich zu sehen.

„Wo ist Margg?", fragte er.

„Ich habe sie nicht gesehen", antwortete ich, wofür ich meinem Schicksal im Stillen dankte.

„Dann brauchst du dein Gegenmittel", sagte Valek und eilte zu seinem Schrank.

Nachdem ich die Flüssigkeit geschluckt hatte, machte er erneut Anstalten, das Zimmer zu verlassen. Mit einer Handbewegung bedeutete er mir, ihm zu folgen.

„Ich muss das Frühstuck des Commanders testen", erklärte er, während er vorauseilte.

Atemlos lief ich hinter ihm her.

„Es wird Zeit, dass du ihn kennen lernst und siehst, wie das Vorkosten vonstatten gehen soll."

Wir betraten die Haupthalle der Burg, ohne dass Valek

auch nur einmal innehielt, während ich, immer noch ein wenig geschwächt, mehrmals stolperte und einmal fast gestürzt wäre. Die berühmten Wandteppiche, die noch aus der Regierungszeit des Königs stammten, waren zerrissen und mit schwarzer Farbe beschmiert. In Brazells Waisenhaus hatten wir gelernt, dass jeder Teppich eine Provinz des ehemaligen Königreichs repräsentierte. Die mit Goldfäden durchwirkten, farbenfrohen Seidenstickereien, die in langjähriger Handarbeit entstanden waren, erzählten die Geschichte einer jeden Provinz. Jetzt, da die Teppiche in Fetzen von den Wänden hingen, kündeten sie von etwas anderem – der bedingungslosen und einflussreichen Machtübernahme des Commanders.

Dessen Verachtung für den Überfluss, die Exzesse und Ungerechtigkeiten des einstigen Regenten und seiner Familie war in ganz Ixia bekannt. Der Wechsel von der Monarchie zur Militärherrschaft hatte zu gravierenden Veränderungen im Land geführt. Einige Bürger hießen die leicht verständlichen, aber strikten Regeln des Neues Gesetzbuches willkommen; andere jedoch rebellierten dagegen, indem sie sich weigerten, ihre Uniformen zu tragen, nicht um Erlaubnis für ihre Reisen baten oder in den Süden flohen.

Die Vergehen der Aufsässigen wurden genau mit den Strafen belegt, die das Neue Gesetzbuch für die jeweilige Übertretung vorsah. Wer die Uniform nicht trug, wurde zwei Tage lang nackt auf dem Marktplatz angekettet. Dabei spielte es keine Rolle, ob der Gesetzesbrecher ein berechtigtes Motiv hatte; die Strafe war stets die Gleiche. Die Bürger von Ixia hatten schnell gemerkt, dass es keinen Verhandlungsspielraum gab, was ihre Sühne anbetraf. Weder Bestechung noch gute Verbindungen halfen ihnen weiter. In dieser Beziehung verstand der Commander keinen Spaß. Wer sich nicht an die Gesetze hielt, bekam die Konsequenzen zu spüren.

Ich löste den Blick von den Wandteppichen und sah gerade noch, wie Valek durch einen kunstvoll verzierten steinernen Torbogen verschwand. Zersplitterte Holztüren hingen schief in den Angeln, aber die verschlungenen Schnitzereien von Bäumen und exotischen Vögeln waren noch zu erkennen. Die Türen waren ein weiteres Opfer der Machtübernahme und ein unmissverständlicher Hinweis auf die Einfachheit, die der Commander zum Lebensstil erhoben hatte.

Verblüfft blieb ich stehen, nachdem ich durch die zerstörte Tür gegangen war. Ich stand im Thronsaal der Burg. Im Raum waren viele Schreibtische verteilt, an denen zahlreiche Ratgeber und Vertreter aus jedem Militärdistrikt des Landes saßen. Die Luft im Saal vibrierte vor Aktivität.

Es war schwer, die Personen im allgemeinen Durcheinander zu unterscheiden, aber schließlich entdeckte ich Valek im Gewimmel. Er verschwand gerade durch eine Tür am anderen Ende des Raums. Es dauerte eine Weile, bis ich mir einen Weg durch das Labyrinth der Schreibtische gebahnt hatte. Als ich die Tür endlich erreicht hatte, vernahm ich die Stimme eines Mannes, der sich über die kalten süßen Kuchen beklagte.

Commander Ambrose saß hinter einem schlichten hölzernen Schreibtisch. Im Vergleich zu Valeks Arbeitszimmer wirkte seines sehr nüchtern; kein einziger dekorativer Gegenstand zeugte von einer persönlichen Note. Das einzige Objekt im Raum ohne spezielle Funktion war eine handgroße Statue einer schwarzen Schneekatze. Ihre Augen glänzten silbern, und silbern glitzerten auch die Punkte auf dem kräftigen Rücken des Tieres.

Die schwarze Uniform des Commanders war maßgeschneidert und von makelloser Sauberkeit. Von Valeks Uniform unterschied sie sich dadurch, dass die Diamanten auf dem Kragen echt waren. Sie blitzten im Licht der Morgensonne. Das schwarze Haar des Commanders war graumeliert und so kurz geschnitten, dass es wie eine Bürste abstand.

In Brazells Unterricht hatten wir gelernt, dass der Commander öffentliche Auftritte vermied und keine Porträts von sich duldete. Je weniger Leute wussten, wie er aussah, umso geringer war die Gefahr eines Attentats. Einige hielten ihn für paranoid, aber ich glaubte, da er selber mit Hilfe von Attentaten und geheimen Machenschaften an die Herrschaft gelangt war, verhielt er sich einfach pragmatisch.

Das war nicht der Commander, wie ich ihn mir vorgestellt hatte: stämmig, bärtig, mit Orden behängt und bis an die Zähne bewaffnet. Er war schlank, glatt rasiert und hatte feingliedrige Züge.

„Commander, das ist Yelena, Eure neue Vorkosterin", stellte Valek mich vor und zog mich ins Zimmer.

Die goldbraunen, mandelförmigen Augen des Commanders schauten mich durchdringend an. Sein Blick war scharf wie die Spitze eines Schwertes. Unter seiner kritischen Musterung zog sich mein Magen zusammen. Reglos blieb ich stehen. Ich hatte das Gefühl, ausgezogen und durchleuchtet zu werden. Erst als ich zu Valek hinübersah, fiel mir das Atmen ein wenig leichter.

„Nach dem, was Brazell über sie verbreitet hat, habe ich damit gerechnet, dass sie Gift und Galle spuckt", sagte der Commander.

Bei der Erwähnung von Brazells Namen erstarrte ich. Wenn er in Gegenwart des Commanders schlecht über mich geredet hatte, konnte ich damit rechnen, bald wieder auf der Liste derjenigen zu stehen, die aufgeknüpft wurden.

„Brazell ist ein Narr“, erwiderte Valek. „Er bestand auf einer öffentlichen Hinrichtung für die Mörderin seines Sohnes. Ich persönlich hätte die Angelegenheit sofort und diskret erledigt. Damit hätte er sich durchaus im Rahmen des Rechts bewegt.“ Valek schlürfte den Tee des Commanders und schnupperte am süßen Gebäck.

Bei seinen Worten krampfte sich mein Herz zusammen, und ich atmete tief durch.

„Außerdem ist es eindeutig im Neuen Gesetzbuch festgeschrieben, dass wenn der Vorkoster stirbt derjenige, der als Nächster gehängt werden soll, die Stelle angeboten bekommt. Und Brazell gehörte immerhin zu den Verfassern des Gesetzes.“ Valek schnitt je ein Stückchen Kuchen aus der Mitte und von der Seite, steckte beide in den Mund und kaute langsam. „Bitte sehr.“ Er reichte dem Commander den Teller.

„Es ist durchaus etwas dran an dem, was Brazell mitbestimmt hat“, sinnierte der Commander. Er nahm die Tasse in die Hand und starrte in den Tee. „Wann fängt sie an? Ich habe allmählich die Nase voll von kaltem Essen.“

„In einigen Tagen.“

„Gut“, sagte der Commander zu Valek. Dann wandte er sich an mich. „Du kommst, sobald mein Essen serviert wird, und beeilst dich mit deiner Arbeit. Ich möchte nicht nach dir suchen müssen. Hast du verstanden?“

Mir wurde ein wenig leichter ums Herz, und ich antwortete: „Jawohl, Sir.“

„Valek, du bist schuld, dass ich immer mehr Gewicht verliere. Das Mittagessen wird im Besprechungszimmer serviert. Verspäte dich nicht.“

„Nein, Sir“, sagte Valek und ging zur Tür. Ich folgte ihm. Wieder suchten wir uns einen Weg durch das Gewirr der

Schreibtische. Als Valek stehen blieb, um sich mit einem anderen Berater zu unterhalten, schaute ich mich um. Unter den Ratgebern des Commanders waren auch einige Frauen. Ich entdeckte einen weiblichen Captain und einen Colonel. Ihre neuen Aufgaben verdankten sie dem Regierungsumsturz. Der Commander vergab Positionen nämlich nach Kenntnissen und Begabung und nicht nach Geschlecht.

Zu Zeiten der Monarchie waren Frauen am liebsten als Zimmermädchen, Küchenhilfen und Gattinnen gesehen worden. Der Commander dagegen ließ ihnen die Freiheit der Berufswahl. Einige Frauen blieben zwar bei ihren früheren Beschäftigungen; andere jedoch nutzten erfreut die Chancen, die sich ihnen boten.

Als wir Valeks Arbeitszimmer betraten, wischte Margg gerade rund um die Papiere auf dem Schreibtisch Staub. Ich konnte mich den Eindrucks nicht erwehren, dass sie mehr Zeit damit verbrachte, die Akten zu lesen anstatt sauber zu machen. Bemerkte Valek das nicht? Ich fragte mich, was Margg neben Staubwischen sonst noch für ihn tun mochte.

Sie sah ihn freundlich an, doch sobald er ihr den Rücken kehrte, warf sie mir finstere Blicke zu. Vermutlich hat sie viel Geld verloren, als sie gegen mein Überleben wettete, überlegte ich und lächelte ihr zu. Es gelang ihr gerade noch, ihre grimmige Miene zu entspannen, als Valek vom Schreibtisch aufschaute und zu uns hinüberblickte.

„Yelena, du siehst erschöpft aus. Allein bei deinem Anblick werde ich schon müde. Ruh dich ein wenig aus. Komm nach dem Mittagessen zurück; dann werden wir mit dem Unterricht fortfahren."

Eigentlich fühlte ich mich überhaupt nicht müde, aber Ausruhen war trotzdem eine gute Idee. Auf dem Korridor ging mir Valeks Bemerkung nicht aus dem Sinn. Unwillkürlich wurde ich immer langsamer, sodass ich schließlich im Schneckentempo zu meinem Zimmer schlich. So tief war ich in Gedanken versunken, dass ich zwei von Brazells Soldaten geradewegs in die Arme lief.

„Na schau mal an, Wren. Da haben wir die Ratte ja gefunden", rief einer von ihnen und packte mich beim Handgelenk. Erschrocken betrachtete ich die grünen Diamant-Imitate auf seiner Uniform.

„Gut gemacht", lobte Wren. „Zeigen wir deinen Fang doch General Brazell."

„Der General mag keine lebenden Ratten. Besonders diese hier nicht."

Der Soldat schüttelte mich heftig. Ein jäher Schmerz schoss durch meinen Arm bis hinauf zu meiner Schulter und in meinen Nacken. Voller Angst schaute ich mich im Korridor nach Hilfe um. Niemand war zu sehen.

„Stimmt. Er mag sie lieber lebendig gehäutet."

Ich hatte genug gehört und tat, was jede gewitzte Ratte tun würde. Ich biss in die Hand des Soldaten, bis ich Blut schmeckte. Er jaulte überrascht auf und stieß einen lauten Fluch aus. Dabei lockerte sich sein Griff. Sofort riss ich mich von ihm los und rannte davon.

5. KAPITEL

Kaum hatte ich einen knappen Vorsprung gewonnen, erholten sich Brazells Männer auch schon von ihrer Überraschung und nahmen die Verfolgung auf. Meine Angst und die Tatsache, dass ich keine Waffen bei mir trug, die mich behinderten, verschafften mir einen kleinen Vorteil. Auf den konnte ich mich allerdings nicht mehr lange verlassen, denn ich keuchte bereits vor Anstrengung.

Seltsamerweise waren alle Gänge menschenleer, während ich um mein Leben rannte. Und falls ich tatsächlich jemandem begegnen sollte, wäre ich mir gar nicht sicher gewesen, ob er mir helfen wollte oder konnte. Meine einzige Chance bestand darin, wie eine Ratte ein Loch zu finden, um mich darin zu verkriechen.

Ziellos lief ich durch die Korridore, einzig und allein darauf bedacht, meinen Vorsprung vor den Soldaten zu halten. Ein Gang erschien mir wie der andere, bis ich den Eindruck hatte, dass ich auf der Stelle trat und die Wände sich an mir vorbei bewegten. Ich verlangsamte mein Tempo, um mich zurechtzufinden. Wo war ich?

Das Licht im Gang wurde schwächer. Meine hämmernden Schritte wirbelten Staub auf. Ich war in einen abgelegenen Teil der Burg geraten – ein idealer Ort für einen stillen Mord. Still deshalb, weil ich nicht mehr genügend Luft in den Lungen hatte, um zu schreien. Ich bog nach rechts in einen Korridor, der ins Dunkle führte. Den Blicken der Wächter für einen kurzen Moment entkommen, rüttelte ich an der ersten Tür, an der ich vorbeikam. Ächzend und quietschend gab sie ein wenig unter meinem Gewicht nach, ehe sie festklemmte. Der Spalt war zwar breit genug für meinen Körper, aber nicht für meinen Kopf. Verzweifelt warf ich mich gegen die Tür, als die Schritte der Männer näher kamen. Sie gab noch eine Handbreit nach. Kopfüber stolperte ich in einen finsteren Raum und stürzte zu Boden.

Die Soldaten bemerkten die Tür sofort. Entsetzt sah ich, wie sie sie mit gemeinsamer Muskelkraft aufzustemmen versuchten. Der Spalt wurde breiter. Gehetzt spähte ich durch den Raum. Meine Augen begannen, sich an die Dunkelheit zu gewöhnen. Leere Fässer und zerfetzte Getreidesäcke lagen auf dem Boden herum. An der gegenüberliegenden Wand waren unter einem Fenster einige Läufer aufgestapelt.

Unter den vereinten Stößen der Soldaten gab die Tür noch ein paar Zentimeter nach. Ich rappelte mich auf und hievte die Fässer auf den Teppichstapel. Unsicher erklomm ich den schwankenden Berg, der bis ans Fenster reichte. Oben angekommen, stellte ich fest, dass es zu klein war, um mich hindurchzuzwängen.

Unheilvoll ächzte die Tür. Mit dem Ellbogen zerschmetterte ich die Fensterscheibe, pulte die Glassplitter aus dem Rahmen und warf sie auf die Erde. Blut floss mir über den Arm. Ohne auf den Schmerz zu achten, sprang ich zu Boden, presste mich an die Wand neben der Tür und versuchte, meinen keuchenden Atem zu unterdrücken.

Mit einem seufzenden Ächzen schwang die Tür auf und blieb nur wenige Zentimeter vor meinem Gesicht stehen. Die Männer stürzten ins Zimmer. „Schau nach dem Fenster. Ich sichere die Tür", sagte Wren.

Vorsichtig lugte ich um die Ecke. Wrens Kamerad eilte zu dem Stapel aus Teppichen und Fässern. Unter seinen Stiefeln knirschte Glas.

Mein Plan würde nicht funktionieren. Wren blockierte

meinen Fluchtweg. Das zerbrochene Fenster würde das Unvermeidliche nur ein wenig hinauszögern.

„Zu klein. Sie muss noch hier sein“, rief der Soldat von oben.

Mein Atmen war ein heftiges Keuchen geworden. Ich fühlte mich ganz leicht im Kopf. Die Rattenfalle war zugeschnappt, und ich saß in ihren eisernen Klauen.

Unfähig, einen klaren Gedanken zu fassen, klammerte ich mich an der Tür fest, um nicht hinzufallen. Ein unkontrollierbares Summen entrang sich meiner Kehle. Es war mir unmöglich, das Geräusch zu unterdrücken. Je mehr ich es versuchte, umso lauter wurde es.

Ich stolperte hinter der Tür hervor. Trotz des merkwürdigen Summens schauten die Soldaten nicht einmal in meine Richtung. Es sah aus, als seien sie an Ort und Stelle festgewurzelt.

Meine Lunge verlangte nach Sauerstoff. Kurz bevor ich ohnmächtig wurde, hörte der summende Laut auf. Er klang in meinen Ohren nach, aber er kam nicht länger von mir.

Die Männer reagierten noch immer nicht. Nachdem ich ein paar Mal tief Luft geholt hatte, stürzte ich aus dem Zimmer. Jetzt war nicht die passende Zeit, sich über diesen seltsamen Zwischenfall Gedanken zu machen. Das summende Geräusch folgte mir, als ich denselben Weg zurücklief, den wir gekommen waren.

Das Summen erstarb, sobald ich andere Diener durch den Gang laufen sah. Sie schauten mich verwundert an. Offenbar bot ich einen seltsamen Anblick. Ich zwang mich, in normalem Tempo zu gehen, und versuchte, mein hämmerndes Herz zu beruhigen.

Meine Kehle brannte vor Anstrengung, meine Uniform war schmutzig, ich spürte ein stechendes Klopfen in meinem Ellbogen, und von meinen Fingern tropfte leuchtend rotes Blut. Ich schaute auf meine Hände und sah die tiefen Schnitte von den Glassplittern. Benommen starrte ich auf das Blut am Boden.

Als ich mich umdrehte, bemerkte ich eine Spur rubinroter Tropfen, die sich im Gang verlor. Ich drückte den Arm an meine Brust, doch es war zu spät. Brazells Soldaten brauchten der Fährte nur noch wie Spürhunde zu folgen.

Schon bogen sie am anderen Ende des Ganges um die Ecke. Bis jetzt hatten sie mich noch nicht entdeckt, aber mir war klar, dass jede unbedachte Bewegung von mir ihre Aufmerksamkeit erregen würde. Ich schloss mich einer Gruppe von Dienern an, in der ich unterzutauchen hoffte. Die Schmerzen pochten im gleichen Rhythmus wie mein Herzschlag.

An der Einmündung zu einem anderen Korridor riskierte ich einen Blick zurück. Die Männer verharrten an der Stelle, wo meine Blutspur endete. Wren diskutierte wild gestikulierend mit seinem Kumpel. Unbemerkt schlüpfte ich um die Ecke und lief direkt in Valek hinein.

„Yelena! Was ist passiert?“ Er ergriff meinen Arm.

Ich krümmte mich vor Schmerzen. Sofort ließ er mich los.

„Ich bin … auf ein paar Glassplitter gefallen.“ Es war eine schwache Ausrede. Deshalb sprach ich schnell weiter. „Ich bin gerade auf dem Weg zu den Baderäumen.“ Als ich an ihm vorbeilaufen wollte, fasste er mich bei der Schulter und drehte mich zu sich um.

„Du musst zum Arzt.“

„Oh … na gut.“ Erneut versuchte ich, an ihm vorbeizukommen.

„Den Doktor findest du in dieser Richtung.“ Ohne meine Schulter loszulassen, schob er mich über den Gang zurück zu der Stelle, wo die Soldaten standen. Ich war so töricht zu hoffen, dass sie mich nicht bemerken würden, aber als wir an ihnen vorbeigingen, kamen sie grinsend hinter uns her.

Ich warf Valek einen Blick zu. Seine Miene war ausdruckslos. Doch der Griff an meiner Schulter wurde härter. Führte er mich etwa zu einer verlassenen Stelle, wo die drei mich in aller Ruhe töten konnten? Sollte ich versuchen zu fliehen? Aber wenn Valek mich ermorden wollte, hätte er mir nur das Gegengift zu Butterfly Dust vorenthalten müssen.

Als niemand mehr im Gang zu sehen war, ließ Valek meine Schulter los und drehte sich nach den beiden Soldaten um. Ich hielt mich dicht hinter ihm.

„Habt ihr euch verlaufen?“, fragte er die beiden.

„Nein, Sir“, erwiderte Wren. Er überragte Valek um einen Kopf, und seine Hände waren groß wie Teller. „Wir wollen nur unsere Gefangene zurückhaben.“ Wren griff an Valek vorbei und versuchte, mich zu packen.

Valek wehrte seine Hand ab. „*Eure* Gefangene?“, fragte er mit eisiger Stimme.

Die Männer warfen sich verdutzte Blicke zu. Valek trug keine Waffe bei sich. Obwohl der zweite Soldat kleiner als Wren war, übertraf er die beiden anderen Männer an Körpergewicht. Brazells Wachhunde grinsten verschlagen. Ob sie diese herablassende Haltung und die starren Blicke in ihrer Ausbildung gelernt hatten? Rand, der Koch, würde bestimmt seinen ganzen Monatslohn darauf verwetten, dass die Soldaten die Auseinandersetzung für sich entschieden.

„Genau genommen General Brazells Gefangene, Sir. Wenn Sie jetzt bitte gestatten …“

Mit einer Handbewegung bedeutete Wren Valek, beiseite zu treten.

„Sagt eurem Herrn, dass Valek es überhaupt nicht schätzt,

wenn seine neue Vorkosterin durch die Burg gejagt wird. Und dass ich wünsche, dass man sie in Ruhe lässt."

Wieder schauten sich die Soldaten an. Allmählich hatte ich den Verdacht, dass sie sich ein Gehirn teilten. Sie musterten Valek noch eindringlicher und stellten sich in Kampfpositur auf.

„Wir haben den Befehl, das Mädchen zum General zu bringen – und keine Botschaften", sagte Wren und nahm sein Schwert vom Gürtel.

Metall klirrte, als auch der andere Mann seine Waffe zückte. Wren befahl Valek erneut, beiseite zu treten. Was konnte er, von zwei Schwertern bedroht, noch tun? Ich wäre um mein Leben gerannt. Vorsichtshalber verlagerte ich mein Körpergewicht auf die Fußballen und bereitete mich auf die Flucht vor.

Unvermittelt machte Valek zwei Bewegungen aus dem Handgelenk, die so schnell waren, dass ich sie nur verschwommen wahrnahm. Es sah so aus, als salutierte er vor den Soldaten. Ehe sie reagieren konnten, stand er zwischen ihnen – zu nahe, als dass sie mit ihren Schwertern etwas ausrichten konnten. Er duckte sich, legte die Handflächen auf den Boden und wirbelte um die eigene Achse. Mit ausgestrecktem Bein fällte er die beiden Soldaten. Metall klirrte. Ich spürte einen Luftzug, als Wren stürzte, und hörte den anderen fluchen. Dann lagen beide regungslos zu meinen Füßen.

Verblüfft sah ich, wie Valek mit einer eleganten Bewegung von den außer Gefecht gesetzten Gegnern einen Schritt zurücktrat. Leise zählte er bis zehn. Dann beugte er sich über die Männer und zog zwei winzige Pfeile aus ihren Nacken.

„Es ist nicht gerade die feine Art, so zu kämpfen, aber ich bin schon spät dran zum Mittagessen."

6. KAPITEL

Valek stieg über die auf dem Bauch liegenden Soldaten, nahm meinen verletzten Arm und untersuchte ihn. „Es ist nicht so schlimm, wie es aussieht. Du wirst es überleben. Wir gehen erst zum Commander und dann zum Arzt."

Valek eilte mit mir quer durch die Burg. Ein klopfender Schmerz machte sich in meinem Arm bemerkbar, und ich wurde immer langsamer. Die Vorstellung, dem Commander mit seinem undurchdringlichen Gesichtsausdruck gegenüberstehen zu müssen, ließ meine Füße schwer wie Blei werden. Ein Besuch beim Arzt und danach ein heißes Bad wären mir viel lieber gewesen.

Wir betraten einen weitläufigen runden Raum, den der Commander als Besprechungszimmer benutzte. Schmale Buntglasfenster, die vom Boden bis zur Decke reichten, nahmen drei Viertel der Wände ein. Die Farbenvielfalt gab mir das Gefühl, mitten in einem Kinderkreisel zu sitzen. Mir war ganz schwindlig, und ich wäre fast gestolpert, hätte ich nicht etwas entdeckt, an dem ich meinen Blick festmachen konnte.

Ein langer Holztisch beherrschte die Mitte des Raums. Am Kopf des Tisches saß der Commander, die dünnen Augenbrauen missbilligend zusammengezogen. Hinter ihm standen zwei Wächter. Ein Tablett mit unberührten Speisen war vor ihm aufgebaut. Außerdem saßen drei Generäle des Commanders mit am Tisch. Zwei von ihnen waren damit beschäftigt, ihr Mittagessen einzunehmen, während die Gabel des Dritten unentschlossen über seinem Teller schwebte. Ich konzentrierte mich auf die Hand, die sie hielt. Dass ihr Besitzer wütend war, konnte man an den Fingerknöcheln erkennen, die weiß hervortraten. Brazell ließ die Gabel sinken. Seine Miene war wie versteinert, und die zornigen Blitze in seinen Augen galten mir. Wie das Kaninchen vor der Schlange hütete ich mich, auch nur die geringste Bewegung zu machen.

„Valek, du bist ..." begann Commander Ambrose.

„ ...spät", beendete Valek den Satz für ihn. „Ich weiß. Es gab eine kleine Auseinandersetzung." Er zog mich näher zu sich.

Neugierig unterbrachen die anderen beiden Generäle ihr Mittagsmahl. Ich errötete. Am liebsten wäre ich Hals über Kopf aus dem Zimmer geflohen. Da ich noch nie zuvor mit hochrangigen Offizieren zu tun hatte, erkannte ich die Generäle nur an den Farben ihrer Uniformen. Auf meiner Reise in die Verliese des Commanders war ich zum ersten Mal aus MD-5 herausgekommen. Sogar während meiner ersten zehn Jahre im Waisenhaus hatte ich Brazell und seine Familie nur kurz zu sehen bekommen.

Nachdem ich sechzehn geworden war, wurde der Anblick von Brazell und seinem Sohn Reyad für mich jedoch zu einem allnächtlich wiederkehrenden Albtraum. Zunächst schmeichelte mir die Aufmerksamkeit meines Wohltäters; sein graues Haar und sein kurz geschorener Bart umrahmten ein geradliniges, angenehmes und Respekt heischendes Gesicht. Von mannhafter Entschlossenheit und Tapferkeit geprägt, war er für mich die Vaterfigur schlechthin. Brazell versicherte mir häufig, ich sei das klügste seiner „adoptierten" Kinder. Deshalb benötige er meine Hilfe bei einigen seiner Experimente. Bereitwillig stimmte ich zu, daran mitzuwirken.

Inzwischen verursachte mir die Erinnerung an meine Dankbarkeit und Naivität Übelkeit. Das war vor drei Jahren gewesen. Ich war ein dummes Hündchen, das selbst dann noch freudig mit dem Schwanz wedelte, als der Sack, in den man es gesteckt hatte, zugebunden wurde.

Zwei Jahre lang dauerte mein Martyrium. Mein Verstand schreckte vor der Erinnerung zurück. Ich betrachtete Brazell, der mit zusammengepressten Lippen am Tisch saß. Seine Wangenmuskeln zitterten. Er bemühte sich, seine Hassgefühle im Zaum zu halten. Wie durch einen Nebelschleier sah ich Reyads Geist hinter seinem Vater auftauchen. Reyads Kehle war aufgeschlitzt. Blut tropfte auf den Boden und befleckte sein Nachtgewand. Unwillkürlich fiel mir eine Geschichte ein, in der die Opfer ihre Mörder heimsuchten, bis sie sich an ihnen für die Tat rächen konnten.

Ich rieb mir die Augen. Bemerkte sonst noch jemand die Erscheinung? Falls ja, wussten sie es sehr gut zu verbergen. Ich schaute zu Valek hinüber. Wurde er auch von Geistern verfolgt? Konnte man jener alten Geschichte glauben, dann musste er sich ganzer Heerscharen von ihnen erwehren.

Es machte mir Sorgen, dass ich Reyad immer noch nicht losgeworden war, aber ich verspürte nicht die geringsten Gewissensbisse. Das Einzige, das ich bedauerte, war die Tatsache, dass ich Brazell nicht ebenfalls getötet hatte, als sich mir die Chance dazu bot. Außerdem tat es mir Leid, dass ich nicht in der Lage war, meine „Schwestern und Brüder“ im Waisenhaus vor dem schrecklichen Schicksal zu bewahren, das ihnen mit ihrem sechzehnten Geburtstag drohte. Und ich empfand tiefe Trauer darüber, dass ich May und Carra nicht hatte warnen und ihnen zur Flucht verhelfen können.

Die Stimme des Commanders riss mich abrupt aus meinen Gedanken.

„Eine Auseinandersetzung, Valek?“ Er seufzte wie ein nachsichtiger Vater. „Wie viele Tote?“

„Keine. Ich kann es schwerlich mit meinem Gewissen vereinbaren, Soldaten umzubringen, nur weil sie dem Befehl von General Brazell gehorchen, unsere neue Vorkosterin zu verfolgen und zu töten. Außerdem schien sie ihnen ohnehin gerade zu entkommen, als sie mir in die Arme lief. Gott sei Dank, kann ich da nur sagen, denn sonst hätte ich niemals von dem Zwischenfall erfahren."

Der Commander betrachtete mich eine Weile, ehe er sich an Brazell wandte.

Darauf hatte dieser offensichtlich nur gewartet. Wie von der Tarantel gestochen, sprang er von seinem Stuhl auf und schrie: „Sie soll sterben! Ich will ihren Tod. Sie hat meinen Sohn ermordet."

„Aber das Neue Gesetzbuch …", begann Valek.

„Zum Teufel damit! Ich bin General. Sie hat den Sohn eines *Generals* getötet – und jetzt ist sie hier …" Vor lauter Erregung versagte ihm die Stimme. Seine Finger zuckten, als wollte er sie mir um den Hals legen und zudrücken. Reyads Geist schwebte hinter seinem Vater. Er hatte ein höhnisches Grinsen im Gesicht.

„Ich empfinde es als persönliche Schande, dass sie lebt", tobte Brazell weiter. „Eine Beleidigung. Bildet einen anderen Gefangenen aus. Ich will ihren Tod!"

Instinktiv versteckte ich mich hinter Valeks Rücken. Die anderen Generäle nickten zustimmend. Vor lauter Angst wagte ich nicht, den Commander anzusehen.

„Sein Argument ist nicht von der Hand zu weisen", sagte dieser gerade ohne die geringste Gefühlsregung in der Stimme.

„Bisher habt Ihr Euch immer streng an das Neue Gesetzbuch gehalten", erinnerte Valek ihn. „Wenn Ihr jetzt davon abweicht, schafft Ihr einen Präzedenzfall. Abgesehen davon würdet Ihr die fähigste Vorkosterin töten, die wir jemals hatten. Ihre Ausbildung ist fast beendet.“ Mit einer Kopfbewegung deutete er auf das Tablett mit kalten Speisen, das neben dem Commander stand.

Vorsichtig lugte ich hinter Valeks Schulter hervor, um die Reaktion des Commanders zu sehen. Gedankenverloren spitzte er die Lippen, während er über Valeks Einwand nachdachte. Ich verschränkte die Arme und grub die Fingernägel tief ins Fleisch.

Brazell, der den Stimmungsumschwung spürte, trat einen Schritt auf den Commander zu. „Sie ist klug, weil *ich* sie unterrichtet habe. Ich kann nicht glauben, dass Ihr diesen Emporkömmling, diese hinterhältige und boshafte Verbrecherin auch nur eine Minute lang …“ Brazell verstummte. Er hatte zuviel gesagt. Er hatte Valek beleidigt, und sogar ich wusste, dass der Commander sehr viel von Valek hielt.

„Lasst meine Vorkosterin in Frieden, Brazell.“

Erleichtert atmete ich auf.

Brazell wollte etwas erwidern, aber der Commander bedeutete ihm zu schweigen. „Das ist ein Befehl. Geht und baut Eure neue Fabrik. Eurem Ersuchen wurde stattgegeben.“ Es war der Versuch, Brazell zu ködern. War eine neue Fabrik mehr wert als mein Tod?

Stille breitete sich aus, während alle auf Brazells Antwort warteten. Er warf mir einen letzten hasserfüllten Blick zu. Reyads Geist grinste spöttisch, und Brazells inzwischen triumphierender Miene war anzumerken, dass ihm diese Erlaubnis sehr viel bedeutete. Mehr, als er dem Commander gegenüber zugeben wollte. Die Wut und die Empörung darüber, dass ich meinen Kopf aus der Schlinge gezogen hatte, waren echt, aber jetzt konnte er erst einmal seine Fabrik bauen – und mich später töten. Er wusste ja, wo er mich finden würde.

Ohne ein weiteres Wort verließ Brazell den Raum. Reyads Geist, der sich sehr zu amüsieren schien, formte mit den Lippen die Worte „Bis zum nächsten Mal“, ehe er seinem Vater folgte.

Schweigend hörte sich der Commander die Proteste der anderen Generäle gegen die Baugenehmigung an. Da nun niemand mehr von mir Notiz nahm, betrachtete ich die beiden aufmerksam. Sie trugen, abgesehen von den schwarzen Jacketts mit goldenen Knöpfen, die gleiche Uniform wie der General. Statt echter Diamanten an den Krägen hatte jeder General fünf Imitate auf das linke Revers gestickt. Weder Orden noch Borten schmückten ihre Uniformen. Die Truppen des Commanders trugen nur das Notwendigste, damit man ihren Rang in Friedenszeiten wie im Kampf sofort erkennen konnte.

Die Diamanten des Generals, der unmittelbar neben dem Commander saß, waren blau. Es war General Hazal, zuständig für den Militär-Distrikt 6, der im Westen an Brazells MD-5 grenzte. General Tessos Stickereien glänzten silbern. Er war verantwortlich für MD-4 nördlich von Brazells Territorium. Falls in einem Distrikt ein großes Projekt geplant war – beispielsweise der Bau einer Fabrik oder die Rodung von Boden für landwirtschaftliche Zwecke –, musste der Commander seine Einwilligung geben. Für kleinere Dinge wie den Einbau eines neuen Ofens in eine Bäckerei oder die Errichtung eines Hauses innerhalb eines Distrikts reichte die Erlaubnis vom jeweiligen General. Die meisten von ihnen beschäftigten einen Stab von Untergebenen, die sich um die notwendigen Formalitäten für derlei Bauvorhaben kümmerten.

Die Einwände der Generäle ließen darauf schließen, dass das Genehmigungsverfahren für Brazells Projekt noch in der Anfangsphase steckte. Gespräche mit den angrenzenden Bezirken waren zwar schon geführt worden, aber die Mitarbeiter des Commanders hatten die Pläne für die Fabrik noch nicht geprüft oder beglaubigt. Normalerweise setzte der Commander seine Unterschrift erst unter ein Projekt, wenn sein Stab eine Empfehlung aussprach. Das Neue Gesetzbuch schrieb nur vor, dass die Genehmigung vor Baubeginn vorliegen musste, und falls der Commander die Formalitäten umgehen wollte, war er frei, das zu tun.

Im Waisenhaus hatte das Neue Gesetzbuch zum Unterrichtsstoff gehört. Jeder musste die Paragrafen wortgetreu wiedergeben können, ehe er oder sie für würdig befunden wurde, Botengänge in die Stadt zu machen. Neben Lesen und Schreiben hatte Brazell mich Mathematik und die Geschichte von der Machtübernahme in Ixia durch den Commander gelehrt. Seit dem Putsch war Schulbildung für alle da und nicht länger ein Privileg für die männlichen Mitglieder der reichen Klasse.

Mit meinem Unterricht nahm es jedoch ein böses Ende, als ich anfing, Brazell zu „helfen“. Die Erinnerung daran drohte, mich zu überwältigen. Auf einmal war mir ganz beklommen zumute. Zitternd versuchte ich, mich auf meine Umgebung zu konzentrieren. Die Generäle hatten es aufgegeben, den Commander umzustimmen. Valek kostete von den kalten Speisen und schob sie näher zum Commander hin.

„Eure Bedenken habe ich zur Kenntnis genommen. An meinen Anweisungen ändert sich nichts“, sagte der Commander. Dann wandte er sich an Valek. „Sorg dafür, dass deine Vorkosterin die Erwartungen nicht enttäuscht. Ein Fehler, und du lernst ihren Nachfolger an, bevor du selbst degradiert wirst. Ihr könnt gehen.“

Valek nahm meinen Arm und führte mich hinaus. Wir eilten den Gang hinunter, bis wir die Tür zum Besprechungszimmer hinter uns ins Schloss fallen hörten. Sofort blieb Valek stehen. Sein Gesicht war eine undurchdringliche Maske.

„Yelena …“

„Seid still. Hört auf, mir Angst zu machen oder zu drohen. Das hat Brazell oft genug getan. Ich werde alles tun, um die beste Vorkosterin zu werden, denn ich gewöhne mich allmählich an den Gedanken, weiterzuleben. Und ich möchte Brazell nicht die Genugtuung verschaffen, mich tot zu sehen.“ Ich hatte keine Lust mehr, auf jede noch so kleine Regung in Valeks Miene oder jeden noch so leisen Unterton in seiner Stimme zu achten, um seine Laune zu erraten, und ließ ihn einfach stehen. Er folgte mir. An der Einmündung eines anderen Korridors legte Valek seine Hand auf meinen Ellbogen. Ich hörte ihn das Wort „Doktor“ murmeln, als er mich nach links führte. Ohne ihn eines Blickes zu würdigen, ließ ich mich von ihm zur Krankenstation bringen.

Auf dem Weg zum Untersuchungstisch betrachtete ich aus den Augenwinkeln die schneeweiße Uniform des Arztes. Der einzige Farbfleck waren zwei kleine rote Diamanten am Kragen. Meine Auffassungsgabe war durch Müdigkeit so geschwächt, dass ich eine Weile brauchte, um zu erkennen, dass der Doktor mit den kurzen Haaren eine Frau war. Seufzend streckte ich mich auf dem Tisch aus.

Die Ärztin verschwand, um ihre Instrumente zu holen, und Valek sagte: „Ich postiere einige Wachen vor der Tür für den Fall, dass Brazell seine Meinung ändert.“ Ehe er die Station verließ, wechselte er noch einige Worte mit der Ärztin.

Nickend blickte sie in meine Richtung.

Mit einem Tablett voll blitzender Instrumente und Utensilien, darunter ein Glas mit einer Gelee-artigen Substanz, kam die Ärztin zurück. Sie rieb meine Arme mit Alkohol ein, sodass die Wunden erneut bluteten und höllisch brannten. Ich biss die Zähne zusammen, um nicht laut aufzuschreien.

„Das sind alles nur Schürfwunden – bis auf diese hier.“ Die Ärztin zeigte auf meinen Ellbogen, mit dem ich die Fensterscheibe zertrümmert hatte. „Diese Wunde muss versiegelt werden.“

„Versiegelt?“ Das klang allerdings nach einer schmerzhaften Prozedur.

Die Ärztin griff nach dem Glas mit dem Gelee. „Entspann dich. Es ist eine neue Methode zur Behandlung tiefer Schnittwunden. Wir benutzen diesen Klebstoff, um die Haut zu versiegeln. Wenn die Wunde erst einmal verheilt ist, wird der Klebstoff vom Körper aufgenommen.“ Mit den Fingern holte sie einen großen Klumpen heraus und verstrich ihn auf dem Schnitt.

Der Schmerz fuhr mir wie Messerstiche durch den Körper. Die Ärztin presste die Haut zusammen, indem sie fest auf die Wunde drückte. Tränen liefen mir über die Wangen.

„Ausgerechnet der Koch des Commanders hat diese Substanz erfunden. Sie ist frei von Nebenwirkungen und schmeckt vorzüglich im Tee.“

„Rand?“, fragte ich überrascht.

Sie nickte. „Du musst ein paar Tage einen Verband tragen und darauf achten, dass kein Wasser an die Verletzung kommt“, erklärte sie, während sie die Wunde weiter zusammendrückte. Sie blies eine Weile auf den Klebstoff, ehe sie ihren Griff lockerte. Anschließend bandagierte sie meinen Arm.

„Valek möchte, dass du heute Nacht hier bleibst. Ich werde dir dein Abendessen bringen. Dann kannst du dich ein wenig ausruhen."

Zuerst befürchtete ich, dass Essen zu anstrengend wäre, aber beim Anblick der warmen Mahlzeit merkte ich plötzlich, dass ich fast am Verhungern war. Doch ein seltsamer Beigeschmack in meinem Tee verdarb mir sofort den Appetit.

Jemand hatte ihn vergiftet.

7. KAPITEL

Ich winkte die Ärztin zu mir. „Da ist etwas in meinem Tee“, sagte ich. Mir wurde bereits ganz leicht im Kopf. „Ruf Valek.“ Vielleicht hatte er ein Gegenmittel. Sie sah mich mit ihren großen braunen Augen an. Ihr Gesicht war lang und schmal. Längeres Haar hätte ihre Züge weicher gemacht. So kurz, wie sie es trug, ähnelte sie einem Frettchen.

„Das sind Schlaftabletten. Befehl von Valek“, erwiderte sie.

Erleichtert ließ ich die Luft aus meinen Lungen entweichen. Sofort fühlte ich mich besser. Die Ärztin warf mir einen belustigten Blick zu, ehe sie ging. Doch der Appetit war mir vergangen, und ich schob mein Essen zur Seite. Meine letzten Kraftreserven waren verbraucht, und ich fühlte mich so erschöpft, dass ich auch ohne Tabletten eingeschlafen wäre.

Als ich am nächsten Morgen die Augen aufschlug, stand ein verschwommener weißer Farbklecks am Fußende meines Betts. Er bewegte sich. Blinzelnd kniff ich die Augen zusammen, bis aus dem verwaschenen Bild die Ärztin mit den kurzen Haaren wurde.

„Hast du gut geschlafen?“

„Ja“, antwortete ich. Es war seit langem die erste Nacht ohne Albträume, obwohl ich das Gefühl hatte, mein Kopf sei mit Watte ausgestopft, und ein widerwärtiger Geschmack in meinem Mund ließ ebenfalls nichts Gutes für den Morgen erwarten.

Die Ärztin prüfte meinen Verband, murmelte etwas Nichtssagendes und teilte mir mit, dass es mit meinem Frühstück noch ein wenig dauern würde.

Während ich wartete, ließ ich meinen Blick prüfend durch

die Krankenstation wandern. In dem rechteckigen Raum standen zwölf Betten, sechs auf jeder Seite. Sie waren symmetrisch angeordnet. Die Laken auf den leeren Betten spannten sich straff über die Matratze. Mich störte die Überkorrektheit der Einrichtung. Ich dagegen fühlte mich wie zerknautschtes Bettzeug – ohne Kontrolle über meine Seele, meinen Körper oder meine Welt. Die penible Ordnung, die mich umgab, empfand ich als Provokation, und plötzlich überkam mich das brennende Verlangen, auf die gemachten Betten zu springen und die millimetergenau ausgerichteten Reihen durcheinander zu bringen.

Mein Bett stand am weitesten von der Tür entfernt. Zwei leere Betten trennten mich von den anderen drei Patienten auf meiner Seite. Sie schliefen noch, sodass ich niemanden hatte, mit dem ich mich unterhalten konnte. Die Steinwände waren kahl. Im Vergleich dazu hatten die Mauern meines Verlieses viel interessantere Dekorationen zu bieten. Wenigstens roch es hier besser. Ich holte tief Luft. Der reine, stechende Geruch nach Alkohol, gemischt mit Desinfektionsmitteln, stieg mir in die Nase – ganz anders als der faulige Gestank in meinem Kerker. Sehr viel angenehmer – oder? Eine weitere Duftnote schwang in dem Krankenhausgeruch mit. Schnuppernd erkannte ich, dass ich den sauren Geruch von alter Furcht ausdünstete.

Unter normalen Umständen hätte ich den vorhergehenden Tag nicht überlebt. Brazells Soldaten hatten mich in die Enge getrieben. Es gab kein Entkommen. Dennoch war ich von einem seltsamen Summen gerettet worden, das ungestüm und unkontrollierbar aus meiner Kehle gedrungen war. Ein urtümlicher Überlebensinstinkt, ein fernes Echo aus meinen Albträumen.

Ich wollte nicht über dieses Summen nachdenken, weil es mir so vertraut war, aber die Erinnerung ließ mich nicht los. Ich ließ die vergangenen drei Jahre an meinem inneren Auge vorüberziehen und versuchte mir ins Gedächtnis zu rufen, wann und in welchem Zusammenhang das Summen zum ersten Mal aufgetaucht war, wobei ich die damit verbundenen Gefühle tunlichst außer Acht ließ.

In den ersten Monaten hatten Brazells Experimente darin bestanden, meine Reflexe zu testen. Er wollte ausprobieren, wie schnell ich einem Ball oder einem schwingenden Stock ausweichen konnte. Es waren harmlose Versuche – bis aus dem Ball ein Messer und aus dem Stock ein Schwert wurde.

Mein Herz begann zu hämmern. Mit schweißfeuchter Hand betastete ich eine Narbe in meinem Nacken. Keine Gefühle, befahl ich mir streng und wedelte mit den Händen durch die Luft, als könnte ich damit die Furcht vertreiben. Tu so, als seiest du die Ärztin, dachte ich, die fragt, um Informationen zu erhalten. Ich stellte mir vor, ganz in Weiß gekleidet zu sein und neben einer Patientin zu sitzen, die im Fieberwahn vor sich hin plapperte.

Was kam dann?, fragte ich die Patientin. Tests, in denen Stärke und Ausdauer geprüft wurden, antwortete sie. Einfache Aufgaben wie das Heben von Gewichten waren durch Versuche ersetzt worden, bei denen sie schwere Steine minutenlang und später stundenlang über dem Kopf halten musste. Ließ sie den Stein fallen, ehe die vorgeschriebene Zeit verstrichen war, wurde sie ausgepeitscht. Man befahl ihr, Ketten, die von der Decke hingen, zu ergreifen, sodass sie nur wenige Zentimeter über dem Boden baumelte, bis Brazell oder Reyad die Erlaubnis zum Loslassen gaben.

Wann hast du das Summen zum ersten Mal gehört?, fragte

ich die Patientin. Sie hatte die Ketten zu oft zu früh losgelassen, und Reyad wurde wütend. Deshalb zwang er sie, sich mit den Händen am Außensims eines Fensters fünf Stockwerke über der Erde festzuhalten.

„Versuchen wir's noch einmal", sagte Reyad. „Jetzt, wo wir den Einsatz erhöht haben, schaffst du vielleicht die ganze Stunde."

Die Patientin verstummte. Erzähl weiter, drängte ich sie. Ihre Arme waren kraftlos geworden, weil sie die meiste Zeit des Tages an den Ketten gehangen hatte. Ihre Finger waren schweißnass, und ihre Muskeln zitterten vor Erschöpfung. Sie war fast wahnsinnig vor Angst. Als ihre Hände vom Sims rutschten, schrie sie vor Entsetzen laut auf wie ein kleines Kind. Plötzlich nahm das Schreien eine andere Qualität an – es verwandelte sich in eine Materie, die sich ausbreitete, ihren Körper umhüllte und ihre Haut streichelte. Sie hatte das Gefühl, in angenehm warmem Wasser zu treiben.

Als Nächstes erinnerte sie sich daran, auf dem Boden zu sitzen und zum Fenster emporzuschauen. Reyad betrachtete sie mit hochrotem Kopf. Sein sonst stets makellos frisiertes blondes Haar war zerzaust. Entzückt warf er ihr eine Kusshand zu.

Die einzige Möglichkeit, diesen Sturz zu überstehen, war Zauberei. Nein. Unmöglich, beharrte sie. Es mussten irgendwelche seltsamen Windströmungen gewesen sein – oder sie hatte einfach Glück gehabt und war deshalb unverletzt gelandet. Aber Zauberei war es auf keinen Fall!

Zauberei oder Magie waren verbotene Wörter in Ixia, seitdem Commander Ambrose die Herrschaft übernommen hatte. Magier waren in seinen Augen nur Moskitos, die Krankheiten übertrugen. Sie wurden gejagt, gefangen und getötet.

Jeder Hinweis oder allein die Vermutung, dass jemand über magische Kräfte verfügte, kam einem Todesurteil gleich. Die einzige Überlebenschance bestand in der Flucht nach Sitia.

Die Patientin wurde zunehmend erregter, und ihre Bettnachbarn blickten verwundert zu ihr hinüber – zu mir hinüber. Eins nach dem anderen, befahl ich mir. Wenn ich mir die Vergangenheit in kleinen Dosen verabreichte, konnte ich leichter damit fertig werden. Jedenfalls war ich bei dem Sturz nicht verletzt worden, und Reyad behandelte mich eine Zeit lang sehr nett. Aber seine Freundlichkeit währte nur so lange, bis ich erneut bei seinen Tests versagte.

Um mich von meinen Erinnerungen abzulenken, zählte ich die Risse in der Zimmerdecke. Ich war bei sechsundfünfzig angelangt, als Valek hereinkam.

In einer Hand trug er ein Tablett mit Speisen, in der anderen hielt er einen Aktenordner. Misstrauisch beäugte ich das dampfende Omelett. „Was ist da drin?“, wollte ich wissen. „Noch mehr Schlaftabletten? Oder ein weiteres neues Gift?“ Jeder Muskel meines Körpers hatte sich verspannt. Vergeblich versuchte ich, mich aufzusetzen. „Wie wäre es, wenn Ihr mir zur Abwechslung einmal etwas gäbt, was mir gut tut?“

„Wie wäre es mit etwas, das dich am Leben hält?“, konterte Valek. Er half mir hochzukommen und reichte mir eine Pipette mit meinem Gegengift. Anschließend stellte er das Tablett mit den Speisen auf meinen Schoß.

„Schlaftabletten sind nicht nötig. Die Ärztin hat mir gesagt, dass du sie gestern Abend herausgeschmeckt hast.“ In Valeks Stimme schwang Anerkennung mit. „Probier dein Frühstück und sag mir, ob du dem Commander erlauben würdest, es zu essen.“

Valek hatte wirklich nicht übertrieben, als er sagte, dass

ich keine freien Tage haben würde. Seufzend roch ich an dem Omelett. Keine auffallenden Aromen. Ich teilte es in Viertel und prüfte jedes auf ungewöhnliche Zutaten. Nacheinander schob ich mir einen Bissen von jedem Stück in den Mund und kaute bedächtig. Beim Hinunterschlucken achtete ich auf einen auffälligen Nachgeschmack. Ich schnupperte am Tee und rührte ihn um, ehe ich den ersten Schluck nahm und ihn über meine Zunge rollen ließ. Beim Hinunterschlucken bemerkte ich einen süßlichen Geschmack.

„Wenn der Commander nichts gegen Honig hat, würde ich dieses Frühstück nicht zurückgehen lassen."

„Dann iss es."

Ich zögerte. Wollte Valek mich hinters Licht führen? Falls er nicht ein mir unbekanntes Gift benutzt hatte, war das Frühstück unbedenklich. Ich verspeiste es restlos und trank den Tee unter Valeks wachsamen Blicken.

„Nicht schlecht", sagte er. „Kein Gift ... heute."

Einer der Ärzte brachte Valek ein zweites Tablett. Darauf standen vier Tassen mit einer olivgrünen Flüssigkeit, die nach Minze roch. Valek tauschte die beiden Tabletts aus und sagte: „Ich möchte einige Probiertechniken durchgehen. Jede dieser Tasse enthält Pfefferminztee. Koste von einer."

Ich griff nach der Tasse, die mir am nächsten stand, und nahm einen Schluck. In meinem Mund breitete sich ein alles andere überlagerndes Aroma von Minze aus. Ich musste husten.

Valek lächelte verschmitzt. „Schmeckst du sonst noch etwas heraus?"

Ich nahm einen zweiten Schluck. Die Minze dominierte immer noch. „Nein."

„Gut. Jetzt halte dir einmal die Nase zu und versuche es dann noch einmal."

Mit dem bandagierten Arm fiel es mir schwer, mir die Nase zuzuhalten und dabei zu trinken. Schließlich schaffte ich es. In meinen Ohren knackte es. Der Geschmack verblüffte mich. „Süß. Kein Pfefferminz." Meine Stimme klang drollig, und ich ließ meine Nase los. Sofort übertönte die Minze die Süße.

„Richtig. Und jetzt versuch die anderen."

Die nächste Tasse Pfefferminztee schmeckte säuerlich, die dritte bitter und die vierte salzig.

„Diese Methode funktioniert bei allen Getränken und Speisen. Wenn man den Geruchssinn ausschaltet, werden sämtliche Aromen außer süß, sauer, bitter und salzig unterdrückt. Einige Gifte sind an einer der vier Geschmacksrichtungen zu erkennen." Valek blätterte in seinen Unterlagen. „Hier ist eine vollständige Liste der für Menschen schädlichen Gifte und ihr typischer Geschmack. Es gibt insgesamt zweiundfünfzig bekannte Arten. Lern sie auswendig."

Ich überflog die Aufstellung. Einige Gifte hatte ich bereits gerochen. ‚My Love' stand an oberster Stelle. Die Liste hätte mir Schwindel, Übelkeit, Kopfschmerzen und die gelegentlichen Wahnvorstellungen erspart. Ich wedelte mit dem Papier durch die Luft. „Warum habt Ihr mir nicht einfach das Verzeichnis gegeben, statt mich ‚My Love' erst selbst ausprobieren zu lassen?"

Valek hörte auf zu blättern. „Was kannst du schon von einer Liste lernen? Kattsgut beispielsweise schmeckt süß. Doch wie süß? Honigsüß? Apfelsüß? Es gibt verschiedene Arten von Süße, und die einzige Möglichkeit, sie kennen zu lernen, ist durch persönliche Erfahrung. Dieses Verzeichnis gebe ich dir nur aus einem einzigen Grund: der Commander möchte, dass du so schnell wie möglich mit deiner Arbeit beginnst." Valek klappte den Ordner zu. „Dass du diese Gifte jetzt nicht probierst, bedeutet nicht, dass du es auch in Zukunft nicht brauchst. Lerne die Liste auswendig. Sobald die Ärztin dich von der Krankenstation entlässt, werde ich dein Wissen prüfen. Wenn du den Test bestehst, kannst du mit der Arbeit beginnen."

„Und wenn ich durchfalle?"

„Dann werde ich einen neuen Vorkoster anlernen."

Seine Stimme klang gleichgültig, aber die Bedeutung seiner Worte ließ mein Herz fast stehen bleiben.

Valek fuhr fort: „Brazell wird sich weitere zwei Wochen in der Burg aufhalten. Er muss sich noch um ein paar andere geschäftliche Dinge kümmern. Weil ich dich nicht den ganzen Tag bewachen lassen kann, richtet Margg dir ein Zimmer in meinen Privaträumen ein. Ich komme später noch mal, um mich zu erkundigen, wann du entlassen wirst."

Ich sah Valek nach, als er zur Tür ging. Mit ebenso eleganten wie zielstrebigen Bewegungen schien er durch das Zimmer zu schweben. Ärgerlich schüttelte ich den Kopf. Über Valek nachzudenken war das Schlechteste, was ich tun konnte. Stattdessen konzentrierte ich mich auf das Verzeichnis der Gifte, das meine Finger umklammerten. Ich strich das Papier glatt und hoffte, dass mein Schweiß die Tinte nicht verwischt hatte. Glücklicherweise war die Schrift noch lesbar, und erleichtert begann ich mit meiner Lektüre.

Ich merkte kaum, wie die Ärztin hereinkam, um nach meinem Arm zu sehen. Das Tablett mit den Tassen musste sie weggenommen haben, denn es war von meinem Schoß verschwunden. Die Geräusche und die Hektik auf der Krankenstation hatte ich vollkommen aus meinem Bewusstsein ausgeblendet, sodass ich zusammenfuhr, als mir ein Teller mit einem Kuchen unter die Nase geschoben wurde.

Die Hand, die den Teller hielt, gehörte zu Rand. Fröhlich grinste er mich an.

„Schau mal, was ich an der Frau Doktor vorbeigeschmuggelt habe. Na, mach schon. Iss, bevor sie zurückkommt."

Das warme Gebäck roch nach Zimt. Weißer Zuckerguss tropfte an den Seiten herunter. Meine Finger wurden klebrig, als ich den Kuchen in die Hand nahm. Sorgfältig untersuchte ich ihn und sog das Aroma ein, um zu prüfen, ob sich ein ungewöhnlicher Geruch darunter mischte. Ich biss hinein und entdeckte mehrere Lagen von Teig und Zimt.

„Mein Gott, Yelena, du glaubst doch nicht etwa, dass ich ihn vergiftet habe?" Rand schnitt eine Grimasse, als ob er Schmerzen hätte.

Genau das hatte ich gedacht, aber Rand wäre beleidigt gewesen, wenn ich ihm die Wahrheit gesagt hätte. Warum war er überhaupt hier? Obwohl er nett und zuvorkommend zu sein schien, trauerte er vielleicht noch immer um seinen Freund Oscove, den ehemaligen Vorkoster, und empfand einen Groll auf jeden, der seinen Platz eingenommen hatte. Andererseits war er ein potenzieller Verbündeter. Mit wem auf meiner Seite wäre ich besser dran? Mit Rand, dem Koch, dessen Speisen ich täglich essen würde, oder mit Valek, dem Mörder, der die unangenehme Angewohnheit hatte, mein Essen zu vergiften?

„Berufsbedingtes Misstrauen", versuchte ich ihn schnell zu beruhigen.

Noch immer pikiert, grummelte er etwas Unverständliches vor sich hin. Ich biss ein großes Stück vom Kuchen ab.

„Köstlich", sagte ich, um seinem Ego zu schmeicheln und mir eine zweite Chance zu geben.

Rands Miene wurde versöhnlich. „Gut, nicht wahr? Mein neuestes Rezept. Ich rolle ein Stück Teig aus, bestreue es mit

Zimt, forme daraus eine Kugel und backe sie. Anschließend gieße ich Zuckerguss darüber, solange der Kuchen noch warm ist. Ich weiß nur noch nicht, wie ich ihn nennen soll. Zimtkuchen? Zimtkugel? Strudel?" Rand unterbrach sich, um einen Stuhl heranzuziehen. Wegen seines steifen Beins dauerte es eine Weile, ehe er eine bequeme Sitzposition eingenommen hatte.

Ich ließ mir den Kuchen schmecken, und Rand fuhr fort: „Verrate der Frau Doktor aber nicht, dass ich ihn dir gebracht habe. Sie mag es nicht, wenn ihre Patienten etwas anderes als dünnen Haferschleim essen. Sie behauptet, er beschleunige den Heilungsprozess. Nun, er hat auch tatsächlich seine Wirkung." Er hob die Arme, sodass mehrere Brandwunden auf den Handgelenken sichtbar wurden. „Er schmeckt so entsetzlich, dass jeder so schnell wie möglich gesund werden will, um wieder etwas Ordentliches zu essen zu bekommen."

Seine ungestüme Bewegung lockte die Blicke der anderen Patienten auf uns. Rand rückte näher zu mir und fragte leise: „Und wie geht es dir, Yelena?" Er schaute mich an, als beurteilte er ein Stück Fleisch danach, welcher Teil wohl den besten Braten abgeben würde.

Ich wurde misstrauisch. Was kümmerte ihn mein Befinden? „Geht's wieder um eine Wette?", fragte ich.

Er lehnte sich zurück. „Wir wetten andauernd. Wetten und Tratschen ist alles, was wir Dienstboten tun. Was bleibt uns denn sonst? Du hättest hören sollen, wie sich alle das Maul zerrissen und gewettet haben, als herauskam, dass Brazells Mörder hinter dir her waren."

Entsetzt sagte ich: „Niemand hat mir geholfen. Die Korridore waren menschenleer."

„Natürlich. Sonst hätten wir uns ja in etwas eingemischt,

das uns nicht persönlich betrifft. Das Personal tut so etwas niemals. Wir sind wie Kakerlaken, die im Dunkeln umherhuschen." Rand wackelte mit seinen schlanken Fingern. „Geht ein Licht an – wusch, sind wir verschwunden." Mit einer Handbewegung unterstrich er seine Worte.

Er hatte den Nagel auf den Kopf getroffen. Auch ich kam mir vor wie eine glücklose Kakerlake, die vom Licht überrascht worden war, auf der Flucht vor dem unheilvollen Schatten des Stiefels, der immer näher kommt und sie zu zerquetschen droht.

„Jedenfalls sah es beim Wetten nicht gut für dich aus. Die meisten haben große Einsätze gemacht, aber nur einige wenige ...", Rand machte eine dramatische Pause, „... haben richtig abgesahnt."

„Da du hier bist, nehme ich an, dass du zu den Absahnern gehörst."

Er grinste. „Yelena, ich werde immer auf dich setzen. Du bist wie die Terrier des Commanders: kleine kläffende Köter, an die man keinen zweiten Blick verschwendet. Doch wenn sie dich erst mal am Hosenbein gepackt haben, lassen sie dich nicht mehr los."

„Vergifte das Essen der Hunde, und sie ärgern dich nicht länger."

Rands Grinsen erstarb, als er meinen verbitterten Ton hörte. „Probleme?"

Es überraschte mich, dass die Klatschtanten in der Burg noch keine Wetten über Valeks Test abgeschlossen hatten. Deshalb zögerte ich. Rand tratschte nämlich gern, und er konnte mich womöglich in Schwierigkeiten bringen. „Nein. Es ist nur, weil ich die neue Vorkosterin bin und so ..." Ich hoffte, ihn mit dieser ausweichenden Antwort zufrieden zu stellen.

Rand nickte verständnisvoll. Den Rest des Nachmittags schwelgte er in Erinnerungen an Oscove und Berichten über neue Rezepte, die er erfunden hatte. Als Valek auftauchte, verstummte er sofort und wurde blass. Er murmelte etwas über das Abendessen, um das er sich kümmern müsse, erhob sich umständlich von seinem Stuhl und wäre fast hingefallen, als er Hals über Kopf aus dem Zimmer stürzte. Valek sah ihm nach, während er davoneilte.

„Was wollte er hier?“

Valeks Miene blieb gleichgültig, doch weil er sich so kühl verhielt, fragte ich mich, ob er möglicherweise verärgert war. Deshalb wählte ich meine Worte sorgfältig aus, als ich ihm erklärte, dass Rand mich nur besucht hatte.

„Seit wann kennst du ihn?“

Eine beiläufige Frage, aber dennoch lag ein seltsamer Unterton in seiner Stimme. „Nachdem ich mich von ‚My Love‘ erholt hatte, war ich hungrig, bin in die Küche gegangen und habe ihn dort getroffen.“

„Pass auf, was du sagst, wenn er in der Nähe ist. Er ist nicht besonders vertrauenswürdig. Ich hätte ihn entlassen, aber der Commander bestand darauf, dass er blieb. In der Küche ist er ein Genie – und so etwas wie ein Schützling. Er war noch sehr jung, als er anfing, für den König zu kochen.“

Valek musterte mich mit seinen kalten blauen Augen. In seinem Blick las ich eine Warnung vor Rand. Vielleicht hatte Valek Oscove deshalb nicht gemocht. Mit jemandem Bekanntschaft zu pflegen, der dem König gegenüber loyal war, konnte von erheblichem Nachteil für mich sein. Trotzdem ärgerte es mich, dass Valek mir Angst einjagen wollte. Ich hielt seinem Blick stand – mit gleichgültiger Miene, wie ich hoffte.

Schließlich schlug er die Augen nieder, und ich triumphierte.

Diese Runde ging endlich einmal an mich.

„Morgen früh wirst du entlassen.“ Valek war kurz angebunden. „Wasch dich und melde dich in meinem Arbeitszimmer, damit wir mit den Tests beginnen können. Selbst wenn du sie bestehst, glaube ich noch nicht, dass du für deine neue Aufgabe schon bereit bist, aber der Commander will, dass du beim Mittagessen zur Verfügung stehst.“ Verärgert schüttelte er den Kopf. „Es ist eine Abkürzung zum Ziel, und ich hasse Abkürzungen.“

„Warum? Dann müsst Ihr Euer eigenes Leben nicht mehr riskieren.“ Ich bereute meine Worte, kaum dass ich sie ausgesprochen hatte.

Valeks Blick war vernichtend. „Nach meiner Erfahrung führen Abkürzungen gewöhnlich zum Tod.“

„Ist es das, was meinem Vorgänger widerfahren ist?“, erkundigte ich mich, unfähig, meine Neugier im Zaum zu halten. Würde Valek Rands Vermutungen bestätigen oder widerlegen?

„Oscove?“ Valek machte eine Pause. „Dafür war er nicht stark genug.“

8. KAPITEL

Als ich am nächsten Morgen aufwachte, hielt ich Valeks Giftliste immer noch fest in der Hand. Wieder und wieder ging ich die Aufstellung durch, bis die Ärztin mich entließ.

Auf dem Weg zur Tür protestierten meine schmerzenden Muskeln gegen jede Bewegung. Eigentlich hätte ich froh sein müssen, die Krankenstation verlassen zu können, aber meine Nerven waren zum Zerreißen gespannt. In meinem Magen schien eine lebendige Maus zu sitzen, die versuchte, sich einen Weg in die Freiheit zu bahnen.

Beim Anblick der Wächter vor der Tür der Krankenstation erschrak ich. Aber sie trugen nicht Brazells Farben, und erst dann fiel mir ein, dass Valek sie zu meinem Schutz angefordert hatte, bis ich mich in seinem Arbeitszimmer meldete.

Suchend schaute ich mich um, denn ich hatte keine Ahnung, in welcher Richtung mein Zimmer lag. Seit achtzehn Tagen wohnte ich nun in der Burg, aber noch immer war mir deren Inneres ein Buch mit sieben Siegeln. Ich kannte nicht einmal den Grundriss, da ich das Gebäude nie von außen gesehen hatte.

Der Gefängniskarren, der mich in die Burg gebracht hatte, war eine quadratische Kiste mit Luftlöchern gewesen, und ich hatte mich geweigert, wie ein eingesperrtes Tier durch die Sehschlitze zu spähen. Die Vorstellung, in Ketten gelegt, von Wächtern befingert und in den Kerker geworfen zu werden, war so entsetzlich für mich, dass ich, an der Burg angekommen, die Augen fest zusammenkniff, um meine Demütigung nicht mit ansehen zu müssen. Natürlich hätte ich bei dieser Gelegenheit nach Fluchtmöglichkeiten Ausschau halten können, aber ich hatte meine Strafe akzeptiert, nachdem ich Reyad getötet hatte.

Obwohl es mir widerstrebte, die Wächter nach dem Weg zu meinem Zimmer zu fragen, blieb mir nichts anderes übrig. Stumm führten sie mich durch die Burg. Einer ging voran, der andere folgte. Erst nachdem der Anführer mein Zimmer inspiziert hatte, durfte ich eintreten.

Meine Uniformen hingen noch immer so im Schrank, wie ich sie einsortiert hatte. Nur mein Tagebuch, dass ich in einer Schublade aufbewahrte, lag offen auf dem Schreibtisch. Jemand hatte meine Meinung über Gifte und andere Dinge gelesen. Das mulmige Gefühl in meinem Magen machte einer schneidenden Kälte Platz. Die Maus war gestorben, und das passte vollkommen zu meiner düsteren Stimmung.

Ich verdächtigte Valek. Er war dreist genug, in meinen persönlichen Aufzeichnungen herumzuschnüffeln. Möglicherweise rechtfertigte er sein Tun sogar damit, dass es seine Pflicht sei nachzuprüfen, ob ich nicht irgendwelche umstürzlerischen Pläne schmiedete. Immerhin war ich nur die Vorkosterin und hatte kein Recht auf Privatsphäre.

Ich nahm mein Tagebuch und die Uniform und ging zu den Baderäumen. Die Wächter warteten vor der Tür, während ich ins Wasser eintauchte. Ich ließ mir Zeit. Valek und sein Test konnten warten. Mir widerstrebte es, ständig nach seiner Pfeife zu tanzen.

Von Brazells Wächtern verfolgt zu werden, Gift in fast allen meinen Speisen zu finden und das Objekt von Wetten zu sein wie ein verflixtes Rennpferd, machte mich nicht halb so wütend wie die Tatsache, dass Valek mein Tagebuch gelesen hatte.

Um eine spitze Bemerkung aus seinem Mund zu vermeiden, fragte ich beim Betreten seines Arbeitszimmers sofort: „Wo ist der Test?"

Amüsiert erhob Valek sich hinter seinem Schreibtisch. Mit einer theatralischen Geste deutete er auf zwei Reihen von Speisen und Getränken auf dem Konferenztisch. „Nur eines davon ist nicht vergiftet. Probiere sie und finde heraus, welches es ist."

Ich kostete von jedem Teil. Ich schnupperte. Ich gurgelte. Ich hielt mir die Nase zu. Ich biss winzige Stücke ab. Ich spuckte aus. Einige der Speisen waren bereits abgekühlt. Die meisten schmeckten ziemlich fade, sodass man das Gift leicht entdecken konnte. Fruchtsäfte dagegen überdeckten den Giftgeschmack.

Nachdem ich vom letzten Teil gekostet hatte, drehte ich mich zu Valek. „Ihr seid ein Schwindler. Das ist alles vergiftet." Was für ein schäbiger Trick. Aber ich hätte damit rechnen müssen, dass er mit solchen Methoden arbeitete.

„Bist du sicher?"

„Natürlich. Ich würde nichts von dem anrühren, was auf dem Tisch steht."

Valeks Blick war unerbittlich, als er zu mir kam. „Es tut mir Leid, Yelena. Du hast versagt."

Mein Herz wurde schwer wie Blei. Die tote Maus erwachte wieder zum Leben und begann, Löcher in meine Eingeweide zu nagen. Verwirrt blickte ich über den Tisch. Was war mir entgangen?

Nichts. Ich hatte Recht. Ich forderte Valek auf, mir zu beweisen, dass ich einen Fehler gemacht hatte. Ohne zu zögern ergriff er eine Tasse. „Diese hier ist einwandfrei."

„Dann trinkt sie aus." Ich erinnerte mich an die Tasse. Das Getränk war mit einem bitter schmeckenden Gift versetzt.

Valeks Hand zitterte ein wenig, als er einen Schluck nahm. Ich biss mir auf die Lippe. Vielleicht irrte ich mich ja doch. Vielleicht war es die Tasse daneben. Valek hielt meinem Blick stand, als er die Flüssigkeit über seine Zunge rollen ließ. Dann spuckte er aus.

Am liebsten hätte ich einen Luftsprung gemacht und wäre jauchzend um ihn herumgetanzt. Stattdessen sagte ich nur: „Brombeergift."

„Ja", erwiderte Valek. Sein Blick wanderte von der Tasse in seiner Hand zu den aufgereihten kalten Speisen.

„Habe ich bestanden?"

Geistesabwesend nickte er. Dann trat er an seinen Schreibtisch und stellte die Tasse behutsam ab. Kopfschüttelnd nahm er einige Papiere zur Hand und legte sie ungelesen wieder hin.

„Ich hätte wissen müssen, dass Ihr versuchen würdet, mich hereinzulegen."

Meine gereizte Stimme riss ihn aus seinen Gedanken. Als er mich ansah, wünschte ich, den Mund gehalten zu haben.

„Du bist wütend. Aber das liegt nicht am Test. Erkläre es mir."

„Erklären? Warum sollte *ich* etwas erklären? Vielleicht solltet Ihr mir erklären, warum Ihr mein Tagebuch gelesen habt." So, jetzt war es heraus.

„Tagebuch?" Verdutzt schaute er mich an. „Ich habe nichts von dir gelesen. Doch selbst wenn ich es täte, hätte ich das Recht dazu."

„Warum?", wollte ich wissen.

Valeks Gesichtsausdruck wurde ungläubig. Ein paar Mal öffnete und schloss er den Mund, ehe er in der Lage war, seine Gedanken in Worte zu fassen. „Yelena, du hast einen Mord gestanden. Man hat dich erwischt, als du mit einem blutverschmierten Messer rittlings auf Reyads Körper gesessen hast. Ich habe in deiner Akte nach einem Motiv gesucht. Es gab keins. Nur einen Bericht, demzufolge du dich geweigert hast, auch nur eine Frage zu beantworten."

Er kam näher und senkte die Stimme. „Da ich nicht weiß, aus welchem Grund du getötet hast, kann ich unmöglich sagen, ob du es nicht noch einmal tust oder was dich dazu veranlasst hat. Ich bin an das Neue Gesetzbuch gebunden; deshalb musste ich dir diese Stelle als Vorkosterin anbieten." Er holte tief Luft und fuhr fort: „Du wirst täglich in der Nähe des Commanders sein. Solange ich dir nicht vertrauen kann, muss ich dich kontrollieren."

Mein Ärger schmolz dahin. Warum sollte ich von Valek Vertrauen erwarten, wenn auch ich ihm nicht vertraute?

Ich beruhigte mich wieder. „Wie kann ich Euer Vertrauen gewinnen?"

„Sag mir, warum du Reyad getötet hast."

„Ihr seid wohl noch nicht soweit, dass Ihr mir glauben würdet."

Valeks Blick wanderte zum Besprechungstisch. Ich hielt mir die Hand vor den Mund. Warum hatte ich *noch nicht so weit* gesagt? Das hieß ja, dass er mir irgendwann einmal glauben würde. Was natürlich reines Wunschdenken meinerseits war.

„Da hast du Recht", sagte er.

Wir schienen in einer Sackgasse gelandet zu sein.

„Ich habe Euren Test bestanden. Jetzt möchte ich mein Gegengift."

Valek erwachte aus seiner Erstarrung. Er füllte eine Dosis ab und reichte sie mir.

„Und jetzt?“, fragte ich.

„Mittagessen. Wir sind schon spät dran.“ Er schob mich zur Tür hinaus. Im Laufen schluckte ich die weiße Flüssigkeit hinunter.

Als wir uns dem Thronsaal näherten, drang erregtes Stimmengewirr durch die Gänge. Zwei Berater des Commanders stritten miteinander. Offiziere und Ratgeber drängelten sich hinter den beiden Kontrahenten. Der Commander lehnte an einem Schreibtisch und hörte aufmerksam zu.

Die Gruppe diskutierte über die aussichtsreichste Möglichkeit, einen Entflohenen aufzuspüren und gefangen zu nehmen. Die rechte Seite plädierte für viele Soldaten und Spürhunde; die linke dagegen war dafür, nur wenige, dafür aber intelligente Soldaten mit der Aufgabe zu betrauen. Rohe Gewalt gegen Verstand.

Die Diskussion wurde zwar laut, aber emotionslos geführt. Die Wächter, die überall im Raum standen, machten einen entspannten Eindruck. Ich vermutete, dass derartige Gespräche an der Tagesordnung waren, und fragte mich, ob der Entflohene tatsächlich existierte oder nur das Objekt einer theoretischen Übung war.

Valek ging zum Commander hinüber, und ich stellte mich hinter die beiden. Die Debatte verursachte mir ein unbehagliches Gefühl, denn unwillkürlich stellte ich mir vor, selbst die arme Seele zu sein, die gejagt wurde.

Ich sah mich atemlos durch den Wald hetzen und angespannt auf die Schritte meiner Verfolger lauschen. In einer Stadt konnte ich nicht untertauchen, denn ein ungewohntes Gesicht würde die patrouillierenden Soldaten sofort in Alarmzustand versetzen – gelangweilte Soldaten, deren einzige Aufgabe darin bestand, ein waches Auge zu haben und jeden Einwohner der Stadt zu kennen.

Jeder Bürger in Ixia hatte eine bestimmte Arbeit, die ihm nach der Machtübernahme zugewiesen worden war. Ein Bewohner durfte zwar in eine andere Stadt oder einen anderen Militär-Distrikt ziehen, aber dafür waren bestimmte Vorschriften einzuhalten. Ein Aufsichtsbeamter musste den Umzugsantrag genehmigen, und wer umziehen wollte, musste beweisen, dass er am neuen Wohnort eine Arbeitsmöglichkeit hatte. Ohne ordnungsgemäße Dokumente wurde ein Zivilist, der sich in der falschen Gegend aufhielt, festgenommen. Besuche in anderen Distrikten waren erlaubt, aber nur, wenn man im Besitz entsprechender Papiere war, die man den Soldaten bei der Ankunft zeigen musste.

Während meiner Arbeit mit Brazell und Reyad, bei der ich von der Außenwelt vollkommen abgeschnitten war, hatte ich ständig an Flucht denken müssen. Träume von Freiheit waren besser als Grübeleien über ein Leben als Laborratte. Da ich weder Familie noch Freunde außerhalb des Anwesens hatte, bei denen ich mich hätte verstecken können, erschienen mir die Länder im Süden als beste Ausweichmöglichkeit, vorausgesetzt, mir gelänge es, die streng bewachte Grenze zu überwinden.

In meiner Fantasie stellte ich mir immer wieder vor, heimlich nach Sitia zu fliehen, eine Adoptivfamilie zu finden und mich zu verlieben. Kitschige, sentimentale Gedanken, aber sie waren das Einzige, was mich aufrecht hielt. Jeden Tag, wenn die Experimente begannen, richtete ich meine Gedanken auf Sitia. Dort fand ich leuchtende Farben, freundliche Zuwendung und Wärme. Mit diesen Bildern im Kopf konnte ich Reyads Experimente ertragen.

Doch selbst wenn ich die Gelegenheit zur Flucht gehabt

hätte, wüsste ich nicht, ob ich sie auch genutzt hätte. Obwohl ich mich nicht an die Familie erinnerte, in die ich hineingeboren wude, hatte ich ja eine Familie auf dem Anwesen – die anderen verlorenen Kinder, die ebenfalls hier aufgenommen worden waren. Meine Schwestern. Meine Brüder. Meine Kinder. Ich lernte mit ihnen, ich spielte mit ihnen, und ich kümmerte mich um sie. Wie hätte ich sie jemals im Stich lassen können? Die Vorstellung, dass May oder Carra meinen Platz einnehmen mussten, war unerträglich.

Ich biss mir in den Finger, bis ich Blut schmeckte, und konzentrierte mich wieder auf die Gegenwart. Ich war Brazell entkommen. Er würde die Burg in zwei Wochen verlassen und nach Hause zurückkehren, vermutlich zu einer neuen Runde von Experimenten mit einer anderen Laborratte. Schon jetzt gehörte ihr mein Mitleid, egal, wer es sein mochte. Ihr stand eine schwere Zeit bevor, denn Brazell war grausam. Wenigstens hatte ich sie vor Reyad bewahrt.

Ich nahm die Hand vom Mund und untersuchte die Bissstelle. Sie war nicht tief; es würde keine Narbe zurückbleiben. Ich betrachtete die Ansammlung von halbrunden Narben auf meinen Fingern und Knöcheln. Als ich aufschaute, bemerkte ich, dass auch Valek meine Hände anstarrte. Rasch verbarg ich sie hinter meinem Rücken.

Der Commander hob die Hand. Sofort trat Stille ein. „Ausgezeichnete Argumente von beiden Seiten. Wir werden eure Vorschläge in die Praxis umsetzen. Es gibt zwei Mannschaften." Er deutete auf die beiden Wortführer der Diskussion und fuhr fort: „Ihr seid die Captains. Stellt eure Gruppe zusammen und entwerft einen Angriffsplan. Rekrutiert so viele Leute, wie ihr braucht. Valek wird aus den Reihen seiner Männer einen auswählen, der die Rolle des Entflohenen übernimmt. Ihr habt vierzehn Tage Zeit zur Vorbereitung."

Der Lärmpegel stieg, als der Commander mit Valek und mir im Gefolge in sein Arbeitszimmer ging. Valek schloss die Tür, und die Stimmen klangen gedämpfter. „Seid Ihr immer noch verärgert wegen Marroks Flucht nach Sitia?", fragte er.

Der Commander runzelte die Stirn. „Ja. Diese Verfolgung war schlampige Arbeit. Marrok musste gewusst haben, dass ihr in MD-8 wart. Es ist wirklich an der Zeit, dass du ein paar neue Zöglinge anlernst."

Valek sah ihn mit gespieltem Entsetzen an. „Aber dann wäre ich ja nicht mehr unentbehrlich."

Ein Lächeln huschte über das Gesicht des Commanders, ehe er mich in einer Ecke des Zimmers entdeckte. „Nun, Valek, was sie angeht, hattest du Recht. Sie hat deinen Test überlebt." Dann befahl er mir: „Komm näher."

Meine Füße gehorchten automatisch, während mir das Herz bis zum Hals schlug.

„Als meine offizielle Vorkosterin meldest du dich jeden Morgen vor dem Frühstück bei mir. Du erfährst dann auch meinen Tagesplan. Ich erwarte dich zu jeder Mahlzeit und dulde keine Verspätung. Verstanden?"

„Jawohl, Sir."

Er sah zu Valek. „Sie sieht abgezehrt aus. Bist du sicher, dass sie stark genug ist?"

„Jawohl, Sir."

Der Commander wirkte nicht überzeugt. Nachdenklich schaute er mit seinen goldbraunen Augen von mir zu Valek. Ich hoffte inständig, dass er nicht nach einem Grund suchte, um mich zu entlassen.

„Nun gut. Da ich das Mittagessen verpasst habe, Valek, erwarte ich dich zu einem frühen Abendessen. Yelena, morgen früh beginnst du mit deiner Arbeit als Vorkosterin."

„Jawohl, Sir", antworteten Valek und ich wie aus einem Mund. Damit waren wir entlassen.

Wir kehrten in Valeks Arbeitszimmer zurück, um meine anderen Uniformen und mein Tagebuch zu holen. Anschließend begleitete Valek mich zu seinen Privaträumen, die im mittleren Teil der Burg lagen. Auf dem Weg durch die Hauptkorridore stellte ich fest, dass die hellen Stellen an den Wänden die dunkleren Partien bei weitem übertrafen. Offenbar waren zahlreiche Gemälde entfernt worden. Außerdem kamen wir an einer ganzen Reihe unscheinbarer Räume vorbei, die zu Arbeitszimmern oder Schlafsälen für Soldaten umgewandelt worden waren.

Mir fiel auf, dass der funktionale Stil und die nüchterne Atmosphäre, die der Commander zum Stilprinzip erhoben hatte, der Burg die Seele geraubt hatten. Übriggeblieben war ein toter Steinkasten, der nur noch zweckmäßig war.

Ich war zu jung, um mich an das Leben vor der Machtübernahme zu erinnern, aber in Brazells Waisenhaus hatten wir gelernt, dass die Monarchie korrupt und das Volk unglücklich war. Es hatte sich in der Tat nur um eine Machtübernahme gehandelt; den Regierungswechsel als Krieg zu bezeichnen, wäre falsch. Die Mehrheit der Soldaten des Königs war in den Dienst des Commanders getreten und von da an ihm loyal ergeben, denn sie hatten sich lange genug darüber geärgert, dass Beförderungen nur aufgrund von Bestechungen und verwandtschaftlichen Beziehungen vonstatten gingen und nicht das Ergebnis von Kompetenz und harter Arbeit waren. Darüber hinaus verbitterte es sie, dass Menschen wegen geringfügiger Vergehen – zum Beispiel, weil sie ein Mitglied der Oberschicht gegen sich aufgebracht hatten – getötet wurden.

Der Commander hatte auch Frauen in seine Dienste genommen, und sie gaben ausgezeichnete Spione ab. Valek hatte die wichtigsten Verbündeten des Königs getötet. Als dieser versuchte, ein Heer zu rekrutieren, um gegen die Soldaten des Commanders zu kämpfen, fand er keine Unterstützer mehr. Kampflos eroberte der Commander die Burg, wobei kaum Blut vergossen wurde. Die meisten Adligen waren bereits zuvor umgekommen, und einigen wenigen war die Flucht nach Sitia gelungen.

Valek und ich näherten uns einer massiven Holztür, die von zwei Wächtern flankiert wurde. Er sagte den beiden Männern, dass ich jederzeit Zugang zu seinen Räumen hätte. Wir betraten einen kurzen Korridor mit zwei gegenüberliegenden Türen. Valek schloss die Tür auf der rechten Seite auf und erklärte mir, dass die andere zu den Privaträumen des Commanders führte.

Valeks Wohnung bestand aus mehreren großzügigen Zimmern. Nach dem düsteren Korridor war ich wie geblendet von der Helligkeit des L-förmigen Wohnbereichs. Fensterscheiben, so dünn wie die Streifen eines Tigers, ließen das Sonnenlicht herein.

Überall auf dem Boden und den Tischen türmten sich Bücher. Handtellergroße Steine, durchzogen von weißen Adern, und vielfarbige Kristalle waren im ganzen Raum verteilt.

Zahlreiche schwarzglänzende Statuen, die Tiere und Blumen darstellten, schmückten das Zimmer. Kunstvoll und sorgfältig gefertigt, ähnelten sie den Panthern auf dem Schreibtisch in Valeks Arbeitszimmer.

An den Wänden hing eine beeindruckende Waffensammlung. Einige der Waffen waren ziemlich alt – Staub bedeckte Altertümer, die seit Jahren nicht mehr benutzt worden waren – wohingegen andere Spuren häufigen Gebrauchs aufwiesen. An einem langen, schmalen Messer klebte frisches Blut. Die rote Flüssigkeit glänzte im Sonnenlicht. Der Anblick verursachte mir eine Gänsehaut. Ich fragte mich, wer wohl am falschen Ende des Messers gestanden haben mochte.

Links vom Eingang führte eine Treppe nach oben, und in die rechte Wand des Wohnraums waren insgesamt drei Türen eingelassen.

Valek zeigte auf die erste Tür. „Das ist dein Zimmer, bis Brazell die Burg verlässt. Ich schlage vor, du ruhst dich ein wenig aus.“ Er nahm drei Bücher von einem kleinen Tisch. „Ich komme bald zurück. Verlass die Räume nicht. Ich bringe dir dein Abendessen.“ Er machte Anstalten zu gehen. An der Tür drehte er sich noch einmal um. „Schließ hinter mir ab. Hier solltest du sicher sein.“ Damit verschwand er.

Sicher, dachte ich beim Verriegeln der Tür, werde ich mich hier bestimmt nie fühlen. Jeder, der ein Schloss zu knacken wusste, konnte sich hereinstehlen, eine Waffe in die Hand nehmen und mir zu Leibe rücken. Ich untersuchte die Schwerter an der Wand und seufzte erleichtert auf. Die Waffen waren fest verankert. Um mich zu vergewissern, rüttelte ich heftig an einer Keule.

Vor meiner Tür war das Durcheinander größer als vor den anderen beiden. Den Grund dafür entdeckte ich, als ich das Zimmer betrat. Im dick mit Staub bedeckten Boden waren vollkommen saubere, kastenförmige Flächen ausgespart. Staubflocken lagen auch auf dem Bett, der Kommode und dem Schreibpult. Das Zimmer diente als Abstellkammer. Anstatt es zu putzen, hatte Margg lediglich die Kisten herausgeholt und ihre Arbeit damit als erledigt betrachtet. Ihre Schludrigkeit war nur ein weiterer unmissverständlicher Hinweis darauf, dass sie mich nicht ausstehen konnte. Vielleicht war es am Besten, ihr eine Weile aus dem Weg zu gehen.

Das Bettzeug war schmutzig. Ein modriger Geruch lag in der Luft. Ich musste niesen. In die Wand war ein kleines Fenster eingelassen, und nachdem ich eine Weile mit den Läden gekämpft hatte, gelang es mir, es zu öffnen.

Das Mobiliar bestand aus kostbarem Ebenholz. Kunstvolle Schnitzereien von Blattwerk und Weinreben rankten sich an Stuhlbeinen und Schubladen entlang. Als ich den Staub vom Kopfende des Betts wischte, entdeckte ich eine anmutige Gartenszenerie mit Schmetterlingen und Blumen.

Nachdem ich die schmuddeligen Laken abgezogen und mich auf der Matratze ausgestreckt hatte, verschwand mein Eindruck von Margg als harmloser alter Drache schlagartig. Ich entdeckte die Botschaft, die in den Staub des Schreibpults geschrieben worden war.

Sie lautete: „Mörderin. Der Galgen erwartet dich."

9. KAPITEL

Wie vom Blitz getroffen, fuhr ich hoch. Die Worte verschwanden aus meinem Blickfeld, aber besser fühlte ich mich trotzdem nicht. Kalte Angst jagte durch meinen Körper, während ich mir die schrecklichsten Dinge ausmalte.

Wollte Margg mich warnen oder mir drohen? Plante sie, das Geld, das sie beim Wetten auf mich verloren hatte, zurückzubekommen, indem sie mich gegen einen Obolus an Brazells Totschläger auslieferte?

Doch warum sollte sie mich warnen?, versuchte ich mich zu beruhigen. Schon wieder hatte ich übertrieben reagiert. Nach allem, was ich von Margg gesehen und gehört hatte, machte es ihr einfach Freude, mich zu erschrecken. Eine kindische Reaktion, nur weil sie meinetwegen mehr Arbeit hatte. Ich beschloss, dass es das Beste sei, mir nicht anmerken zu lassen, wie sehr mir ihre alberne Botschaft zugesetzt hatte. Wenn ich so darüber nachdachte, erschien es mir auf einmal durchaus möglich, dass sie mein Tagebuch gelesen und es offen auf dem Schreibtisch liegengelassen hatte, nur um mich zu ärgern.

Valek hatte mir empfohlen, mich auszuruhen, doch dazu war ich natürlich viel zu aufgeregt. Stattdessen ging ich in sein Wohnzimmer. Marggs Worte hatten mir erneut bewusst gemacht, dass es besser war, auf meinen Instinkt zu hören und keiner Menschenseele zu trauen. Dann würden sich meine Probleme darauf beschränken, Gift aus Speisen herauszuschmecken und Brazell aus dem Weg zu gehen.

Wenn es doch nur so einfach wäre – oder ich so stark! Vermutlich hatten Brazell und Reyad mir meine ganze Vertrauensseligkeit ausgetrieben, aber tief in einem Winkel meines Herzens klammerte ich mich immer noch an die Hoffnung, einen wahren Freund zu finden.

Selbst eine Ratte braucht andere Ratten. Ich konnte mich gut in die Nager hineinversetzen, denn auch ich huschte umher, schaute ängstlich zurück und achtete auf Fallen mit giftigen Ködern.

Im Moment war es für mich das Wichtigste, den Tag lebend zu überstehen, aber irgendwann einmal würde ich nach einem Ausweg suchen. Wissen war Macht. Deshalb nahm ich mir vor, still zu sitzen, zuzuhören und soviel wie möglich zu lernen. In Valeks Wohnzimmer wollte ich damit beginnen. Ich nahm einen Stein von einem der Tische und bahnte mir einen Weg durch das Durcheinander seiner Räume. Allerdings suchte ich nur oberflächlich, denn ich traute Valek zu, den Inhalt seiner Schubladen so zu ordnen, dass er es sofort merken würde, wenn ein Fremder darin herumschnüffelte.

Ich entdeckte einige Texte über Gifte, die mein Interesse weckten, aber sie handelten hauptsächlich von Mordanschlägen und Intrigen. Ein paar Bücher hatten verschlissene Ledereinbände und waren in einer archaischen Sprache verfasst, die ich nicht entziffern konnte. Entweder war Valek ein Sammler, oder er hatte die Bände aus der Bibliothek des toten Königs gestohlen.

Am Fuß der Treppe fiel mir ein Lageplan der Burg ins Auge. Er steckte in der Ecke eines Bilderrahmens, der rechts neben der Treppe an der Wand hing. Endlich etwas, das ich gebrauchen konnte. Während ich den Grundriss studierte, kam es mir plötzlich vor, als nähme ich eine Maske, durch die ich zuvor alles nur verschwommen wahrgenommen hatte, von meinem Gesicht. Endlich konnte ich mir ein Bild von der Burg verschaffen.

Ich verschob meine Erkundungstour durch die oberen Räume auf einen späteren Zeitpunkt und griff nach meinem Tagebuch. Die Zeichnung war nicht versteckt gewesen; Valek konnte mithin auch nicht verärgert darüber sein, dass ich sie gefunden hatte. Vielleicht war es ihm sogar recht, dass ich nicht jedes Mal nach dem Weg fragen musste, wenn ich zu einem neuen Ort geschickt wurde. Ich schob Papiere und Bücher auf dem Sofa beiseite, machte es mir auf dem freigeräumten Platz bequem und begann, den Plan abzuzeichnen.

Ich schreckte auf. Mein Tagebuch fiel zu Boden. Blinzelnd schaute ich durch den von Kerzen erleuchteten Raum. Ich hatte von Ratten geträumt. Sie waren von den Wänden heruntergefallen, durch die Ritzen des Fußbodens gekrochen und wimmelten hinter mir her – ein Meer von angriffslustigen Nagern, die sich mit ihren kleinen scharfen Zähnen in Kleidern, Haut und Haaren festbissen.

Schaudernd zog ich die Füße hoch und ließ meinen Blick argwöhnisch durch das Zimmer schweifen. Keine Ratten – wenn ich Valek nicht dazurechnete, der damit beschäftigt war, die Lampen anzuzünden.

Während er sich mit den letzten Kerzen beschäftigte, überlegte ich, ob er zu den Ratten gehörte. Nein. Bestimmt nicht. Er gehörte zu den Katzen, und er war beileibe keine gewöhnliche Hauskatze, sondern eine Schneekatze. Das tüchtigste Raubtier auf dem Territorium von Ixia.

Die weiße Schneekatze war etwa so groß wie zwei massige Hunde zusammengenommen – schnell, wendig und tödlich. Sie schlug zu, ehe ihre Beute die Gefahr überhaupt witterte. In der Regel blieben sie im Norden, wo der Schnee niemals schmolz, aber wenn die Nahrung knapp wurde, zogen sie auch in den Süden.

Noch nie in der langen Geschichte von Ixia hatte jemand eine Schneekatze getötet. Die Raubkatze roch, hörte oder erspähte den Jäger, ehe er nahe genug kommen konnte, um mit einer Handwaffe zuzuschlagen. Blitzschnell sprang sie auf, wenn sie das Schwirren der Bogensehne hörte. Das Vernünftigste, das die Menschen aus dem Norden tun konnten, war, die Raubkatzen in den Schneeregionen zu füttern und zu hoffen, dass sie in ihrem Revier blieben und sich von den Wohngebieten fernhielten.

Nachdem Valek die letzte Lampe angezündet hatte, drehte er sich zu mir um. „Ist etwas mit deinem Zimmer nicht in Ordnung?" Er nahm ein Tablett und drückte es mir in die Hand.

„Nein. Ich konnte nur nicht schlafen."

Valek schaute amüsiert drein. „Ach so." Dann deutete er auf das Tablett. „Tut mir Leid, dass dein Essen kalt geworden ist. Ich wurde aufgehalten."

Die Giftprobe war für mich mittlerweile schon so selbstverständlich geworden, dass ich zunächst nur einige Kostproben nahm. Dabei warf ich Valek einen verstohlenen Blick zu, um zu sehen, ob ihn mein Verhalten vor den Kopf stieß. Offenbar machte es ihm nichts aus, denn er sah mich nur belustigt an. Zwischen zwei Bissen fragte ich ihn, ob sonst noch jemand einen Schlüssel zu seinen Privaträumen besaß.

„Nur der Commander und Margg. Kannst du jetzt besser schlafen?"

Ohne auf seine Antwort einzugehen, fragte ich: „Ist Margg Eure persönliche Haushälterin?"

„Meine und die des Commanders. Wir wollten jemanden haben, dem wir vertrauen konnten. Eine Person, die alle kannten. Sie war schon vor der Machtübernahme bei uns, sodass ihre Loyalität außer Frage steht." Valek setzte sich an seinen Schreibtisch und drehte den Stuhl herum, um mir ins Gesicht zu sehen. „Erinnerst du dich noch daran, was im Besprechungszimmer geschehen ist?"

Ich nickte, verwirrt über den abrupten Themenwechsel.

„Drei Generäle waren im Raum. Brazell kanntest du bereits, aber weißt du auch, wer die anderen beiden waren?"

„Tesso und Hazal", antwortete ich ohne Umschweife, stolz auf mein Gedächtnis.

„Kannst du sie beschreiben? Haarfarbe? Augen?"

Ich zögerte, während ich mich zu erinnern versuchte. Sie hatten die Uniform der Generäle getragen, und sie hatten zu Mittag gegessen. Ich schüttelte den Kopf. „General Tesso hatte einen Bart, glaube ich."

„Du hast sie an ihren Uniformen erkannt und ihnen gar nicht ins Gesicht geschaut, stimmt's?"

„Ja."

„Das habe ich mir gedacht. Genau das ist das Problem mit dem Uniformzwang. Er macht die Menschen unaufmerksam. Ein Wächter sieht die Uniform einer Haushälterin und wird annehmen, dass diese Person zur Burg gehört. Auf diese Weise ist es ganz leicht für Fremde, hier umher zu schleichen. Deshalb sorge ich dafür, dass der Commander bei Tag und bei Nacht von vertrauenswürdigen Menschen umgeben ist. Und deshalb ist Margg die einzige Haushälterin, die meine und seine Privaträume und Arbeitszimmer putzen darf." Valek sprach mit mir wie mit einer Schülerin.

„Warum entlasst Ihr nicht alle Diener in der Burg und nehmt stattdessen Eure eigenen Leute?"

„Soldaten stellen den Löwenanteil unseres Heeres. Zivilisten, die sich uns vor der Machtübernahme angeschlossen haben, sind zu Beratern befördert worden oder haben andere wichtige Positionen erhalten. Einige der Diener des Königs standen bereits auf unserer Lohnliste, und den anderen gaben wir das Doppelte von dem, was sie beim König verdienten. Gut bezahlte Diener sind glückliche Diener."

„Erhalten alle Dienstboten in der Burg einen Lohn?"

„Ja."

„Auch der Vorkoster?"

„Nein."

„Warum nicht?" Ehe Valek davon sprach, hatte ich nicht einmal an Lohn gedacht.

„Der Vorkoster wird im Voraus bezahlt. Wie viel ist dir dein Leben wert?"

10. KAPITEL

Offenbar erwartete Valek keine Antwort, denn er drehte sich zu seinem Schreibtisch. Sein Argument leuchtete mir ein. Ich aß den letzten Bissen von meiner kalten Mahlzeit, schob das Tablett beiseite und wollte in mein Zimmer gehen. Doch er hielt mich zurück.

„Was würdest du dir für das Geld kaufen?"

„Eine Bürste, Nachtgewänder – und einiges würde ich auf dem Fest ausgeben", sprudelte es aus mir heraus, selbst überrascht von meiner Redseligkeit.

Nachthemden wollte ich, weil ich es leid war, in meiner Uniform zu schlafen. In meiner Unterwäsche ins Bett zu gehen traute ich mich nicht aus Angst davor, mitten in der Nacht um mein Leben rennen zu müssen. Und dann stand das jährliche Feuerfest vor der Tür. Es war eine Art Geburtstag für mich. Beim vergangenen Feuerfest hatte ich nämlich Reyad getötet.

Obwohl der Commander alle Formen von kultischen Veranstaltungen verboten hatte, unterstützte er Feste, um die Bevölkerung bei Laune zu halten. Allerdings waren nur zwei derartige Feiern im Jahr erlaubt.

Beim vorigen Eisfest, bei dem Akrobaten und Handwerker ihre Künste vorführten, hatte ich noch im Kerker gelegen. Das Eisfest wurde in der kalten Jahreszeit veranstaltet, wenn man sowieso nichts anderes tun konnte, als am Feuer zu sitzen und Kunstobjekte herzustellen. Jede Stadt richtete ihr eigenes Eisfest aus.

Das Feuerfest dagegen war ein riesiger Karneval, der in der heißen Jahreszeit von Stadt zu Stadt zog. Es begann im hohen Norden, wo es nur während einiger weniger Wochen warm wurde, und machte sich dann auf den Weg nach Süden.

Es gehörte zur Tradition, dass für die einwöchigen Feiern in der Burg mitten in der heißen Jahreszeit zusätzliche Vorstellungen und Wettkämpfe eingeplant wurden, und ich hoffte, dass man mir erlauben würde, daran teilzunehmen. Valek hatte zwar angedeutet, meinen Unterricht auch noch auf den Nachmittag auszudehnen, aber die Zeit zwischen den Mahlzeiten hatte ich bislang zur freien Verfügung gehabt.

Schon immer war ich gern zum Feuerfest gegangen. Brazell hatte den Kindern in seinem Waisenhaus ein wenig Geld gegeben, sodass wir jedes Jahr daran teilnehmen konnten. Es war das Ereignis, auf das sich alle am meisten freuten. Wir übten das ganze Jahr, um uns für die Wettkämpfe zu qualifizieren, und sparten jeden Penny, den wir erübrigen konnten, für das Startgeld.

Valeks sachlicher Tonfall riss mich aus meinen Erinnerungen. „Du kannst dir ein paar Nachtgewänder bei Dilana, der Näherin, besorgen. Sie hätte sie eigentlich zu deinen Uniformen legen sollen. Was den Rest deiner Wünsche angeht, so wirst du dich mit dem begnügen müssen, was sich so ergibt."

Seine Worte zogen mich in die Niederungen des Alltags zurück. Feuerfeste gehörten nicht dazu. Vielleicht konnte ich als Zaungast daran teilnehmen, aber ich würde keine Gelegenheit haben, die gut gewürzten Hühnerschenkel oder den köstlichen Wein zu probieren.

Seufzend ergriff ich mein Tagebuch und ging in mein Zimmer. Eine warme Brise umschmeichelte mein Gesicht. Ich beseitigte die restlichen Spuren von Staub, wischte Marggs Botschaft allerdings nur halb weg. In gewisser Hinsicht hatte sie Recht gehabt. Der Galgen wartete wirklich auf mich. Die Zukunft hielt kein normales Leben für mich bereit. Marggs

Worte sollten mir eine ständige Warnung sein, nicht allzu sorglos zu werden.

Entweder versagte ich und wurde durch einen neuen Vorkoster ersetzt, oder ich vereitelte einen Mordanschlag um den Preis meines eigenen Lebens. Wenn ich auch nicht durch den Strick starb, so würde mir das Bild einer leeren Schlinge doch immer warnend vor Augen stehen.

Am nächsten Morgen stand ich ein wenig unschlüssig vor Dilanas Nähstube. Sie saß in einem schmalen Streifen Sonnenlicht, der durch das Fenster fiel, und summte vor sich hin. Ihre goldenen Locken glänzten. Ich beschloss, sie nicht zu stören, und wollte mich davonschleichen.

Doch sie hatte mich schon gesehen. „Yelena?"

Ich tauchte wieder im Türrahmen auf.

„Um Himmels willen, Mädchen, tritt doch ein. Du bist immer willkommen." Dilana legte ihre Nähsachen beiseite und klopfte mit der Handfläche auf den Stuhl, der neben ihr stand. Als ich mich zu ihr ins Sonnenlicht setzte, rief sie aus: „Du bist ja fast so dünn wie mein feinster Faden! Setz dich. Setz dich doch. Ich hole dir etwas zu essen."

Sie achtete nicht auf meine Proteste und stellte eine große Scheibe gebutterten Brotes vor mich hin.

„Mein Rand schickt mir jeden Morgen einen warmen Laib Honigbrot." Der Blick ihrer hellbraunen Augen wurde zärtlich. Ich wusste, dass sie nicht locker lassen würde, bis ich einen Bissen genommen hatte. Da ich ihre Gefühle nicht verletzen wollte, unterdrückte ich mein Bedürfnis, das Brot auf Gift zu prüfen. Erst als ich mit vollem Mund kaute, war sie zufrieden.

„Was kann ich für dich tun?", fragte sie.

Zwischen zwei Bissen erkundigte ich mich nach Nachtgewändern.

„Oh je, wie konnte ich die nur vergessen? Du armes Ding." Geschäftig lief sie durch die Stube und kehrte mit einem Arm voller Nachthemden zurück.

„Dilana, ich brauche nur ein paar", versuchte ich ihren Eifer zu bremsen.

„Warum bist du nicht schon früher gekommen? Margg hätte mir etwas sagen müssen." Dilanas Empörung war aufrichtig.

„Margg …", begann ich, verstummte aber sofort, da ich nicht wusste, wie Dilana über sie dachte.

„Margg ist ein gemeiner Drachen, ein hinterhältiges böses Weib und eine tyrannische alter Jungfer", verkündete Dilana.

Überrascht schaute ich sie an.

„Sie hat grundsätzlich etwas gegen jeden, der neu ist, und für uns andere ist sie genau genommen auch nur eine Plage."

„Aber zu dir war sie doch nett."

„Als ich die erste Zeit hier war, hatte sie andauernd etwas an mir auszusetzen. Eines Tages habe ich mich in ihren Kleiderschrank geschlichen und alle ihre Röcke enger genäht. Zwei Wochen hat es gedauert, bis sie herausfand, was geschehen war. Zwei Wochen, in denen sie sich ziemlich unwohl fühlte." Mit einem spitzbübischen Lächeln ließ sie sich neben mich auf den Stuhl fallen. „Margg hat kein Talent für Nadel und Faden. Deshalb musste sie wohl oder übel ihren Stolz hinunterschlucken und mich um Hilfe bitten. Seitdem behandelt sie mich mit Respekt."

Dilana ergriff meine Hand. „Unglücklicherweise bist du ihre neue Zielscheibe. Aber lass dir bloß nichts gefallen. Zahle es ihr mit gleicher Münze heim, wenn sie garstig zu dir ist.

Wenn sie erst einmal merkt, dass du nicht leicht einzuschüchtern bist, verliert sie das Interesse an dir."

Ich konnte mir kaum vorstellen, dass diese liebenswürdige Frau zu einer solchen Hinterlist fähig war, aber in ihrem Lächeln lag tatsächlich ein Schimmer von Boshaftigkeit.

Sie legte mir einen Stapel Nachtgewänder in den Arm und packte einige bunte Bänder dazu.

„Für das Fest, meine Liebe", beantwortete sie meinen fragenden Blick. „Damit dein wunderschönes dunkles Haar noch besser zur Geltung kommt."

„Hast du jemanden gefunden, der bei der Übung die Rolle des Entflohenen übernehmen kann?", erkundigte sich der Commander bei Valek, sobald er zum Mittagessen in dessen Arbeitszimmer erschienen war.

Seit zehn Tagen arbeitete ich inzwischen als offizielle Vorkosterin des Commanders. Mein Magen verkrampfte sich nicht mehr in seiner Gegenwart; ja, manchmal verspürte ich sogar den Anflug eines leichten körperlichen Wohlbefindens. Das machte Valek mit seiner Antwort nun prompt zunichte.

„Ja. Ich kenne die perfekte Person für diese Aufgabe." Valek nahm auf dem Stuhl gegenüber dem Commander Platz.

„Wer ist es denn?"

„Yelena."

„Wer?"

„Was?" Mein Einwurf kam wie ein Echo auf die Frage des Commanders. Ich tat nicht länger so, als kümmerte ich mich ausschließlich um meine Arbeit.

„Nenn mir deine Gründe", verlangte der Commander.

Valek lächelte, als ob er von vornherein gewusst hatte, wie der Commander reagieren würde. „Meine Leute sind dazu ausgebildet, ihren Verfolgern zu entkommen. Einen von ihnen auszuwählen wäre dem Suchtrupp gegenüber nicht fair. Deshalb brauchen wir jemanden, der die Kunst der Flucht nicht beherrscht, aber dennoch klug genug ist, die Übung zu einer Herausforderung werden zu lassen."

Valek erhob sich, um seinen Vortrag fortzusetzen. „Der Entflohene braucht einen Ansporn, damit es eine gute Verfolgungsjagd wird, doch er muss auch freiwillig zur Burg zurückkehren. Deshalb kann ich keinen echten Gefangenen nehmen. Die Diener haben keinerlei Fantasie. Auch mit der Ärztin habe ich gesprochen, aber sie wird hier für Notfälle gebraucht. Ich wollte schon einen Eurer Soldaten verpflichten, als mir Yelena einfiel."

Valek zeigte auf mich. An den Fingern zählte er seine Argumente auf. „Sie ist klug. Sie ist ehrgeizig genug, eine gute Leistung zu erbringen, und ihr liegt daran, hierher zurückzukommen.

„Ehrgeizig genug?" Zweifelnd runzelte der Commander die Stirn.

„Die Vorkosterin erhält keinen Lohn. Aber für diese zusätzliche Arbeit und ähnliche Aufgaben in der Zukunft kann sie bezahlt werden. Je länger sie in Freiheit bleibt, umso höher ist die Summe. Und was den Ansporn zurückzukehren angeht, so liegt der Grund dafür doch auf der Hand."

Für mich war er auch sonnenklar. Valek hatte Recht. Allein die tägliche Dosis Butterfly Dust sicherte mein Überleben. Wenn ich bis zum folgenden Morgen nicht in die Burg zurückgekehrt war, würden sie nur noch nach einer Leiche suchen.

„Und wenn ich mich weigere?", fragte ich Valek.

„Werde ich einen der Soldaten auswählen. Aber das würde

mich sehr enttäuschen. Ich dachte, dass du die Herausforderung zu schätzen wüsstest."

„Vielleicht tue ich das ja doch nicht …"

„Genug." Die Stimme des Commanders klang schroff. „Das ist absurd, Valek."

„Genau darum geht es doch. Ein Soldat würde sich vorhersehbar verhalten. Wie sie reagiert, weiß dagegen kein Mensch."

„*Du* kannst unseren Entflohenen vielleicht überlisten, aber die Leute, die ich zu der Übung abgestellt habe, sind nicht so aufgeweckt. Ich hoffe, bald jemanden zu finden, den du als deinen Gehilfen anlernen kannst. Mir ist klar, was du damit bezweckst, aber ich glaube nicht, dass es so rasch geschehen wird. Wir brauchen jetzt jemanden." Der Commander seufzte. Es war die größte Gefühlsregung, die ich bisher bei ihm erlebt hatte. „Valek, warum missachtest du dauernd meine Befehle, wenn es um die Ausbildung eines Assistenten geht?"

„Weil ich mit Eurer Wahl bisher nicht einverstanden war. Sobald ein geeigneter Kandidat auftaucht, werde ich alles tun, um ihm die bestmögliche Ausbildung angedeihen zu lassen."

Der Commander betrachtete das Tablett in meiner Hand. Er nahm das Essen entgegen und befahl mir, heißen Tee zu holen. Es war ein leicht durchschaubarer Versuch, mich loszuwerden, damit sie ungestört weiterdiskutieren konnten. Nur zu gern befolgte ich den Befehl.

Auf dem Weg zur Küche dachte ich über Valeks Vorschlag nach, die Rolle der Entflohenen zu spielen. Mein erster Impuls war gewesen, abzulehnen, denn ich hatte wirklich keine Lust, mir noch mehr Probleme aufzuhalsen. Doch als ich über die Herausforderung nachdachte, die darin bestand, dem

Suchtrupp zu entkommen, verbunden mit der Möglichkeit, ein wenig Geld zu verdienen, erschien mir die Übung mehr und mehr als willkommene Gelegenheit. Und noch bevor ich die Küche erreichte, hoffte ich bereits, dass Valek die Diskussion für sich entscheiden würde. Immerhin konnte ich mich dann einen Tag lang außerhalb der Burg bewegen und mir als Flüchtling ein paar Tricks aneignen, die mir irgendwann einmal vielleicht nützlich sein würden.

„Stimmt etwas mit dem Mittagessen nicht?", fragte Rand nervös, als er mich sah.

„Nein. Ich brauche nur etwas heißen Tee."

Seine Gesichtszüge entspannten sich. Ich fragte mich, warum er sich solche Sorgen machte, dass mit den Speisen etwas nicht in Ordnung sein könnte. Das Bild des jungen Rand kam mir in den Sinn, der gegen den Commander rebellierte, indem er sein Essen verdarb und damit sozusagen Sabotage aus der Küche betrieb. Doch sofort verwarf ich den Gedanken. Rand würde niemals minderwertige Mahlzeiten servieren; dazu lag ihm viel zu sehr daran, köstliche Speisen zu erfinden. Zwischen ihm und dem Commander musste etwas anderes vorgefallen sein. Da ich mir jedoch nicht sicher war, ob unsere noch sehr junge Bekanntschaft persönliche, vielleicht sogar heikle Fragen überstehen würde, hielt ich lieber den Mund.

Jetzt kannte ich Rand schon fast zwei Wochen, aber noch immer wusste ich nicht, woran ich mit ihm war. Ohne ersichtlichen Grund wechselten seine Stimmungen von einem Moment auf den anderen. Rand redete gern. Meistens bestritt er die Unterhaltung allein, wobei er nur wenige persönliche Fragen stellte. Ich bezweifelte, dass er meine Antworten überhaupt zur Kenntnis nahm, ehe er weiterschwatzte.

„Da du schon mal hier bist …" Er holte eine weiße Torte

von einem der Auskühlbretter, die wie Regale an der Wand hingen. „Probier doch mal diese hier und sage mir, wie sie dir schmeckt."

Er schnitt ein Stück ab. Die Torte war mit Sahne überzogen und mit einer Himbeercreme gefüllt.

Ich versuchte mir nicht anmerken zu lassen, dass mein erster Bissen die Giftprobe war. „Geschmacklich passt alles gut zusammen", meinte ich.

„Ist noch nicht perfekt, aber ich weiß nicht, woran es liegt."

„Die Creme ist ein bisschen zu süß", sagte ich und nahm einen zweiten Bissen. „Und der Teig ein wenig trocken."

„Also auf ein Neues! Kommst du heute Abend noch mal vorbei?"

„Warum?"

„Ich brauche die Meinung einer Expertin. Mit dem Kuchen will ich nämlich am Backwettbewerb des Feuerfests teilnehmen. Gehst du auch hin?"

„Ich weiß noch nicht." Valek hatte nicht gesagt, dass ich zum Fest gehen könnte, als ich am Abend zuvor davon gesprochen hatte.

„Ein paar von uns Küchenschaben gehen auf jeden Fall. Wenn du willst, kannst du mit uns kommen."

„Danke. Ich sag dir Bescheid."

Auf dem Weg zurück zum Arbeitszimmer des Commanders kam mir ein beunruhigender Gedanke in den Sinn. Da Brazell sich noch in der Burg aufhielt und erst nach dem Fest abreisen wollte, hatte ich mich immer in Valeks Nähe aufgehalten. Was würde geschehen, wenn Brazell herausfand, dass ich für die Rolle der Entflohenen im Gespräch war? Wie würde er reagieren, wenn wir uns beim Fest zufällig über den Weg liefen?

Überzeugt davon, dass ich bis zu seiner Abreise innerhalb der Burgmauern sicherer war, beschloss ich, sowohl Valeks als auch Rands Angebot auszuschlagen. Doch als ich mit dem Tee in der Hand das Arbeitszimmer des Commanders betrat, hatte Valek ihn mit seinen Argumenten bereits überzeugt. Noch ehe ich etwas sagen konnte, erwähnte er das Geld, mit dem ich gelockt werden sollte.

Die Summe, die ich für einen Tag in „Freiheit“ erhalten würde, war enorm.

„Die Übung findet genau während des Feuerfests statt. Da haben die Soldaten ohnehin viel zu tun. Sollten wir sie nicht auf einen späteren Zeitpunkt verlegen?“, fragte Valek den Commander.

„Nein. Das bunte Treiben ist eine zusätzliche Herausforderung für unsere Verfolger.“

„Nun, Yelena, dann bleiben dir nur noch wenige Tage, um dich vorzubereiten. Aber das macht ja nichts. Einige Gefangene planen ihre Flucht sehr lange im Voraus; andere dagegen entscheiden sich spontan, wenn sich ihnen eine Gelegenheit bietet. Nimmst du die Herausforderung an?“, fragte Valek.

„Ja“, erwiderte ich ohne nachzudenken. Mein Verstand hätte gewiss mit „Nein“ geantwortet. „Unter der Bedingung, dass Brazell nichts von meiner Mitwirkung erfährt.“

„Ist der Umstand, dass du ein Zimmer in meiner Privatwohnung bekommen hast, nicht ein deutlicher Hinweis darauf, dass ich um dein Wohlergehen besorgt bin?“ Valek klang beleidigt, und mir wurde bewusst, dass ich ihn gekränkt hatte.

Als ich Rand vor den Kopf stieß, hatte ich versucht, meinen Fehler so rasch wie möglich wieder gutzumachen. Valek dagegen hätte ich gern noch mehr provoziert, aber auf die Schnelle fiel mir leider nichts ein.

„Da wir gerade von Brazell sprechen“, schaltete sich der Commander ein. „Er hat mir ein Geschenk gemacht. Ein neues Dessert, das sein Küchenchef erfunden hat. Brazell war der Meinung, dass es mir schmecken würde.“

Commander Ambrose zeigte uns ein Holzkistchen, gefüllt mit dicken braunen Quadraten, die wie Ziegelsteine aufeinander gestapelt waren. Glatt und glänzend war die Oberfläche; nur die Ecken sahen aus, als seien sie mit einem stumpfen Messer abgeschnitten worden. An den rauen Stellen bröckelten braune Krümel ab.

Valek nahm ein Stück und roch daran. „Ich hoffe, Ihr habt nichts davon gegessen.“

„Nein. Aber selbst Brazell wäre nicht so dumm, mich damit vergiften zu wollen. Es wäre viel zu offensichtlich.“

Valek reichte mir das Kistchen. „Yelena, nimm ein paar Stücke und koste sie.“

Ich betrachtete die Quadrate und fischte vier heraus. Sie waren etwa so groß wie mein Daumennagel, und alle vier passten auf meine Handfläche. Hätte man mir nicht gesagt, dass es sich um eine Süßigkeit handelte, hätte ich sie wohl für braunen Kerzenwachs gehalten. Mit meinem Fingernagel ritzte ich eine Kerbe in die Oberfläche, und meine Finger fühlten sich ein wenig klebrig an, nachdem ich die Stücke betastet hatte.

Ich zögerte. Diese Dinger stammten von Brazell, und ich erinnerte mich nicht, dass sein Koch besonders erfindungsreich gewesen wäre. Doch mir blieb keine andere Wahl, und ich verdrängte meine Beklommenheit.

Da ich an Wachs dachte, erwartete ich auch, Wachs zu schmecken. Ich biss in den harten Würfel und rechnete damit, dass er zwischen meinen Zähnen zerkrümeln würde. Es musste mein Gesichtsausdruck gewesen sein, der den Commander veranlasste, sich zu erheben, denn hingerissen von den Empfindungen in meinem Mund, sagte ich kein Wort.

Statt zu zerkrümeln, schmolz das Dessert und entwickelte eine Vielzahl von Aromen auf meiner Zunge. Süße, bittere, nussige und fruchtige Geschmacksrichtungen lösten einander ab. Gerade, wenn ich glaubte, ein Aroma benennen zu können, schmeckte ich ein anderes, und dann wieder alle zusammen. Es war anders als alles, was ich jemals kennen gelernt hatte. Ehe ich mich versah, waren die vier Würfel verschwunden. Ich hätte gerne noch mehr davon gegessen.

„Unglaublich. Was ist das?"

Valek und der Commander tauschten verblüffte Blicke.

Der Commander sagte: „Brazell nannte es Criollo. Warum? Ist es vergiftet?"

„Nein. Kein Gift. Es ist nur ..." Mir fehlten die richtigen Worte, um meine Eindrücke zu schildern. „Kostet selbst", war alles, was ich sagen konnte.

Ich ließ den Commander nicht aus den Augen, als er in einen Würfel biss. Er riss die Augen auf und zog erstaunt die Augenbrauen hoch. Mit der Zunge fuhr er sich über Lippen und Zähne und versuchte, die letzten Reste dieser Köstlichkeit zu genießen. Dann griff er nach einem weiteren Stück.

„Es ist süß. Ganz anders. Aber ich schmecke nichts Ungewohnliches heraus", sagte Valek und wischte sich die Krümel von der Hand.

Ich wechselte einen Blick mit dem Commander. Im Gegensatz zu Valek war er nämlich ein Feinschmecker, der etwas Außergewöhnliches erkannte, wenn er es probierte.

„Ich glaube nicht, dass die kleine Ratte auch nur eine Stunde lang überlebt", klang Marggs gedämpfte Stimme durch die geschlossene Tür, als ich gerade die Küche betreten wollte.

„Ich setze fünfzig zu eins dagegen, dass jemand dumm genug ist zu glauben, die Ratte würde das Ende des Tages erleben. Und hundert zu eins gegen den Narren, der davon überzeugt ist, dass sie nicht gefangen wird.“ Nachdem Margg die Vorgaben genannt hatte, redeten alle durcheinander, um ihre Einsätze zu machen.

Ich lauschte mit wachsendem Entsetzen. Margg konnte unmöglich von mir reden. Warum hätte Valek ihr etwas von der Übung erzählen sollen? Unter diesen Umständen würde es sich bis zum nächsten Tag in der ganzen Burg herumgesprochen haben, und Brazell würde es ebenfalls erfahren.

„Ich wette einen Monatslohn, dass Yelena den ganzen Tag in Freiheit bleibt“, übertönte Rand die anderen. Sofort verstummte das erregte Stimmengewirr.

Meine Gefühle schwankten zwischen Enttäuschung und Stolz. Sie wetteten auf mich, und ich konnte kaum glauben, dass Rand einen ganzen Monatslohn aufs Spiel setzte. Er hatte mehr Vertrauen in mich als ich selbst. Wenigstens in dieser Hinsicht schien ich mit Margg einer Meinung zu sein.

Marggs Lachen hallte von den gefliesten Wänden wider. „Du hast wohl zu lange in der Küche gestanden, Rand. Die Hitze hat dein Gehirn zu Brei zerkocht. Ich glaube, du fängst an, Gefallen an der kleinen Ratte zu finden. Schließ besser deine Messer weg, wenn sie hier ist, sonst …“

„Also bitte, das reicht jetzt“, sagte Rand. „Das Abendessen ist beendet. Verschwindet aus meiner Küche. Alle!“

Ich trat in den Gang zurück, damit mich niemand entdeckte. Doch weil ich Rand versprochen hatte, seinen Kuchen zu probieren, schlich ich mich zur Küche zurück, sobald die anderen verschwunden waren. Rand saß an einem der Tische und hackte Nüsse. Ein Stück von seiner Himbeertorte stand neben ihm.

Er schob mir den Teller hin, und ich kostete.

„Viel besser. Der Kuchen ist unglaublich saftig. Was hast du damit gemacht?“, erkundigte ich mich.

„Ich habe Pudding unter den Teig gemischt.“

Rand war ungewöhnlich schweigsam. Mit keinem Wort erwähnte er die Wetten. Ich würde ihn auch nicht darauf ansprechen. Nachdem er alle Nüsse gehackt und sein Küchengerät gereinigt hatte, sagte er: „Ich lege mich jetzt besser hin. Morgen Abend gehen wir zum Fest. Kommst du nun mit?“

Ich spielte auf Zeit. „Wer ist denn alles dabei?“ Den ersten Abend des Fests würde ich nur ungern verpassen, und allein der Gedanke, dass Brazell mir meinen einzigen Spaß verderben könnte, machte mich wütend. Sollte Margg allerdings auch gehen, würde ich bei meiner ursprünglichen Entscheidung bleiben.

„Porter, Sammy, Liza und vielleicht Dilana.“ Als er ihren Namen erwähnte, leuchteten Rands müde Augen kurz auf. „Warum?“

„Wann geht ihr denn?“ Wieder war ich drauf und dran, auf mein Herz zu hören, anstatt mich auf meinen gesunden Menschenverstand zu verlassen.

„Nach dem Abendessen. Es ist die einzige Zeit, in der wir alle frei haben. Am ersten Abend des Fests bestellt der Commander immer eine leichte Mahlzeit, sodass das Küchenpersonal früh Feierabend machen kann. Wenn du also mitkommen willst, treffen wir uns morgen Abend hier.“

Mit diesen Worten verschwand Rand in seiner Wohnung, die direkt neben der Küche lag, und ich ging zurück in Valeks Privaträume.

Die dunkle Wohnung war leer. Ich verschloss die Tür und tastete nach einem Feuerstein. Beim Anzünden der Lampen bemerkte ich auf dem Schreibtisch ein Blatt Papier. Ich schaute mich um, um mich zu vergewissern, dass Valek sich nicht in einer dunklen Ecke verborgen hielt, und nahm das Papier genauer in Augenschein. Namen waren darauf notiert und wieder durchgestrichen worden. Mein Name war eingekreist. Darunter stand geschrieben, dass ich bei der Übung die perfekte Besetzung für die Rolle der Entflohenen sei.

Auf diese Weise konnte Margg es also erfahren haben. Jetzt erinnerte ich mich auch wieder daran, wie ich sie beim Lesen der Unterlagen auf Valeks Schreibtisch beobachtet hatte. Je nachdem, wie lange die Papiere dort schon gelegen hatten, wusste sie es möglicherweise schon seit einiger Zeit. Diese Frau würde für meinen Tod sorgen. Wenn ich lange genug überlebte, würde ich ein ernstes Wort mit ihr reden müssen. Aber dazu hatte ich erst Zeit, wenn die Übung überstanden war.

Um meine Flucht sorgfältig zu planen, durchsuchte ich Valeks Bücherstapel. Irgendwo hatte ich bereits einige Titel zu diesem Thema gesehen und wurde prompt belohnt, als ich zwei Bände über die Methoden der Verfolgung entdeckte und einen über den besten Weg, der Gefangennahme zu entgehen. Niemand hatte mir verboten, mich ein wenig zu informieren. Deshalb lieh ich mir Valeks Bücher aus, nahm eine Lampe und ging in mein Zimmer.

Aufmerksam studierte ich die Texte, bis mir vor Müdigkeit die Buchstaben vor den Augen verschwammen. Erschöpft schlüpfte ich in mein Nachtgewand, löschte die Lampe und fiel ins Bett.

Als ich aus dem Schlaf aufschreckte, beschlich mich das beklemmende Gefühl, dass jemand in meinem Zimmer war. Vor Angst war ich sofort schweißgebadet. Ein schwarzer Schatten beugte sich über mich. Unvermittelt wurde ich aus dem Bett gerissen und gegen die Wand geschleudert. Ein paar Atemzüge lang passierte gar nichts. Der Angriff war vorüber, aber noch immer hielt mich jemand fest.

Meine Augen gewöhnten sich an die Dunkelheit, und ich erkannte das Gesicht meines Angreifers. „Valek?“

11. KAPITEL

Valeks Gesicht, nur eine Handbreit von meinem entfernt, glich einer Totenmaske – stumm, kalt und ohne jede Gefühlsregung. Meine Tür war nur angelehnt, aber nicht einmal das schwache Licht der Lampe, das durch den Spalt fiel, verlieh seinen blauen Augen auch nur eine Spur von Wärme.

„Valek, was ist passiert?"

Unvermittelt ließ er mich los, und ich landete auf dem Boden. Ich hatte gar nicht gemerkt, dass er mich hochgehoben und gegen die Wand gedrückt hatte. Wortlos verließ er mein Zimmer. Unbeholfen rappelte ich mich auf und stolperte hinter ihm her. Er stand vor dem Schreibtisch in seinem Wohnzimmer.

„Wenn es wegen der Bücher ist …", begann ich. Er wandte mir den Rücken zu. Vermutlich war er wütend, weil ich sie mir einfach ausgeliehen hatte.

Jetzt drehte er sich zu mir um. „Bücher? Du glaubst, es geht um die Bücher?" Er klang verblüfft, riss sich aber sofort zusammen und fuhr mit barscher Stimme fort: „Ich war ein Narr. Die ganze Zeit habe ich deine Überlebensinstinkte und deine Klugheit bewundert. Aber jetzt …" Er verstummte und schaute sich im Zimmer um, als suchte er nach den richtigen Worten.

„Ich habe am Abend einige Dienstboten über dich reden hören. Dass du bei der Übung mitmachst. Sie haben sogar Geld auf dich gesetzt. Wie konntest du nur so dumm und unbesonnen sein? Eigentlich wäre es besser, dich auf der Stelle umzubringen, um mir den Ärger zu ersparen, später nach deiner Leiche suchen zu müssen."

„Keiner Menschenseele habe ich etwas davon erzählt." Ich ließ meinem Ärger freien Lauf. „Wie kommt Ihr darauf, dass ich mich selbst in Gefahr bringe?"

„Warum sollte ich dir glauben? Der Einzige, der etwas davon wusste, war der Commander."

„Aber Valek, Ihr seid der Herr der heimlichen Nachrichtenzuträger. Wäre es nicht möglich, dass jemand die Unterhaltung belauscht hat? Wer hat sonst noch Zugang zu diesem Zimmer? Ihr habt Eure Unterlagen auf dem Schreibtisch liegen lassen, sodass jeder sie sehen konnte." Ehe er weitere falsche Rückschlüsse zog, fuhr ich hastig fort: „Sie springen einem doch geradezu ins Auge. Wenn ich sie schon mit einem flüchtigen Blick bemerkt habe, dann mussten sie doch für denjenigen, der mehr wissen wollte, geradezu eine Aufforderung zum Lesen gewesen sein."

„Was soll das heißen? Wen beschuldigst du?"

Eine steile Falte bildete sich über seiner Nasenwurzel, als seine Augenbrauen sich zusammenzogen. Für einen kurzen Moment wirkte er besorgt, ehe seine Miene wieder den üblichen undurchdringlichen Ausdruck annahm. Seine Reaktion war sehr verräterisch. Entweder war er davon überzeugt, dass ich den Dienstboten gegenüber alles ausgeplaudert hatte, sodass er gar keine andere Möglichkeit in Betracht zog, oder er konnte den Gedanken nicht akzeptieren, dass es eine Schwachstelle in seinem Sicherheitssystem gab. Wenigstens einmal hatte ich ihn verunsichert – wenn auch nur für eine Sekunde. Wie gerne hätte ich ihn einmal vollkommen fassungslos und kleinlaut erlebt. Eines Tages vielleicht.

„Ich habe einen Verdacht", sagte ich. „Aber ohne einen Beweis klage ich niemanden an. Das wäre nicht fair. Und außerdem – wer würde mir schon Glauben schenken?"

„Niemand.“ Valek nahm einen der grauen Steine von seinem Tisch und warf ihn nach mir.

Wie versteinert blieb ich stehen, als der Stein an mir vorbeisauste und hinter mir gegen die Wand krachte. Graue Krümel rieselten auf meine Schultern und regneten zu Boden.

„Außer mir.“ Er sank auf einen Stuhl. „Entweder bin ich süchtig nach Gefahr, oder das, was du sagst, ergibt einen Sinn, und wir haben tatsächlich eine undichte Stelle. Einen Informanten, eine Klatschtante, einen Verräter. Wer immer es ist, wir müssen ihn finden.“

„Oder sie.“

Valek runzelte die Stirn. „Sollen wir lieber auf Nummer sicher gehen und jemand anderen für die Rolle des Flüchtlings suchen? Oder die Übung ganz absagen? Oder sollen wir weitermachen wie geplant und dich gleichzeitig zum Flüchtling und zum Köder machen? Und unseren Spion auf diese Weise dazu bringen, sich selbst zu entlarven?“ Er schnitt eine Grimasse. „Oder unsere Spionin.“

„Glaubt Ihr nicht, dass Brazell mich gefangen nehmen will?“

„Nein. Es ist noch zu früh. Ich glaube nicht, dass er versuchen wird, dich zu töten, ehe nicht seine Fabrik fertig gestellt ist. Erst wenn er hat, was er will, dürfte es hier interessant werden.“

„Gott sei Dank. Ich kann die Langeweile nämlich kaum noch ertragen.“ Meine Stimme troff vor Sarkasmus. Nur Valek konnte auf die Idee kommen, dass ein Anschlag auf mein Leben eine spannende Abwechslung sein könnte.

Er ging nicht auf meine Bemerkung ein. „Es ist deine Entscheidung, Yelena.“

Meine Entscheidung war in Valeks Plänen nicht enthalten.

Ich hätte mich dafür entschieden, an einem Ort zu sein, wo mein Leben nicht in Gefahr war. Wo ich keinen Mörder zum Vorgesetzten hatte und wo es keine unbekannte Person gab, die mein ohnehin schon schwieriges Leben noch komplizierter machte. Ich hätte mich für die Freiheit entschieden.

Ich seufzte. Der sicherere Weg war der verlockendere, aber er würde zu nichts führen. Hatte ich nicht auf grausamste Art am eigenen Leib erfahren, dass es nichts brachte, Problemen aus dem Weg zu gehen? Fliehen und Verstecken waren meine typischen Verhaltensweisen, doch die sorgten nur dafür, dass ich früher oder später in die Falle tappte und nur noch blindlings um mich schlagen konnte.

Das war alles andere als befriedigend. Ich war jedes Mal entmutigt, wenn ich die Beherrschung verlor. Doch mein Überlebensinstinkt schien eine eigene Existenz zu führen. Zauberei. Unwillkürlich kam mir das Wort in den Sinn. Nein. Jemand hätte es schon längst bemerkt, wenn ich über magische Fähigkeiten verfügte. Jemand hätte mich gemeldet. Auch, wenn dieser Jemand Brazell war? Oder Reyad?

Entschlossen vertrieb ich den Gedanken. Das war Schnee von gestern. Im Moment plagten mich größere Sorgen. „Gut. Ich werde am Haken baumeln und sehen, welcher Fisch angeschwommen kommt. Aber wer steht mit dem Netz bereit?"

„Ich."

Langsam ließ ich die Luft aus meinen Lungen entweichen. Der Kloß in meinem Magen wurde kleiner.

„Bleib bei deiner Entscheidung. Ich kümmere mich um alles." Valek nahm das Blatt, auf dem mein Name stand, hielt eine Ecke in die Flamme und setzte es in Brand. „Vielleicht sollte ich dich morgen Abend beschatten, wenn du zum Feuerfest gehst. Es sei denn, du hast dich entschieden, Rands Einladung auszuschlagen und in der Burg zu bleiben.“ Er ließ das brennende Blatt zu Boden schweben.

„Woher wisst Ihr …?“ Ich unterbrach mich. Ich würde ihn nicht fragen. Es war allgemein bekannt, dass er Rand nicht traute. Vermutlich hatte er einen anderen Informanten in der Küche. Es sollte mich nicht überraschen.

Da Valek nicht gesagt hatte, dass ich nicht gehen dürfte, traf ich eine spontane Entscheidung. „Ich gehe. Es ist ein Risiko. Aber was soll’s? Schließlich riskiere ich jedes Mal mein Leben, wenn ich den Tee des Commanders probiere. Dieses Mal besteht wenigstens die Aussicht, ein wenig Spaß dabei zu haben.“

„Es ist nicht leicht, ohne einen einzigen Penny Spaß beim Fest zu haben.“ Valek zertrat die glimmenden Funken mit dem Stiefel.

„Das schaffe ich schon.“

„Möchtest du einen Vorschuss auf deinen Lohn als Flüchtling haben?“

„Nein. Ich werde mir das Geld erst verdienen.“ Ich wollte keine Gefälligkeiten von Valek. Auf derlei Aufmerksamkeiten von seiner Seite war ich nicht vorbereitet. Ich wollte nicht, dass er umgänglicher wurde und vielleicht unser seltsames Katz-und-Maus-Verhältnis zerstörte. Ich wollte, dass unsere Beziehung so blieb, wie sie war. Abgesehen davon konnte es ausgesprochen gefährlich werden, wenn man zu freundliche Gedanken über Valek hegte. Ich bewunderte seine Fähigkeiten und war froh, wenn er bei einem Streit auf meiner Seite war. Aber eine Ratte, die eine Katze mochte? So etwas konnte nur damit enden, dass die Ratte am Ende tot war.

„Wie du willst“, sagte Valek. „Aber lass es mich wissen, wenn du deine Meinung änderst. Und mach dir keine Gedanken wegen der Bücher. Nimm nur alles mit, was du lesen möchtest."

Ehe ich in mein Zimmer ging, blieb ich mit der Hand auf dem Türknauf stehen. „Danke", sagte ich zur Tür, da ich Valek nicht in die Augen sehen wollte.

„Für die Bücher?"

„Nein. Für das Angebot." Mein Blick wanderte an der Holzmaserung entlang.

„Keine Ursache."

In der Burg herrschte reges Treiben. Gut gelaunte Diener eilten durch die Korridore und Gelächter hallte von den Steinwänden wider. Am ersten Tag des Feuerfests wollten alle Dienstboten so schnell wie möglich ihre Arbeit erledigen, um die Eröffnungsfeier nicht zu verpassen. Ihre Aufregung war ansteckend, und selbst nach einer schlaflos verbrachten Nacht fühlte ich mich allmählich wieder freudig erregt wie ein Kind. Entschlossen verdrängte ich die beunruhigende Vorstellung, dass mich jemand auf dem Fest verfolgte, in die hinterste Ecke meiner Gedanken, und gab mich ganz der Vorfreude auf die abendlichen Ereignisse hin.

Am Nachmittag ließ ich ungeduldig eine von Valeks Unterrichtsstunden über mich ergehen. Er versuchte mir beizubringen, wie man einen Verfolger entdeckt. Die meisten seiner Ratschläge waren ziemlich banal. Einige Methoden kannte ich bereits aus einem seiner Bücher, und meine Gedanken begannen zu wandern. Ich nahm mir vor, am Abend so wenig wie möglich hinter mich zu blicken – am besten überhaupt nicht. Valek spürte, wie mir zumute war, und beendete die Lektion vorzeitig.

Kurz darauf nahm ich eine neue Uniform und die bunten

Bänder, die Dilana mir gegeben hatte, aus dem Schrank und eilte zu den Baderäumen. Um diese Zeit war niemand hier. Schnell wusch ich mich, um anschließend in einen der dampfenden Bottiche zu sinken. Langsam tauchte ich in das heiße Nass ein und entspannte jeden Muskel. Genießerische Wohllaute von mir gebend, rutschte ich tiefer, bis ich bis zum Kinn im Wasser saß.

Erst als die Haut auf meinen Fingern schrumpelig wurde, stieg ich aus der Wanne. Seit einem Monat hatte ich nicht in den Spiegel geschaut. Jetzt war ich neugierig geworden und betrachtete mich ausgiebig. Zwar war ich nicht mehr erschreckend dürr, aber ich musste trotzdem noch einiges an Gewicht zulegen. Meine Wangen waren eingefallen, und meine Hüftknochen und Rippen stachen durch das Fleisch. Mein schwarzes Haar, vor kurzem noch stumpf und verfilzt, war wieder glänzend geworden. Die Wunde auf meinem rechten Ellbogen hatte sich von einem leuchtend hellen in ein tief dunkles Rot verwandelt.

Ich musste schlucken, während ich mich wie aus weiter Ferne betrachtete. War meine Seele schon in meinen Körper zurückgekehrt? Nein. Stattdessen sah ich Reyads Geist, der grinsend hinter mir schwebte. Als ich mich umdrehte, war er verschwunden. Ich fragte mich, was er von mir gewollt hatte. Höchstwahrscheinlich Rache, aber wie kann man einen Geist in die Schranken weisen? Ich beschloss, mir an diesem Abend keine Sorgen darüber zu machen.

Ich schlüpfte in die saubere Uniform, flocht die leuchtend bunten Bänder in mein Haar und ließ sie über meine Schultern und meinen Rücken fließen. Als ich mich beim Commander zum Abendessen meldete, machte ich mich auf eine spöttische Bemerkung wegen meines unmilitärischen Haarschmucks gefasst. Doch eine hochgezogene Augenbraue war seine einzige Reaktion.

Nach dem Abendessen eilte ich in die Küche, wo Rand mich mit einem breiten Lächeln empfing. Das Küchenpersonal war noch mit Aufräumen beschäftigt. Um nicht nutzlos herumzustehen, half ich ihnen beim Scheuern der Tischplatten und des Fußbodens. Rand legte Wert auf eine makellose Küche, und erst als sie vor Sauberkeit glänzte, waren die Dienstboten entlassen.

Rand tauschte seine schmutzige Uniform gegen eine frische. Unterdessen beobachtete ich aus den Augenwinkeln eine Gruppe von Leuten, die sich unterhielten, während sie auf ihn warteten. Ich kannte sie alle vom Hörensagen, hatte allerdings noch mit keinem von ihnen ein Wort gewechselt. Hin und wieder schaute einer von ihnen misstrauisch in meine Richtung. Ich unterdrückte einen Seufzer und versuchte, mich nicht davon beeinflussen zu lassen. Im Grunde genommen konnte ich ihnen keinen Vorwurf machen, denn es war schließlich kein Geheimnis, dass ich Reyad getötet hatte.

Porter war der Älteste aus der Gruppe. Er kümmerte sich um die Hundezwinger des Commanders und war ebenfalls ein Überlebender aus der Regierungszeit des Königs. Seine Dienste waren für zu wichtig erachtet worden, um ihn ersetzen zu können. Meistens blickte er finster drein. Lächeln sah man ihn nur selten. Rand war sein einziger Freund. Mit einem Unterton in der Stimme, der soviel sagen wollte wie „Ich kann nicht glauben, dass jemand einen solchen Unsinn für bare Münze nimmt“, hatte Rand mir einige Geschichten über ihn erzählt. Wilde Gerüchte, denen zufolge Porter eine geistig-seelische Verbindung zu seinen Hunden pflegte, machten ihn zu einem Außenseiter.

Die unheimliche Art und Weise, in der die Hunde Porter verstanden und auf ihn reagierten, erschien in höchstem Maße unnormal. Geradezu magisch. Allein der Verdacht der Zauberei reichte den anderen aus, Porter zu behandeln, als habe er eine ansteckende Krankheit. Aber es gab nicht den geringsten Beweis, und immerhin war seine Beziehung zu den Hunden manchem von Nutzen. Der Commander etwa wusste dies sehr zu schätzen.

Sammy war Rands Laufbursche. Die einzige Aufgabe des schmalen Zwölfjährigen bestand darin, alles zu besorgen, was Rand benötigte. Ich hatte schon erlebt, dass Rand Sammy in der einen Sekunde anbrüllte und in der nächsten fest an seine Brust drückte.

Liza war eine stille Frau, nur ein paar Jahre älter als ich, und als Hauswirtschafterin der Burg verantwortlich für die Speise- und Vorratskammern. Jetzt zupfte sie nervös an den Ärmeln ihrer Uniform. Vermutlich dachte sie, dass es sogar besser sei, sich mit Porter zu unterhalten, als in meiner Nähe zu sein.

Sobald Rand fertig angezogen aus seinem Zimmer kam, verließen wir die Burg. Sammy lief vor uns her. Er war viel zu aufgeregt, als dass es ihn lange bei uns gehalten hätte. Porter und Liza setzten ihre Unterhaltung fort, während Rand und ich ihnen folgten.

Die Nachtluft war erfrischend. Ich sog den Geruch von feuchter Erde, vermischt mit dem schwachen Aroma von rauchendem Holz, ein. Seit fast einem Jahr war dies mein erster Ausflug ins Freie, und ehe wir das Burgtor passierten, das zwischen hohen Pfeilern in die wuchtige Steinmauer eingelassen war, die die gesamte Anlage einfasste, warf ich einen Blick zurück. Ohne Mondlicht war es zu dunkel, um Einzelheiten erkennen zu können. Ich sah nur einige erleuchtete Fenster und die hoch aufragenden Wände. Das gesamte Gebäude schien verlassen zu sein. Falls Valek mir folgte, konnte ich ihn nirgendwo entdecken.

Kaum hatten wir das Tor hinter uns gelassen, wehte uns eine frische Brise ins Gesicht, die die stickige Luft des Tages wegblies. Mit leicht vom Körper abgewinkelten Armen ließ ich den Wind an mir vorbeiziehen. Meine Uniform flatterte und mein Haar tanzte mir ums Gesicht. Tief atmete ich ein und genoss die kühle Abendluft. Wir liefen durch die Wiesen, die sich jenseits der Burgmauern erstreckten. Im Umkreis von einer Viertelmeile durften rund um die Anlage keine anderen Gebäude errichtet werden. Die Stadt, die einst nach Queen Jewel benannt worden war, hieß nach dem Regierungswechsel Castletown. Jewelstown war vom König als Geschenk an seine Frau im Tal südlich der Burg erbaut worden.

Die Zelte für das Feuerfest standen auf den Feldern westlich von Castletown.

„Kommt Dilana nicht mit?“, fragte ich Rand.

„Sie ist schon vorausgegangen. Heute Nachmittag gab es einen unvorhergesehenen Zwischenfall. Als die Tänzer die Kisten mit ihren Kostümen öffneten, stellten sie fest, dass irgendein Tier Löcher in die Kleider gefressen hatte. Deshalb haben sie Dilana um Hilfe gebeten, um rechtzeitig vor der Eröffnungsfeier fertig zu sein.“ Rand lachte. „Ihre entgeisterten Gesichter hätte ich sehen mögen, als sie die Kisten öffneten. Das war bestimmt lustig.“

„Für dich vielleicht, aber sicher nicht für die Frau, die für die Kostüme verantwortlich ist.“

„Stimmt.“ Schweigend humpelte er neben mir her. Weil wir langsamer gingen, blieben wir weit hinter den anderen zurück.

„Wo ist denn dein Kuchen?“, fragte ich. Hoffentlich hatte ich ihm seine gute Laune nicht verdorben.

„Sammy hat ihn schon heute Morgen abgeliefert. Der Backwettbewerb findet am ersten Tag statt, damit die eingereichten Kuchen verkauft werden können, so lange sie frisch sind. Ich würde nur gern das Ergebnis erfahren. Wieso nimmst du eigentlich an keinem Wettbewerb teil?“

Eine einfache Frage. Eine von vielen, die das Fest betrafen und die ich mit einigem Erfolg vermieden hatte, seit Rand und ich Freunde geworden waren. Zunächst vermutete ich hinter seinem Interesse nur den Versuch, an vertrauliche Informationen zu gelangen, um seine Chancen für die nächste Wettrunde zu erhöhen. Doch da das Glücksspiel nun beendet war, erkannte ich, dass sein Interesse echt war.

„Ich habe kein Geld für die Teilnahmegebühr“, antwortete ich. Es war die Wahrheit, wenn auch nicht die ganze Geschichte. Zunächst aber musste ich Rand vollkommen vertrauen können, ehe ich ihm erzählen würde, welche Bedeutung das Feuerfest für mich hatte.

Missbilligend schnalzte er mit der Zunge. „Was bringt es denn, die Vorkosterin nicht zu bezahlen? Dadurch wird sie doch nur bestechlich. Wie schnell könnte einer auf die Idee kommen, ihr Geld anzubieten, um etwas über den Commander in Erfahrung zu bringen.“ Er blieb stehen und sah mich mit ernstem Gesicht an. „Würdest du Informationen für Geld verkaufen?“

12. KAPITEL

Bei Rands Worten lief es mir eiskalt den Rücken hinunter. War es nur eine harmlose Frage, auf die er nicht wirklich eine Antwort erwartete, oder bot er mir tatsächlich an, mich für Auskünfte zu bezahlen? Ich malte mir Valeks Reaktion aus, wenn er erführe, dass ich bestechlich wäre. Kein Geld zu haben war besser, als seinen Zorn auf sich zu ziehen.

„Nein, das würde ich nicht“, antwortete ich.

Rand grummelte etwas Unverständliches vor sich hin. Ein ungemütliches Schweigen entstand, während wir weitergingen. Ob Oscove, der ehemalige Vorkoster, wohl Geld für Informationen genommen hatte? Das würde erklären, warum Valek ihn nicht mochte und von Rand verdächtigt wurde, Oscove umgebracht zu haben.

„Wenn du willst, zahle ich das Startgeld für dich. Du hast mir sehr geholfen, und außerdem habe ich beim Wetten auf dich eine Menge gewonnen.“

„Vielen Dank, aber ich bin doch überhaupt nicht vorbereitet. Es wäre reine Geldverschwendung.“ Außerdem war ich fest entschlossen, mich auch ohne Geld auf dem Fest zu amüsieren – und sei es nur, um Valek zu beweisen, dass es möglich war.

Obwohl ich mir vorgenommen hatte, mich nicht mehr umzuschauen, warf ich einen Blick über meine Schulter. Nichts. Ich versuchte mir einzureden, dass es ein gutes Zeichen war, Valek nicht zu sehen. Wenn ich ihn nämlich entdecken konnte, konnten es die anderen ebenfalls. Trotzdem wurde ich das nagende Gefühl nicht los, dass er es vielleicht doch riskieren wollte, mich ins offene Messer laufen zu lassen. Hör auf damit, befahl ich mir. Mach dir keine Sorgen. Andererseits wäre es ziemlich leichtsinnig von mir, aufs Fest zu gehen, ohne mir der Gefahr bewusst zu sein.

Ich kam mir vor wie eine Seiltänzerin, die krampfhaft versuchte, nicht abzustürzen. Konnte man sich gleichzeitig in Acht nehmen und amüsieren? Ich hatte keine Ahnung, wollte es aber auf jeden Fall versuchen.

„Bei welchem Wettbewerb hättest du denn mitgemacht?", wollte Rand wissen.

Ehe ich etwas erwidern konnte, machte er eine abwehrende Geste. „Nein, sag nichts. Ich möchte selbst darauf kommen."

Ich lächelte. „Dann versuch's mal."

„Lass mich kurz überlegen. Klein, schlank und zierlich. Tänzerin?"

„Rate noch mal."

„Hm. Du erinnerst mich an einen schönen Vogel, der so lange auf dem Fenstersims sitzen bleibt, bis jemand näher kommt. Dann fliegt er sofort los. Ein Singvogel. Bist du vielleicht Sängerin?"

„Du hast mich offenbar noch nie singen gehört. Rätst du etwa nur ins Blaue, um mehr über mich und meinen Charakter zu erfahren?", fragte ich.

„Unsinn. Und jetzt sei still. Ich versuche nachzudenken."

Die Lichter vom Fest wurden heller. Schon von weitem hörte man Musik, Tiergebrüll und Stimmengewirr.

„Lange, schmale Finger. Etwa Mitglied einer Spinn-Gruppe?"

„Was ist denn eine Spinn-Gruppe?"

„Nun, dazu gehören ein Schafscherer, ein Wollkämmer, ein Spinner und ein Weber. Du weißt schon – vom Schaf zum Schultertuch. Die Gruppen wetteifern miteinander, wer zuerst ein Schaf geschoren und aus der Wolle ein Kleidungsstück gewoben hat. Ist ziemlich spannend anzusehen." Rand betrachtete mich nachdenklich. Ob ihm wohl die Ideen ausgegangen waren?

„Eine Reiterin?"

„Glaubst du im Ernst, ich könnte mir ein Rennpferd leisten?", fragte ich verblüfft. Nur sehr reiche Bürger besaßen Pferde für den Rennsport. Beim Militär benutzten hochrangige Offiziere und Berater Pferde als Transportmittel. Alle anderen gingen zu Fuß.

„Nicht alle, die Rennpferde besitzen, reiten selber. Sie mieten Reiter. Immerhin hast du die perfekte Größe dafür, also schau mich bitte nicht so an, als sei ich nicht ganz richtig im Kopf."

Unser Gespräch versiegte, als wir das erste große, farbenprächtige Zelt erreichten. Sofort ließen wir uns von der Hektik und dem bunten Treiben gefangen nehmen. Als ich jünger war, liebte ich es, mitten im Getümmel zu stehen und mich am Trubel des Feuerfests zu erfreuen. Ich konnte mir keinen besseren Namen dafür vorstellen – nicht nur, weil das Fest in der heißen Jahreszeit stattfand, sondern auch, weil der Lärm und die Gerüche wie Hitzewellen über mir zusammenschlugen, meinen Körper erwärmten und mein Blut in Wallung brachten. Jetzt, nachdem ich fast ein Jahr im Kerker verbracht hatte, spürte ich diese gebündelte Energie wie eine ungeheure Kraft, die eine Mauer zum Einstürzen bringen konnte. Genauso fühlte ich mich – eine Mauer, die unter dem Ansturm der Eindrücke und Emotionen drohte zusammen zu brechen.

Laternen leuchteten und Freudenfeuer loderten. Sie machten die Nacht zum Tag. Die Zelte, in denen die Vorstellungen und Wettkämpfe stattfanden, waren über den ganzen Festplatz verteilt. Vor ihnen und an ihrer Seite befanden sich kleine offene Verkaufsstände, die sich wie Kinder am Rock der Mutter festklammerten. Von exotischen Edelsteinen bis zu Fliegenklatschen boten Kaufleute eine Vielzahl von Dingen an. Über zahlreichen offenen Feuern wurde köstlich duftendes Fleisch gegrillt und mein Magen begann zu knurren. Jetzt bereute ich es, dass ich das Abendessen hatte ausfallen lassen, weil ich so schnell wie möglich hierher kommen wollte.

Gaukler, Artisten, Wettkampfteilnehmer, Zuschauer und lachende Kinder zogen an uns vorbei. Bald wurden wir von der Menge mitgerissen, dann wieder kamen wir im Gedränge keinen Schritt vorwärts. Längst hatten wir die anderen in diesem Getümmel aus den Augen verloren. Wenn Rand mich nicht untergehakt hätte, wären wir ebenfalls längst getrennt worden. Es gab so viel zu sehen und zu hören. Ich wäre gern den Klängen der munteren Musik gefolgt oder stehen geblieben, um einem Jongleur zuzuschauen, aber Rand brannte darauf, das Ergebnis des Backwettbewerbs zu erfahren.

Beim Weiterschlendern schaute ich prüfend in das eine oder andere Gesicht in der Menge und hielt Ausschau nach den grün-schwarzen Uniformen, obwohl Valek mir versichert hatte, dass Brazell keine Bedrohung für mich darstellte. Dennoch hielt ich es für sicherer, ihm und seinen Soldaten aus dem Weg zu gehen. Da ich nicht wusste, nach wem ich eigentlich suchte, achtete ich besonders auf ungewohnte Gesichter. Natürlich war dies die falsche Methode, um einen Verfolger zu entdecken. Valek hatte mich gelehrt, dass die besten Beschatter vollkommen unauffällig waren und keinerlei Aufmerksamkeit auf sich zogen. Aber die Chance, einen geschickten Verfolger zu enttarnen, stufte ich ohnehin als sehr gering ein.

Wir trafen Porter und Liza in einem Zelt, das von einem

süßen Duft erfüllt war, bei dem sich mein Magen vor Hunger zusammenkrampfte. Die beiden unterhielten sich mit einem hochgewachsenen Mann in der Uniform eines Kochs. Sie unterbrachen ihr Gespräch, als wir eintraten, umringten Rand und gratulierten ihm zu seinem ersten Platz. Der große Mann erklärte, Rand habe den Rekord gebrochen, weil er fünf Jahre hintereinander gewonnen hatte.

Während Rand die Torten und Kuchen inspizierte, die in den Regalen ausgestellt waren, fragte ich den Mann, wer im Militär-Distrikt 5 gesiegt hatte. Ich war neugierig, ob Brazells Koch mit seinem Rezept für Criollo den ersten Platz erlangt hatte. Der Mann überlegte angestrengt, wobei sich seine dichten Augenbrauen so zusammenzogen, dass sie den Ansatz seines schwarzen lockigen Haars berührten.

„Bronda hat mit einem himmlischen Zitronenkuchen gewonnen. Warum?"

„Ich hätte auf Brazells Chefkoch Ving getippt. Ich habe nämlich auch mal für Brazell gearbeitet."

„Na ja, Ving hat vor zwei Jahren mit einer Cremetorte gesiegt, und jetzt reicht er jedes Jahr die gleiche Torte ein und hofft, dass er wieder auf den ersten Platz kommt."

Ich fand es seltsam, dass er nicht mit seinem Criollo teilgenommen hatte, aber ehe ich mir noch länger Gedanken darüber machen konnte, jagte Rand uns freudestrahlend aus dem Zelt. Er wollte jedem von uns ein Glas Wein spendieren, um seinen Sieg zu feiern.

Mit den Bechern in der Hand bummelten wir über den Festplatz. Unvermittelt tauchte Sammy aus der Menge auf und berichtete uns begeistert von einer Art Wunder. Noch ehe wir fragen konnten, worum es sich handelte, war er schon wieder verschwunden.

Zwei Mal fiel mir eine Frau mit ernstem Gesicht auf. Ihr schwarzes Haar hatte sie zu einem strengen Knoten gebunden. Sie trug die Uniform einer Falknerin und bewegte sich mit der Gewandtheit eines Menschen, der daran gewöhnt ist, unter vollem Körpereinsatz zu arbeiten. Bei unserer zweiten Begegnung kamen wir uns so nahe, dass ich in ihre grünen, mandelförmigen Augen sehen konnte. Sie wurden zu schmalen Schlitzen, als sie mich so lange herausfordernd anschaute, bis ich den Blick abwandte. Irgendetwas an ihr kam mir bekannt vor, aber es dauerte eine Weile, bevor ich wusste, was es war.

Sie erinnerte mich an die Kinder in Brazells Obhut, und ihr Gesicht hatte eher die Farbe von meinem als die der meisten anderen Bewohner des hiesigen Territoriums mit ihrer elfenbeinfarbenen Haut. Ihr Teint dagegen war bronzefarben – von Natur aus und nicht von der Sonne gebräunt.

Unsere Clique, die ziellos hin- und herwanderte, wurde plötzlich von einer Gruppe von Festbesuchern in ein großes, rot-weiß gestreiftes Zelt mitgerissen. Es war das Zelt der Akrobaten, wo bunt kostümierte Männer und Frauen auf Trampolinen, Hochseilen und Bodenmatten ihre Kunststücke präsentierten. Sie alle versuchten, sich für den Wettbewerb zu qualifizieren. Ein Mann führte eine Reihe von atemberaubenden Salti auf dem Hochseil vor, doch dann wurde er disqualifiziert, weil er beim Radschlagen das Gleichgewicht verlor und umfiel.

Aus den Augenwinkeln bemerkte ich, dass Rand mich beobachtete. Seine Miene war triumphierend.

„Was gibt's?", wollte ich wissen.

„Du bist Akrobatin."

„Ich *war* es."

Rand wedelte mit den Händen durch die Luft. „Das ist egal. Ich hatte Recht."

Mir war es nicht egal. Reyad hatte mir die Akrobatik für immer verdorben. Die Zeit, als mir die Vorführungen Freude und Befriedigung bereiteten, war lange vorbei, und ich konnte mir nicht vorstellen, dass ich jemals wieder Gefallen daran finden würde.

Von den Bänken im Zelt aus beobachtete unsere kleine Küchen-Clique die Wettbewerbsteilnehmer. Ihr angestrengtes Ächzen, ihre schweißnassen Kostüme und ihre stampfenden Füße weckten in mir die Sehnsucht nach jenen Tagen, als meine einzige Sorge darin bestand, genügend Zeit zum Üben zu finden. Zu viert hatten wir in Brazells Waisenhaus mit akrobatischen Kunststücken begonnen, uns die notwendigen Utensilien zusammengesucht und darum gebettelt, hinter den Ställen ein Übungsfeld anlegen zu dürfen. Jeder unserer Patzer bescherte uns eine schmerzhafte Bauchlandung im Gras, bis der Stallmeister Mitleid mit unseren geschundenen Körpern bekam. Eines Tages fanden wir eine dicke, streng nach Dung riechende Strohschicht auf unserem Trainingsplatz.

Brazells Lehrer hatten uns ermutigt, nach einem Talent in uns zu suchen, mit dem wir uns hervortun konnten. Einige fanden ihre Erfüllung im Singen und Tanzen; ich dagegen war seit meinem ersten Feuerfest von Akrobatik fasziniert.

Trotz intensiven Übens fiel ich bei meiner ersten Teilnahme an einem Wettbewerb in der Qualifizierungsrunde durch. Die Enttäuschung brach mir fast das Herz, aber ich bekämpfte den Schmerz mit umso größerer Entschlossenheit. Im folgenden Jahr gab es keine Stelle an meinem Körper, die nicht mit blauen und grünen Flecken übersät war. Irgendwann hörte ich auf, die Verstauchungen zu zählen. Beim nächsten Fest bestand ich die Aufnahmeprüfung und die erste Runde, doch in der zweiten stürzte ich vom Hochseil. Jahr für Jahr übte ich intensiver und wurde immer besser. Endlich schaffte ich es bis zum Endkampf – ein Jahr, bevor Brazell und Reyad mich zu ihrer Laborratte machten.

Sie verboten mir das Üben, aber das hielt mich nicht davon ab, mich fortzustehlen, wann immer Reyad im Auftrag seines Vaters unterwegs war. Doch einmal erwischte er mich. Es war eine Woche vor dem Fest, und er kam früher als geplant von einer Reise nach Hause. Ich war so sehr mit meiner Übung beschäftigt, dass ich ihn erst auf seinem Pferd bemerkte, als ich mein letztes Rad geschlagen hatte. In seiner Miene lag eine Mischung aus Zorn und Triumph, die mir den Schweiß auf der Stirn förmlich gefrieren ließ.

Weil ich seine Anordnungen nicht befolgt hatte, durfte ich in jenem Jahr nicht auf das Feuerfest. Und als zusätzliche Abschreckung für meinen Ungehorsam erhielt ich an jedem Tag des Fests eine weitere Strafe. Fünf Tage lang musste ich mich allabendlich vor Reyad nackt ausziehen. Mit einem hinterhältigen Lächeln betrachtete er mich von oben bis unten, und trotz der warmen Nacht zitterte ich am ganzen Körper. Er legte mir einen Metallring um den Hals, Handschellen und Eisenmanschetten um Hand- und Fußgelenke und verband die Teile mit schweren Ketten. Ich hätte am liebsten laut geschrieen und mit den Fäusten auf ihn eingeschlagen, aber ich befürchtete, ihn damit nur wütender zu machen.

Er weidete sich so sehr an meiner Furcht und Erniedrigung, dass sein Gesicht vor Schadenfreude puterrot anlief. Mit einer kleinen Peitsche zwang er mich zu akrobatischen Kunststücken, die er sich selbst ausgedacht hatte. Bewegte ich mich zu langsam, versetzte er mir einen scharfen Peitschenhieb auf die blanke Haut. Wenn ich mich bewegte, klirrten die Ketten gegen meinen Körper. Ihr Gewicht zog mich zu Boden und machte jeden Überschlag zu einer Qual. Die Handschellen und Fußmanschetten rieben meine Haut wund, bis das rohe Fleisch sichtbar wurde. Blut floss mir über Arme und Beine.

Wenn Brazell an den Übungen teilnahm, folgte Reyad penibel den Anweisungen seines Vaters, doch war er mit mir allein, wurde der Drill zu einer grausamen Quälerei. Manchmal bat er seinen Freund Mogkan, ihm zu helfen, und sie wetteiferten miteinander, wer sich die gemeinsten Übungen ausdenken konnte, um meine Ausdauer auf die Probe zu stellen. Es war die reinste Hölle.

Und ständig schwebte ich in der Furcht, dass Reyad die einzige Grenze, die er sich gesetzt hatte, übertreten würde, falls ich ihn zu sehr reizte. Bei allen Qualen und Schmerzen, die er mir zufügte, hatte er mich nie vergewaltigt. Also schlug ich Rad und Salti mit meinen Ketten, um zu verhindern, dass es bis zum Äußersten kam.

Rands Arm fiel schwer auf meine Schulter. Sofort war ich wieder in der Gegenwart.

„Yelena! Was ist los?“ Rand musterte mich besorgt. „Du hast ausgesehen, als hättest du mit offenen Augen etwas Schreckliches geträumt.“

„Tut mir Leid.“

„Du brauchst dich nicht zu entschuldigen. Hier ...“ Er drückte mir eine dampfende Fleischpastete in die Hand. „Sammy hat sie uns mitgebracht.“

Als ich mich zu Sammy umdrehte, um mich zu bedanken, riss er die Augen auf, und sein Kindergesicht wurde kreideweiß. Rasch wandte er den Blick ab. Wie immer war mein erster Bissen die Giftprobe. Als ich nichts Ungewöhnliches schmeckte, aß ich weiter, wobei ich mich fragte, welche ungeheuerlichen Geschichten man sich von mir erzählte, dass Sammy so entsetzt reagiert hatte. Normalerweise erzählen Kinder in seinem Alter doch gerne Schauermärchen, um sich gegenseitig Angst zu machen.

Im Waisenhaus hatten wir auch versucht, einander mit Gruselgeschichten zu übertreffen, nachdem die Kerzen gelöscht waren und wir in unseren Betten auf den Schlaf warteten. Gewisperte Erzählungen über gefährliche Ungeheuer und Zauberflüche ließen unseren Atem stocken oder brachten uns zum Kichern. Schauergeschichten über ältere Kinder aus dem Waisenhaus, die auf unerklärliche Weise verschwunden waren, machten die Runde. Niemand hatte uns gesagt, wo sie arbeiteten, und wir sahen auch nie wieder eines auf dem Anwesen oder in der Stadt. Deshalb berichteten wir uns die entsetzlichsten Dinge von ihrem Schicksal.

Wie ich diese Abende mit den anderen Kindern vermisste, wenn ich mich nach einem Tag mit Reyad endlich ausruhen konnte. Er hatte mich von meinen Mitbewohnern getrennt. Ich schlief nicht mehr im Saal mit den anderen Mädchen, sondern hatte ein eigenes kleines Zimmer direkt neben Reyads Privaträumen zugewiesen bekommen. Nachts, wenn ich vor lauter Schmerzen und Kummer keine Ruhe fand, erzählte ich mir diese Geschichten immer und immer wieder, bis mir endlich vor Erschöpfung die Augen zufielen.

„Wir können auch woanders hingehen, Yelena."

„Was?" Verdutzt blickte ich Rand an.

„Wenn dich das zu sehr mitnimmt, können wir gehen. Es gibt einen neuen, prächtigen Feuertanz zu sehen."

„Von mir aus können wir gerne noch bleiben. Ich habe mich nur an … etwas erinnert. Aber wenn du den Feuertanz sehen möchtest, gehen wir."

„An etwas erinnert? Du hast es wohl gehasst, Akrobatin zu sein?"

„Im Gegenteil, es hat mir sehr viel Spaß gemacht. Durch die Luft zu fliegen, meinen Körper zu beherrschen, Rad zu schlagen oder mich um meine eigene Achse zu drehen. Das aufregende Gefühl, im nächsten Moment mit einem perfekten Absprung auf dem Boden zu laden, noch ehe mein Fuß die Erde berührte …" Ich verstummte. Beim Anblick von Rands verdatterter Miene hätte ich am liebsten gleichzeitig gelacht und geweint. Wie konnte ich ihm nur klarmachen, dass es nicht die Akrobaten waren, die mich bedrückten, sondern die Erinnerungen, die sie in mir weckten? Wie konnte ich ihm von Reyads grausamen Strafen erzählen, die ich wegen meines Trainings erdulden musste? Vom heimlichen Davonschleichen zum Fest im folgenden Jahr, in dem ich Reyad getötet hatte?

Ich erschauerte. Diese Erinnerungen waren ein tiefes, dunkles Loch in einem Winkel meines Verstandes, und ich war noch nicht bereit, an seinen Rand zu treten und hinunterzuschauen. „Eines Tages werde ich es dir erklären, Rand. Aber jetzt möchte ich erst einmal den Feuertanz sehen."

Er hakte mich unter, als unsere Gruppe das Zelt verließ und vom Strom der Menschen mitgerissen wurde. Sammy lief voraus und rief uns über die Schulter zu, dass er gute Plätze für uns freihalten wollte. Ein Betrunkener rempelte mich an, und ich stolperte. Er murmelte eine Entschuldigung und winkte mir mit seinem Krug Ale zu. Dabei versuchte er, sich zu verbeugen, verlor das Gleichgewicht und fiel vor meine Füße. Normalerweise wäre ich stehen geblieben, um ihm zu helfen, aber ich wurde von brennenden Holzstöcken abgelenkt, die plötzlich vor uns auftauchten. Meine Füße wippten im Takt des pulsierenden Rhythmus', zu dem die Feuertänzer die lodernden Stäbe über ihre Köpfe wirbelten und ins Zelt einmarschierten. Fasziniert von den rasanten Bewegungen der Artisten, trat ich über den Betrunkenen hinweg.

In der Hektik und im Getümmel der Menge, die uns mit sich ins Zelt zog, hatte Rand meinen Arm losgelassen. Ich machte mir deswegen keine Sorgen – bis ich von vier riesigen Männern umzingelt wurde. Zwei von ihnen trugen die Uniform eines Schmieds, die beiden anderen waren wie Bauern gekleidet. Ich murmelte eine Entschuldigung und wollte an ihnen vorbeigehen, aber sie kamen noch näher und bauten sich drohend um mich herum auf. Ich saß in der Falle.

13. KAPITEL

Panik schnürte mir die Kehle zu. Ich steckte in ernsten Schwierigkeiten. Als ich um Hilfe schrie, legte sich eine behandschuhte Hand über meinen Mund. Ich biss in das Leder, schmeckte Asche, drang aber nicht bis zur Haut durch. Die Schmiede ergriffen meine Arme und stießen mich vorwärts, während die Bauern vor uns hergingen und mich den Blicken der Menschen um uns herum entzogen. In dem Trubel, der rund um das Zelt herrschte, bemerkte keiner, dass ich entführt wurde.

Ich kämpfte wie besessen, schlug um mich und trat mit den Füßen, ohne dass die Männer ihr Tempo verlangsamten. Sie zerrten mich weg von den Lichtern und der Sicherheit, die das Fest bot. Ich verrenkte mir den Hals, um nach einer Fluchtmöglichkeit Ausschau zu halten. Doch der Schmied neben mir kam noch einen Schritt näher und verstellte mir vollkommen den Blick. Sein dichter Bart war rußgeschwärzt und halb angesengt.

Hinter einem dunklen Zelt blieben wir stehen. Die Bauern traten zur Seite, und ein Schatten löste sich von der Zeltwand.

„Hat jemand etwas bemerkt? Ist euch einer gefolgt?“, fragte der Schatten mit der Stimme einer Frau.

„Es ist wie am Schnürchen gelaufen. Alle haben nur auf die Tänzer geschaut“, antwortete der Schmied mit den Lederhandschuhen.

„Gut. Dann tötet sie jetzt“, befahl die Frau.

Ein Messer blitzte zwischen den lederbehandschuhten Fingern auf. Erneut begann ich zu kämpfen, und es gelang mir sogar, mich einen Moment lang zu befreien. Doch dann ergriffen die Bauern meine Arme, und der Mann mit dem versengten Bart umklammerte meine Beine. Der Lederhandschuh schwenkte seine Waffe.

„Kein Messer, du Dummkopf. Das gäbe ein schönes Blutbad! Nimm das hier.“ Sie reichte dem Lederhandschuh ein langes, schmales Halseisen. Sofort verschwand das Messer. Er wickelte das Eisen um meine Kehle.

„Neeeiin …!“, schrie ich, doch mein Schrei erstarb, als er das Eisen enger zog und mir die Luft wegblieb. Ich verspürte einen gewaltigen Druck an meinem Hals. Vergebens schlug ich um mich. Weiße Punkte tanzten vor meinen Augen. Ein schwaches Summen entrang sich meinen Lippen, doch es war zu leise. Mein Überlebensinstinkt, der mich vor Brazells Wächtern und Reyads Quälereien gerettet hatte, war diesmal nicht stark genug.

Durch das Rauschen des Bluts in meinen Ohren hörte ich die Frau sagen: „Beeil dich. Sie versucht es mit Zauberkraft.“

Kurz bevor ich das Bewusstsein verlor, vernahm ich wie aus weiter Ferne eine betrunkene Stimme: „Entschuldigt, meine Herren, wisst Ihr, wo ich hier meinen Becher auffüllen kann?“

Der Druck an meinem Hals ließ ein wenig nach, als der Lederhandschuh erneut sein Messer zog. Ich tat so, als sei alles Leben aus meinem Körper gewichen, und sie ließen mich achtlos zu Boden fallen. Die anderen drei Männer traten über mich hinweg und bauten sich vor dem Fremden auf. In meiner Verzweiflung hätte ich am liebsten nach Luft geschnappt, aber stattdessen atmete ich so flach wie möglich. Niemand sollte merken, dass ich noch lebte.

Während ich regungslos auf der Erde lag, stürzte sich Lederhandschuh auf den Betrunkenen. Ein metallisches Klirren drang durch die Nacht, als das Messer den Becher statt der Brust des Mannes traf. Mit einer flinken Handbewegung riss dieser das Gefäß hoch. Das Messer flog durch die Luft und blieb in der Zeltwand stecken. Dann schmetterte der Betrunkene dem Lederhandschuh den Becher auf den Schädel. Sofort sackte er zusammen.

Nachdem ihr Kumpel außer Gefecht gesetzt war, stürzten sich die anderen drei, die nur wenige Schritte entfernt gestanden hatten, auf den Fremden. Die Bauern packten ihn an den Oberarmen und Schultern, und der Mann mit dem versengten Bart boxte ihm zweimal ins Gesicht. Der Betrunkene benutzte seine Bezwinger als Stütze, hob beide Beine in die Luft und schlang sie um den Hals des Bärtigen. Polternd stürzte er nieder.

Noch immer hielt der Betrunkene seinen Becher fest umklammert. Jetzt rammte er ihn in den Unterleib des Bauern zu seiner Rechten. Als er nach vorn kippte, schmetterte der Fremde ihm den Becher ins Gesicht.

Gleich darauf schwang er sein Gefäß nach links und traf den zweiten Bauern auf die Nase. Blut spritzte heraus, und mit einem Aufschrei ließ er von dem Betrunkenen ab. Dieser schlug erneut zu und traf seinen Angreifer an der Schläfe. Lautlos sank der Bauer zu Boden.

Der Kampf hatte nur Sekunden gedauert. Die Frau hatte sich nicht vom Fleck gerührt, ohne die Kämpfenden auch nur einen Moment aus den Augen zu lassen. Ich erkannte die Dunkelhäutige, der ich bereits zweimal auf dem Festplatz begegnet war. Was würde sie nun tun, da ihre Totschläger außer Gefecht gesetzt waren?

Allmählich kehrten meine Kräfte zurück, und ich überlegte, wie groß meine Chancen waren, das Messer, das in der Zeltwand steckte, vor ihr zu erreichen. Der Betrunkene wischte sich das Blut aus dem Gesicht. Bewegungslose Körper lagen zu seinen Füßen.

Mühsam rappelte ich mich auf. Meine Beine zitterten. Blitzschnell drehte die Frau mir den Kopf zu, als hätte sie vergessen, dass ich auch noch da war. Dann begann sie zu singen. Die einschmeichelnde Melodie lullte mich ein. Entspann dich, sagte das sanfte Lied, leg dich hin, sei ganz ruhig. Ja, dachte ich, während ich wieder zu Boden sank. Meine Glieder wurden ganz weich. Es kam mir vor, als würde sie mich ins Bett legen und mir die Decke bis zum Kinn hochziehen. Doch dann wurde diese Decke über meinen Kopf gezogen, gegen meinen Mund und meine Nase gedrückt, und nahm mir die Luft zum Atmen.

Ich warf mich hin und her und versuchte, Mund und Nase zu befreien. Und dann tauchte plötzlich Valek aus dem Nichts vor mir auf, schrie mir etwas ins Ohr, packte mich an den Schultern und schüttelte mich heftig. Benommen merkte ich erst jetzt, dass er der Betrunkene war. Natürlich! Wer außer Valek konnte schon einen Kampf gegen vier bullige Männer gewinnen – mit einem Bierkrug als einziger Waffe?

„Denk an die Liste! Nenne mir die Namen der Gifte!“, rief Valek.

Doch ich beachtete ihn nicht. Plötzlich fühlte ich mich sehr matt und gab den Kampf auf. Ich wollte nur noch der Musik lauschen und mit ihr in der Dunkelheit versinken.

„Sag sie auf. Sofort. Das ist ein Befehl!“

Die Macht der Gewohnheit rettete mich. Ohne nachzudenken gehorchte ich Valek. Namen von Giften kamen mir in den Sinn. Die Musik hörte auf. Die Decke verschwand von meinem Gesicht, und ich konnte wieder frei atmen. Geräuschvoll sog ich die Luft ein.

„Mach weiter“, forderte er mich auf.

Die Frau und das Messer waren verschwunden. Valek half mir auf die Füße. Als ich schwankte, legte er den Arm um meine Schultern, um mich zu stützen. Eine Sekunde lang hielt ich seine Hand fest umklammert und widerstand dem Drang, schluchzend an seine Brust zu sinken. Er hatte mir das Leben gerettet. Nachdem ich mein Gleichgewicht wieder gefunden hatte, ließ er mich los und ging zu den Männern. Ich wusste, dass der Bärtige tot war, aber bei den anderen war ich mir nicht so sicher.

Valek drehte einen der leblosen Körper auf den Rücken und fluchte. „Leute aus dem Süden“, sagte er abschätzig. Er trat zu den anderen und fühlte ihren Puls. „Zwei leben noch. Ich werde sie zum Verhör in die Burg bringen lassen.“

„Was ist mit der Frau?“, krächzte ich. Das Sprechen verursachte mir Schmerzen.

„Sie ist fort.“

„Wollt Ihr sie nicht suchen?“

Valek warf mir einen seltsamen Blick zu. „Yelena, sie ist eine Zauberin aus dem Süden. Ich habe sie nicht im Auge behalten, also kann ich sie jetzt auch nicht finden.“

Er nahm mich beim Arm und führte mich zum Festplatz zurück.

Ich zitterte am ganzen Körper. Es war die Reaktion auf die lebensgefährliche Situation, der ich soeben um Haaresbreite entkommen war. Jetzt erst wurde mir die Bedeutung seiner Worte klar.

„Zauberin?“, fragte ich. „Ich dachte, man hätte alle Magier aus Ixia verbannt.“ Getötet, sobald man sie enttarnte, wäre zutreffender gewesen, aber ich brachte es nicht fertig, diese

Worte laut auszusprechen.

„Obwohl sie hier nicht geduldet sind, kommen einige von ihnen trotzdem hin und wieder nach Ixia."

„Aber ich …"

„Jetzt nicht. Ich erkläre es dir später. Ich bringe dich jetzt zu Rand und seinen Freunden zurück. Tu so, als sei nichts geschehen. Und sei unbesorgt. Ich glaube nicht, dass sie es heute Abend noch einmal versuchen wird."

Die gleißenden Feuer blendeten mich. Valek und ich hielten uns im Schatten, bis wir Rand in der Nähe des Akrobaten-Zelts entdeckten. Er suchte nach mir und rief meinen Namen. Valek bedeutete mir, zu ihm zu gehen.

Kaum hatte ich zwei Schritte gemacht, als er mich zurückhielt. „Warte, Yelena."

Ich drehte mich um. Er winkte mich zu sich. Als ich vor ihm stand, fasste er mir an den Hals. Unwillkürlich trat ich einen Schritt zurück, doch dann besann ich mich und hielt still. Seine Hand berührte meine Haut, als er mir das Halseisen abnahm und es mir reichte, als wäre es eine giftige Schlange. Angewidert warf ich es zu Boden.

Die Erleichterung stand Rand ins Gesicht geschrieben, als er mich in der Menge entdeckte. Ich zögerte. Warum machte er sich solche Sorgen um mich? Soviel er wusste, hatten wir uns doch nur kurz aus den Augen verloren. Als er näher kam, bemerkte ich, dass er nach süßem Wein roch.

„Yelena, wo bist du gewesen?", fragte er mit unsicherer Stimme.

Er musste eine Menge getrunken haben. Wahrscheinlich hatte er deshalb so verzweifelt nach mir gesucht. Alkohol benebelte den Verstand und ließ die Gefühle ausufern.

„Das Zelt war zu voll. Ich brauchte ein wenig frische Luft."

Bei dem Wort „Luft“ versagte mir fast die Stimme, als ich daran dachte, dass ich fast erwürgt worden wäre. Ich schaute zurück zu den Schatten. Beobachtete Valek mich noch, oder sorgte er bereits dafür, dass die Männer festgenommen wurden? Und wo steckte die dunkelhäutige Frau? Vor wenigen Stunden war ich noch so froh gewesen, die Burg verlassen zu können, doch jetzt wünschte ich mir nichts sehnlicher, als wieder von den schützenden Mauern umgeben und in der Sicherheit von Valeks Wohnung zu sein. *Valek* und *Sicherheit* in einem Satz – wirklich eine merkwürdige Kombination, dachte ich bei mir.

„Ich wollte mich euch später wieder anschließen“, log ich, während ich meinen Blick über die quirlige Menge schweifen ließ. Es gefiel mir nicht, Rand etwas vormachen zu müssen. Schließlich war er mein Freund. Vielleicht sogar ein guter Freund, der sich so sehr um mich sorgte, dass er sich sofort auf die Suche gemacht hatte, nachdem wir getrennt worden waren. Vermutlich war er auch der einzige Mensch, der über meinen gewaltsamen Tod entsetzt gewesen wäre. Sicher, Valek hatte für mich gekämpft – aber wahrscheinlich nur deshalb, weil er keine Lust verspürte, einen neuen Vorkoster anlernen zu müssen.

Soeben war der Feuertanz zu Ende gegangen, und die Leute strömten aus dem Zelt. Der Rest unserer Clique wartete bereits draußen. Inzwischen war auch Dilana dazugestoßen. Sofort ließ Rand meinen Arm fallen und ging zu ihr hinüber. Sie lächelte ihm zu und neckte ihn, weil er sich so sehr um mich kümmerte, obwohl er mit ihr verabredet war.

Lallend bat er sie um Verzeihung. Mit schwerer Stimme erklärte er ihr, dass er es sich nicht leisten könne, mich zu verlieren, weil ich ihm geholfen hätte, den Backwettbewerb zu gewinnen. Sie lachte und umarmte ihn, wobei sie mir ihr herzerwärmendes Lächeln zuwarf. Arm in Arm gingen sie zurück zur Burg.

Wir anderen folgten ihnen. Wieder war ich die Letzte in unserer kleinen Gruppe, aber diesmal ging Liza neben mir her.

Sie warf mir einen grimmigen Blick zu. „Ich weiß nicht, was Rand in dir sieht“, brach es aus ihr hervor.

Das war nicht gerade ein verheißungsvoller Anfang für ein Gespräch. „Was soll das heißen?“, fragte ich so gelassen wie möglich.

„Er hat den Feuertanz verpasst, nur weil er dich die ganze Zeit gesucht hat. Überhaupt ist alles anders geworden in der Küche, seitdem du hier bist. Alle sind ziemlich sauer auf dich.“

„Wovon redest du eigentlich?“

„Bevor du gekommen bist, waren Rands Launen vorhersehbar. Er war fröhlich und zufrieden, wenn Dilana glücklich war und er beim Wetten gewonnen hatte, und mürrisch und unnahbar, wenn es ihr schlecht ging und er eine Pechsträhne hatte. Und dann …“ Liza sprach das Wort mit besonderer Betonung aus. Ihr nichtssagendes Pfannkuchengesicht verzog sich zu einer zornigen Grimasse. Wütend funkelte sie mich an. „Seitdem du um ihn herumwuselst, schnauzt er seine Leute ohne ersichtlichen Grund an. Und selbst wenn er eine Wette gewinnt, hat er schlechte Laune. Es ist deprimierend. Wir wollen, dass du aufhörst, ihn Dilana auszuspannen. Lass ihn in Ruhe und halt dich von der Küche fern.“

Liza hatte den denkbar ungünstigsten Zeitpunkt gewählt, um mir Vorwürfe zu machen. Ich war gerade mit knapper Not dem Tod entronnen, und das ließ einen alle Dinge in einem anderen Licht sehen. Meine Verfassung war nicht die beste. Voller Wut packte ich ihren Arm und riss sie herum, damit sie mir ins Gesicht sah. Unsere Nasenspitzen berührten sich fast.

„Ihr wollt, dass ich *womit* aufhöre? Ihn Dilana auszuspannen? Das ist absolut lächerlich! Selbst wenn ihr alle euren Verstand zusammenlegt, würdet ihr es noch nicht einmal schaffen, eine Kerze anzuzünden. Unsere *Freundschaft* geht euch überhaupt nichts an. Denk also lieber *zweimal* nach, ehe du *einmal* solchen Unsinn von dir gibst. Wenn ihr ein Problem in der Küche habt, dann löst es gefälligst selber. Du verschwendest nur deine Zeit mit deinem dummen Gejammer." Ich stieß sie von mir fort. Schockiert sah sie mich an. Mit einer solchen Reaktion hatte sie wohl nicht gerechnet.

Pech für dich, dachte ich grimmig, während ich mich beeilte, die anderen einzuholen und sie allein zurückließ. Was erwartete sie von mir? Hatte sie etwa geglaubt, dass ich mich unterwürfigst bereit erklärte, nicht mehr mit Rand zu reden, nur damit er seine Leute nicht mehr anschnauzte? Ich hatte wirklich keine Lust, mir ihr törichtes Geschwätz anzuhören. Schließlich hatte ich selbst genug Probleme am Hals. Warum zum Beispiel trachtete mir eine Zauberin aus Sitia nach dem Leben?

Sobald wir in der Burg eingetroffen waren, wünschte ich Rand und Dilana eine gute Nacht und eilte in Valeks Wohnung. Obwohl ich so schnell wie möglich in mein Zimmer wollte, bat ich einen der Wächter vor der Tür nachzuschauen, ob sich ein Eindringling in Valeks Wohnung versteckte. Mordversuche und eine blühende Fantasie hatten mich ausgesprochen nervös gemacht und ließen mich überall einen Hinterhalt vermuten. Alle Lampen brannten, als ich mich in Valeks Wohnzimmer auf das Sofa setzte, das mitten im Raum stand. Trotzdem fühlte ich mich erst sicher, als er im Morgengrauen zurückkam.

„Hast du gar nicht geschlafen?“, fragte er. Eine faustgroße, dunkelrote Wunde auf seinem Kinn stach von seiner hellen Haut ab.

„Nein. Ihr doch auch nicht“, entgegnete ich gereizt.

„Ich kann den ganzen Tag schlafen. Aber du musst in einer Stunde das Frühstück des Commanders testen. Dafür brauchst du einen ausgeruhten Kopf.“

„Was ich vor allem brauche, sind Antworten.“

„Auf welche Fragen?“ Valek begann, die Lampen zu löschen.

„Warum versucht eine Zauberin aus dem Süden, mich zu töten?“

„Eine gute Frage. Die Gleiche wollte ich dir auch stellen.“

„Woher soll ich das wissen?“ Ratlos zuckte ich mit den Schultern. „Wenn es Brazells Soldaten gewesen wären, hätte ich es verstehen können. Aber Zauberer! Ich kann mich nicht erinnern, eine Zauberin aus dem Süden verärgert zu haben.“

„Das ist bedauerlich. Wo du doch so talentiert bist, wenn es darum geht, andere Leute gegen dich aufzubringen.“ Valek setzte sich an seinen Schreibtisch und stützte den Kopf in die Hände. „Sie ist nicht nur eine Zauberin aus dem Süden, Yelena, sondern eine *Zauberin im Range eines Meisters.* Wusstest du, dass es nur noch vier von ihrer Art in Sitia gibt? Vier! Und seit der Machtübernahme haben sie sich von dort nicht mehr wegbewegt. Manchmal schicken sie einen oder zwei dienstbare Geister in unsere Gegend, um nachzuschauen, was wir hier so treiben. Bis jetzt haben wir noch jeden Spion abfangen können und uns ausführlich mit ihm beschäftigt. Commander Ambrose duldet keine Zauberei in Ixia.“

Zu Zeiten der Monarchie waren die Magier die Elite gewesen. Sie wurden wie Adlige behandelt und hatten großen

Einfluss auf den König. Nach dem Machtwechsel hatte Valek jeden von ihnen getötet. Ich fragte mich, wie er das angestellt hatte. Der Frau vom Abend zuvor hatte er jedenfalls nicht habhaft werden können.

Valek erhob sich und nahm einen grauen Stein von seinem Tisch. Während er den Wohnraum mit großen Schritten durchmaß, warf er ihn von einer Hand in die andere.

Ich erinnerte mich daran, wie er neulich einen Stein nach mir geworfen hatte. Vorsichtshalber zog ich die Füße hoch, schlang die Arme um meine Knie und zog sie gegen meine Brust, um eine möglichst kleine Zielscheibe abzugeben.

„Wenn die Südländer einen ihrer Zauberer im Range eines Meisters einem solchen Risiko aussetzen, muss es einen …" Nachdenklich wog Valek den Stein in seiner Hand und suchte nach dem richtigen Ausdruck „… schwerwiegenden Grund geben. Warum also sind sie hinter dir her?" Er seufzte und ließ sich neben mich aufs Sofa fallen. „Lass uns mal überlegen. Du hast offenbar südliches Blut in deinem Erbgut."

„Wie bitte?" Ich hatte noch nie über mein Erbgut nachgedacht. Heimatlos war ich auf der Straße aufgelesen worden, und Brazell hatte mich aufgenommen. Vermutungen über meine Eltern beschränkten sich darauf, dass sie entweder tot waren oder mich verlassen hatten. Alle Erinnerungen an mein Leben, bevor ich ins Waisenhaus kam, waren ausgelöscht. Ich war Brazell sehr dankbar gewesen, dass er mir ein Dach über dem Kopf gegeben hatte. Valeks beiläufig dahergesagte Worte waren für mich daher ziemlich überraschend.

„Deine Hautfarbe ist ein wenig dunkler als die des typischen Nordländers. Von deinen Gesichtszügen her wirkst du wie jemand aus dem Süden. Grüne Augen sind bei uns sehr selten, aber in Sitia kommen sie häufig vor." Valek deutete meinen erstarrten Gesichtsausdruck falsch. „Dafür braucht man sich nicht zu schämen. Als der König regierte, war die Grenze nach Sitia offen für Handel und Gewerbe. Die Leute bewegten sich ungehindert zwischen den Territorien hin und her, und so kam es auch zwangsläufig zu Eheschließungen. Vermutlich bist du unmittelbar nach dem Regierungswechsel ausgesetzt worden, als die Menschen in panischer Angst in den Süden geflohen sind, bevor wir die Grenzen geschlossen haben. Es war das totale Chaos. Ich weiß nicht, was sie erwartet haben, als der Commander an die Macht kam. Massentötungen? Dabei haben wir allen nur eine Uniform und Arbeit gegeben."

Meine Gedanken überstürzten sich. Warum hatte ich nicht mehr über meine Familie in Erfahrung bringen wollen? Ich wusste nicht einmal, in welcher Stadt ich gefunden worden war. Jeden Tag hatte man uns erzählt, wie glücklich wir uns schätzen konnten, Nahrung, Kleidung, eine Bleibe, Lehrer und sogar ein kleines Taschengeld zu haben. Immer wieder wurde uns gesagt, dass es vielen Kindern mit ihren Eltern nicht so gut ginge wie uns. War das vielleicht eine Form von Gehirnwäsche?

„Ich schweife ab", unterbrach Valek meine Überlegungen. Er erhob sich und nahm seinen Rundgang wieder auf. „Ich bezweifle, dass es Mitglieder deiner unbekannten Familie waren. Warum sollten sie dich töten wollen? Hast du in der Vergangenheit sonst noch etwas angestellt, außer Reyad umzubringen? Warst du vielleicht Augenzeuge eines Verbrechens? Hast du von Plänen für einen Umsturz erfahren? Oder irgendetwas anderes?"

„Nein. Nichts dergleichen."

Valek klopfte sich mit dem Stein gegen die Stirn. „Dann

wollen wir mal annehmen, dass es mit Reyad zu tun hat. Vielleicht war er mit einigen Südländern verbündet, und sein Tod hat ihre Pläne zunichte gemacht. Vielleicht wollen sie Ixia zurückerobern. Oder sie glauben, dass du etwas von solchen Plänen weißt. Aber ich habe nichts dergleichen aus Sitia gehört. Warum sollten sie uns auch angreifen? In Sitia weiß man, dass der Commander im Norden zufrieden ist und auch hier bleiben will, und den Südländern geht es genauso." Ratlos fuhr er sich mit der Hand übers Gesicht, ehe er weitersprach.

„Vielleicht ist Brazell auf seine alten Tage einfallsreich geworden und hat ein paar Menschen aus dem Süden beauftragt, dich zu ermorden. So kann er sich seinen Herzenswunsch erfüllen, ohne sich selbst die Hände schmutzig zu machen. Aber nein. Das ergibt keinen Sinn. Brazell hätte Totschläger engagiert; Magie ist da nicht nötig. Es sei denn, er hat Beziehungen, von denen ich nichts weiß, aber das halte ich für äußerst zweifelhaft." Valek schaute sich im Zimmer um. Die Hälfte der Leuchten brannte noch. Er legte den Stein aus der Hand und löschte die letzten Lampen, als das erste Tageslicht das Zimmer schwach zu erhellen begann.

Unvermittelt blieb er stehen, als sei ihm eine Idee gekommen. Seine Miene war grimmig.

„Was ist?"

„Die Zauberer kommen in den Norden, um einen der Ihren zu holen und in Sicherheit zu bringen", sagte Valek, wobei er mir fest in die Augen sah.

Ehe ich etwas entgegnen konnte, fragte er: „Aber warum sollten sie dich töten? Es sei denn, du bist eine Seelenfinderin." Valek gähnte und betastete vorsichtig die Verletzung in seinem Gesicht. „Ich bin einfach zu müde, um noch einen klaren Gedanken fassen zu können. Ich muss jetzt schlafen." Er ging zur Treppe.

Seelenfinderin? Ich hatte keine Ahnung, was das sein sollte, aber im Moment gab es Wichtigeres zu bedenken.

„Valek?“

Mit dem Fuß auf der ersten Treppenstufe blieb er stehen.

„Mein Gegengift.“

„Natürlich.“ Er lief die Stufen hinauf.

Während er oben war, fragte ich mich, wie oft ich ihn künftig wohl noch an das Gegenmittel erinnern musste. Das Wissen, dass es mich am Leben erhalten würde, so sicher wie Butterfly Dust es zerstörte, hatte selbst etwas von einem Gift an sich.

Der Morgen dämmerte, und sehnsüchtig dachte ich an mein Bett. Valek konnte jetzt schlafen, aber ich musste gleich das Frühstück des Commanders testen.

Valek kam zurück, gab mir das Gegengift und sagte: „Vielleicht trägst du dein Haar heute besser lose.“

„Warum?“ Ich fuhr mit den Fingern durch mein Haar. Die Bänder, die ich eingeflochten hatte, waren zerrissen und verknotet.

„Um die Striemen in deinem Nacken zu verbergen.“

Ehe ich zum Arbeitszimmer des Commanders ging, lief ich noch schnell zu den Baderäumen. Mir blieb gerade genug Zeit, mich zu waschen und eine saubere Uniform anzuziehen, bevor ich zum Frühstück erscheinen musste. Das Halseisen hatte einen hellroten Abdruck auf meiner Haut zurückgelassen. Doch wie ich mein Haar auch frisierte – ich konnte das Mal nicht ganz verdecken.

Unterwegs begegnete ich Liza. Sie presste die Lippen fest zusammen und schaute in eine andere Richtung, als sie an mir vorbeilief. Na fein, dachte ich. Noch einen Menschen, den ich verärgert habe. Es tat mir Leid, dass ich meine ganze Wut an ihr ausgelassen hatte, aber ich dachte nicht im Traum daran, mich zu entschuldigen. Schließlich hatte sie mit dem Streit begonnen.

Morgens beachtete mich der Commander meistens nicht. Ich begutachtete sein Frühstück, untersuchte das Kästchen mit Criollo und wählte ein Stück aus, um sicher zu gehen, dass niemand das Dessert in der Nacht vergiftet hatte. Beim Gedanken an den bittersüßen Nachtisch lief mir jeden Morgen das Wasser im Mund zusammen. Der nussige Geschmack in meinem Mund war das einzige Vergnügen, auf das ich mich jeden Tag freute. Ich hatte Valek vorgeschlagen, stets eine Kostprobe zu nehmen, wenn der Commander ein Stück essen wollte, aber er zog es vor, seinen Vorrat zu horten. Nach jeder Mahlzeit gestattete er sich nur ein Stück Criollo. Von Rand hatte ich erfahren, dass er Brazell bereits um Nachschub gebeten hatte, zusammen mit einer Abschrift des Rezepts von Ving, seinem Koch.

Jeden Morgen, wenn ich das Frühstückstablett auf den Schreibtisch des Commanders gestellt hatte, erhielt ich seinen Terminplan für den Tag und ging hinaus, ohne ein Wort mit ihm zu wechseln. An diesem Morgen befahl er mir jedoch, Platz zu nehmen, nachdem ich sein Tablett vor ihn hingestellt hatte.

Mit einem mulmigen Gefühl im Magen setzte ich mich auf die Kante des harten Holzstuhls, der vor seinem Schreibtisch stand. Krampfhaft verschränkte ich meine Finger und bemühte mich um eine gleichgültige Miene.

„Valek hat mich davon in Kenntnis gesetzt, dass du vergangene Nacht einige Schwierigkeiten hattest. Ich bin ein wenig besorgt, dass ein neuerlicher Anschlag auf dein Leben unsere Übung gefährden könnte." Er schlürfte seinen Tee, wobei er mich mit seinen goldbraunen Augen über den Rand der Tasse musterte. „Du hast Valek vor ein Rätsel gestellt, aber er hat mir versichert, dass es eine rasche Lösung geben wird, wenn du am Leben bleibst. Überzeuge mich, dass du die Entflohene spielen kannst, ohne getötet zu werden. Nach Valeks Worten hast du ihn selbst dann nicht erkannt, als er dich angerempelt hat."

Ich wollte etwas sagen, schloss aber den Mund und dachte über seine Worte nach. Eine hastige Erklärung oder ein wirres Argument würde den Commander nicht überzeugen. Außerdem hatte er mir gerade eine goldene Brücke gebaut. Warum sollte ich mein Leben für seine Übung riskieren? Ich war keine erfahrene Spionin; ich hatte Valek nicht erkannt, obwohl ich wusste, dass er mir folgte. Andererseits war es mein Leben, auf das es meine mörderischen Verfolger abgesehen hatten. Wenn ich nicht versuchte, sie zu meinen Bedingungen aus der Reserve zu locken, dann würden sie Zeit und Ort bestimmen. In Gedanken wägte ich die Argumente ab, wobei ich mir vorkam wie ein Seiltänzerin, die sich nicht für den Absprung entscheiden konnte, sondern dazu verdammt war, so lange auf dem Seil hin- und herzulaufen, bis eine höhere Gewalt sie hinunterstieß.

„Diese Verfolgungsjagd ist neu für mich", erklärte ich dem Commander. „Es ist schwer für jemanden, der nicht dafür ausgebildet ist, im Lärm und in der Hektik eines Festes einen Beschatter zu erkennen. Das ist so, als würde man einem Kind befehlen zu rennen, wenn es gerade gehen gelernt hat. Wenn ich dagegen allein im Wald bin, wird es mir gewiss leichter fallen, jedem, dem ich begegne, aus dem zu Weg gehen; und ein

Verfolger ist auch leichter zu entdecken. Ich bin sicher, dass ich das kann.“ Ich hielt inne. Da er nichts sagte, fuhr ich fort: „Wenn wir diese Zauberin ködern können, erfahren wir vielleicht, warum sie mich töten will.“

Der Commander saß reglos wie ein Frosch im Gras, der darauf wartet, dass die Fliege näher kommt.

Ich spielte meinen letzten Trumpf aus: „Außerdem hat Valek mir versichert, dass er mir folgen wird.“

Dem Commander entging nicht, dass ich mich seiner Worte bediente.

„Wir gehen vor wie geplant. Ich glaube nicht, dass du sehr weit kommen wirst. Wahrscheinlich werden wir der Zauberin also gar nicht begegnen.“ Er sprach das Wort *Zauberin* aus, als hinterließe es einen widerwärtigen Geschmack in seinem Mund. „Ich erwarte von dir, dass du Stillschweigen über diesen Vorfall bewahrst. Das ist ein Befehl. Du kannst gehen.“

„Jawohl, Sir.“ Ich verließ sein Arbeitszimmer.

Den Rest des Tages verbrachte ich damit, Lebensmittel und Utensilien für die Übung, die am nächsten Tag im Morgengrauen beginnen sollte, zu sammeln oder auszuleihen. Ich besuchte Dilana in ihrer Nähstube und ging in die Schmiede. Allein die Erwähnung von Valeks Namen ließ die Schmiede mit Feuereifer die Gegenstände zusammensuchen, von denen ich behauptete, dass er sie benötige.

Dilana hätte mir alles gegeben, worum ich sie gebeten hätte. Sie schien regelrecht enttäuscht zu sein, dass ich nur einen Lederrucksack ausleihen wollte.

„Behalte ihn“, sagte sie. „Niemand hat ihn haben wollen. Er liegt hier schon rum, seitdem ich in der Burg bin.“

Ich leistete ihr noch ein wenig Gesellschaft, während sie Uniformen nähte, mir den neuesten Klatsch berichtete und mir sagte, dass ich unbedingt mehr essen müsste.

Meine letzte Station war die Küche. Weil ich Rand alleine antreffen wollte, wartete ich, bis das Küchenpersonal nach dem Abendessen aufgeräumt hatten. Er stand an einer Theke und stellte Speisefolgen zusammen. Jede Woche mussten die Menüs vom Commander genehmigt werden, ehe Rand sie an Liza weitergeben konnte, die dafür sorgte, dass die notwendigen Lebensmittel und Zutaten vorhanden waren.

„Du siehst besser aus, als ich mich fühle", begrüßte Rand mich stöhnend. Er hielt sich den Kopf und bewegte sich sehr vorsichtig. „Heute kann ich dir keine Leckereien anbieten. Ich habe nichts zustande gebracht."

„Kein Problem." Sein Gesicht war kreideweiß, und er hatte dunkle Ringe unter den Augen. „Ich will dich auch nicht lange aufhalten. Ich muss mir nur ein paar Sachen ausleihen."

Sofort war Rands Interesse geweckt, und er war fast wieder der Alte. „Was denn?"

„Brot. Und etwas von diesem Klebstoff. Die Ärztin hat damit einen Schnitt auf meinem Arm behandelt. Das Zeug hat Wunder bewirkt."

„Der Klebstoff. Eines meiner besten Rezepte bis jetzt. Hat sie dir auch erzählt, wie ich darauf gekommen bin? Ich wollte einen essbaren Kleber für diesen riesigen, zehnlagigen Hochzeitskuchen erfinden und …"

„Rand", unterbrach ich ihn, „ich würde mir die Geschichte gern anhören, aber wir haben beide kaum geschlafen. Versprich mir, sie ein anderes Mal zu erzählen."

„Ja, natürlich, du hast Recht." Er deutete auf einen Stapel Brotlaibe und sagte: „Nimm dir, was du brauchst."

Während ich ein paar Brote auswählte, kramte er in einer

Schublade herum und reichte mir ein Glas mit dem weißen Klebstoff.

„Er hält nicht ewig. Nach etwa einer Woche lässt die Wirkung nach. Sonst noch was?"

„Ähm … ja." Ich zögerte, bevor ich meine letzte Bitte äußerte. Sie war auch der Grund, warum ich mit Rand allein sein wollte.

„Was denn?"

„Ich brauche ein Messer."

Wie vom Donner gerührt, fuhr er herum. Sein Gesicht war ein offenes Buch. Natürlich dachte er sofort daran, dass ich Reyad mit einem Messer getötet hatte. Ihm war anzumerken, wie sehr diese ungewöhnliche Bitte unsere junge Freundschaft auf eine harte Probe stellte.

Fast rechnete ich mit der Frage, warum ich ein Messer bräuchte. Stattdessen wollte er nur wissen: „Was denn für eins?"

„Das, was am meisten Angst einjagt."

14. KAPITEL

Am nächsten Morgen, als die Sonne gerade über den Soul Mountains aufging, trat ich aus dem Südtor. Kurz darauf war das Tal in ein goldenes Licht getaucht – das Zeichen für den Beginn der Übung des Commanders. Mein Herz schlug vor Aufregung, gespannter Erwartung und Furcht – eine seltsame Gefühlsmischung, die allerdings meine Schritte beflügelte. Das Gewicht meines Rucksacks spürte ich kaum.

Zunächst befürchtete ich, man könnte mir Täuschung vorwerfen, wenn jemand herausfand, was ich alles bei mir trug. Doch nach einigem Überlegen kam ich zu dem Schluss, dass es für eine Gefangene, die ihre Flucht plant, ganz natürlich war, einige Brotrationen aufzusparen, eine Waffe aus dem Zimmer der Wachleute zu stehlen und sich die restlichen Dinge in der Schmiede zu besorgen. Und was spielte es schon für eine Rolle, wenn ich die Spielregeln ein wenig zu großzügig auslegte? Niemand hatte mir gesagt, dass ich ohne irgendetwas fliehen musste.

Mein Entschluss zu „fliehen“ war immer stärker geworden, seitdem mein Name in diesem Spiel zum ersten Mal gefallen war. Das Geld war zu diesem Zeitpunkt nur eine Dreingabe. Ich wollte dem Commander beweisen, dass er Unrecht hatte. Dem Commander, der glaubte, dass ich nicht weit kommen würde und der sich Sorgen machte, dass *mein* Tod *seine* Übung gefährden könnte.

Ehe ich die Burganlage verließ, drehte ich mich noch einmal um und betrachtete das wuchtige Gebäude im Tageslicht. Mein erster Eindruck war, dass es ein Kind mit seinen Bauklötzen errichtet hatte. Über dem rechteckigen Grundriss der

Burg erhoben sich mehrere Stockwerke, die offenbar willkürlich quadratisch, dreieckig und zylinderförmig aufeinandergestapelt waren. Nur die mächtigen, zum Himmel strebenden Türme mit den kunstvoll gefertigten Buntglasfenstern an jeder Ecke der Burg waren symmetrisch angeordnet.

Fasziniert von der allen Gesetzen der Geometrie widerstehenden Konstruktion hätte ich die Burg gerne noch aus anderen Blickwinkeln betrachtet, aber Valek hatte mich angewiesen, bei Tagesanbruch aufzubrechen, da mir nur eine Stunde Vorsprung gewährt wurde. Dann würden die Soldaten und Spürhunde herauszufinden versuchen, durch welches Tor ich geflohen war, und von dort aus die Verfolgung aufnehmen. Valek hatte eins meiner Uniformhemden behalten, um die Hunde auf meine Spur zu setzen. Auf meine Frage, wer in meiner Abwesenheit die Speisen des Commanders testete, hatte er vage von anderen Leuten gesprochen, die ebenfalls die Fähigkeit hatten, Gift im Essen zu entdecken, allerdings zu wichtig waren, um sie diese Aufgabe täglich ausüben zu lassen. Im Gegensatz zu mir.

Dass ich nach Süden „fliehen" würde, lag auf der Hand, aber ich hatte nicht vor, allzu lange in diese Richtung zu laufen. Ich setzte darauf, dass die Soldaten annahmen, ich würde auf direktem Weg zur Grenze gehen. Die Burg lag im Militär-Distrikt 6 und damit ziemlich nahe bei den südlichen Ländern zwischen MD-7 im Westen und MD-5 im Osten. Der tote König, der die Anlage bauen ließ, hatte das mildere Klima bevorzugt.

Schon bald erreichte ich, mal laufend, mal forsch ausschreitend, Snake Forest. Dank Valeks Landkarten, die ich mir in der vergangenen Nacht genau eingeprägt hatte, wusste ich, dass Castletown auf drei Seiten von Wäldern umgeben war.

Der nördliche Teil der Stadt, die ich sorgsam mied, lag gegenüber der Burg. Snake Forest erstreckte sich wie ein schmaler Grüngürtel außerdem nach Osten und Westen.

An der Staatsgrenze nach Süden hatten die Soldaten von Commander Ambrose eine dreißig Meter breite Schneise von den Soul Mountains im Osten bis zum Sunset Ocean im Westen geschlagen. Seit der Machtübernahme war es für jeden in Sitia oder Ixia ein Verbrechen, die Grenze zu übertreten.

Bei meiner „Flucht" durch den Wald hinterließ ich eine auffällige Spur aus abgebrochenen und zertretenen Ästen sowie tiefen Fußspuren in der weichen Erde. Ich marschierte so lange nach Süden, bis ich einen kleinen Fluss erreichte. Meine Stunde Vorsprung war fast abgelaufen. Am Flussufer kniete ich mich hin, tauchte die Arme ins Wasser, holte eine Handvoll Schlamm heraus und ließ das Wasser zwischen meinen Fingern abtropfen. Den Schlamm verrieb ich mir im Gesicht und auf dem Hals. Da ich mein Haar zu einem Knoten gebunden hatte, beschmierte ich auch meine Ohren und meinen Nacken. Die Männer sollten glauben, dass ich mich an dieser Stelle hingekniet hatte, um zu trinken. Außerdem hinterließ ich zahlreiche Fußspuren am Ufer, bis der Eindruck entstehen musste, als hätte ich meine Flucht durchs Wasser fortgesetzt. Danach ging ich auf demselben Weg zurück, den ich gekommen war, bis ich den perfekten Baum gefunden hatte.

Zwei Meter neben meinem Pfad ragte der glatte Stamm eines Velvatt-Baums hoch in den Himmel. Der erste stämmige Ast wuchs etwa in ein Meter fünfzig Höhe aus dem Hauptstamm. Vorsichtig, um meine Fährte nicht zu zerstören, nahm ich den Rucksack vom Rücken und holte einen der Gegenstände heraus, die ich mir von den Schmieden ausgeliehen hatte. Den kleinen Eisenhaken befestigte ich an einem langen dünnen Seil, das ich ebenfalls mitgenommen hatte.

Plötzlich musste ich daran denken, dass meine Stunde Vorsprung endgültig aufgebraucht war, und das Bild von Soldaten und Hunden, die aus der Burg stürmten, schoss mir durch den Kopf. Hastig warf ich das Seil in die Luft, ohne den Ast zu erwischen. Ich fing den Haken auf, bevor er auf die Erde fiel, und versuchte es erneut. Als er wieder am Ast vorbeiflog, geriet ich allmählich in Panik. Ich befahl mir, ruhig zu bleiben und mich zu konzentrieren. Beim dritten Mal blieb der Haken am Ast hängen. Ich vertraute darauf, dass er halten würde, band das andere Ende des Seils um meinen Bauch, damit es nicht über die Erde schleifte, und streifte den Rucksack wieder über. Mit beiden Händen ergriff ich das Seil, zog mich hoch und schlang die Beine um das baumelnde Ende.

Schon lange war ich nicht mehr so geklettert. An meinen Armen, Schultern und Rückenmuskeln merkte ich, dass ich aus der Übung war, als ich mich mühsam nach oben hangelte. Endlich erreichte ich den Ast, setzte mich rittlings darauf und stopfte das Seil und den Haken wieder in den Rucksack.

Von Westen her wehte eine starke Brise. Um den Hunden die Suche zu erschweren, kletterte ich mit dem Wind in östlicher Richtung durch die Baumkronen, bis ich mich von meinem ursprünglichen Weg weit genug entfernt hatte. So kamen mir meine geringe Körpergröße und meine akrobatischen Fähigkeiten doch noch einmal zugute.

Als ich im Stamm eines Cheketo-Baums eine geschützte Nische entdeckte, streifte ich den Rucksack ab. Der Cheketo hatte die größten Blätter, die im Snake Forest wuchsen. Das runde, mit braunen Flecken übersäte Laub war genau richtig für meine Zwecke. Eine Minute lang saß ich mucksmäuschenstill und lauschte auf die Geräusche der Verfolger. Vögel zwitscherten und Insekten summten, und es raschelte im Unterholz, als ein Hirsch vorbeizog. Aus weiter Ferne drang Hundegebell an mein Ohr, doch ich war mir nicht sicher, ob mir meine Fantasie nur einen Streich spielte. Von Valek war nichts zu sehen. Aber wie ich ihn kannte, musste er irgendwo in der Nähe sein.

Ich holte Rands Klebstoff aus dem Rucksack und zupfte Blätter vom Baum. Als ich genug gesammelt hatte, zog ich mein Hemd aus und beklebte es mit den Blättern. Es machte mir nichts aus, dass ich nur ein ärmelloses Unterhemd trug. Ich arbeitete flink und konzentriert.

Nach dem Hemd präparierte ich meine Hose, die Stiefel und den Rucksack mit dem Laub. Zum Schluss heftete ich ein besonders großes Blatt auf meine Haare und zwei kleinere auf meine Handrücken, ohne die Bewegungsfreiheit meiner Finger einzuschränken. Rands Warnung, dass der Leim nur eine Woche hielt, ging mir durch den Kopf, und ich musste lächeln, als ich mir vorstellte, wie er wohl reagieren würde, wenn er mich mit Blättern an Kopf und Händen um die Burg herumlaufen sah.

Da ich keinen Spiegel bei mir trug, konnte ich nur hoffen, dass ich meinen Körper ausreichend mit Grün und Braun getarnt hatte. Die schwarzen Flecke meiner Uniform, die durch das Blattwerk schimmerten, bereiteten mir keine Sorgen – im Gegensatz zum leuchtenden Rot meines Uniformhemds. Aber das hatte ich nahezu vollständig verdeckt.

Zu nervös, um lange an einem Ort zu verharren, kletterte ich so leise wie möglich weiter nach Osten. Nicht immer konnte ich die Richtung beibehalten. Da ich die Erde nicht berühren wollte, um keine Spuren zu hinterlassen, blieb mir nichts anderes übrig, als hin und wieder nach Norden oder

Süden auszuweichen. Mein Haken und mein Seil leisteten mir noch manchen guten Dienst, wenn ich Äste näher heran ziehen oder mich von Baum zu Baum schwingen musste. Meine Muskeln schmerzten inzwischen bei jeder Bewegung, aber darauf konnte ich keine Rücksicht nehmen. Jedes Mal, wenn ich eine schwierige Stelle überwunden hatte, war ich stolz und genoss das Gefühl der Freiheit, mich hoch über der Erde fortzubewegen. Zufrieden lächelnd wischte ich mir den Schweiß aus dem Gesicht. Natürlich würde ich mich irgendwann wieder nach Süden halten, denn nur dort konnte ein Flüchtling Sicherheit und Asyl finden.

Sitia hieß die Geflohenen aus Ixia seit jeher willkommen. Die Regierung hatte gute Beziehungen zum König gepflegt. Die Südländer handelten mit exotischen Gewürzen, Stoffen und Lebensmitteln im Austausch gegen Eisen, Edelsteine und Kohle. Als der Commander den Handel unterband, musste Ixia vor allem auf Luxusgüter verzichten, wohingegen Sitias Naturreichtümer zur Neige gingen. Befürchtungen, dass Sitia versuchen würde, den Norden zu erobern, um in den Besitz der dringend benötigten Bodenschätze zu gelangen, zerschlugen sich, als Geologen aus Sitia feststellten, dass die Emerald Mountains – eine Gebirgskette, die zu den nördlichen Soul Mountains gehörte – reich an Erzen und Mineralien waren. Und im Moment sah es so aus, als würde Sitia sich damit begnügen, ein wachsames Auge auf den Norden zu haben.

Bald stieß ich auf meinem luftigen Weg an eine Schneise. Der viel befahrene Waldweg wies tiefe Wagenspuren in der harten Erde auf. Die Straße war vermutlich ein Teil der wichtigen öst-westlichen Handelsroute, die rund um den Lake Keyra einige Meilen nach Norden führte, ehe sie wieder ostwärts ging. Der See lag unmittelbar jenseits der Grenze zu MD-5.

Ich machte es mir auf einem mächtigen Ast bequem, von dem aus ich den Pfad überblicken konnte. An den Stamm gelehnt, verspeiste ich mein Mittagessen und überlegte, welche Richtung ich von hier aus einschlagen sollte. Nach einer Weile lullten mich die beruhigenden Geräusche des Waldes so sehr ein, dass ich fast eingeschlafen wäre.

„Siehst du was?" Eine männliche Stimme direkt unter mir durchbrach die Stille.

Erschrocken hielt ich mich am Ast fest, um nicht hinunterzufallen. Sie hatten mich erwischt. Starr vor Angst blieb ich stocksteif sitzen.

„Nein. Alles in Ordnung", antwortete eine andere Männerstimme aus einiger Entfernung. Sie klang heiser und auch verärgert.

Kein Gebell hatte mich gewarnt. Sie mussten zur anderen Gruppe gehören. Ich hatte mir so viele Gedanken um die Hunde gemacht, dass ich die kleinere Gruppe vollkommen vergessen hatte. Ziemlich leichtsinnig, dachte ich. Geschah mir recht, dass ich so schnell erwischt wurde.

Ich wartete auf ihren Befehl, hinunter zu kommen, aber sie blieben ruhig. Ich spähte durch das Laub, konnte sie aber nirgendwo entdecken. Vielleicht hatten sie mich auch noch nicht gesehen. Laub raschelte, als die Männer aus dem dichten Unterholz auftauchten. Auch sie trugen eine grüne und braune Tarnung, aber ihre dicht anliegenden Overalls und ihre Gesichtsfarbe waren professioneller als meine dilettantische Bastelarbeit.

„Eine Schnapsidee, nach Osten zu gehen. Sie ist wahrscheinlich längst an der Grenze zum Süden", sagte der Mann mit der rauen Stimme zu seinem Partner.

„Das haben die Jungs mit den Hunden auch gedacht, obwohl die Tiere ihre Spur verloren haben“, erwiderte der zweite Mann.

Ich musste lächeln. Da hatte ich die Hunde doch tatsächlich überlistet. Wenigstens das war mir gelungen.

„Ich find’s nicht logisch, nach Osten zu gehen“, ließ sich die raue Stimme wieder vernehmen.

Der andere Mann seufzte. „Es ist auch nicht deine Aufgabe, irgendwas logisch zu finden. Der Captain hat gesagt, wir sollen nach Osten gehen, also gehen wir nach Osten. Er glaubt wohl, dass sie die Mitte von MD-5 angepeilt hat. Ist ja auch bekanntes Gelände für sie.“

„Und wenn sie nicht zurückkommt? Noch so ’ne blöde Idee, ausgerechnet die Vorkosterin loszuschicken“, beklagte sich die raue Stimme. „Schließlich ist sie eine Verbrecherin.“

„Kann uns doch egal sein. Das ist Valeks Problem. Ich bin sicher, dass er sich um sie kümmern würde, wenn sie abhaut.“

Ich fragte mich, ob Valek wohl lauschte. Wir wussten beide, dass er mir nicht nachstellen musste. Er brauchte nur auf die Wirkung des Gifts zu warten. Die Unterhaltung war für mich sehr aufschlussreich, zumal es nicht allgemein bekannt war, dass man mich vergiftet hatte.

„Verschwinden wir. Wir haben am See noch eine Verabredung mit unserem Captain. Und sei gefälligst leise. Du hörst dich an wie ein Elch, der in Panik durch den Wald trampelt“, schalt der Klügere der beiden.

„Tu bloß nicht so, als könntest du das heraushören, nur weil du mal was über Fährten im Wald gelernt hast“, konterte die raue Stimme. „Für mich klang’s eher so wie ein Hirsch, der’s mit seiner Kuh treibt.“

Die beiden Männer lachten. Im Handumdrehen waren sie

im Unterholz verschwunden, jeder auf einer anderen Seite des Wegs. So sehr ich mich auch anstrengte, konnte ich nichts mehr hören, aber ich hätte auch nicht sagen können, ob sie tatsächlich gegangen waren. Ich wartete, bis ich die Untätigkeit nicht länger ertragen konnte. Die Männer hatten mir meine neue Richtung vorgegeben. Der See lag im Osten. Ich kletterte in südlicher Richtung weiter.

Beim Hangeln von Baum zu Baum beschlich mich auf einmal eine unheimliche Vorahnung. Plötzlich glaubte ich, von den Männern, die ich auf dem Pfad gesehen hatte, verfolgt zu werden. Ich verspürte den unwiderstehlichen Drang, immer schneller laufen zu müssen. So ließ ich schließlich alle Vorsichtsmaßnahmen außer Acht und kümmerte mich nicht mehr darum, dass mich womöglich jemand sehen oder hören konnte. Ich sprang hinunter auf den Waldboden und rannte los.

Am Rande einer kleinen Lichtung blieb ich stehen. Die Panik, die mich überfallen hatte, war verschwunden. Stattdessen litt ich an höllischem Seitenstechen. Ich warf meinen Rucksack hin, ließ mich schwer atmend auf den Boden fallen und verfluchte mich für mein furchtsames Verhalten.

„Nettes Kostüm“, sagte eine vertraute Stimme. Entsetzen und Angst pumpten neue Kraft in meinen Körper, und ich sprang auf.

Niemand war zu sehen. Noch nicht. Ich riss meinen Rucksack auf und holte das Messer heraus. Mein Herz hämmerte wie verrückt in meiner Brust. Langsam drehte ich mich einmal um mich selbst, wobei ich auf der Suche nach der Stimme des Todes in den Wald spähte.

15. KAPITEL

Gelächter drang von allen Seiten auf mich ein. „Deine Waffe wird dir nicht viel nützen. Ich könnte dich ganz leicht davon überzeugen, dass du das Messer lieber in dein eigenes Herz statt in meines stecken möchtest." Ich entdeckte sie jenseits der Lichtung. Sie trug ein weites, grünes Tarnhemd mit einem Gürtel um die Hüfte und eine Hose in der gleichen Farbe. Mit verschränkten Armen lehnte die Zauberin aus dem Süden lässig an einem Baum.

In Erwartung eines Angriffs ihrer Totschläger aus dem Unterholz hielt ich das Messer weiter vor der Brust, während ich mich langsam im Kreis bewegte.

„Entspann dich", sagte die Zauberin. „Wir sind allein."

Ich blieb stehen, hielt das Messer aber weiter fest umklammert. „Warum sollte ich dir trauen? Bei unserem vorigen Treffen wolltest du mich töten lassen. Du hattest sogar das Halseisen griffbereit." Schlagartig wurde mir klar, dass sie gar nicht auf ihre Mörder angewiesen war. Im Geiste begann ich, die Namen von Giften aufzusagen.

Die Zauberin lachte, als amüsierte sie sich köstlich über ein kleines Kind. „Das wird dir nicht viel helfen. Beim Fest hat es nur funktioniert, weil Valek dabei war."

Sie trat einen Schritt näher. Drohend schwenkte ich das Messer.

„Yelena, bleib ganz ruhig. Ich habe dich mit Hilfe von Gedankenübertragung hierher geführt. Hätte ich deinen Tod gewollt, dann hätte ich dich einfach vom Baum gestoßen. Unfälle verursachen in Ixia weniger Ärger als Morde. Das müsstest du doch am besten wissen."

Ich ignorierte ihre sarkastische Anspielung. „Warum hatte

ich denn beim Feuerfest keinen ‚Unfall'? Oder zu einem anderen Zeitpunkt?"

„Ich muss dir ganz nahe sein. Jemanden zu töten kostet viel Energie; wenn möglich, wende ich lieber schlichtere Methoden an. Das Fest war die erste Gelegenheit, dir nahe zu kommen ohne Valek in der Nähe – jedenfalls habe ich das geglaubt." Missmutig schüttelte sie den Kopf.

„Und warum hast du Valek beim Fest nicht mit deiner Magie getötet?", fragte ich. „Dann wäre ich eine leichte Beute gewesen."

„Magie funktioniert bei Valek nicht. Er ist immun gegen ihre Wirkung."

Ehe ich weitere Fragen stellen konnte, fuhr sie fort: „Ich habe keine Zeit, dir alles zu erklären. Valek wird bald hier sein, also fasse ich mich kurz. Yelena, ich bin gekommen, um dir ein Angebot zu machen."

Ich erinnerte mich an das letzte Angebot, das ich bekommen hatte: Vorkosterin oder hingerichtet zu werden. „Was könntest du mir schon anbieten? Ich habe eine Arbeit, eine schöne bunte Uniform und einen Herrn, für den ich sterben würde. Was will ich mehr?"

„Asyl in Sitia", sagte sie mit Nachdruck. „Damit du deine Macht kontrollieren und nutzen kannst."

„Macht?" Das Wort rutschte mir heraus, ehe ich es verhindern konnte. „Was für eine Macht?"

„Tu doch nicht so. Du weißt genau, was ich meine. Mindestens zweimal hast du sie in der Burg schon angewendet."

Meine Gedanken rasten. Sie sprach von meinen Überlebensinstinkten. Das seltsame Summen, das mich immer umgab, wenn mein Leben in Gefahr war. Vor Angst war ich wie betäubt. Genauso gut hätte sie mir mitteilen können, dass ich an einer tödlichen Krankheit litt.

„Ich hielt mich in der Nähe auf, getarnt natürlich, als ich dein lautes, mächtiges Schreien hörte. Nachdem ich herausgefunden hatte, dass es von der Vorkosterin des Commanders kam, war mir klar, dass es aussichtslos wäre, dich zu retten und in den Süden zu schmuggeln. Entweder bist du mit Valek zusammen, oder er ist zumindest in deiner Nähe. Auch in diesem Moment gehe ich ein hohes Risiko ein. Aber es ist zu gefährlich, dass eine jeglicher Kontrolle entzogene Zauberin im Norden lebt. Es ist überhaupt erstaunlich, dass du so lange durchgehalten hast, ohne enttarnt worden zu sein. Die einzige Möglichkeit, die mir blieb, war, dich zu eliminieren. Das war leichter gesagt als getan. Aber nicht unmöglich."

„Und jetzt soll ich dir trauen? Glaubst du im Ernst, ich folge dir wie ein braves Schaf nach Sitia, um dort geschlachtet zu werden?"

„Yelena, hättest du an dieser Übung nicht teilgenommen, um aus der Burg und fort von Valek zu kommen, wärst du längst tot."

Ich war mir nicht sicher, ob ich ihr glauben konnte. Was hätte sie davon, wenn sie mir half? Warum nahm sie diese Mühen auf sich, wenn sie die Macht besaß, mich zu töten? Sie musste ein anderes Motiv haben.

„Du glaubst mir nicht." Sie stieß einen missbilligenden Laut aus. „Gut, wie wäre es mit einer kleinen Demonstration?" Sie legte den Kopf schräg und presste die Lippen fest zusammen.

Ein durchdringender, heißer Schmerz fuhr wie ein Blitz durch meinen Körper. Vergeblich schlug ich die Hände schützend über dem Kopf zusammen, um diesen Angriff abzuwehren. Dann verspürte ich einen gewaltigen Schlag gegen meine

Stirn. Ich taumelte nach hinten und fiel zu Boden. Als ich auf dem Rücken lag, verschwand der Schmerz, so schnell wie er gekommen war. Ich blinzelte. Durch die Tränen nahm ich die Zauberin nur verschwommen wahr. Noch immer stand sie auf ihrer Seite der Lichtung. Sie hatte mich nicht angefasst, jedenfalls nicht körperlich. Doch die Kraft ihrer mentalen Berührung spürte ich wie eine zu enge Wollmütze auf meinem Kopf.

„Was zum Teufel war das?", fragte ich. „Wo ist der Gesang geblieben?" Ihr Angriff hatte mich vollkommen aus der Fassung gebracht. Die Luft, die um meinen Körper strich, fühlte sich an, als hätte sie sich verflüssigt, und als ich mich aufsetzte, schlug ihr Widerstand wie Wellen gegen meine Haut.

„Beim Feuerfest habe ich gesungen, weil ich freundlich sein wollte. Das hier war der Versuch, dich davon zu überzeugen, dass ich keine Zeit mit langen Reden verschwenden würde, wenn ich deinen Tod tatsächlich wollte. Und ich würde bestimmt nicht so lange warten, bis du in Sitia bist." Sie neigte den Kopf, als lausche sie einer unsichtbaren Person, die ihr etwas ins Ohr flüsterte.

„Valek hat alle Versuche zur Tarnung aufgegeben. Er bewegt sich sehr schnell. Zwei Männer sind hinter ihm her, aber sie glauben, dass sie dich verfolgen." Sie verstummte, und ihr Mund wurde zu einer harten Linie, während sie sich konzentrierte. „Die Männer kann ich dazu bringen, langsamer zu werden. Bei Valek funktioniert das nicht." Geistesabwesend sah sie mich an. „Kommst du mit mir?"

Ich brachte kein Wort heraus. Der Gedanke, dass ihre Vorstellung von Freundlichkeit darin bestand, jemanden zu Tode zu singen, hatte mich umgehauen. Entgeistert starrte ich sie an.

„Nein." Die Antwort kostete mich eine unendliche Anstrengung.

Damit hatte sie nicht gerechnet. „Wie bitte? Es macht dir Spaß, Vorkosterin zu sein?“

„Nein, aber wenn ich mit dir komme, werde ich sterben.“

„Du stirbst, wenn du bleibst.“

„Das Risiko gehe ich ein.“ Ich erhob mich, klopfte mir die Erde von den Beinen und griff nach meinem Messer. Ich verspürte nicht die geringste Lust, der Zauberin von dem Gift in meinem Körper zu erzählen. Warum sollte ich ihr eine weitere Waffe liefern, die sie gegen mich verwenden konnte? Doch aufgrund ihres mentalen Kontakts brauchte ich nur an Butterfly Dust zu denken, und sie würde Bescheid wissen.

„Es gibt Gegengifte“, sagte sie prompt.

„Kannst du bis morgen früh eines besorgen?“, fragte ich.

Sie schüttelte den Kopf. „Nein. Dazu bräuchten wir mehr Zeit. Unsere Heiler müssten wissen, wo das Gift versteckt ist. Es könnte in deinem Blut, deinen Muskeln oder sonst wo sein, und sie müssten auch in Erfahrung bringen, wie es tötet, um es unschädlich zu machen.“

Als sie meinen verständnislosen Blick bemerkte, fuhr sie fort: „Die Quelle unserer Macht – das, was du Zauberei nennst – ist wie ein Tuch, das die ganze Welt umhüllt. Wenn unser Geist den Kontakt zu diesem Tuch aufnimmt, zieht er sozusagen einen dünnen Faden heraus, mit dem wir unsere magischen Fähigkeiten aktivieren und vergrößern. Alle Menschen besitzen insgeheim die Fähigkeit, Gedanken zu lesen und die Welt um sich herum zu beeinflussen, ohne sie zu berühren, aber sie sind nicht in der Lage, diese Kraftquelle anzuzapfen.“

Sie seufzte und sah auf einmal ganz unglücklich aus. „Yelena, wir können deine ungebändigte Macht nicht unkontrolliert lassen. Ohne dass du es weißt, schöpfst du Kraft aus dieser Quelle. Aber statt eines Fadens nimmst du gleich ganze Stoffstücke, um Energie zu sammeln. Mit zunehmendem Alter wirst du soviel Kraft um dich gebündelt haben, dass sie irgendwann explodiert oder verglüht. Das hat nicht nur deinen Tod zur Folge; auch die Kraftquelle wird beschädigt und in ihrer Wirkung beeinträchtigt, denn es entstehen Löcher im Tuch. Dieses Risiko dürfen wir auf keinen Fall eingehen. Bald aber wirst du nicht mehr lernfähig sein, und deshalb bleibt uns keine andere Wahl, als dich zu töten, bevor du dieses Stadium erreichst."

„Wie viel Zeit habe ich noch?", fragte ich.

„Ein Jahr. Vielleicht ein wenig länger, wenn es dir gelingt, dich selbst zu kontrollieren. Danach werden wir dir nicht mehr helfen können. Und wir brauchen dich, Yelena. Mächtige Zauberer sind rar in Sitia."

Fieberhaft dachte ich über meine Möglichkeiten nach. Ihre Machtdemonstration hatte mich davon überzeugt, dass sie eine größere Bedrohung darstellte, als ich geglaubt hatte, und dass es absolut töricht wäre, ihr zu vertrauen. Wenn ich jedoch nicht mit ihr käme, würde sie mich auf der Stelle töten.

Also zögerte ich das Unvermeidliche hinaus. „Gib mir noch ein Jahr Zeit, um ein dauerhaftes Gegenmittel und eine Möglichkeit zu finden, nach Sitia zu fliehen. Ein Jahr, in dem ich nicht befürchten muss, von dir getötet zu werden."

Sie sah mir tief in die Augen. Der Druck in meinem Kopf nahm zu, als sie den mentalen Kontakt verstärkte, um nach Hinweisen zu suchen, ob ich sie hinters Licht führen wollte.

„In Ordnung. Ein Jahr. Versprochen." Sie schwieg.

„Rede weiter", forderte ich sie auf. „Du willst dieses Treffen bestimmt nicht beenden, ohne mir zu drohen. Oder mich vor etwas Entsetzlichem zu warnen. Nur zu! Daran bin ich gewöhnt. Ein Gespräch ohne Einschüchterung wäre etwas vollkommen Neues für mich."

„Du tust so mutig. Dabei weiß ich, dass du deine Hose nass machen würdest, wenn ich auch nur einen Schritt näher käme."

„Ja. Und zwar mit deinem Blut." Ich schwang mein Messer. Doch es gelang mir absolut nicht, eine finstere Miene aufzusetzen. Die Drohung klang sogar in meinen Ohren zu lächerlich. Ich musste kichern, und sie lachte. Als die Anspannung nachließ, wurde mir schwindlig, und ich lachte und weinte gleichzeitig.

Die Zauberin wurde wieder ernst. Erneut neigte sie den Kopf und lauschte ihrem unsichtbaren Einflüsterer. „Valek ist in der Nähe. Ich muss gehen."

„Sag mir noch eins."

„Was?"

„Woher wusstest du, dass ich die Entflohene sein würde? Zauberei?"

„Nein. Ich habe Quellen, die ich nicht preisgeben darf."

Ich nickte verständnisvoll. Aber die Frage war einen Versuch wert gewesen.

„Sei vorsichtig, Yelena", sagte sie, ehe sie im Wald verschwand.

Nun erst wurde mir bewusst, dass ich nicht einmal ihren Namen kannte.

„Irys", flüsterte sie in meinem Geist. Und dann riss der mentale Kontakt ab.

Jetzt, da ich über ihre Worte noch einmal nachdachte, schossen mir viele Fragen durch den Kopf, die ich ihr gern gestellt hätte und die alle wichtiger waren als jene nach ihrem Informanten. Doch ich bezwang den Wunsch, ihr hinterher zu rufen. Stattdessen ließ ich mich zu Boden fallen.

Am ganzen Körper zitternd, steckte ich das Messer wieder in meinen Rucksack, holte die Wasserflasche heraus und trank einen großen Schluck. Ich wünschte, die Flasche wäre mit etwas Stärkerem gefüllt, etwas, das beim Hinunterschlucken in meiner Kehle brennen würde. Ein wärmendes Gefühl, auf das ich mich konzentrieren könnte und das die Ratlosigkeit und Verlorenheit, die mich zu überwältigen drohten, vertreiben würde.

Ich brauchte Zeit zum Überlegen, ehe Valek und die beiden Männer mich fanden. Deshalb nahm ich das Seil und den Haken aus dem Rucksack und suchte nach einem geeigneten Ast, um wieder in die Baumkronen zu klettern. Auf dem Weg nach Süden war die körperliche Anstrengung eine willkommene Ablenkung, während ich nebenbei über die Informationen nachgrübelte, die die Zauberin mir gegeben hatte.

Als ich auf einen anderen Pfad durch den Wald stieß, machte ich es mir auf einem Ast bequem. Von hier aus hatte ich den Weg gut im Blick. Sicherheitshalber band ich mich mit dem Seil am Stamm fest. Die Zauberin hatte mir zwar ein Jahr zugebilligt, aber ich wollte sie nicht in Versuchung bringen, indem ich mich ihr als zu einfache Zielscheibe präsentierte. Vielleicht änderte sie ja ihre Meinung. Was wusste ich schon von Magierinnen und ihren Versprechungen?

Sie behauptete, ich hätte Macht. Eine magische Kraft, die ich stets für meinen Überlebensinstinkt gehalten hatte. Wann immer ich jene entsetzlichen Momente durchleben musste, hatte ich mich wie besessen gefühlt. So, als ob jemand, der diese Situationen besser meistern konnte, zeitweise die Kontrolle über meinen Körper übernommen, mich vor dem Tod bewahrt und dann wieder verlassen hatte.

Konnte das merkwürdige Summen, das aus meiner Kehle kam und mein Leben rettete, tatsächlich ähnlich funktionieren wie Irys' Macht? Falls ja, musste ich meine magischen Fähigkeiten geheim halten. Und ich musste sie beherrschen lernen, damit sie nicht außer Kontrolle gerieten. Aber wie? Indem ich lebensbedrohlichen Situationen aus dem Weg ging. Bei dem Gedanken lachte ich verbittert. Schließlich zog ich Gefahren geradezu magnetisch an, egal, wie sehr ich mich dagegen wehrte. Verwaist. Gequält. Vergiftet. Mit Zauberkräften gestraft. Täglich wurde die Liste länger.

Doch jetzt hatte ich keine Zeit, um über die Lösung all dieser Probleme nachzudenken, die wie ein Karussell in meinem Kopf kreisten. Stattdessen konzentrierte ich mich auf die Gegenwart und betrachtete den Pfad unter mir. Junge Schößlinge hatten bereits begonnen, den schmalen Weg zurückzuerobern. Offenbar handelte es sich um eine der Routen, die für den Handelsverkehr mit Sitia benutzt und inzwischen aufgegeben worden waren.

Ich wartete auf Valek. Er würde eine Erklärung für mein Treffen mit der Zauberin verlangen, und ich war bereit, sie ihm zu geben.

Lediglich ein leises Rascheln der Blätter über mir kündigte Valeks Ankunft an. Ich schaute hoch und sah, wie er schlangengleich vom oberen Ast hinabglitt. Lautlos ließ er sich neben mich fallen.

Grüne Tarnkleidung schien sich an diesem Tag besonderer Beliebtheit zu erfreuen. Die von Valek lag eng an seinem Körper; dazu trug er eine Kapuze, die sein Haar und seinen Nacken bedeckte. Er hatte sich braune und grüne Farbe ins Gesicht geschmiert, zu der das strahlende Blau seiner Augen einen eigentümlichen Kontrast bildete.

Ich sah an meinem eigenen zerfetzten Kostüm hinunter. Einige der Blätter waren an den Rändern eingerissen, und meine Uniform wies zahlreiche Löcher auf, die beim Klettern durch die Bäume entstanden waren. Wenn ich das nächste Mal durch die Wälder fliehen wollte, würde ich Dilana bitten, mir ein Kostüm zu nähen, wie Valek es trug.

„Du bist unglaublich", begann Valek.

„Ist das gut oder schlecht?"

„Gut. Ich habe mir schon gedacht, dass du die Soldaten auf Trab halten würdest, und du hast es tatsächlich geschafft. Aber mit so etwas habe ich nun wirklich nicht gerechnet." Valek deutete auf mein Blätterhemd und wies mit einer ausholenden Armbewegung auf die Bäume. „Und um dem Ganzen die Krone aufzusetzen, hast du die Zauberin getroffen und es irgendwie geschafft zu überleben." In seiner letzten Bemerkung schwang feine Ironie mit.

Das war wohl seine Aufforderung an mich, ihm eine Erklärung zu liefern.

„Ich weiß nicht genau, was passiert ist. Ich bin durch den Wald gelaufen, bis ich an eine Lichtung gekommen bin, wo sie wartete. Sie hat mir nur erzählt, dass ich ihre Pläne zunichte gemacht habe, als ich Reyad tötete, und plötzlich hatte ich unerträgliche Kopfschmerzen." Die Erinnerung an ihren Angriff war noch so lebhaft, dass sich das Entsetzen darüber in meinem Gesicht abzeichnete. Falls Valek jemals herausbekam, was wirklich passiert war, würde ich das Jahr, das die Magierin mir zugestanden hatte, nicht überleben. Außerdem würde die Erwähnung von Reyads Namen Valek einmal mehr den Grund dafür liefern, warum die Zauberin hinter mir her war.

Ich holte tief Luft. „Ich habe angefangen, mir die Liste mit den Giften aufzusagen und versucht, den Schmerz zu verdrängen. Dann hörte die Attacke auf, und sie sagte, dass Ihr in der Nähe seid. Als ich meine Augen wieder öffnete, war sie verschwunden."

„Warum hast du denn nicht bei der Lichtung auf mich gewartet?"

„Ich wusste nicht, wohin sie gegangen war. Oben auf den Bäumen fühlte ich mich sicherer, denn mir war klar, dass Ihr mich finden würdet."

Valek dachte über meine Erklärung nach. Um meine Nervosität zu verbergen, kramte ich in meinem Rucksack.

Nach einer Weile begann er zu schmunzeln. „Dem Commander haben wir jedenfalls bewiesen, dass er Unrecht hatte. Er war nämlich davon überzeugt, dass man dich spätestens bis zum Mittag gefunden haben würde."

Ich lächelte erleichtert und beschloss, mir seine gute Laune zunutze zu machen. „Warum eigentlich hasst der Commander Zauberer so sehr?"

Sofort wurde Valek wieder ernst. „Dafür gibt es viele Gründe. Sie waren alle Mitarbeiter des Königs. Sie handelten wider die Natur und benutzten ihre Macht ausschließlich für selbstsüchtige Zwecke und um ihre Gier zu befriedigen. Sie häuften Wohlstand und Juwelen an und heilten die Kranken und Sterbenden nur, wenn deren Familien reich genug waren, um ihre maßlosen Forderungen zu erfüllen. Die Magier des Königs bemächtigten sich des Verstandes anderer, sie trieben ihre Spielchen mit ihnen und fanden Gefallen am Chaos und an der Zerstörung. Deshalb möchte der Commander nichts mit ihnen zu tun haben."

Neugierig geworden, hakte ich nach. „Warum benutzt er sie nicht für seine Zwecke?"

„Er ist der Ansicht, dass man Zauberern nicht trauen kann,

aber da bin ich nicht mit ihm einer Meinung“, antwortete Valek. Sein Blick wanderte über den Waldboden, während er weitersprach. „Ich kann seine Gründe, alle Magier des Königs umzubringen, nachvollziehen. Das war eine gute Entscheidung. Aber ich glaube, dass wir die jüngere Generation von Zauberern, die über diese Macht verfügt, für unseren geheimen Informationsdienst hätten rekrutieren sollen. In dieser Angelegenheit gehen unsere Auffassungen weit auseinander, und trotz meiner Argumente hat der Commander …“ Er unterbrach sich. Offenbar befürchtete er, zuviel preiszugeben.

„Hat der Commander was …?“

„Befohlen, diejenigen Menschen, die auch nur mit den geringsten magischen Fähigkeiten zur Welt gekommen sind, sofort zu töten.“

Über die Hinrichtung der Spione aus dem Süden und der Zauberer aus der Regierungszeit des Königs war ich bereits im Bilde. Aber die Vorstellung, dass Babys den Armen ihrer Mütter entrissen wurden, ließ mir das Blut in den Adern gefrieren. „Die armen Kinder.“

„Es ist grausam, aber so grausam nun auch wieder nicht“, meinte Valek. Ein Anflug von Trauer lag in seinem Blick. „Die Fähigkeit, Verbindung mit der Kraftquelle aufzunehmen, entwickelt sich erst nach der Geschlechtsreife, also mit etwa sechzehn Jahren. Dann dauert es etwa ein weiteres Jahr, bis jemand außerhalb der Familie von diesen Fähigkeiten erfährt und sie meldet. Danach fliehen sie entweder nach Sitia, oder ich finde sie.“

Seine Worte lasteten wie ein schwerer Balken auf meinen Schultern. Das Atmen fiel mir plötzlich schwer. Ich war sechzehn, als Brazell mit mir seine Experimente begann. Als sich mein Überlebensinstinkt meldete, um sich gegen Brazells und

Reyads Torturen zur Wehr zu setzen. Hatten sie herausfinden wollen, ob ich über magische Fähigkeiten verfügte? Aber warum hatten sie mich dann nicht gemeldet? Warum war Valek nicht erschienen?

Mir war vollkommen schleierhaft, was Brazell mit seinen Experimenten bezweckt hatte. Und meine Fähigkeiten, über die ich jetzt Bescheid wusste, führten lediglich dazu, dass ich noch auf eine zusätzliche Weise ums Leben kommen konnte. Falls Valek meine magische Gabe entdeckte, war ich tot. Wenn ich nicht nach Sitia fliehen konnte, war ich tot. Wenn jemand das Essen des Commanders vergiftete, war ich tot. Wenn Brazell seine Fabrik gebaut hatte und Rache für seinen Sohn nehmen wollte, war ich tot. Tot, tot, tot und tot. Durch Butterfly Dust ums Leben zu kommen, wurde allmählich geradezu verlockend. Es war die einzige Möglichkeit, Zeit, Ort und Art meines Todes selbst zu bestimmen.

Fast wäre ich in tiefstes Selbstmitleid versunken, als Valek mich am Arm packte und einen Finger auf seine grüngefärbten Lippen legte.

Aus der Ferne drangen Hufklappern und Männerstimmen an mein Ohr. Zuerst hielt ich es für einen Trick der Zauberin. Doch dann sah ich die Maultiere, die Wagen hinter sich herzogen. Die Karren waren genauso breit wie der Pfad; die Räder knickten Schößlinge um und schlugen gegen die Büsche. Jeweils zwei Maultiere waren vor ein Fuhrwerk gespannt, und ein Mann in der braunen Uniform eines Händlers hielt die Zügel in der Hand. Insgesamt waren sechs Männer auf sechs Wagen unterwegs, und sie unterhielten sich auf der Fahrt von Karren zu Karren.

Von meinem Beobachtungsposten hoch in den Bäumen sah ich, dass die ersten fünf Wagen mit Säcken beladen waren, die mit Getreide oder Mehl gefüllt sein konnten. Auf dem letzten Gefährt lagen seltsame ovale, gelbe Schoten.

Heute ist im Snake Forest ja der Teufel los, dachte ich verwundert. Jetzt fehlte nur noch, dass Feuertänzer von den Bäumen sprangen, um uns eine Vorstellung zu bieten.

Mucksmäuschenstill saßen Valek und ich im Baum, als die Männer unter uns vorbeizogen. Ihre Uniformen waren schweißgetränkt, und einige der Händler hatten die Hosenbeine hochgekrempelt, um nicht darüber zu stolpern. Ein Mann hatte einen Gürtel eng um seine Hüften gebunden, und der Stoff seiner zu weiten Hose bildete dicke Wülste um seine Taille, wogegen ein anderer Mann über einen so ausgeprägten Bauch verfügte, dass die Knöpfe seines viel zu engen Hemdes abzuplatzen drohten. Die armen Kerle hatten offenbar keinen festen Wohnsitz, denn sonst hätte ihnen ihre Näherin niemals erlaubt, in diesem Aufzug umherzulaufen.

Als sie außer Sicht- und Hörweite waren, flüsterte Valek: „Rühr dich nicht vom Fleck. Ich bin gleich zurück." Lautlos sprang er auf den Waldboden und folgte der Karawane.

Wieder allein auf meinem Ast, wurde ich ein wenig nervös. Würde Valek zurück sein, bevor die beiden Männer, die ihn laut Irys' Worten verfolgten, mich entdeckten? Die Sonne verschwand allmählich im Westen, und die kühle Abendbrise vertrieb die heiße Luft des Tages. Meine Muskeln schmerzten vom langen Stillsitzen, und meine Kräfte ließen spürbar nach. Das kräftezehrende Klettern forderte seinen Tribut. Zum ersten Mal empfand ich Furcht bei der Aussicht, die Nacht allein im Wald verbringen zu müssen, denn ich hatte nie damit gerechnet, so lange in Freiheit zu sein.

Endlich kehrte Valek zurück und bedeutete mir, hinunter zu kommen. Ich band das Seil um meine Hüften und kletterte vorsichtig hinab. Meine gepeinigten Glieder schmerzten vor Erschöpfung, und ich zitterte am ganzen Körper.

Valek drückte mir einen kleinen Beutel in die Hand. Darin fand ich fünf von den gelben Schoten, mit denen der letzte Wagen beladen war. Ich fischte eine heraus. Aus der Nähe betrachtet, stellte ich fest, dass die längliche, ovale und durch zehn Furchen gekerbte Hülse etwa zwanzig Zentimeter maß. In der Mitte war sie so dick, dass ich beide Hände brauchte, um sie zu umfassen.

Ich war erstaunt, dass Valek es geschafft hatte, sie am helllichten Tag von einem fahrenden Karren zu stehlen. „Wie seid Ihr daran gekommen?"

„Berufsgeheimnis", antwortete er grinsend. „Die Schoten zu besorgen war leicht, aber ich musste warten, bis die Männer ihre Maultiere tränkten, ehe ich einen Blick in die Leinensäcke werfen konnte."

Als ich die Schote zu den anderen zurücklegte, bemerkte ich ganz unten im Beutel einige dunkelbraune Kieselsteine. Ich griff hinein und hielt ein paar von ihnen ins schwindende Tageslicht. Sie sahen aus wie Bohnen.

„Und was ist das?", wollte ich wissen.

„Die stammen aus den Säcken", erklärte er. „Du sollst sie zu Commander Ambrose bringen. Sag ihm, dass ich nicht weiß, worum es sich handelt oder woher sie stammen und dass ich der Karawane folge, um zu sehen, wo sie hinfährt."

„Tun sie etwas Ungesetzliches?"

„Ich bin mir nicht sicher. Wenn diese Schoten und Bohnen aus Sitia stammen, dann ist es ungesetzlich. Unrechtmäßiger Handel mit dem Süden. Eines weiß ich mit Sicherheit: Diese Männer sind keine Händler."

Ich wollte ihn gerade fragen, woher er das wusste, als ich

selbst auf die Antwort kam. „Die Uniformen passen ihnen nicht. Vielleicht geliehen? Oder gestohlen?"

„Höchstwahrscheinlich gestohlen. Wenn du dir eine Uniform leihst, achtest du darauf, dass sie auch sitzt." Valek schwieg einen Moment und lauschte auf die Geräusche des Waldes. Das Summen der Insekten wurde lauter, als die Sonne tiefer sank.

„Yelena, ich möchte, dass du die beiden Männer suchst, die du heute Nachmittag gesehen hast. Sie sollen dich zur Burg zurück begleiten. Ich möchte nicht, dass du allein gehst. Wenn die Zauberin versucht, dich noch einmal anzugreifen, muss sie mit zwei weiteren Personen fertig werden, und ich glaube nicht, dass sie die Kraft dazu hat. Erzähle keinem etwas von deiner Kletterei, der Zauberin oder der Karawane. Nur dem Commander berichtest du über alles, was vorgefallen ist."

„Was ist mit meinem Gegenmittel?"

„Der Commander hat einen kleinen Vorrat davon. Er wird es dir geben. Und mach dir keine Sorgen über deinen Lohn. Du hast dir jeden Penny redlich verdient. Wenn ich zurückkomme, werde ich dafür sorgen, dass er dir ausgezahlt wird. Jetzt muss ich los, sonst hole ich die Karawane heute Nacht nicht mehr ein."

„Valek, wartet!", rief ich. Zum zweiten Mal an diesem Tag wollte jemand verschwinden, ehe er mir zufriedenstellende Erklärungen gegeben hatte. Es reichte mir allmählich.

Er blieb stehen.

„Wie finde ich die beiden?" Ohne Sonne fehlte mir die Orientierungshilfe. Ich war mir nicht sicher, ob ich den Weg zurück zur Lichtung allein finden würde, von der Burg ganz zu schweigen.

„Folge einfach diesem Weg." Er zeigte in die Richtung,

aus der die Wagen gekommen waren. „Es ist mir gelungen, sie abzuschütteln, bevor ich dich getroffen habe. Die Soldaten waren in südwestlicher Richtung unterwegs, vermutlich konzentrieren sie sich auf diesen Pfad. Das ist ja auch die beste Strategie."

Ich sah Valek nach, als er den Waldweg entlang eilte. Er bewegte sich mit der Anmut und Leichtigkeit eines Rehs. Unter seinem eng anliegenden Tarnanzug zeichneten sich kräftige Muskeln ab.

Kaum war er außer Sicht, trampelte ich geräuschvoll über die lockeren Steine, die auf dem Pfad lagen. Das Zwielicht nahm den Bäumen ihre Farbe. In der zunehmenden Dunkelheit wurde mir immer unbehaglicher zumute. Jedes Rascheln ließ mein Herz schneller schlagen. Immer wieder schaute ich mich um und wünschte, Valek wäre bei mir.

Ein Ruf durchschnitt die Luft. Ehe ich reagieren konnte, stürzte sich ein großer Schatten auf mich und warf mich zu Boden.

16. KAPITEL

Erwischt!“, rief der Mann, der sich auf mich gesetzt hatte. Mein Gesicht wurde auf die Steine gedrückt, und ich hatte Erde im Mund. Sofort erkannte ich die raue Stimme, die ich schon früher an diesem Tag gehört hatte. Er riss mir die Arme auf den Rücken, und ich fühlte kaltes Metall in meine Handgelenke schneiden, als die Handfesseln klirrend zuschnappten.

„Ist das nicht ein bisschen übertrieben, Janco?“, fragte sein Kumpan.

Janco stieg von mir, und ich wurde hochgerissen. Im Halbdunkel sah ich, dass der Mann, der mich festhielt, ziemlich dünn war und einen Spitzbart hatte. Wie beim Militär üblich, trug er sein Haar kurz geschnitten. Eine Narbe auf der rechten Seite zog sich von der Schläfe bis zum Ohr, dessen untere Hälfte fehlte.

„Es war verdammt schwer, sie zu finden. Ich möchte nicht, dass sie wieder abhaut“, maulte Janco.

Sein Kumpel war etwa gleich groß, aber doppelt so breit. Kräftige Muskelpakete zeichneten sich unter seinem Tarnanzug ab. An seinem Kopf klebten kleine, feuchte Locken, und von weitem wirkten seine Augen farblos bis auf das Schwarz seiner Pupillen.

Ich wollte fliehen. Es war fast dunkel; ich war gefesselt und allein mit zwei fremden Männern. Natürlich wusste ich, dass es die Soldaten des Commanders waren, die nur ihre Arbeit taten. Trotzdem raste mein Puls wie verrückt.

„Du hast uns ganz schön alt aussehen lassen“, meinte Janco. „Jeder Soldat, der mitgesucht hat, wird jetzt degradiert werden. Wegen dir müssen wir alle jetzt die Aborte und

Waschräume putzen."

„Lass gut sein, Janco", sagte der mit den farblosen Augen. „*Wir* werden keine Böden schrubben müssen. Wir haben sie schließlich gefunden. Und schau dir doch mal an, wie sie aussieht. Wer hätte denn damit gerechnet, dass sie sich eine Tarnung zulegt? Deshalb war sie ja so schwer zu finden. Trotzdem wird der Captain verdammt sauer sein, wenn er das sieht."

„Ist der Captain schon wieder in der Burg?", fragte ich. Hoffentlich wollten sie auch so schnell wie möglich dorthin zurück.

„Nein. Er führt einen Trupp weiter im Südwesten. Wir müssen zu ihm und Bericht erstatten."

Ich seufzte, weil es nun noch später wurde. Dabei hatte ich mich auf eine rasche Heimkehr gefreut. „Wie wär's, wenn du Janco zum Captain schickst, während wir schon mal zur Burg gehen?"

„Tut mir Leid, aber wir dürfen uns nicht trennen. Wir müssen immer zu zweit unterwegs sein, ohne Ausnahme."

„Ähm ..." begann Janco.

„Yelena", half ich ihm.

„Warum willst du denn so schnell zurück?", fragte er.

„Ich habe Angst im Dunkeln."

Der Mann mit den farblosen Augen lachte. „Das glaub ich dir nicht. Janco, nimm ihr die Handfesseln ab. Sie wird schon nicht weglaufen. Darum geht's bei dieser Übung schließlich nicht."

Janco zögerte.

„Ich gebe dir mein Wort, Janco", sagte ich. „Ich werde nicht weglaufen, wenn du mir die Fesseln abnimmst."

Er grummelte etwas Unverständliches, schloss aber die

Fesseln auf. Ich wischte mir den Schmutz aus dem Gesicht. „Danke."

Er nickte und deutete auf seinen Partner. „Das ist Ardenus."

„Kurz Ari genannt." Er reichte mir seine Hand. Eine solche Geste von einem Soldaten war eine Ehre und bedeutete, dass er mich als Gleichberechtigte betrachtete.

Feierlich schüttelte ich seine Hand, und dann machten wir drei uns zusammen auf in südwestliche Richtung, um zum Captain zu stoßen.

Der Rückweg zur Burg entbehrte nicht einer gewissen Komik. Hätten meine schmerzenden Muskeln nicht bei jedem Schritt protestiert und meine Erschöpfung und Müdigkeit meinen Körper nicht wie eine Zentnerlast zu Boden gedrückt, wäre es geradezu amüsant gewesen.

Jancos und Aris Captain schäumte vor Wut, als wir zu ihm kamen. „So, so, so! Sieh mal einer an, was unsere beiden Schätzchen endlich gefunden haben", grollte Captain Parfett. Auf seiner Glatze glänzten Schweißtropfen, die an den Seiten seines Schädels hinunterflossen und seinen Kragen durchnässten. Für einen Captain war er ziemlich alt, und ich überlegte, ob es wohl an seiner Übellaunigkeit lag, dass man ihn noch nicht befördert hatte.

„*Angeblich* habe ich die besten Kundschafter in meiner Truppe", blaffte er Ari und Janco an. „Vielleicht könnt ihr mich darüber aufklären, nach welcher Methode ihr vorgegangen seid, nachdem ihr mehr als siebzehn Stunden gebraucht habt, um dieses Miststück zu finden!" Parfett polterte noch eine ganze Weile so weiter, und selbst in der Dunkelheit konnte ich sehen, dass sein Gesicht sich dunkelrot verfärbte.

Ich achtete nicht länger auf seine Schimpftiraden, sondern schaute mir seine Truppe an. Ein paar Männer, die mit ihrem Captain einer Meinung waren, grinsten hämisch; einige schienen an seine Wutanfälle gewöhnt zu sein, und wieder andere sahen einfach nur müde und gelangweilt aus. Ein Mann, der sich bis auf einen Pony den Kopf kahlgeschoren hatte, starrte mich so unverhohlen an, dass mir unbehaglich zumute wurde. Als ich ihm in die Augen schaute, wandte er sofort den Blick ab und sah zum Captain hinüber.

„Nix, leg das Miststück in Fesseln", befahl Parfett, und der Mann mit dem Pony nahm die Handschellen von seinem Gürtel. „Unsere beiden Primadonnen hier sind ja offensichtlich nicht in der Lage, sich an die Vorschriften zu halten, die in dieser Einheit gelten."

Verzweifelt suchte ich nach einem Ausweg, als Nix auf mich zutrat. Nur Janco hatte mir versprochen, ohne Handschellen zur Burg zurücklaufen zu können. Ari, der offenbar spürte, wie es um mich stand, legte mir seine große Hand auf die Schulter und zog mich an seine Seite.

„Wir haben ihr Wort, Sir, dass sie nicht weglaufen wird", ergriff er Partei für mich.

„Als ob das etwas zu bedeuten hätte." Parfett spuckte auf den Boden.

„Sie hat ihr Wort gegeben", wiederholte Ari. Etwas in seiner Stimme erinnerte mich an das leise warnende Knurren eines großen Hundes.

Widerwillig erklärte Parfett sich einverstanden, die harschen Bestimmungen ein wenig zu lockern. Dafür mussten allerdings seine Soldaten seine schlechte Laune über sich ergehen lassen. Er brüllte sie an, sich in Reih und Glied aufzustellen, und scheuchte sie in schnellem Marschtempo zur Burg zurück.

Flankiert von Ari und Janco, kam ich mir auf dem Rückweg wie ein Preispokal vor. Ari erklärte, dass der Captain nicht gut mit Überraschungen umgehen könne und wütend sei, weil ich es geschafft hatte, einen ganzen Tag lang unbehelligt durch den Wald zu laufen.

„Da nützt es auch nichts, dass wir dich gefunden haben. Uns wollte er sowieso nicht in seiner Truppe haben. Das hat Valek entschieden", erklärte Janco.

Parfetts Laune verschlechterte sich noch, als das Hundeteam unseren Zug überholte. Die anderen Soldaten sorgten mit ihren aufgeregten Tieren für ein ziemliches Chaos, und ich geriet in Panik, als sich die Hunde bellend auf mich stürzten. Sie wollten mich jedoch nur begrüßen, wedelten mit dem Schwanz und leckten mich ab. Ihre überschäumende Lebensfreude war regelrecht ansteckend. Lächelnd kraulte ich sie am Ohr und hörte erst damit auf, als Parfett sie mit wütender Stimme zur Ordnung rief.

Die Hunde trugen keine Halsbänder, denn der Hundetrainer gehörte mit zum Suchteam. Auf Porters Kommando sammelten sich die Tiere sofort und folgten ihm gehorsam. Die Anführerin des Hundeteams schien enttäuscht zu sein, dass Porters Rudel mich nicht aufgespürt hatten, aber sie trug die Niederlage mit größerer Fassung als Aris Captain. Sie stellte sich als Captain Etta vor und lief eine Weile neben mir her, um alles über meine „Flucht" zu erfahren. Mir gefiel ihre ruhige, respektvolle Art. Ihr üppig wucherndes dunkelblondes Haar stieß gewiss an die Grenzen der militärischen Kleiderordnung.

Bei unserem Gespräch hielt ich mich so weit wie möglich an die Wahrheit. Erst als sie mich fragte, wie ich es angestellt hätte, meine Fährte zu verwischen, log ich und erzählte ihr, dass ich in nördlicher Richtung durchs Wasser gelaufen sei, ehe ich mich wieder östlich gehalten hätte.

Etta schüttelte den Kopf. „Parfett hatte Recht, im Osten nach dir zu suchen. Doch wir anderen waren felsenfest davon überzeugt, dass du nach Süden gehen würdest."

„Das habe ich schließlich ja auch getan, aber zuvor wollte ich die Hunde auf eine falsche Spur locken."

„Was dir voll und ganz gelungen ist. Der Commander wird nicht gerade erfreut sein. Gut, dass Ari und Janco dich gefunden haben. Hätte man dich bis morgen früh nicht entdeckt, wären beide Truppen degradiert worden."

Die letzten beiden Meilen zur Burg legte ich wie in Trance zurück. Mit letzter Kraft setzte ich einen Fuß vor den anderen und bemühte mich, mit den Soldaten Schritt zu halten. Als wir endlich stehen blieben, dauerte es eine ganze Weile, bis ich merkte, dass wir unser Ziel erreicht hatten.

Es war bereits nach Mitternacht. Der Lärm, der bei unserem Eintreffen entstand, hallte von den hohen Steinmauern wider. Die Hunde folgten Porter zu den Zwingern, während die erschöpften Soldaten die Stufen zum Arbeitszimmer des Commanders hinaufstiegen. Unser Marsch endete zwischen den leeren Schreibtischen im Thronsaal.

Ein heller Lichtschein drang durch die offene Tür aus dem Zimmer des Commanders. Die beiden wachhabenden Soldaten sahen belustigt aus, aber sie rührten sich nicht und sagten kein Wort. Parfett und Etta warfen sich einen resignierten Blick zu, ehe sie eintraten, um dem Commander Bericht zu erstatten. Ermattet sank ich auf einen Stuhl, wobei ich das Risiko in Kauf nahm, nicht mehr auf die Füße zu kommen.

Kurz darauf kamen die beiden Captains zurück. Parfett trug eine missmutige Miene zur Schau, aber Etta ließ sich nichts anmerken. Sie entließen ihre Einheiten. Ich sammelte gerade meine letzten Kraftreserven, um aufzustehen, als Etta mir zu Hilfe eilte und mir beim Aufstehen half.

„Danke", sagte ich.

„Der Commander erwartet deinen Bericht."

Ich nickte, und Etta schloss sich ihrer Einheit an. An der Tür zögerte ich, denn meine Augen mussten sich nach dem Halbdunkel des Thronsaals erst an das helle Licht im Arbeitszimmer gewöhnen.

„Komm herein", befahl der Commander.

Ich trat vor seinen Schreibtisch. Er saß wie immer reglos und unbeteiligt auf seinem Stuhl, und in seinem weichen vergeistigten Gesicht war nicht die geringste Falte zu sehen. Einen Moment lang schweiften meine Gedanken ab, und ich überlegte, wie alt er wohl sein mochte. Graue Strähnen zogen sich durch sein kurz geschnittenes Haar. Seinem Rang nach zu urteilen musste er schon älter sein, aber sein schmächtiger Körper und das jugendliche Gesicht ließen darauf schließen, dass er eher vierzig war. Etwa sieben Jahre älter als Valek, falls ich dessen Alter richtig einschätzte.

„Berichte."

Detailliert beschrieb ich ihm die Ereignisse des Tages inklusive meinem Spaziergang hoch in den Bäumen und dem Treffen mit der Zauberin. Mit den gleichen Worten, die ich Valek gegenüber benutzt hatte, erzählte ich ihm von meiner Begegnung mit der Frau aus dem Süden und schloss meinen Bericht mit der Karawane und Valeks Befehl, zurückzukehren. Anschließend wartete ich auf die Fragen des Commanders.

„Also haben Ari und Janco dich nicht wirklich aufgespürt?", fragte er.

„Nein. Aber sie waren die Einzigen, die überhaupt in meine

Nähe gekommen sind. Sie liefen unter einem Baum her, auf dem ich mich versteckt hatte, und waren schlau genug, Valek eine Weile lang zu folgen."

Der Commander schwieg. Seine goldbraunen Augen blickten an mir vorbei ins Leere, während er die Neuigkeiten verarbeitete. „Wo sind die Sachen, die Valek beschafft hat?"

Ich öffnete meinen Rucksack und legte die Schoten und Bohnen auf seinen Schreibtisch.

Er nahm eine gelbe Schote und drehte sie eine Weile in der Hand, ehe er sie zurücklegte. Dann ergriff er ein paar Bohnen, wog sie in der Hand und betastete prüfend ihre Oberfläche. Nachdem er an einer gerochen hatte, brach er sie in zwei Teile. Das Innere war ebenso nichtssagend wie das Äußere.

„Aus Ixia sind sie jedenfalls nicht. Also müssen sie aus Sitia stammen. Nimm sie mit, Yelena, und stelle ein paar Nachforschungen an. Finde heraus, um was es sich handelt und wo sie wachsen."

„Ich?", fragte ich verblüfft, denn ich hatte erwartet, dass ich sie nur beim Commander abliefern würde und die Angelegenheit damit für mich erledigt sei.

„Ja. Valek liegt mir ständig in den Ohren, dich nicht zu unterschätzen, und heute hast du deine Fähigkeiten ja wieder einmal bewiesen. General Brazell hat dir eine gute Erziehung angedeihen lassen. Es wäre zu schade, sie zu verschwenden."

Ich wollte etwas entgegnen, wurde jedoch mit einer kurzen Bemerkung entlassen. Seufzend schleppte ich meinen erschlagenen Körper in die Baderäume. Unter Schmerzen schälte ich mich aus meinen mit Blättern beklebten Kleidern und wusch den Schmutz aus meinem Gesicht und von meinem Hals, bevor ich in eine dampfende Wanne eintauchte.

Ich streckte und dehnte meine schmerzenden Muskeln und

genoss das warme Wasser. Um den Klebstoff aus meinem Haar zu entfernen, legte ich den Kopf nach hinten, löste den Knoten und ließ die langen schwarzen Locken auf der Oberfläche schwimmen. Das leise Plätschern machte mich schläfrig.

Plötzlich spürte ich kräftige Hände an meinen Schultern, die mich nach unten drückten. Unter Wasser wurde ich hellwach; es drang mir in Mund und Nase. In panischem Entsetzen versuchte ich, die Hände fortzuschieben. Für eine Sekunde lockerte sich der Griff, dann wurde ich noch tiefer in die Wanne eingetaucht. Instinktiv umklammerte ich die Arme meines Angreifers. Noch ehe ich meinen Leichtsinn verfluchen konnte, wurde ich aus der Wanne gehievt und auf den kalten Boden geschleudert.

Im Nu war ich auf den Füßen, um die nächste Attacke zu parieren. Vor mir stand Margg und musterte mich mit angewiderter Miene. Ihre Ärmel waren feucht geworden, und Wasser tropfte von ihren Händen. Zitternd schob ich mir die nassen Haarsträhnen aus dem Gesicht.

„Was zum Teufel hast du getan?“, schrie ich sie an.

„Dein wertloses Leben gerettet“, fauchte sie zurück.

„Was?“

„Du brauchst dich nicht zu bedanken. Es hat mir keinen Spaß gemacht. Ehrlich gesagt hätte ich dich lieber ersaufen lassen. Um der Gerechtigkeit endlich Genüge zu tun. Aber der Commander hat mir befohlen, nach dir zu sehen und mich um dich zu kümmern.“ Margg nahm ein Handtuch vom Tisch und warf es mir zu. „Ihm und Valek kannst du vielleicht vormachen, dass du schlau bist. Aber wie schlau kann jemand sein, der in einem Bottich voll Wasser einschläft?“

Krampfhaft suchte ich nach einer schnippischen Antwort, denn ich erinnerte mich an Dilanas Ratschlag, mir ja nichts gefallen zu lassen. Leider fiel mir nichts Passendes ein. Mein Kopf war vor lauter Müdigkeit ganz leer. Der Gedanke, dass Margg soeben mein Leben gerettet hatte, wollte mir nicht in den Sinn. Es war eine so abwegige Vorstellung, dass ich nicht wusste, was ich davon halten sollte.

Sie schnaubte verächtlich. Ihre ganze Haltung drückte Hass aus. „Ich habe meine Anweisungen befolgt. Manch einer ist bestimmt der Ansicht, dass ich weit übers Ziel hinausgeschossen bin, als ich dich gerettet habe. Vergiss das also nicht, du Ratte."

Sie machte auf dem Absatz kehrt. Beim Hinausgehen verfing sie sich mit den Füßen in ihrem langen Rock und wäre an der Tür fast gestolpert. So viel zu einem wirkungsvollen Abgang, dachte ich, während ich mich mit dem Handtuch abtrocknete.

Ich empfand Margg gegenüber nicht die geringste Dankbarkeit dafür, dass sie mir das Leben gerettet hatte – wenn sie es denn wirklich getan hatte. Vielleicht hatte sie mich ja erst aus lauter Boshaftigkeit untergetaucht und dann „gerettet". Ich stand gewiss nicht in ihrer Schuld. Sie hatte mich in meinem Erbrochenen liegen gelassen, nachdem ich eine Dosis „My Love" genommen hatte, sie hatte sich geweigert, mein Zimmer in Valeks Wohnung zu säubern, hatte unverschämte Botschaften in den Staub geschrieben und, schlimmer noch, versorgte Brazell vermutlich mit Informationen über mich. Wenn sie mich tatsächlich vor dem Ertrinken gerettet hatte, war das bestenfalls eine kleine Wiedergutmachung für ihre Gemeinheiten – und beileibe nicht für alle. Meiner Meinung nach stand sie noch immer in meiner Schuld.

Das heiße Bad hatte meinen Muskeln gut getan; sie schmerzten nicht mehr so stark. Ich zog die Blätter von meinen Händen. Obwohl einiges von dem Grünzeug immer noch in meinem Haar klebte, hoffte ich, es durch geschicktes Frisieren verbergen zu können.

Der Weg zu Valeks Wohnung erschien mir endlos. Wie im Traum lief ich durch zahllose Korridore, an Einmündungen und Türen vorbei. Allein die Aussicht auf mein Bett trieb mich vorwärts.

Die folgenden Tage waren reine Routine. Ich prüfte die Speisen des Commanders, recherchierte in der Bibliothek und spazierte täglich einmal um die Burganlage herum. Seit meinem Tag als Flüchtling hatte ich die freie Natur schätzen gelernt, und wenn ich mich schon nicht durch die Baumkronen schwingen konnte, so wollte ich doch zumindest, mit beiden Füßen auf der Erde, meine unmittelbare Umgebung erkunden.

Mit Hilfe des Lageplans der Burg, den ich in mein Tagebuch übertragen hatte, entdeckte ich die Bibliothek. Sie erstreckte sich über mehrere Ebenen und quoll über von Büchern. Der Geruch von Staub und Verfall lag in der Luft, und die Räume machten einen verlassenen Eindruck. Der Gedanke, dass diese enorme Wissensquelle nicht genutzt wurde, weil der Commander es für überflüssig hielt, dass die Bürger mehr wussten, als für ihre Arbeit nötig war, deprimierte mich.

Sein System sah vor, dass ein Mensch nur für die Position ausgebildet wurde, die er innehatte. Lernen um des Lernens willen wurde mit Stirnrunzeln quittiert und erzeugte tiefes Misstrauen.

Nachdem ich mich vergewissert hatte, dass die Bibliothek tatsächlich ein aufgegebener Ort war, brachte ich die Schoten und Bohnen hierher, anstatt die schweren Bücher in mein Zimmer zu schleppen. In einer abseits gelegenen Ecke fand ich eine sonnenbeschienene Nische. Hier stand ein Holztisch vor einem der großen, ovalen Fenster, die planlos in die Rückwand der Bibliothek eingelassen waren. Ich wischte den Staub vom Tisch und beschloss, dass dies mein Arbeitsplatz sein sollte.

Ich schnitt eine der gelben Schoten in der Mitte durch und stieß auf weißes, schleimiges Fruchtfleisch. Ich kostete davon. Es schmeckte süß mit einem Hauch von Säure, als ob es kurz vorm Verfaulen stand. Das weiße Fruchtfleisch enthielt Samenkörner – sechsunddreißig an der Zahl, wie ich feststellte, nachdem ich alle aus der Frucht gepult hatte. Sie ähnelten den Bohnen, die in den Säcken transportiert worden waren. Meine Aufregung legte sich allerdings, als ich die Samenkörner mit den Bohnen im Sonnenlicht verglich. Die Samen der Schoten waren rot statt braun, und als ich in ein Samenkorn biss, schmeckte es so bitter, dass sich mein Mund zusammenzog. Rasch spuckte ich es wieder aus. Kein Vergleich zu dem säuerlichen und erdigen Geschmack der braunen Bohnen.

Ich kam zu dem Schluss, dass es sich bei der Schote um eine Frucht handelte und die Bohnen essbar waren. Daraufhin suchte ich sämtliche Botanikbücher aus der Bibliothek zusammen und stapelte sie auf meinem Tisch. Dann schritt ich die Regale ein zweites Mal ab. Dieses Mal galt mein Interesse den Bänden, in denen es um Gifte ging. Sie ergaben einen viel kleineren Stapel – Valek hatte die interessanteren Bücher wahrscheinlich alle mit in sein Arbeitszimmer genommen. Beim dritten Mal hielt ich Ausschau nach Werken über Zauberei, aber diesmal blieb meine Suche erfolglos.

Ein leeres Regal inmitten all der vollgestopften Bücherbretter erregte meine Aufmerksamkeit. Hatten hier vielleicht die Bände über Magie gestanden? Angesichts der Einstellung des Commanders zur Zauberei war es nur logisch, alle einschlägigen Informationen zu vernichten. Einer Eingebung folgend durchsuchte ich die tiefer liegenden Borde genauer. Vielleicht war ein Buch aus dem leeren Regal hinter die anderen, darunter stehenden gerutscht. Ich zog alle Bände heraus, und meine Bemühungen waren tatsächlich von Erfolg gekrönt. Ich entdeckte ein schmales Werk mit dem Titel *Magische Kraftquellen.* Plötzlich wurde ich von einer unerklärlichen Angst erfasst. Ich drückte das Buch an meine Brust und schaute mich misstrauisch um, um sicherzugehen, dass niemand außer mir in der Bibliothek war. Mit feuchten Händen verstaute ich den Band anschließend in meinem Rucksack. Ich wollte es später lesen – in meinem Zimmer, bei verschlossener Tür.

Der verbotene Fund hatte mich ganz wirr im Kopf gemacht. Ich lief durch sämtliche Abteilungen der Bibliothek, bis ich einen bequemen Stuhl fand. Ehe ich ihn in meine Nische trug, klopfte ich den Staub aus dem roten Samtpolster. Es war das luxuriöseste Sitzmöbel, das ich bisher in der Burg gesehen hatte, und ich fragte mich, wer ihn vor mir benutzt haben mochte. War der tote König vielleicht ein Büchernarr gewesen? Die riesige Sammlung schien darauf hinzudeuten. Möglich auch, dass er sich seinen Bibliothekaren gegenüber als ausgesprochen großzügig gezeigt hatte.

Viele Stunden verbrachte ich in diesem Stuhl und durchforstete sämtliche Botanikbücher von der ersten bis zur letzten Seite, ohne fündig zu werden. Ich nahm mir fest vor, das Rätsel um die Schoten und Bohnen zu lösen und dabei mein eigenes Wissen zu vermehren. Meine anstrengende Arbeit unterbrach ich nur, um das Essen des Commanders zu probieren oder nachmittags um die Burg zu spazieren.

Vier Tage waren seit der Übung vergangen, und an diesem

Nachmittag spazierte ich ganz gezielt über die Anlage. Ich suchte nach einer Stelle, von der aus man einen Blick auf das Osttor hatte. Sie sollte jedoch so versteckt liegen, dass mich die Menschen, die das Tor passierten, nicht bemerkten.

Valek war immer noch nicht von seinem Ausflug zurückgekehrt. Am Abend zuvor war das einwöchige Feuerfest mit einer Abschlussfeier zu Ende gegangen. Rand, der sehr mitgenommen aussah, hatte mich am Morgen darüber informiert, dass Brazell und sein Gefolge endlich abreisen würden. Sie planten, die Burg durch das Osttor zu verlassen. Das wollte ich mit eigenen Augen sehen, und dafür benötigte ich den perfekten Platz.

Die Kasernen für die Soldaten des Commanders lagen im nordöstlichen und südwestlichen Bereich der Burganlage. Das L-förmige Gebäude der nordöstlichen Unterkunft erstreckte sich vom Nord- bis zum Osttor, und neben dem nach Osten ausgerichteten Teil des Gebäudes war ein großer rechteckiger Übungsplatz angelegt worden. Ein Holzzaun trennte das Lager vom übrigen Bereich ab. Vor diesem Zaun versammelten sich oft verschiedene Bewohner der Burg, um den Soldaten beim Training zuzuschauen. An diesem Nachmittag gesellte ich mich zu einer Gruppe von Zaungästen, die nicht nur eine gute Sicht auf das Kampftraining, sondern auch auf das Osttor hatten.

Rands Informationen erwiesen sich als richtig. Schon bald wurde ich mit dem Anblick einer Kompanie von grünschwarz gekleideten Soldaten belohnt. Brazell ritt auf seinem Apfelschimmel inmitten seiner vertrauenswürdigsten Ratgeber am Ende des Heerzugs. Sein Gefolge würdigte die Menschen ringsumher keines Blickes.

Während ich Brazells Rücken betrachtete, erschien Reyads Geist neben mir. Er lächelte, als er seinem Vater zum Abschied zuwinkte. Ein Schauer lief mir den Rücken hinunter. Verstohlen blickte ich mich um. Bemerkte sonst noch jemand die Erscheinung? Die Gruppe, zu der ich gestoßen war, hatte sich aufgelöst. Oder hatte Reyad sie vertrieben? Doch als ich mich umdrehte, war er verschwunden.

Eine Hand berührte leicht meinen Arm, und ich zuckte zusammen.

„Die wären wir Gott sei Dank los“, sagte Ari mit einer Kopfbewegung zum Osttor. Jetzt, da ich ihn zum ersten Mal im hellen Tageslicht sah, stellte ich fest, dass seine Augen von einem so hellen Blau waren, dass sie bei Dunkelheit farblos zu sein schienen.

Ari und Janco standen auf der anderen Seite des Zaunes. Beide trugen die ärmellosen Hemden und kurzen Hosen, in denen die Soldaten am liebsten trainierten. Ihre Gesichter und ihre Körper, übersät von frischen Schrammen und Wunden, waren schweißgebadet und schmutzig.

„Ich wette, du bist genauso froh wie wir, dass sie abreisen“, sagte Janco. Er lehnte sein hölzernes Übungsschwert gegen den Zaun und wischte sich mit seinem Hemd den Schweiß aus dem Gesicht.

„Oh ja“, erwiderte ich.

Eine Weile standen wir in einträchtigem Schweigen beisammen und schauten auf das Osttor, durch das gerade die Letzten aus Brazells Gefolge ritten.

„Wir möchten dir danken, Yelena“, sagte Ari.

„Wofür?“

„Der Commander hat uns zu Captains befördert. Er sagt, du hättest nur Gutes über uns erzählt.“

Erfreut darüber, dass der Commander meinen Worten Beachtung geschenkt hatte, lächelte ich ihnen zu. Es war offensichtlich, dass Ari und Janco einander treu ergeben und durch wahre Freundschaft und tiefes Vertrauen verbunden waren. Vor drei Jahren hatte ich im Waisenhaus die gleichen Gefühle gegenüber May und Carra empfunden, aber Reyad hatte mir den Umgang mit ihnen unmöglich gemacht, und die Leere, die diese Trennung in mir hinterlassen hatte, schmerzte noch immer. Rand hatte mir seine Freundschaft angeboten, aber zwischen uns herrschte nach wie vor eine gewisse Distanz. Wie gerne hätte ich mich jemandem tief und innig verbunden gefühlt. Doch mein Leben als Vorkosterin machte dies leider unmöglich. Wer würde schon eine echte Freundschaft mit mir schließen wollen, wenn die Chancen, dass ich das nächste Jahr überleben würde, ausgesprochen gering waren?

„Wir sind jetzt Kundschafter in der Elitetruppe des Commanders", erzählte Janco stolz.

Und Ari ergänzte: „Wir stehen tief in deiner Schuld. Wenn du mal Hilfe brauchst, sag uns Bescheid."

Seine Worte brachten mich auf eine kühne Idee. Brazell war zwar gegangen, aber er stellte immer noch eine Bedrohung dar. Rasch überlegte ich, ob meine Bitte irgendwelche Nachteile für mich haben könnte.

„Ich brauche tatsächlich Hilfe", sagte ich schließlich.

Verblüfft sahen sie mich an. Ari erholte sich zuerst von seiner Überraschung. „Wobei?", fragte er misstrauisch.

„Ich muss lernen, wie man sich selbst verteidigt. Könnt ihr mir Selbstverteidigung beibringen – und wie man eine Waffe benutzt?" Ich hielt den Atem an. Verlangte ich zu viel von ihnen? Aber ich hatte ja nichts zu verlieren, falls sie ablehnten. Wenigstens hatte ich es versucht.

Ari und Janco warfen sich einen Blick zu. Sie zogen die

Augenbrauen hoch, legten die Köpfe schräg, spitzten die Lippen und gestikulierten mit den Händen. Erstaunt sah ich ihrer stummen Diskussion über meine Bitte zu.

„Was denn für eine Waffe?“, wollte Ari wissen. Wieder lag ein Zögern in seiner Stimme.

Meine Gedanken überstürzten sich. Ich brauchte etwas, das klein genug war, um es in meiner Uniform verstecken zu können. „Ein Messer“, sagte ich schließlich. Das, welches ich mir von Rand ausgeliehen hatte, musste ich ja in die Küche zurückbringen.

Als sie ihr Mienenspiel fortsetzen, hatte ich den Eindruck, dass Ari zustimmte. Nur Janco schaute unbehaglich drein, als ob ihm der Gedanke missfiel.

Schließlich wurde ich ungeduldig. „Hört zu“, sagte ich, „ich kann verstehen, wenn ihr ablehnt. Ich will euch nicht in Schwierigkeiten bringen, und ich weiß, was Janco von mir denkt. Ich glaube, er hat gesagt ‚Sie ist eine Verbrecherin‘. Ja, genau das waren seine Worte. Wenn eure Antwort also Nein lautet, ist das in Ordnung.“

Verdattert sahen sie mich an.

„Woher weißt du …“ begann Janco, aber Ari versetzte ihm einen Rippenstoß.

„Sie hat uns im Wald belauscht, du Dummkopf. Wie nahe warst du dran?“

„Drei Meter.“

„Verflixt.“ Ari schüttelte den Kopf, sodass seine dichten blonden Locken wippten. „Wir machen uns mehr Sorgen um Valek. Wenn er nichts dagegen hat, unterrichten wir dich, einverstanden?“

„Einverstanden.“

Ari und ich reichten uns die Hand. Als ich mich an Janco

wandte, schien er tief in Gedanken versunken.

„Ein Schnappmesser", verkündete er, während er meine Hand ergriff.

„Was?", fragte ich.

„Ein Schnappmesser ist besser als ein einfaches Messer", erklärte Janco.

„Und wo bewahre ich dieses … Schnappmesser auf?"

„An deinem Oberschenkel. Du schneidest ein Loch in deine Hosentasche. Wenn du angegriffen wirst, ziehst du es heraus, lässt es aufschnappen, und dann hast du eine zwanzig Zentimeter lange Klinge zur Verfügung." Janco demonstrierte mir, wie es funktionierte, und tat so, als würde er Ari erstechen. Der packte sich mit einer theatralischen Geste an den Bauch und fiel zu Boden.

Perfekt, dachte ich. Begeistert von der Idee, die Kunst der Selbstverteidigung zu erlernen, fragte ich: „Wann fangen wir an?"

Janco kratzte seinen Spitzbart. „Da Valek noch nicht zurück ist, könnten wir mit ein paar Grundübungen beginnen. Dagegen ist nichts einzuwenden."

„Die Schritte könnte sie auch lernen, wenn sie den Soldaten beim Training zuschaut", pflichtete Ari seinem Kumpel bei.

Dann fassten sie einen Entschluss: „Unseretwegen sofort", sagten sie wie aus einem Mund.

17. KAPITEL

Zwischen den beiden riesigen Soldaten kam ich mir vor wie eine Kirsche zwischen zwei Melonen. Erste Zweifel beschlichen mich. Die Vorstellung, dass ich mich gegen jemanden von Aris Größe verteidigen könnte, war geradezu lächerlich. Wenn er wollte, konnte er mich wie eine Feder vom Boden heben und über seine Schulter werfen, und ich konnte nichts dagegen ausrichten.

„Gut. Beginnen wir mit ein wenig Selbstverteidigung", erklärte Ari. „Keine Waffen, bis dir die Grundstellungen in Fleisch und Blut übergegangen sind. Es ist besser für dich, mit bloßen Händen zu kämpfen, als ein Messer zu benutzen, mit dem du noch gar nicht richtig umgehen kannst. Ein geschickter Gegner würde dich einfach entwaffnen. Dann hättest du gleich zwei Probleme: du würdest nicht nur angegriffen, sondern müsstest dich auch noch gegen dein eigenes Messer zur Wehr setzen."

Ari stellte sein Übungsschwert neben Jancos und schaute über das Übungsgelände. Die meisten Soldaten waren gegangen; nur hier und da trainierten noch kleinere Gruppen.

„Was sind deine Stärken?", erkundigte Ari sich.

„Stärken?"

„Was kannst du besonders gut?"

Janco spürte meine Verwirrung und kam mir zu Hilfe: „Kannst du schnell laufen? Das ist zum Beispiel eine Stärke."

Endlich verstand ich. „Ach so. Nun, ich bin sehr gelenkig. Ich war mal Akrobatin."

„Perfekt. Koordination und Gelenkigkeit sind ausgezeichnete Fähigkeiten. Und …" Ari fasste mich um die Taille und warf mich hoch in die Luft.

Ich ruderte mit Armen und Beinen, ehe meine Reflexe sich meldeten. Noch in der Luft drückte ich das Kinn auf die Brust, presste Arme und Beine an den Körper, vollführte einen Salto, um in die Senkrechte zu kommen, und landete auf den Füßen. Ein wenig schwankend hielt ich das Gleichgewicht.

Aufgebracht funkelte ich Ari an, aber ehe ich ihn zur Rede stellen konnte, sagte er: „Ein weiterer Vorteil der akrobatischen Ausbildung besteht darin, auf den Füßen stehen bleiben zu können. Dein Dreh gerade kann den Unterschied zwischen Leben und Tod ausmachen. Hab ich Recht, Janco?"

Janco kratzte sich an der Stelle, wo die untere Hälfte seines rechten Ohrs gewesen war. „Es hilft auf jeden Fall. Weißt du, wer auch einen großartigen Kämpfer abgäbe?"

Ari ließ die Schultern sinken, als wüsste er bereits, was Janco als Nächstes sagen würde, und fügte sich in das Unvermeidliche.

Interessiert fragte ich: „Wer?"

„Ein Tänzer. Mit einem entsprechenden Training könnten es die Feuertänzer auf dem Fest mit jedem aufnehmen. Ich würde mich hüten, jemanden anzugreifen, der einen brennenden Holzstock herumwirbelt – egal, welche Waffe ich in der Hand hätte."

„Höchstens mit einem Eimer Wasser", ergänzte Ari.

Daraufhin begannen die beiden eine hitzige Diskussion über die technischen Möglichkeiten eines Kampfs gegen einen lodernden Stab, der von einem erzürnten Tänzer geschwungen wurde. Obwohl ich das Gespräch sehr faszinierend fand, unterbrach ich sie. Meine Zeit war begrenzt. Bald würde das Abendessen des Commanders aufgetragen.

Für den Rest meiner ersten Übungsstunde beschränkten Ari und Janco sich auf ein paar ironische Bemerkungen über

Feuertänzer, wobei sie mir zeigten, wie ich Faustschläge und Tritte abwehren konnte, bis ich kein Gefühl mehr in den Unterarmen hatte.

Ari unterbrach das Training, als sich ein anderer Soldat näherte. Seine und Jancos Lockerheit waren im Handumdrehen verschwunden. Ihre Haltung wurde abweisend, als Nix, der zur Einheit von Captain Parfett gehörte, sich vor uns aufbaute. Sein nahezu kahler Kopf war sonnengebräunt, und nur wenige schwarze Haare klebten an seiner Stirn. Er verströmte einen überwältigenden Körpergeruch, der mir fast einen Brechreiz verursachte. Seine hageren Arme erinnerten mich an ein schlaffes Seil, das gefährlich wurde, wenn man es zusammenzog.

„Was zum Teufel tut ihr hier?“, wollte Nix wissen.

„Das … Was zum Teufel tut ihr hier, *Sir!*“, korrigierte Janco ihn. „Wir haben einen höheren Rang als du. Außerdem könntest du ruhig salutieren.“

Nix schnaubte verächtlich. „Ihr werdet ganz schnell wieder degradiert werden, wenn euer Vorgesetzter herauskriegt, dass ihr euch mit einer Kriminellen einlasst. Wer hatte denn die schwachsinnige Idee, aus ihr eine noch perfektere Mörderin zu machen? Wenn wieder eine Leiche gefunden wird, dürft ihr euch als Mittäter betrachten.“

Drohend trat Janco einen Schritt vor, aber Ari legte ihm seine mächtige Hand auf die Schulter und hielt ihn zurück. Mit einem unheilschwangeren Unterton in der Stimme sagte Ari: „Was wir in unserer Freizeit machen, geht dich überhaupt nichts an. Und jetzt solltest du besser Parfett hinterherlaufen. Ich hab gesehen, wie er zu den Aborten ging. Er braucht dich gleich, damit du ihm den Arsch abwischst. Für so etwas bist du doch am besten geeignet.“

Nix wusste, das er gegen die beiden keine Chance hatte. Trotzdem konnte er sich eine letzte Bemerkung nicht verkneifen: „Es weiß doch jeder, dass sie ihren Wohltäter umgebracht hat. An eurer Stelle würde ich mich also vorsehen."

Ari und Janco starrten Nix hinterher, bis er den Übungsplatz verlassen hatte. Dann wandten sie sich zu mir.

„Das war ein guter Anfang", meinte Ari. „Wir treffen uns wieder morgen früh bei Sonnenaufgang." Damit war die Stunde beendet.

„Was ist mit Nix?" fragte ich.

„Kein Problem. Um den kümmern wir uns schon." Ari zuckte lässig mit den Schultern. Er vertraute darauf, dass er mit ihm fertig werden würde. Ich beneidete Ari um sein Selbstbewusstsein und seine körperliche Stärke. Ich wäre gewiss nicht gegen Nix angekommen, und ich fragte mich, ob er mich noch aus einem anderen Grund hasste außer dem, dass ich Reyad getötet hatte.

„Bei Sonnenaufgang teste ich das Frühstück des Commanders", wandte ich ein.

„Dann gleich danach."

„Und was machen wir dann?"

„Die Soldaten laufen um das Gelände, um in Form zu bleiben", erwiderte Janco.

„Schließ dich ihnen an", sagte Ari. „Lauf mindestens fünf Runden mit. Wenn du kannst, noch mehr. Wir steigern das allmählich, bis du uns eingeholt hast."

„Wie viele Runden lauft ihr denn?"

„Fünfzig."

Ich schluckte. Auf dem Rückweg zur Burg überlegte ich, wie viel Zeit und Arbeit mich das Training kosten würde. Der Selbstverteidigung musste ich mich mit der gleichen Hingabe widmen wie der Akrobatik. Halbe Sachen kamen nicht in Frage. Eigentlich hatte sich die Idee, aus einer Laune heraus entstanden, gut angehört. In meiner Ahnungslosigkeit stellte ich es mir so einfach vor, Brazells Soldaten erfolgreich zu bekämpfen. Doch je länger ich darüber nachdachte, umso klarer wurde mir, dass man die Kunst der Selbstverteidigung nicht einfach so nebenbei ohne Mühen und Zeitaufwand erlernen konnte.

Wäre es nicht besser, überlegte ich, mich darauf zu konzentrieren, alles über Gifte und Zauberei zu lernen? Denn selbst das ausdauerndste und härteste Training konnte mich nicht vor Irys' magischen Kräften schützen.

Plötzlich hatte ich das Gefühl, einen Wagen voller Steine hinter mir herzuziehen, und unwillkürlich ging ich langsamer. Warum musste alles so schwierig sein? Warum überlegte ich ständig hin und her, wog ein Argument gegen das andere auf und suchte dauernd nach Fallstricken und Hindernissen? Es war wie Trampolinspringen: unaufhörlich ging es auf und nieder, aber man kam keinen Schritt vorwärts. Ich sehnte mich nach dem Tag, an dem eine falsche Entscheidung endlich nicht länger lebensbedrohlich für mich wäre.

Auf dem Weg zum Arbeitszimmer des Commanders machte ich mir bewusst, dass ich neben der Zauberin noch viele andere Feinde hatte. Die Selbstverteidigung konnte mir also irgendwann einmal durchaus nützlich sein. Und Wissen, gleichgültig in welcher Form, war schließlich ebenso wirksam wie Waffen.

Ich wollte gerade die ersten Speisen testen, als ein Lehrer mit einem jungen Mädchen im Schlepptau ins Arbeitszimmer stürzte. Mit zwölf Jahren wurden die Kinder gemäß ihren Fähigkeiten ausgebildet und in die Obhut eines Tutors gegeben, der sie vier Jahre lang unterrichtete.

Auf die rote Uniform des Lehrers, sozusagen das Gegenstück zur schwarzen der Ratgeber, waren schwarze Diamanten gestickt. Das Mädchen trug den schlichten roten Kittel einer Schülerin. In ihren Augen schimmerten Tränen, und in ihrer Miene lagen Angst und Trotz, während sie sichtlich darum kämpfte, die Fassung zu bewahren. Ich schätzte sie auf etwa fünfzehn Jahre.

„Was gibt es für ein Problem, Beevan?“, fragte der Commander. Seine Stimme klang ärgerlich.

„Dieses ungehorsame Kind stört andauernd den Unterricht.“

„Inwiefern?“

„Mia ist eine Besserwisserin. Sie weigert sich, Mathematikaufgaben in der üblichen Weise zu lösen und hat die Stirn, mich vor der gesamten Klasse zu korrigieren.“

„Und warum bist du hier?“

„Ich möchte, dass sie bestraft wird. Am besten ausgepeitscht. Und degradiert zu einer einfachen Dienerin.“

Bei Beevans Worten liefen Mia die Tränen über die Wangen. Trotzdem blieb sie ruhig und gefasst – bemerkenswert für ein Mädchen ihres Alters.

Nachdenklich legte der Commander die Fingerspitzen gegeneinander. Mir tat die Schülerin Leid, denn es war bestimmt nicht zu ihrem Vorteil, dass ihr Lehrer den Commander mit diesem Streit behelligte. Außerdem hatte Beevan vermutlich auch den Unterrichtskoordinator übergangen.

„Ich kümmere mich darum“, sagte der Commander schließlich. „Du kannst gehen.“

Beevan zögerte einen Moment. Ein paar Mal öffnete er den Mund, als ob er etwas sagen wollte. Sein pikierter Ausdruck ließ darauf schließen, dass dies nicht die Antwort war, mit der er gerechnet hatte. Mit einem steifen Nicken verließ er das Arbeitszimmer.

Der Commander schob seinen Stuhl zurück und bedeutete Mia, hinter den Schreibtisch zu kommen. Auf Augenhöhe mit ihr, fragte er sie: „Wie lautet deine Version der Geschichte?"

Mit leiser, unsicherer Stimme antwortete sie: „Ich bin gut in Mathematik, Sir." Dann schwieg sie, als rechnete sie damit, für diese kühne Behauptung gerügt zu werden, doch als nichts dergleichen geschah, fuhr sie fort: „Ich fand es langweilig, die Aufgaben so zu lösen, wie Tutor Beevan es macht. Deshalb habe ich einen neuen und schnelleren Weg gefunden. Er ist nicht besonders gut im Rechnen, Sir." Wieder unterbrach sie sich verlegen, als erwarte sie eine Ohrfeige. „Ich habe den Fehler begangen, ihn auf seine Irrtümer hinzuweisen. Es tut mir Leid, Sir. Bitte lasst mich nicht auspeitschen. Es soll nie wieder passieren, Sir. Ab sofort werde ich alles tun, was Tutor Beevan sagt." Jetzt ließ sie ihren Tränen freien Lauf.

„Nein, das wirst du nicht tun", erwiderte der Commander.

Das Mädchen blickte ihn entsetzt an.

„Hab keine Angst, Mädchen. Yelena?"

Vor lauter Schreck vergoss ich etwas von seinem Tee auf das Tablett, das ich in den Händen hielt. „Ja, Sir?"

„Hol Berater Watts."

„Jawohl, Sir." Ich stellte das Tablett auf den Schreibtisch und eilte zur Tür hinaus. Ich war Watts einmal begegnet. Er war der Buchhalter des Commanders und hatte mir das Geld ausgezahlt, das ich als Flüchtling verdient hatte. Er saß an seinem Schreibtisch und arbeitete, kam aber sofort mit mir, als ich ihn darum bat.

„Watts, brauchst du immer noch einen Assistenten?", erkundigte sich der Commander.

„Jawohl, Sir", erwiderte Watts.

„Mia, du hast einen Tag, um deine Kenntnisse zu beweisen. Wenn du Berater Watts nicht mit deinen mathematischen Fähigkeiten überzeugen kannst, musst du zurück in Beevans Klasse. Wenn du es schaffst , kannst du die Stelle haben. Einverstanden?"

„Jawohl, Sir. Vielen Dank, Sir." Mia strahlte übers ganze Gesicht, als sie Watts folgte.

Ich bewunderte den Commander, hatte ich doch einen anderen Ausgang der Diskussion erwartet. Dass er Mitleid mit Mia hatte, sich ihre Seite der Geschichte anhörte und ihr eine Chance gab, war das genaue Gegenteil von dem, womit ich gerechnet hatte. Warum gab sich ein so mächtiger Mann überhaupt mit solchen Kleinigkeiten ab? Außerdem riskierte er, Beevan und den Unterrichtskoordinator zu verärgern, indem er Partei für eine Schülerin ergriff und ihr den Rücken stärkte.

Nun musste sich der Commander wieder den Papieren auf seinem Schreibtisch widmen. Deshalb schlüpfte ich leise aus dem Arbeitszimmer und ging in die Bibliothek, um weitere Nachforschungen anzustellen.

Bei Sonnenuntergang beschloss ich, ein vielversprechendes Botanikbuch mit in mein Zimmer zu nehmen. Ich scheute mich davor, in der Bibliothek ein Licht anzuzünden. Schließlich musste niemand wissen, dass ich mich hier aufhielt.

Auf dem Weg zu Valeks Privaträumen warf das Kerzenlicht unheimliche Schatten an die Wände der Korridore. Ich überlegte, ob es nicht besser sei, wieder in mein altes Zimmer im Dienstbotenflügel zu ziehen. Nach Brazells Abreise gab es keinen vernünftigen Grund für mich, länger bei Valek zu wohnen. Doch die Aussicht, allein in dem kleinen Zimmer zu hocken, wo ich mit niemandem über Gifte und ihre Anwendungen streiten und diskutieren konnte, verursachte ein seltsam leeres Gefühl in mir – es war der gleiche Schmerz, den ich in den vergangenen vier Tagen mal mehr und mal weniger intensiv gespürt hatte.

Kälte und Dunkelheit umfingen mich in Valeks Wohnung. Selbst überrascht über meine Enttäuschung, stellte ich fest, dass ich ihn vermisste. Verwundert schüttelte ich den Kopf. Ich und Valek vermissen? Nein. An so etwas durfte ich nicht einmal denken.

Stattdessen konzentrierte ich mich auf mein Überleben. Wenn ich ein Gegenmittel zu Butterfly Dust finden wollte, war es vielleicht keine so gute Idee, Bücher über Gegengifte in Valeks Wohnzimmer zu lesen. Natürlich lag die Entscheidung, bei ihm zu bleiben, nicht bei mir. Wenn Valek erfuhr, dass Brazell abgereist war, würde er mich wahrscheinlich ohnehin in mein Zimmer zurückschicken.

Nachdem ich die Lampen in Valeks Wohnung angezündet hatte, machte ich es mir mit dem Botanikbuch auf dem Sofa gemütlich. Aber Biologie war nie mein Lieblingsfach gewesen, und deshalb begannen meine Gedanken schon bald zu wandern. Und da ich mir keine besondere Mühe machte, mich zu konzentrieren, gab ich mich schon bald meinen Tagträumen hin.

Ein dumpfer Schlag ließ mich aufschrecken. Es klang wie ein Buch, das zu Boden gefallen war. Meines war es nicht; der Botanikband lag noch auf meinem Schoß, aufgeschlagen bei einem besonders langweiligen Abschnitt über Obstbäume. Ich schaute mich im Wohnzimmer um. Vielleicht war einer von

Valeks unordentlich zusammengelegten Bücherstapeln umgestürzt. Ich stieß einen Seufzer aus. Bei dem Durcheinander im Zimmer war das unmöglich festzustellen.

Ein beunruhigender Gedanke schoss mir durch den Kopf. Vielleicht kam das Geräusch aus den oberen Räumen. Vielleicht war es gar kein Buch, sondern eine Person. Jemand, der sich hereingeschlichen hatte und darauf wartete, dass ich einschlief, um mich umzubringen. Zu unruhig, um länger auf dem Sofa sitzen zu bleiben, ging ich in mein Zimmer.

Mein Rucksack lag auf dem Schreibpult. Rand hatte noch nicht nach seinem Messer gefragt, also hatte ich es ihm auch noch nicht zurückgebracht. Als ich es aus dem Rucksack nahm, fielen mir Aris Worte ein, dass man ein Messer nur dann benutzen sollte, wenn man damit umgehen konnte. Es mitzunehmen war vermutlich töricht, aber ich fühlte mich sicherer. Solchermaßen bewaffnet ging ich ins Wohnzimmer zurück und überlegte, was ich jetzt tun sollte. An Schlaf war nicht zu denken, solange ich nicht die oberen Räume durchsucht hatte.

Oben war alles dunkel, und meine Lampe warf nur ein schwaches Licht auf die Stufen, als ich hinaufstieg. Die Treppe machte einen Schwenk nach rechts und führte in ein Zimmer, das vollgestopft war mit Kisten, Büchern und Möbeln, die im Schein meiner Laterne bizarre Schatten an die Wände warfen. Vorsichtig bahnte ich mir einen Weg durch das Chaos. Mein Puls raste, als ich in die Ecken leuchtete, um nach einem verborgenen Angreifer Ausschau zu halten.

Ein plötzlicher Lichtreflex ließ mich zusammenzucken. Ich wirbelte herum – und stellte fest, dass es meine eigene Lampe gewesen war, die sich im Glas eines hohen, schmalen Fensters an der hinteren Wand gespiegelt hatte.

Rechts neben diesem Zimmer befanden sich drei weitere Räume, die den gleichen Grundriss wie die drei entsprechenden neben dem unteren Wohnzimmer hatten. Mit klopfendem Herzen schaute ich in jeden von ihnen, fand allerdings nichts außer weiteren Kisten und Kästen.

Zur Linken erstreckte sich ein langer Korridor, auf dessen rechte Seite gegenüber der steinernen Wand mehrere Türen eingelassen waren. Am Ende des Korridors befand sich eine verschlossene Flügeltür. Kunstvolle Schnitzereien im Ebenholz zeigten eine Jagdszene. Hinter einer Tür, vor der eine dünne Schicht weißen Pulvers lag, vermutete ich Valeks Schlafzimmer. An Fußspuren im Pulver konnte Valek erkennen, ob jemand bei ihm eingebrochen war. Das Atmen fiel mir bereits viel leichter, als ich sah, dass der weiße Teppich jungfräulich war.

Beim Blick in die anderen Zimmer entlang des Korridors verstärkte sich mein Eindruck, dass Valek ein ausgesprochen sammelwütiger Mensch war. Unter einem Mörder hatte ich mir immer einen Menschen vorgestellt, der sich vorwiegend im Dunkeln aufhielt, möglichst wenig Dinge besaß und nie lange an einem Ort blieb. In Valeks Wohnung dagegen sah es aus wie im Haus eines alten Ehepaars, das über viele Jahre hinweg alles Mögliche gesammelt und die Räume damit vollgestopft hatte.

Während ich noch diesem Gedanken nachhing, öffnete ich die letzte Tür. Es dauerte eine Weile, bis mir klar wurde, was ich sah. Verglichen mit den anderen war dieses Zimmer geradezu leer. Nur ein langer Tisch stand an der Rückwand mitten unter einem großen, tränenförmigen Fenster. Graue Steine mit weißen Adern – die gleichen, die ich in den vergangenen anderthalb Monaten immer wieder in Valeks Wohn- und Arbeitszimmer bewundert hatte – waren der Größe nach auf dem Boden geordnet.

Staubflocken wirbelten auf, als ich das Zimmer betrat. Auf dem Tisch, der einzigen staubfreien Zone des Raums, lagen Schnitzmeißel, Metallfeilen und eine Schleifscheibe. Zwischen dem Werkzeug standen kleine Statuen in unterschiedlichen Stadien der Vollendung. Entzückt stellte ich fest, dass die grauen Steine nach dem Schnitzen und Polieren eine glänzend-schwarze Oberfläche erhielten und die weißen Streifen zu silbrig glänzenden Adern wurden.

Ich stellte die Lampe auf den Tisch und griff nach einem vollendeten Schmetterling mit silbernen Punkten auf den Flügeln. Er passte exakt auf meine Handfläche und wirkte so lebensecht, dass es aussah, als würde er jeden Moment mit den Flügeln flattern und davonfliegen. Die anderen Figuren – naturgetreu geschaffene Tiere, Insekten und Blumen – waren mit der gleichen bewundernswerten Sorgfalt geschnitzt und auf dem Tisch aufgereiht. Offensichtlich war die Natur das Lieblingsthema des Künstlers.

Verblüfft erkannte ich, dass Valek dieser Künstler sein musste. Eine solche Seite hätte ich bei ihm niemals vermutet. Ich hatte das Gefühl, auf sein persönlichstes Geheimnis gestoßen zu sein – als hätte ich eine Ehefrau und Kinder aufgespürt, die hier oben unbehelligt vom Rest der Welt mit ihrem Hund ein zufriedenes und glückliches Leben führten.

Natürlich waren mir die Figurinen auf Valeks Schreibtisch aufgefallen, und mindestens einmal täglich betrachtete ich verstohlen die Schneekatze im Arbeitszimmer des Commanders. Jetzt verstand ich auch, warum er ausgerechnet diese Statue als Zimmerdekoration ausgewählt hatte: Valek hatte sie eigens für ihn geschnitzt.

Schritte ließen mich jäh herumfahren. Ich sah einen Schatten auf mich stürzen. Das Messer wurde mir aus der Hand gerissen und gegen meinen Hals gepresst. Vor lauter Angst glaubte ich ersticken zu müssen. Schlagartig erinnerte ich mich an jenen Moment, als mich die Soldaten von Reyads Leiche weggezogen hatten. Doch Valek sah nicht zornig aus. Amüsiert blickte er mich an.

„Ein bisschen herumgeschnüffelt?“, fragte er und trat einen Schritt zurück.

Nachdem ich meinen Schrecken überwunden hatte, holte ich tief Luft. „Ich habe ein Geräusch gehört. Deshalb wollte ich …“

„Mal nachsehen“, beendete Valek den Satz für mich. „Aber es ist eine Sache, nach einem Einbrecher zu suchen, und eine andere, Statuetten anzuschauen.“ Mit dem Messer deutete er auf den Schmetterling, den ich in der Hand umklammert hielt. „Du hast herumgeschnüffelt!“

„Ja.“

„Gut. Neugier ist eine lobenswerte Eigenschaft. Ich habe mich schon gefragt, wie lange es dauern würde, bist du hier heraufkommst. Gefällt dir etwas davon?“

Ich hielt den Schmetterling hoch. „Er ist wunderschön.“

Achtlos zuckte er mit den Schultern. „Beim Schnitzen kann ich meine Gedanken sortieren.“

Ich stellte die Figur auf den Tisch zurück und hielt noch eine Weile meine Hand darüber. Gerne hätte ich den Schmetterling im Sonnenlicht betrachtet. Ich umklammerte die Laterne, als ich Valek aus dem Zimmer folgte.

„Ich habe wirklich ein Geräusch gehört“, beharrte ich.

„Ich weiß. Ich habe ein Buch fallengelassen, um zu sehen, wie du reagierst. Mit einem Messer hatte ich allerdings nicht gerechnet. Ist es das, was in der Küche vermisst wird?“

„Hat Rand es gemeldet?“ Ich fühlte mich verraten. Warum hatte er mich nicht einfach gebeten, es zurückzugeben?

„Nein. Aber es empfiehlt sich, über den Aufenthaltsort von großen Küchenmessern Bescheid zu wissen. Wenn eines vermisst wird, ist man wenigstens nicht überrascht, wenn man damit angegriffen wird.“ Valek gab mir das Messer zurück. „Du bringst es besser zurück. Messer helfen dir nicht bei der Sorte von Leuten, die hinter dir her sind.“

Wir stiegen die Treppe hinunter, und ich nahm das Botanikbuch vom Sofa.

„Was hält der Commander von den Schoten?“, wollte Valek wissen.

„Er glaubt, sie stammen aus Sitia. Er hat sie mir zurückgegeben, damit ich sie untersuche.“ Ich zeigte Valek das Buch. „Deshalb habe ich ein wenig in der Bibliothek nachgeforscht.“

Er nahm es und blätterte es durch. „Schon etwas gefunden?“

„Noch nicht.“

„Die Art, wie du dich als Flüchtling geschlagen hast, muss dem Commander sehr imponiert haben. Normalerweise würde er einen der wissenschaftlichen Berater mit dieser Aufgabe betrauen.“

Valeks Worte beunruhigten mich. Ich war mir nicht sicher, ob ich die Herkunft der Schoten und Bohnen herausfinden konnte. Der Gedanke, die Erwartungen des Commanders enttäuschen zu müssen, verursachte mir ein mulmiges Gefühl im Magen. Ich wechselte das Thema. „Wohin ist die Karawane gezogen?“

Valek zögerte mit der Antwort. Schließlich sagte er: „Zu

Brazells neuer Fabrik.“ Falls ihn seine Entdeckung überrascht hatte, so ließ er es sich nicht anmerken.

Obwohl ich so viele Gespräche über die Baugenehmigung mitbekommen hatte, wusste ich immer noch nicht, was Brazell eigentlich vorhatte. „Und was stellt er dort her?“

„Es soll eine Futterfabrik werden.“ Valek gab mir das Buch zurück. „Und ich habe keine Ahnung, was er mit den Schoten und Bohnen will. Vielleicht sind es geheime Zutaten, die dem Futter beigesetzt werden, damit die Kühe mehr Milch geben. Oder so was Ähnliches. Dann würden nämlich alle Bauern nur noch bei Brazell ihr Futter kaufen, anstatt eigenes zu produzieren. Vielleicht ist es auch etwas ganz anderes. Ich bin schließlich kein Experte.“ Er fuhr sich durchs Haar. „Ich muss mir noch mal die Genehmigung durchlesen. Möglicherweise habe ich etwas übersehen. Jedenfalls habe ich einige Männer aus meiner Truppe angewiesen, den Weg zu überwachen und sich in die Fabrik einzuschleichen. Ich brauche noch mehr Informationen.“

„Brazell hat die Burg heute Nachmittag verlassen.“

„Auf dem Rückweg bin ich seinem Gefolge begegnet. Gut. Eine Sache weniger, um die man sich sorgen muss.“

Valek ging zum Schreibtisch und begann, seine Unterlagen zu ordnen. Eine Weile betrachtete ich seinen Rücken und wartete. Er hatte nichts davon gesagt, dass ich ausziehen sollte. Schließlich fasste ich mir ein Herz und fragte ihn danach. „Soll ich in mein altes Zimmer zurück – jetzt, wo Brazell nicht mehr hier ist?“ Sofort schalt ich mich wegen meiner Worte. Ich hätte entschiedener fragen sollen. Jetzt war es zu spät.

Valek schaute hoch. Ich hielt den Atem an.

„Nein“, antwortete er. „Du bist immer noch in Gefahr. Die Sache mit der Zauberin ist noch nicht erledigt.“ Dann flog seine Feder wieder über das Papier.

Meine Erleichterung war grenzenlos. Doch gleich darauf überlief es mich heiß und kalt. Warum wollte ich bei ihm bleiben? Es war gefährlich, unlogisch und, nach Abwägung sämtlicher Argumente, die schlechteste Lösung. Das Buch über Zauberei steckte noch in meinem Rucksack, den ich immer bei mir trug aus Angst, dass Valek durch Zufall oder einen Trick davon erfahren könnte, wenn ich ihn unbeaufsichtigt liegen ließ.

Verflixt, dachte ich, verärgert über mich selber. Als ob ich nicht schon genug Probleme hätte. Es wäre besser, Valek nicht zu vermissen; ich sollte ihn nicht bewundern und respektieren, sondern schlecht über ihn reden. Ich sollte mich mehr um meine Flucht kümmern. Ich sollte auch nicht das Rätsel um die Bohnen lösen, sondern im Gegenteil die Lösung dieses Rätsels vereiteln. Sollte, sollte nicht, sollte, sollte nicht … Leichter gesagt als getan.

„Wie werdet Ihr mit Zauberern fertig?“, fragte ich.

Er drehte sich auf seinem Stuhl herum und schaute mich an. „Das habe ich dir doch schon gesagt.“

„Aber ihre Magie …“

„… wirkt bei mir nicht. Wenn ich mich ihnen nähere, spüre ich zwar ihre Macht auf meiner Haut, es ist ein Druck und ein Vibrieren, und wenn ich auf sie zugehe, ist es, als würde ich mich durch Sirup bewegen. Es ist anstrengend, aber am Ende bin ich immer der Sieger. Immer.“

„Wie nahe müsst Ihr ihnen kommen?“ Zwei Mal hatte ich unwissentlich meine Macht benutzt, und jedes Mal war Valek in der Burg gewesen. Ob er einen Verdacht hegte?

„Ich muss im selben Raum sein“, erwiderte er.

Ich war erleichtert. Er hatte also keine Ahnung. Jedenfalls

bis jetzt nicht. „Warum habt Ihr die Zauberin aus dem Süden beim Feuerfest nicht getötet?“, wollte ich wissen.

„Yelena, ich bin nicht unbesiegbar. Mit vier Männern zu kämpfen, während sie sich mit ihrer gesamten Kraft auf mich konzentriert, war ziemlich anstrengend. Sie hinterher auch noch zu verfolgen, hätte überhaupt nichts gebracht.“

Ich dachte über seine Worte nach. „Ist es auch eine Form der Zauberei, wenn man dem Zauber widersteht?“, fragte ich.

„Nein.“ Valeks Miene verhärtete sich.

„Was hat es mit dem Messer auf sich?“ Ich deutete auf die lange Klinge an der Wand. Das purpurfarbene Blut glitzerte im Licht der Lampe. In den drei Wochen, die ich bei Valek wohnte, war es nicht eingetrocknet.

Er lachte. „Das ist das Messer, mit dem ich den König getötet habe. *Er* war ein Zauberer. Als seine Macht mich nicht davon abhalten konnte, ihm das Messer ins Herz zu stoßen, verfluchte er mich mit seinem letzten Atemzug. Es war ziemlich melodramatisch. Er verfügte, dass ich für immer von Schuldgefühlen geplagt sein und sein Blut meine Hände auf ewig beflecken sollte. Und da ich nun mal immun gegen jede Art von Magie bin, blieb der Fluch an der Klinge statt an mir hängen.“ Nachdenklich betrachtete er die Waffen an der Wand. „Eine Schande, dass ich mein Lieblingsmesser verloren habe. Aber es ist eine hübsche Trophäe.“

18. KAPITEL

Meine Lungen standen in Flammen. Erhitzt und nass geschwitzt lief ich hinter dem Trupp Soldaten her. Meine Kehle brannte bei jedem Atemzug. Es war meine vierte Runde um die Burg. Eine weitere musste ich noch schaffen.

Nachdem ich das Frühstück des Commanders getestet hatte, wartete ich bei der nordöstlichen Kaserne. In einem ziemlich großen Pulk von Soldaten entdeckte ich Ari, der mir gestenreich bedeutete, mich ihnen anzuschließen. Ich befürchtete, dass die anderen meine Anwesenheit missbilligen würden, aber unter den Soldaten waren auch Diener, Stalljungen und andere, die im Schloss arbeiteten.

Nach Luft ringend und mit rasendem Puls überstand ich die ersten beiden Runden. In der dritten begannen meine Füße bereits zu schmerzen; in der vierten hatte der Schmerz auch meine Beine erfasst. Meine Umgebung verschwamm mir vor Augen, bis ich nur noch das kleine Fleckchen Erde unmittelbar vor meinen Füßen wahrnahm. Bevor ich mich ins Ziel schleppte, das Ende meiner Qual vor Augen, musste ich hinter einer dichten Hecke verschwinden, wo ich mein Frühstück, das aus Kuchen bestanden hatte, erbrach. Als ich mich aufrichtete, lief Janco an mir vorbei und streckte grinsend den Daumen hoch. Unverschämterweise wirkte er überhaupt kein bisschen erschöpft, und sein Hemd war immer noch trocken.

Ich wischte mir den Mund ab, und Ari blieb neben mir stehen. „Übungsgelände, zwei Uhr. Bis später“, sagte er.

„Aber …“ begann ich, doch ich sprach ins Leere, denn Ari war schon weitergelaufen. Ich war kaum noch fähig, mich auf den Füßen zu halten, und bezweifelte, jemals wieder eine Übung absolvieren zu können.

Am Nachmittag lehnten Ari und Janco am Zaun des Trainingsgeländes und sahen zwei Männern beim Schwertkampf zu. Die Luft hallte wider vom lauten Klirren der Klingen. Sämtliche Soldaten waren auf die Kämpfer aufmerksam geworden, und überrascht stellte ich fest, dass einer von ihnen Valek war. Ich hatte ihn seit dem frühen Morgen nicht mehr gesehen und angenommen, er ruhe sich aus, weil er in der Nacht zuvor so lange aufgeblieben war.

Valek bewegte sich mit äußerster Geschmeidigkeit. Während ich ihn beobachtete, kam mir ein Wort in den Sinn: elegant. Er focht rasend schnell und mit der Anmut eines Tänzers. Im Vergleich dazu wirkte sein Gegner wie ein neugeborenes Fohlen. Er fuchtelte ungelenk mit Armen und Beinen, als lernte er gerade das Laufen. Valeks geschickte Ausfallsprünge und gewandte Abwehrstöße setzten seinen Partner im Handumdrehen außer Gefecht.

Er deutete mit der Schwertspitze auf den Besiegten und schickte ihn zu einer kleinen Gruppe von Männern zurück, von denen er einen anderen zum Kampf aufforderte.

„Was ist denn da los?“, erkundigte ich mich.

„Valeks Kampfansage“, antwortete Janco.

„Wie meinst du das?“

„Valek hat jeden in Ixia herausgefordert. Wer ihn mit der Waffe seiner Wahl oder im Kampf mit den Händen besiegt, hat die Möglichkeit, sein stellvertretender Kommandeur zu werden.“ Ari zeigte auf Valek, der inzwischen mit einem dritten Gegner kämpfte. „Für die Soldaten ist es Ehrensache, nach der Grundausbildung wenigstens einmal gegen Valek anzutreten. Man kann es allerdings so oft versuchen, wie man will. Die Captains schauen sich die Kämpfe an und verpflichten die fähigsten Soldaten für ihre Truppe. Und falls es dir gelingt, Valek zu beeindrucken, bietet er dir vielleicht sogar einen Posten in seiner Eliteeinheit an.“

„Wie habt ihr denn abgeschnitten?“

Ari zögerte mit der Antwort. „Ganz ordentlich.“

„Ganz ordentlich!“ Janco schnaubte verächtlich. „Ari hätte ihn fast geschlagen. Valek war sehr zufrieden. Aber Ari ist lieber ein Späher als ein Spion.“

„Ich möchte eben alles oder nichts“, ergänzte Ari eigensinnig.

Während wir weiter zuschauten, gaben Ari und Janco ihre Kommentare zu den verschiedenen Kämpfen ab. Ich musste Valek unentwegt anschauen. Mit seinem im Sonnenlicht blitzenden Schwert besiegte er mühelos zwei weitere Männer. Er berührte sie mit der flachen Seite der Klinge, was bedeutete, dass er sie geschlagen hatte, ohne einen Tropfen Blut zu vergießen. Der nächste Gegner hielt ein Messer in der Hand.

„Schlechte Wahl“, meinte Ari.

Valek legte sein Schwert beiseite und holte sein Messer hervor. Auch dieser Kampf war nach wenigen Augenblicken beendet.

„Mit dem Messer ist Valek auch unschlagbar“, kommentierte Janco.

Der letzte Herausforderer war eine Frau. Sie war hochgewachsen und flink und kämpfte mit einem langen hölzernen Stock. Ari nannte ihn Streitkolben. Sie behauptete sich wacker gegen Valek, und ihr Kampf dauerte länger als jeder der sechs vorigen. Doch schließlich zerbrach ihr Kolben mit einem lauten Knacken in zwei Teile und beendete das Duell. Nach und nach verließen die Zuschauer den Übungsplatz, und Valek unterhielt sich noch eine Weile mit der Frau.

„Das ist Maren“, erklärte Ari. „Wenn Valek sie nicht in seine Elitetruppe holt, solltest du sie fragen, ob sie dir das Kämpfen mit dem Streitkolben beibringt. Damit kannst du nämlich auch gegen jemanden antreten, der größer ist als du. Und da du ziemlich klein bist …“

„Aber ein Streitkolben lässt sich nicht so gut verbergen“, wandte ich ein.

„Nicht in der Burg. Aber im Wald würdest du mit so einem Spazierstock gar nicht auffallen.“

Nachdenklich betrachtete ich Maren. Ob sie mir helfen würde? Wahrscheinlich nicht. Was hätte sie auch davon?

Als ob er meine Gedanken lesen könnte, sagte Ari: „Maren ist kampffreudig und hilfsbereit. Sie kümmert sich um jeden neuen weiblichen Soldaten, ob die es wollen oder nicht. Weil so viele Frauen das harte Training nicht bestehen, widmet sie sich ihnen besonders intensiv. Ihr ist es zu verdanken, dass mehr Frauen als jemals zuvor bei der Truppe sind. Wir haben sie gefragt, ob sie uns auch trainieren würde. Ein Streitkolben wäre nämlich eine gute Waffe für einen Späher. Aber sie ist nicht daran interessiert, Männer auszubilden.“

„Und ich bin keine neue Soldatin, sondern die Vorkosterin. Warum sollte sie ihre Zeit mit mir verschwenden? Ich könnte doch morgen schon tot sein.“

„Wir sind aber mal wieder gut drauf“, meinte Janco fröhlich. „Heute Morgen wohl zuviel trainiert, wie?“

„Ach, halt den Mund“, sagte ich, aber sein Grinsen wurde nur noch breiter.

„In Ordnung, das reicht jetzt. Fangen wir an“, beendete Ari den Schlagabtausch.

Den Rest des Nachmittags lernte ich, wie man Faustschläge austeilt, ohne sich die Finger zu brechen, und übte Techniken zur Verteidigung mit den Füßen. Während ich einen Trainingssack mit Fausthieben traktierte, färbten sich die Knöchel meiner Zeige- und Mittelfinger an beiden Händen hellrot. Den schnellen Seitwärtstritt einzuüben war eine echte Herausforderung, denn meine Oberschenkelmuskeln schmerzten so sehr, dass ich mich kaum bewegen konnte.

Endlich entließ mich Ari, und ich schleppte mich erschöpft zur Burg zurück.

„Bis morgen dann“, rief Janco mir munter hinterher.

Als ich mich umdrehte, um ihm zu sagen, dass er sich seine gute Laune sonst wo hinstecken könne, stand Valek plötzlich vor mir. Mir stockte der Atem. Er hatte uns beobachtet. Sofort fühlte ich mich gehemmt.

„Deine Schläge sind zu langsam“, sagte er. Er nahm meine Hand und betrachtete die Verletzungen, die leuchtend rot geworden waren. „Na, wenigstens ist deine Technik gut. Du solltest beim Üben Gewichte in den Händen halten. Dann werden deine Schläge ohne sie viel schneller.“

„Ich kann also weitermachen?“, fragte ich ungläubig.

Noch immer hielt er meine Hand, und ich brachte es nicht fertig, sie ihm zu entziehen. Die Wärme seiner Berührung strömte durch meinen ganzen Körper und ließ mich für kurze Zeit die Schmerzen vergessen.

Was für ein Mann! Welch respektgebietende Stärke und großartige Körperbeherrschung, dachte ich, während ich ihm ins Gesicht sah. Von Anfang an hatten mich seine gefährlich blitzenden blauen Augen fasziniert. Sein Mienenspiel zu deuten war für mich eine Frage des Überlebens, aber so wie jetzt hatte ich ihn noch nie angeschaut. Mehr denn je war er für mich ein wandelnder Widerspruch. Der Mann, der zierliche Statuen schnitzte, konnte ebenso geschickt sieben Gegner besiegen, ohne ins Schwitzen zu geraten. Mein Verhältnis zu ihm ähnelte einem Tanz auf dem Drahtseil. Einen Moment lang fühlte ich mich sicher und ausgeglichen, im nächsten war ich schutzlos und schwankend.

„Ich halte das für eine ausgezeichnete Idee", sagte er. „Wie hast du denn die Muskelzwillinge dazu überredet, dich zu trainieren?"

„Die Muskelzwillinge?"

„Hätte Ari zusätzlich Jancos Geschwindigkeit und Janco Aris Stärke, wären sie unschlagbar. Aber bis jetzt ist das nur eine Theorie von mir, denn sie haben noch nicht versucht, gemeinsam gegen mich anzutreten. Schließlich steht nirgendwo geschrieben, dass ich nur einen Stellvertreter haben darf. Aber du verrätst mich doch nicht, oder?"

„Natürlich nicht."

Valek drückte meine Hand leicht und ließ sie dann los. „Gut. Ich halte sie für die besten Ausbilder in der Burg. Wie hast du sie kennen gelernt?"

„Die beiden haben mich im Wald aufgespürt. Daraufhin hat der Commander sie befördert, und ich habe ihre Dankbarkeit ausgenutzt." Meine Hand kribbelte an der Stelle, wo er sie berührt hatte.

„Opportunistisch und gerissen. Das liebe ich." Valek lachte. Er war bester Laune, als er neben mir zur Burg zurückging. Vielleicht kam das Hochgefühl daher, weil er so viele Gegner geschlagen hatte. Vor dem Osteingang blieb er stehen. „Es gibt da nur ein Problem."

Mein Herz schlug schneller. „Welches?"

„Du solltest nicht in aller Öffentlichkeit trainieren. So etwas spricht sich rasch herum. Wenn Brazell das herausfindet und es an die große Glocke hängt, wird der Commander verlangen, dass du sofort aufhörst. Außerdem wird er sich so seine Gedanken machen."

Wir betraten die Burg. Angenehm kühle Luft wehte uns entgegen. Es war eine Wohltat, nicht länger durch die heiße Sonne laufen zu müssen.

„Warum benutzt du nicht einen von den vielen leeren Lagerräumen im unteren Teil der Burg? Deine Übungsrunden kannst du ja trotzdem jeden Morgen drehen."

Na toll, dachte ich ironisch. Laufen war der Teil der Ausbildung, auf den ich am liebsten verzichtet hätte. Aber Valek hatte Recht. Mein Training mit Ari und Janco auf dem Übungsfeld hatte bereits unwillkommene Aufmerksamkeit erregt. Nur zu gut erinnerte ich mich noch an Nix' finstere Blicke und Bemerkungen.

Schweigend liefen wir durch die Burg. Valek führte mich sofort zum Arbeitszimmer des Commanders, damit ich sein Abendessen testete.

„Da wir gerade von Brazell sprachen – ich wollte dich schon länger nach diesem Criollo fragen, das der Commander so gerne isst. Magst du den Geschmack?"

Ich wählte meine Worte mit Bedacht. „Ja, es ist ein ausgezeichnetes Dessert."

„Wie würdest du dich fühlen, wenn du es nicht mehr essen würdest?"

„Nun …" Ich zögerte, weil ich keine Ahnung hatte, worauf er hinauswollte. „Ehrlich gesagt, ich wäre enttäuscht. Schon morgens freue ich mich auf ein Stück."

„Hast du jemals das dringende Bedürfnis nach Criollo verspürt?", wollte Valek wissen.

Endlich verstand ich, was er mit seinen Fragen bezweckte. „Eine Art Suchtgefühl?“

Er nickte.

„Ich glaube nicht, aber …“

„Aber was?“

„Ich esse es nur einmal täglich. Der Commander nimmt nach jedem Essen ein Stück zu sich, selbst nach dem Nachtmahl. Warum seid Ihr auf einmal so besorgt?“, fragte ich.

„Es ist nur so ein Gefühl. Vielleicht hat es auch gar nichts zu bedeuten.“ Den Rest des Weges legten wir schweigend zurück.

„Nun, Valek, irgendwelche neuen Beförderungen?“, erkundigte sich der Commander bei unserem Eintreten.

„Nein. Aber Maren ist recht vielversprechend. Leider möchte sie nicht in meine Einheit und auch nicht meine Stellvertreterin werden. Sie will mich nur besiegen.“ Valek lächelte. Die Herausforderung bereitete ihm ein diebisches Vergnügen.

„Und kann sie's?“, wollte der Commander mit hochgezogenen Augenbrauen wissen.

„Wenn sie sich Zeit nimmt und ordentlich trainiert, wird sie mit ihrem Streitkolben zu einer tödlichen Gefahr. Sie muss nur noch an ihrer Taktik arbeiten.“

„Was sollen wir also mit ihr machen?“

„Befördert sie zum General und schickt einige der alten Schaumschläger in den Ruhestand. Wir können ein bisschen frisches Blut in den höheren Rängen gebrauchen.“

„Valek, du hast die militärischen Strukturen immer noch nicht begriffen.“

„Dann macht sie heute zum Ersten Leutnant, morgen zum Captain, übermorgen zum Major, danach zum Colonel und schließlich zum General.“

„Ich werde es in Betracht ziehen.“ Der Commander warf mir einen ärgerlichen Blick zu. Er merkte, dass ich trödelte.

„Sonst noch etwas?“, fragte er Valek.

Ich war fertig mit Vorkosten, stellte das Tablett auf den Schreibtisch und wollte zur Tür gehen.

Valek griff meinen Arm. „Ich würde gerne etwas ausprobieren. Eine Woche lang soll Yelena jedes Mal vom Criollo kosten, wenn Ihr es esst. In der Woche darauf probiere ich es für Euch. Ich möchte sehen, ob irgendetwas mit ihr geschieht, wenn sie es nicht mehr isst.“

„Kommt nicht in Frage.“ Abwehrend hob der Commander die Hand, als Valek etwas sagen wollte. „Ich weiß deine Sorge zu schätzen, aber ich denke, sie ist unbegründet.“

„Bitte lasst es mich tun.“

„Wir können dein Experiment durchführen, wenn Rand das Rezept von General Brazell bekommen hat. Einverstanden?“

„Jawohl, Sir.“

„Gut. Ich möchte außerdem, dass du an einer Besprechung mit General Kitvivan teilnimmst. Die kalte Jahreszeit hat noch nicht einmal begonnen, und er sorgt sich bereits um die Schneekatzen.“ Der Commander sah mich an. „Yelena, du kannst gehen.“

„Jawohl, Sir“, sagte ich.

Nachdem ich mich im Baderaum gewaschen hatte, ging ich in die Küche, um mir ein großes Sieb und eine Schüssel zu borgen, die ich mit in die Bibliothek nahm. Die letzten vier Schoten waren braun geworden und begannen zu faulen. Ich öffnete sie, kratzte das ebenfalls braun werdende Fruchtfleisch und die Samenkörner heraus, warf alles in das Sieb und stellte es in die Schüssel. Die Metallgriffe des Siebes ruhten auf dem Rand der Schüssel, sodass es deren Boden und Seitenwände nicht berührte. Der strenge Geruch des Samens erfüllte den Raum. Ich stellte die Schüssel auf die Fensterbank und öffnete das Fenster, um frische Luft hereinzulassen. Mein Versuch basierte auf keinerlei wissenschaftlichen Erfahrungen; ich wollte nur sehen, ob das Fruchtfleisch gären würde. Vielleicht benutzte Brazell es zur Herstellung eines alkoholischen Getränks.

Trotz intensivster Lektüre von Botanikbüchern hatte ich bisher nichts Brauchbares entdeckt. Die Bände über Gifte waren zwar interessant, enthielten aber nichts über Butterfly Dust. Aus vier Büchern über Giftstoffe waren einige Seiten herausgerissen worden, wie man an den gezackten Papierrändern, die am Falz hafteten, erkennen konnte. Valek hatte vermutlich schon vor langer Zeit alle einschlägigen Hinweise auf Butterfly Dust entfernt, denn er konnte sich denken, dass alle Vorkoster großes Interesse an entsprechenden Informationen hatten.

Seufzend stapelte ich die Bücher am Rand des Tisches auf. Da ich wusste, dass Valek an der Besprechung des Commanders teilnahm, holte ich den Band über Zauberei aus meinem Rucksack. Die silbernen Buchstaben auf der Titelseite glänzten. Vor Aufregung schlug mein Puls schneller.

Ich öffnete das schmale Werk und las eine Abhandlung über die Quelle, aus der ein Magier seine Macht schöpft. Obwohl ich nicht alle der detailliert beschriebenen Methoden verstand, bekam ich doch immerhin soviel mit, dass die Kraftquelle den gesamten Erdball umhüllte und von jedem erdenklichen Ort aus zugänglich war.

Die Magier nutzten diese Macht, je nach ihren Fähigkeiten, auf unterschiedliche Weise. Einige waren in der Lage, Objekte zu bewegen; andere konnten Gedanken lesen und beeinflussen. Heilen, Feuer entfachen und telepathisches Kommunizieren gehörten ebenfalls zu den magischen Fertigkeiten. Andere wiederum verfügten nur über eine einzige Begabung, aber je stärker ein Zauberer war, umso mehr vermochte er zu tun. Ein schwächerer Magier konnte gerade einmal Gedanken lesen, wohingegen ein mächtigerer außerdem noch mentale Verbindungen aufnehmen und den Geist beeinflussen konnte. Bei der Vorstellung, dass Irys in der Lage war, meine Gedanken zu kontrollieren, schauderte es mich.

Doch die Zauberer mussten vorsichtig sein, wenn sie Kraft tankten. Ein Magier, der die Quelle zu sehr beanspruchte oder gar missbrauchte, verursachte unter Umständen Unebenheiten, die dazu führten, dass die gesamte Hülle in Wellenbewegung geriet. Durch diesen Effekt, auch Verwerfung genannt, traten in manchen Gegenden die Kräfte gebündelt auf, während an anderen Stellen ein Vakuum herrschte. Andere Wellen wiederum, deren Verlauf unvorhersehbar war, konnten das gesamte Kraftfeld durcheinander bringen. Um die Macht anzuzapfen, mussten sich die Zauberer auf die Suche nach einem Kraftfeld begeben, doch selbst wenn sie es gefunden hatten, wussten sie nicht, wie lange sie daraus schöpfen konnten.

Das Buch berichtete von einem starken Magier, der die Quelle angezapft und an sich gezogen hatte. Dank seiner großen Macht konnte er die Hülle kontrollieren, ohne eine Explosion zu verursachen. Dadurch waren die anderen Zauberer von der Quelle abgeschnitten. Machtlos geworden, taten sie sich zusammen und begaben sich auf die Suche nach ihm. Nachdem sie ihn gefunden hatten, kam es zu einem erbitterten Kampf, bei dem viele getötet wurden. Die Überlebenden zapften die gestohlene Quelle an und brachten ihn um. Schließlich hatte sich die Hülle wieder gleichmäßig um die Erde ausgebreitet, aber der Prozess hatte mehr als zweihundert Jahre gedauert.

Während ich mit dem Finger über die erhabenen Buchstaben auf der Titelseite des Bandes fuhr, verstand ich allmählich, warum Irys so vehement darauf bestanden hatte, dass ich entweder eine Ausbildung machen oder getötet werden müsse. Wenn meine Zauberkräfte außer Kontrolle gerieten, würde die Hülle in starke Schwingungen geraten. Enttäuscht sank ich in meinem Sessel zusammen. Ich hatte gehofft, in dem Buch Zaubersprüche und Lektionen oder eine Antwort zu finden. Ein Leitfaden nach der Art: deshalb hast du Macht, so musst du sie einsetzen – und vielleicht sogar ein Rezept für ein Gegenmittel zu Butterfly Dust.

Doch das war reines Wunschdenken gewesen. Wieder einmal musste ich feststellen, wie riskant es war, sich in solche Ideen zu verrennen. Hoffnung, Glück und Freiheit waren in meiner Zukunft nicht vorgesehen. Schon damals nicht, da ich als unwissendes Kind in Brazells Waisenhaus lebte. Während ich noch darauf hoffte, ein normales Leben führen zu können, war ich bereits als Laborratte für seine Experimente verplant.

Zusammengekauert saß ich in meinem Sessel und versank in Selbstmitleid. Unbeweglich blieb ich sitzen, bis die Sonne unterging und meine verkrampften Muskeln in den Beinen zu schmerzen begannen. Mit einem Ruck erhob ich mich, entschlossen, mich von meiner düsteren Stimmung nicht länger beeinflussen zu lassen. Wenn ich in den Büchern kein Rezept für ein Gegengift fand, musste es eine andere Möglichkeit geben. Irgendjemand musste doch etwas darüber wissen. Seit fünfzehn Jahren beschäftigte der Commander Vorkoster in seinem Team. Wenn niemand mir helfen konnte, würde ich es auf andere Weise versuchen – vielleicht das Gegengift stehlen oder Valek nachspionieren, wenn er es besorgte. Zu alldem war ich im Moment noch nicht in der Lage, aber ich nahm mir fest vor zu lernen, was mir noch an Können und Erfahrung fehlte.

Am nächsten Morgen schloss ich mich, dieses Mal mit leerem Magen, den laufenden Soldaten an. Als Ari und Janco an mir vorbeisausten, winkte Janco mir lässig zu und grinste spitzbübisch. Kurz darauf hörte ich stampfende Schritte hinter mir und nahm an, dass Janco mir einen Streich spielen wollte.

Ich machte Platz, um ihn überholen zu lassen, aber der Läufer blieb mir dicht auf den Fersen. Als ich mich umdrehte, entdeckte ich Nix. Im selben Moment schossen seine Arme nach vorn, und er stieß mir in den Rücken. Stolpernd stürzte ich zu Boden. Nix rannte über mich hinweg und trat mir mit seinem Stiefel in die Magengrube, sodass mir die Luft wegblieb.

Mein Brustkorb schmerzte. Zusammengerollt wie ein Baby im Mutterleib lag ich auf dem Boden und keuchte. Nachdem ich wieder zu Atem gekommen war, setzte ich mich auf. Unaufhörlich strömten die Soldaten an mir vorbei, und ich fragte mich, ob einer von ihnen den Angriff dieses Mistkerls mitbekommen hatte.

Wenn er mich einschüchtern wollte, musste er sich etwas anderes einfallen lassen. Nix hatte mich soeben in meinem Entschluss bestärkt, die Kunst der Selbstverteidigung zu perfektionieren, damit ich Schurken wie ihm nicht länger hilflos ausgeliefert war. Ich rappelte mich auf und wartete, dass er auf seiner nächsten Runde bei mir vorbeikam, aber er tauchte nicht mehr auf.

Ari blieb stehen. „Was ist passiert?“

„Nichts.“ Nix war, genau wie Margg, mein persönliches Problem. Wenn ich das nicht selbst löste, würde er mich niemals in Ruhe lassen. Sofort meldete sich ein leiser Zweifel. Genau diese Einstellung hatte mich in den Kerker und mir das Todesurteil gebracht.

„Du hast Blut im Gesicht“, stellte Ari fest.

Ich wischte es mit dem Ärmel ab. „Ich bin hingefallen.“

Ehe er weitere Fragen stellen konnte, wechselte ich das Thema, um ihn abzulenken. Ich erzählte ihm von Valeks Ratschlag, die Übungsstunden nicht vor aller Augen abzuhalten. Ari stimmte mir zu, dass es sicherer sei, im Verborgenen zu trainieren, und bot sich an, nach einem geeigneten Ort Ausschau zu halten.

„Du bist Maren, nicht wahr?“, keuchte ich zwischen zwei Atemzügen. Seit einer Woche drehte ich nun meine Runden, und heute Morgen hatte ich mein Tempo so ausgerichtet, dass ich neben Maren lief.

Sie warf mir einen abschätzenden Blick zu. Ihr blondes Haar hatte sie zu einem Pferdeschwanz zusammengebunden. Breite, kräftige Schultern über einer schmalen Taille ließen ihren Körper unproportioniert erscheinen. Sie bewegte sich mit kraftvoller Eleganz, und ich musste mich anstrengen, mit ihrer weitausholenden, federnden Gangart Schritt zu halten.

„Und du bist die Spuckerin“, erwiderte Maren.

Es war eindeutig als Beleidigung gemeint, und sie wollte sehen, wie ich auf diese Herausforderung reagierte. Hätte sie nichts mit mir zu tun haben wollen, wäre sie nach ihrer Antwort einfach davongelaufen, ohne mich weiter zu beachten.

„Ich habe schon schlimmere Schimpfwörter gehört.“

„Warum tust du das?“, wollte Maren wissen.

„Was?“

„Laufen, bis dir schlecht wird.“

„Fünf Runden waren geplant. Ich gebe nicht gerne auf.“ Wieder traf mich ihr prüfender Blick. Meine Worte kamen abgehackt. Lange würde ich diese Unterhaltung nicht führen können. „Ich habe dich gegen Valek kämpfen gesehen. Man sagt, du seiest die Beste mit dem Streitkolben. Ich würde gerne lernen, damit umzugehen.“

Sie wurde langsamer. „Wer hat dir das gesagt?“

„Ari und Janco.“

Maren schnaubte verächtlich, als wäre ich zwei Betrügern auf den Leim gegangen. „Deine Freunde?“

„Ja.“

Sie spitzte den Mund zu einem O, während ihr die Zusammenhänge klar wurden. „Sie haben dich im Wald aufgespürt. Es geht das Gerücht, sie wollten dir das Kämpfen beibringen, aber du hättest aufgegeben. Wollen sie dich jetzt etwa mir aufhalsen?“

„Das ist das Problem mit Gerüchten“, keuchte ich. „Es ist schwer, Wahrheit und Lüge auseinander zu halten.“

„Und warum sollte ich dir meine Zeit opfern?“

Mit dieser Frage hatte ich gerechnet. „Wegen der Informationen.“

„Über was?“

„Du willst doch Valek schlagen, oder?“

Ihre grauen Augen musterten mich durchdringend wie zwei Schwertspitzen, die in meine Haut stachen.

Mit letzter Kraft stieß ich hervor: „Komm heute Nachmittag zum Osttor der Burg. Dann erzähle ich dir mehr.“ Unfähig, noch länger mit ihr Schritt zu halten, fiel ich zurück. Da sie im selben Tempo weiterlief, verlor ich sie kurz darauf im Pulk der Soldaten aus den Augen.

Den ganzen Morgen über ging mir unser Gespräch nicht aus dem Sinn. Ich versuchte mir ihre Antwort auszumalen, während ich die Speisen des Commanders probierte. Um zwei Uhr wartete ich am Osteingang der Burg. Nervös biss ich mir auf die Lippen. Ari und Janco hatten das Gerücht verbreitet, ich würde nicht länger trainieren. Ich war ein beträchtliches Risiko eingegangen, als ich Maren gegenüber andeutete, dass das nicht der Wahrheit entsprach. Beim Anblick einer großen Gestalt, die mit zwei Streitkolben auf mich zukam, ließ meine Besorgnis ein wenig nach.

Maren betrat den Gang und blieb stehen, bis sie mich entdeckte. Ich lehnte an der Wand.

Ehe sie etwas sagen konnte, forderte ich sie auf: „Komm mit mir." Ich führte sie in einen verlassenen Korridor, wo Ari und Janco warteten.

„Man soll eben nichts auf Gerüchte geben", sagte Maren zu Ari.

„Nein. Aber es gibt einige Gerüchte, die wir lieber nicht richtig stellen wollen." In Aris Stimme lag ein leiser drohender Unterton.

Maren beachtete ihn nicht. „Nun gut, Spuckerin, was hast du mir zu sagen? Hoffentlich etwas Brauchbares, denn sonst verdufte ich sofort wieder."

Aris Gesicht wurde rot, und ich sah, dass er sich eine Bemerkung verkneifen musste. Janco dagegen grinste wie immer erwartungsvoll.

„Nun, ich denke, wir vier können uns gegenseitig helfen. Ari, Janco und ich wollen lernen, mit dem Streitkolben zu kämpfen. Du willst Valek schlagen. Wenn wir zusammenarbeiten, erreichen wir vielleicht unser Ziel."

„Was bringt es mir für den Kampf gegen Valek, wenn ich dich unterrichte?", wollte Maren wissen.

„Du bist geschickt im Umgang mit dem Streitkolben, aber deine Kampftechnik ist verbesserungsbedürftig. Ari und Janco können dir dabei helfen."

„Eine Woche Training, und die Spuckerin hält sich für eine Expertin", sagte Maren herablassend an Ari gewandt. Er schwieg, doch seine Miene wurde finster.

„Ich bin keine Expertin. Aber Valek kennt sich aus."

Sie warf mir einen kalten Blick zu. „Hat er das gesagt? Über mich?"

Ich nickte.

„Also ich bringe euch das Kämpfen mit dem Streitkolben bei, und Ari und Janco zeigen uns die richtige Taktik. Und was steuerst du bei?"

Ich zeigte auf uns vier. „Das. Und ..." Ich zögerte, weil ich mir nicht sicher war, ob meine Worte überzeugend genug klangen. „Ich könnte euch ein paar Sprünge beibringen, größere Beweglichkeit und wie man in jeder Situation das Gleichgewicht hält. Das dürfte euch bei einem Kampf zugute kommen."

„Verflucht!" Janco war beeindruckt. „Sie hat dich hierher geholt. Und vier sind in einer Übungsgruppe besser als drei."

Verärgert schaute Maren ihn an. Er warf ihr ein breites Lächeln zu.

„Nun gut, wir können es ja mal eine Weile ausprobieren. Wenn es nicht funktioniert, bin ich weg." Ehe einer von uns etwas sagen konnte, fuhr sie fort: „Und macht euch keine Sorgen. Ich höre mir Gerüchte zwar an, aber ich verbreite keine."

Als wir uns die Hand reichten, schwand meine Besorgnis.

Wir zeigten ihr, wo wir uns in der vergangenen Woche getroffen hatten.

„Gemütlich", kommentierte Maren, als sie unseren Übungsraum betrat.

Ari hatte einen leeren Lagerraum entdeckt. Er lag im Keller des nicht mehr genutzten Südwestflügels der Burg. Durch zwei Fenster unterhalb der Decke fiel ausreichend Licht zum Trainieren.

In der Zeit, die uns blieb, übten wir die ersten Schritte mit dem Streitkolben.

„Nicht schlecht, Spuckerin", sagte Maren am Ende der Stunde. „Ich sehe durchaus Potenzial."

Sie nahm ihre Streitkolben und wollte gehen, doch Ari legte seine große Hand auf ihre Schulter. „Sie heißt Yelena. Wenn du sie nicht bei ihrem Namen nennen möchtest, brauchst du morgen nicht mehr zu kommen."

Ich sah genauso verblüfft aus wie Maren, aber sie fasste sich schneller als ich. Mit einem knappen Nicken schüttelte sie Aris Hand fort und ging hinaus. Ich fragte mich, ob wir sie wohl wiedersehen würden.

Doch am nächsten Tag kam sie zurück, und auch täglich während der folgenden beiden Monate der kühlen Jahreszeit, die ihrem Namen alle Ehre machte, denn jeder Tag war kälter als der vorhergehende und die Luft erfüllt von einem frischen Duft. Die farbenprächtigen Blumen der heißen Jahreszeit welkten dahin, und die Bäume verfärbten sich erst orange, dann rotbraun und schließlich braun. Die Blätter fielen zu Boden und wurden von den häufigen Stürmen fortgeweht.

Bei meinen Experimenten mit den Schoten war ich keinen Schritt weitergekommen, aber Valek schien es nicht zu kümmern, dass die Versuche im Sande verliefen. Manchmal sah er uns beim Training zu, kommentierte unsere Leistungen und machte Verbesserungsvorschläge.

Nix belästigte mich weiterhin bei meinem täglichen Lauf. Er warf mit Steinen nach mir, bespuckte mich und stellte mir ein Bein. Um ihm aus dem Weg zu gehen, änderte ich meine Gewohnheiten und lief um den äußeren Wall der Burganlage. Meine Fähigkeiten zur Selbstverteidigung steckten noch in den Kinderschuhen und reichten für eine Konfrontation mit ihm nicht aus. Wenigstens noch nicht. Außerhalb der Anlage zu laufen hatte auch seine Vorteile. Das weiche Gras fühlte sich an meinen Füßen angenehmer an als der Schotterweg im inneren Teil der Burg, und vor Sonnenaufgang begegnete ich dort niemandem, was dem Gerücht, ich hätte mit dem Training aufgehört, zusätzliche Nahrung gab.

Mit dem Ende der kühlen Saison wurden die Tage kürzer, und unsere Übungsstunden endeten bei Sonnenuntergang. Im grauen Licht der Dämmerung ging ich zu den Baderäumen, wobei ich mich wegen meiner schmerzenden Rippen sehr vorsichtig bewegte. Janco, dieser Schuft, hatte zuvor mit seinen kurzen flinken Stößen immer wieder meine Verteidigung durchbrochen.

Gerade als ich die Baderäume betreten wollte, löste sich ein großer Schatten von der Wand. Alarmiert trat ich zurück und nahm sofort Kampfstellung ein. Furcht und Erregung schlugen über mir wie eine Welle zusammen, gemischt mit einem leisen Zweifel. Würde ich mich verteidigen können, wenn es sein müsste? Oder sollte ich besser weglaufen?

Marggs wuchtiger Körper tauchte aus dem Schatten auf, und meine Anspannung ließ ein wenig nach.

„Was willst du?“, fragte ich. „Bist du wieder wie ein braves Hündchen im Auftrag deines Herrn unterwegs?“

„Immer noch besser, als eine Ratte in der Falle zu sein."

Ich rauschte an ihr vorbei. Manchmal machte es Spaß, sich gegenseitig zu beleidigen, aber diesmal empfand ich es als reine Zeitverschwendung.

„Möchte die Ratte vielleicht etwas Käse?", fragte sie.

Ich drehte mich um. „Wie bitte?"

„Käse. Geld. Gold. Ich wette, du gehörst zu den Ratten, die alles für ein Stück Käse tun würden."

19. KAPITEL

Und was würde ich für ein Stück Käse tun müssen?", fragte ich. Ich hatte es gewusst! Margg war es, die Informationen über mich preisgab, und nun wollte sie mich für ihre Zwecke benutzen. Endlich ein Beweis!

„Ich habe eine Quelle, die gutes Geld für Auskünfte zahlt. Es ist die perfekte Gelegenheit für eine kleine Ratte", sagte Margg.

„Welche Art von Informationen?"

„Alles, was du aufschnappst, wenn du um den Commander herumwuselst oder in Valeks Wohnung bist. Meine Kontaktperson bezahlt nach Tageskurs: je pikanter die Neuigkeit, umso größer das Stück Käse."

„Wie soll das funktionieren?" Meine Gedanken überschlugen sich. Im Moment stand nur ihr Wort gegen meines. Ich brauchte Beweise, die ich Valek zeigen konnte. Es würde mir eine diebische Freude bereiten, Margg und ihren Auftraggeber gemeinsam bloßzustellen.

„Du lieferst mir die Neuigkeiten", sagte sie, „und ich leite sie weiter. Ich nehme das Geld in Empfang und gebe es dir – minus fünfzehn Prozent Vermittlungsgebühr."

„Und ich soll dir glauben, dass es fünfzehn Prozent von einer Summe sind, deren Höhe ich gar nicht kenne?"

Sie zuckte mit den Schultern. „Entweder so oder gar nicht. Ich denke mir, dass sich eine halb verhungerte Ratte wie du auf jeden Krümel stürzt, egal, wie klein er ist." Sie machte Anstalten zu gehen.

„Was hältst du davon, wenn wir deinen Auftraggeber gemeinsam besuchen?", schlug ich vor. „Deinen Anteil würdest du ja trotzdem bekommen."

Sie blieb stehen. In ihrem fleischigen Gesicht zeichnete sich Unsicherheit ab. „Da muss ich erst nachfragen." Sie verschwand im Dunkel des Korridors.

Ich wartete noch eine Weile, ehe ich den Baderaum betrat. Sollte ich Margg einige Tage beschatten? Rasch verwarf ich den Gedanken wieder. Wenn ihrer Kontaktperson mein Vorschlag nicht gefiel, würde ich ihr um den Bart gehen und um eine zweite Chance bitten. Das gefiel ihr bestimmt. Und dann wollte ich sie verfolgen. Sie vor Valek als Verräterin zu entlarven, wäre mir das reinste Vergnügen.

Die Unterhaltung mit Margg ließ mir keine Zeit mehr zum Baden; deshalb eilte ich sofort zum Commander. Sammy stand mit einem Tablett in den Händen vor der geschlossenen Tür des Arbeitszimmers, aus dem gedämpft verärgerte Stimmen drangen.

„Was ist denn da los?", fragte ich Sammy.

„Sie streiten sich", erwiderte er.

„Wer?"

„Der Commander und Valek."

Ich nahm Sammy das Tablett mit Speisen, die kalt zu werden drohten, aus der Hand. Wir mussten ja nicht beide hier warten. „Na, lauf schon. Rand braucht dich bestimmt."

Sammy grinste erleichtert und hüpfte durch den Thronsaal. Während der Mahlzeiten war in der Küche der Teufel los. Diener und Köche schwärmten wie Bienen durcheinander, wobei Rand das Chaos dirigierte, Befehle erteilte, Anweisungen gab und dafür sorgte, dass alles wie am Schnürchen lief.

Da ich wusste, dass der Commander kaltes Essen verabscheute, stellte ich mich ganz nahe an die Tür und wartete auf eine Pause in der Unterhaltung. Jetzt konnte ich Valeks

Stimme deutlich hören.

„Was hat Euch denn dazu veranlasst, einen neuen Nachfolger zu bestimmen?“, wollte Valek wissen.

Die leise Antwort des Commanders kam auf der anderen Seite der Tür nur als unverständliches Murmeln an.

„In den fünfzehn Jahren, die ich Euch kenne, habt Ihr *niemals* eine Entscheidung umgestoßen.“ Valeks Ton wurde etwas gelassener. „Das ist kein Trick, um den Namen Eures Nachfolgers zu erfahren. Ich möchte nur wissen, warum Ihr Eure Meinung geändert habt. Und warum jetzt?“

Die Antwort war nicht nach Valeks Geschmack. Mit einem sarkastischen Unterton sagte er: „Aber immer, Sir.“

Valek riss die Tür auf. Ich stolperte ins Arbeitszimmer.

Er trug eine kalte Miene zur Schau. Nur in seinen Augen – geschmolzene Lava unter einer Eisschicht – spiegelte sich sein Zorn. „Yelena, wo zum Teufel hast du gesteckt? Der Commander wartet auf sein Abendessen.“ Da er nicht mit einer Antwort rechnete, eilte er mit weit ausholenden Schritten durch den Thronsaal. Berater und Wächter traten eiligst beiseite.

Valeks Ärger schien immens zu sein. Jeder in Ixia wusste, dass einer der acht Generäle zum Nachfolger des Commanders bestimmt war. Es war typisch für den Herrschaftsstil des von Verfolgungsängsten geplagten Commanders, dass der Name des Auserwählten streng geheim gehalten wurde. Jeder General besaß einen Briefumschlag, der einen Teil eines Puzzles enthielt. Beim Tod des Commanders fügten sie das Puzzle, das eine geheime Botschaft ergab, zusammen. Nur mit Hilfe eines Schlüssels konnte sie entziffert werden. Dieser Schlüssel war in Valeks Besitz. Der gewählte General hatte sofort die volle Unterstützung des Militärs sowie sämtlicher

Beamten und Diener des Commanders.

Die Geheimnistuerei diente dazu, einen Putsch für den gewählten Nachfolger zu verhindern. Das Risiko, dass der Amtserbe noch unfähiger war als der Commander, stellte eine zusätzliche Abschreckung dar. So weit ich sehen konnte, würde ein Wechsel des geplanten Generals das Alltagsleben in Ixia kaum beeinflussen. Da wir ohnehin nicht wussten, wer ursprünglich ausgewählt worden war, würde auch der Austausch des Nachfolgers bis zum Tod des Commanders keine Auswirkungen haben.

Ich trat an den Schreibtisch. Offenbar unbeeindruckt von Valeks Zorn, studierte der Commander seine Berichte. Ich beeilte mich mit dem Testen seiner Speisen; er bedankte sich kurz und beachtete mich nicht weiter.

Auf dem Weg zu den Baderäumen überlegte ich, ob das, was ich gerade mitbekommen hatte, Marggs Kontaktperson eine ordentliche Summe wert war. Rasch verwarf ich den Gedanken. Der Gedanke, für Geld zur Verräterin zu werden, hatte etwas Widerwärtiges. Ich wollte nur lebend aus meiner derzeitigen Situation herauskommen. Und da ich Valek kannte, war ich mir sicher, dass er jedes noch so geheime Treffen mit Margg aufdecken würde. Allein aus diesem Grund musste ich beweisen, dass ich keine Spionin war, gleichgültig, was Margg glaubte. Allein die Vorstellung von Valeks durchbohrendem Blick jagte mir Schauer des Entsetzens über den Rücken.

Ein ausgiebiges heißes Bad linderte die Schmerzen in meinen Rippen. Da es noch früh am Abend war, hielt ich es für besser, Valek vorerst aus dem Weg zu gehen. In der Küche nahm ich ein spätes Abendessen ein. Ich lud mir die Reste des Bratens und ein großes Stück Brot auf den Teller und suchte mir einen Platz am Tisch, an dem Rand arbeitete. Schüsseln, Töpfe und Zutaten waren über die ganze Platte verteilt. Unter seinen rotgeränderten Augen zeichneten sich dunkle Linien ab, und jedes Mal, wenn er sich mit seinen nassen Fingern durchs Haar fuhr, stand es unordentlich vom Kopf ab.

Ich entdeckte eine freie Stelle auf dem Tisch, zog mir einen Stuhl heran und begann zu essen.

„Hat der Commander dich geschickt?“, fragte Rand.

„Nein. Wieso?“

„Vor zwei Tagen habe ich endlich von Ving das Rezept für seine Criollo bekommen. Ich dachte, der Commander ist vielleicht neugierig darauf.“

„Davon hat er nichts zu mir gesagt.“

Zwei große Ladungen Criollo – ohne Rezept – waren seit Brazells Abreise für den Commander angeliefert worden. Jedes Mal hatte sich der Commander bedankt und um eine komplette Liste der Zutaten gebeten. Da die Lieferung sehr umfangreich war, hatte er einiges davon Rand gegeben, um damit zu experimentieren. Dieser hatte die Erwartungen nicht enttäuscht. Er hatte das Criollo geschmolzen, unter heiße Getränke gemischt, neue Desserts erfunden, kleingehackt und Blumen sowie andere Dekorationsstücke für Kuchen und Torten daraus geformt.

Ich sah Rand zu, wie er mit flinken Bewegungen einen dunkelbraunen Kuchenteig anrührte. „Wie klappt’s denn?“, erkundigte ich mich.

„Gar nicht. Ich habe mich immer genau an das Rezept gehalten, aber das Einzige, was ich bisher zustande gebracht habe, ist dieser eklig schmeckende Brei.“ Rand klopfte mit dem Löffel auf den Rand der Schüssel, um den restlichen Teig zu lösen. „Es wird nicht einmal fest.“ Er schob mir ein Stück ehemals weißes Papier herüber, das mit braunen Flecken und Mehl beschmutzt war. „Vielleicht findest du heraus, was ich falsch mache."

Ich ging die Liste der Zutaten durch. Es sah wie ein ganz normales Rezept aus, aber ich war ja keine gelernte Köchin. Abschmecken wurde aber allmählich zu meiner starken Seite. Ich nahm einen Klumpen von seinem Teig und ließ ihn auf der Zunge zergehen. Ein ekelhaft süßer Geschmack machte sich in meinem Mund breit. Die Konsistenz war weich, und der Teig fühlte sich auf meiner Zunge wie Criollo an, aber ihm fehlte der nussige, ein wenig bittere Geschmack, der die Süße ausglich.

„Vielleicht stimmt beim Rezept etwas nicht", sagte ich und gab Rand das Blatt zurück. „Versetz dich doch mal in Vings Lage. Commander Ambrose liebt Criollo, und du bist der Einzige, der im Besitz des Rezeptes ist. Würdest du das dann aus der Hand geben? Oder würdest du es nicht lieber benutzen, um vielleicht eine Beförderung zu ergattern?"

Müde ließ Rand sich auf einen Stuhl fallen. „Was soll ich tun? Wenn ich kein Criollo herstellen kann, wird der Commander mich wahrscheinlich degradieren. Und das würde meinem Selbstwertgefühl einen empfindlichen Stoß versetzen." Er lächelte schwach.

„Sag ihm doch einfach, das Rezept sei eine Fälschung. Mach Ving dafür verantwortlich, dass du kein Criollo hinbekommst."

Seufzend rieb Rand sich das Gesicht. „Diesen Druck halte ich nicht aus. Ich hasse Politik." Mit den Kuppen seiner langen Finger massierte er seine Augenlider. „Jetzt gäbe ich etwas für eine Tasse Kaffee, aber ich fürchte, ich werde mich mit Wein begnügen müssen." Er durchstöberte den Schrank und holte eine Flasche sowie zwei Gläser heraus.

„Kaffee?“

„Du bist zu jung, um dich daran zu erinnern, aber vor der Machtübernahme haben wir dieses herrliche Getränk aus Sitia importiert. Seitdem der Commander die Grenze dicht gemacht hat, müssen wir auf eine ganze Reihe von Luxusgütern verzichten. Von all denen vermisse ich Kaffee am meisten.“

„Hast du es schon mal auf dem schwarzen Markt versucht?“, fragte ich.

Rand lachte. „Na ja, da kriegt man ihn wahrscheinlich. Aber ich könnte ihn nirgendwo hier in der Burg zubereiten, ohne aufzufliegen.“

„Wahrscheinlich wird mir die Frage später Leid tun, aber ich stelle sie trotzdem: Warum nicht?“

„Wegen des Geruchs. Kaffee hat ein volles und einmaliges Aroma, das mich sofort verraten würde. Der Duft von frisch zubereitetem Kaffee dringt durch sämtliche Räume der Burg. Vor dem Machtwechsel bin ich jeden Morgen mit diesem Wohlgeruch in der Nase aufgewacht.“ Rand seufzte erneut. „Meine Mutter hatte die Aufgabe, die Kaffeebohnen zu mahlen und die Kannen mit Wasser zu füllen. Er wird so ähnlich zubereitet wie Tee, aber der Geschmack ist viel, viel besser.“

Bei dem Wort *Bohnen* richtete ich mich in meinem Stuhl auf. „Welche Farbe haben denn diese Kaffeebohnen?“

„Braun. Warum?“

„Merkwürdig.“ Mein Stimme blieb ruhig, aber innerlich war ich ziemlich aufgeregt. Meine geheimnisvollen Bohnen waren braun, und Brazell war alt genug, um Kaffee zu kennen. Vielleicht vermisste er das Getränk ebenfalls und hatte vor, es herzustellen.

Bei meinen Bemühungen, das Fruchtfleisch der Schote zur

Gärung zu bringen, war eine dünne, kastanienfarbige und faulig schmeckende Flüssigkeit entstanden. Die roten Samenkörner im Fruchtfleisch waren nass und mit Fliegen übersät. Ich hatte das Fenster geschlossen und die Samenkörner auf dem Fensterbrett getrocknet. Dabei wurden sie braun und sahen aus und schmeckten wie die Bohnen von der Karawane. Da ich die Schoten irgendwie mit den Bohnen in Zusammenhang bringen wollte, hatte mein Interesse spürbar nachgelassen, als ich merkte, dass meine Experimente zu keinem verwertbaren Ergebnis führten.

„Schmeckt Kaffee süß?", erkundigte ich mich.

„Nein. Er ist bitter. Meine Mutter pflegte Zucker und Milch in ihre Kannen zu schütten, aber ich selbst bevorzugte ihn pur."

Meine Bohnen waren bitter. Ich konnte nicht länger still sitzen. Ich musste herausfinden, ob Valek sich an Kaffee erinnerte. Rand wollte ich nicht weiter ausfragen; vielleicht wollte Valek ja nicht, dass der Koch etwas über die Schoten aus dem Süden erfuhr.

Ich verabschiedete mich von Rand, der trübsinnig mit einem Glas Wein in der Hand in seinen misslungenen Teig starrte, und lief zurück in Valeks Wohnung. Schon von weitem hörte ich, wie Bücher durch die Gegend geschleudert wurden. Valek stürmte durch sein Zimmer und trat gegen die Bücherstapel. Stücke von den grauen Steinen lagen auf dem Boden verstreut und hatten kleine Krater in die Wände gebohrt. In jeder Hand hielt er einen Stein.

Ich hätte ihm gerne von meiner Theorie über den Kaffee erzählt, aber ich entschloss mich zu warten. Unglücklicherweise bemerkte er mich. „Was willst du?", fauchte er mich an.

„Nichts", murmelte ich und floh in mein Zimmer.

Drei Tage lang ertrug ich Valeks Launen. Bei jeder Gelegenheit ließ er seine schlechte Stimmung an mir aus. Mürrisch warf er mir das Gegengift hin, war kurz angebunden, wenn er überhaupt mit mir redete, und funkelte mich wütend an, wann immer ich den Raum betrat. Schließlich hatte ich keine Lust mehr, ihm aus dem Weg zu gehen und mich in meinem Zimmer zu verkriechen. Daher beschloss ich, ihn zur Rede zu stellen. Er saß mit dem Rücken zu mir an seinem Schreibtisch.

„Ich habe möglicherweise herausgefunden, worum es sich bei diesen Bohnen handelt." Es war ein zaghafter Versuch, ein Gespräch zu beginnen. Am liebsten hätte ich ihm entgegengeschleudert: „Was zum Teufel ist los mit Euch?" Aber ich hielt es für klüger, auf die sanfte Tour zu beginnen.

Er drehte sich um und sah mir ins Gesicht. Seine Wut war verraucht und hatte einer eisigen Kälte Platz gemacht. „Wirklich?" Er klang nicht überzeugt. Das Feuer in seinen Augen war erloschen.

Ich trat einen Schritt zurück. Seine Gleichgültigkeit war beängstigender als sein Zorn. Mein Mund war trocken, und ich schluckte. „Ich … ich habe neulich mit Rand gesprochen, und er hat gesagt, dass er Kaffee vermisst. Erinnert Ihr Euch an Kaffee? Ein Getränk aus dem Süden."

„Nein."

„Vielleicht handelt es sich bei unseren Bohnen um Kaffee. Wenn Ihr nicht wisst, was Kaffee ist, würde ich sie Rand gerne zeigen. Habt Ihr etwas dagegen einzuwenden?" Meine Stimme erstarb. Ich hatte geklungen wie ein Kind, dass um eine Süßigkeit bettelte.

„Mach doch. Steckt nur eure Köpfe zusammen. Rand, dein Kumpel, dein bester Freund. Du bist genau wie er." Seine

Stimme troff vor Sarkasmus.

Ich war verdattert. „Was?“

„Mach, was du willst. Mir ist es egal.“ Valek wandte mir wieder den Rücken zu.

Ich schlich mich zurück in mein Zimmer und verschloss die Tür mit zitternden Fingern. Während ich an der Wand lehnte, ließ ich noch einmal die Ereignisse der vergangenen Woche an mir vorbeiziehen. Warum verhielt Valek sich bloß so abweisend? Die Gründe dafür waren mir vollkommen schleierhaft. Wir hatten kaum ein Wort miteinander gewechselt, und ich hatte geglaubt, sein Ärger richtete sich gegen den Commander – bis gerade eben.

Vielleicht hatte er mein Zauberbuch entdeckt. Vielleicht verdächtigte er mich, über magische Kräfte zu verfügen. Meine Verwirrung wich einem Gefühl der Angst. Als ich in der Nacht im Bett lag, ließ ich die Tür nicht aus dem Auge. Jeden Moment rechnete ich mit einer Attacke von Valek. Ich wusste, dass ich übertrieben reagierte, aber ich konnte nichts dagegen tun. Sein Blick, mit dem er mich gemustert hatte, ging mir nicht mehr aus dem Sinn. Er hatte mich angesehen, als sei ich bereits tot.

Der Morgen graute, und ich bewegte mich wie in Trance durch den Tag. Valek würdigte mich keines Blickes. Selbst Jancos ewige gute Laune und seine Witze vermochten meine Stimmung nicht zu heben.

Ich wartete noch ein paar Tage, ehe ich Rand die Bohnen zeigte. Er strahlte übers ganze Gesicht und bot mir sofort einen Zimtstrudel an.

„Ich bin nicht hungrig“, sagte ich.

„Du hast seit Tagen nichts gegessen. Was ist los mit dir?“, wollte er wissen.

Ich wich seiner Frage aus. Stattdessen erkundigte ich mich nach seinem Criollo.

„Dein Plan war erfolgreich. Ich habe dem Commander gesagt, dass Vings Rezept falsch war. Er sagte, er wolle sich darum kümmern. Dann fragte er mich nach dem Küchenpersonal aus – ob sie alle gut arbeiten oder ob ich mehr Hilfe brauche. Ich muss ihn ziemlich verblüfft angesehen haben, weil ich meinen Ohren nicht traute. Normalerweise begrüßt er mich immer sehr misstrauisch und entlässt mich mit einer Drohung."

„Das klingt nicht gerade nach einem guten Verhältnis."

Rand stapelte einige Schüsseln aufeinander und richtete eine Reihe von Löffeln ordentlich aus. Sein Lächeln erstarb. „Mein Verhältnis zum Commander und zu Valek kann man bestenfalls als eisig bezeichnen. Bei der Machtübernahme war ich noch ziemlich jung und rebellisch und habe ständig alle und alles sabotiert. Ich habe dem Commander saure Milch serviert, altbackenes Brot aufgetischt, verfaultes Gemüse und sogar rohes Fleisch. Damals wollte ich einfach nur aufsässig sein." Er nahm einen Löffel und klopfte damit gegen sein Knie. „Es war ein regelrechter Machtkampf. Der Commander wollte unbedingt, dass ich für ihn kochte, und ich war entschlossen, mich entweder einsperren oder degradieren zu lassen."

Poch, poch, poch, machte der Löffel, und Rand fuhr mit belegter Stimme in seiner Erzählung fort. „Dann machte Valek meine Mutter zur Vorkosterin – das war, bevor dieses blöde Neue Gesetzbuch in Kraft trat –, und ich konnte es nicht mit ansehen, dass sie den Mist probieren musste, den ich dem Commander vorsetzte." Der Kummer aus längst vergangenen Zeiten spiegelte sich in seinem Gesicht. Er ließ den Löffel zwischen seinen Fingern tanzen.

Ich wusste nicht, was ich sagen sollte. Beim Gedanken an das Schicksal von Rands Mutter lief mir ein Schauer über den Rücken.

„Nachdem das Unvermeidliche geschehen war, versuchte ich zu fliehen, aber sie erwischten mich kurz vor der Grenze nach Süden." Er rieb sich das rechte Knie. „Sie zertrümmerten meine Kniescheibe und legten mir Fußfesseln an wie einem verdammten Pferd. Sie drohten, mir auch das andere Knie zu zertrümmern, wenn ich noch einmal weglaufen sollte. Und so bin ich hierher gekommen." Mit einem wütenden Schnauben fegte er die Löffel vom Tisch. Klirrend landeten sie auf dem Fußboden. „Da siehst du mal, wie sehr ich mich geändert habe. Der Commander ist nett zu mir, und ich bin glücklich. Ich hab mal davon geträumt, den Mistkerl zu vergiften und als Sieger aus unserem Kampf hervorzugehen. Aber ich habe nun mal eine Schwäche für die Vorkoster. Als Oscove starb, habe ich mir fest vorgenommen, dass sie mir von jetzt an vollkommen egal sein sollen." Rand holte eine Flasche Wein. „Leider hat es nicht geklappt. Wieder nicht."

Bedrückt saß ich am Tisch und ließ den Kopf hängen. Mir tat es Leid, dass meine Bemerkung ihm Kummer verursacht hatte. Die Bohnen beulten meine Hosentaschen aus und machten das Sitzen unbequem. Unbehaglich rutschte ich auf dem Stuhl hin und her. Liza hatte allen Grund, mich für Rands Stimmungsschwankungen verantwortlich zu machen. Was Valek mit Rands Mutter gemacht hatte, war aus seiner Sicht gewiss grausam, aber aus Valeks Perspektive betrachtet richtig. Er hatte schließlich die wichtige Aufgabe, den Commander zu schützen.

In den folgenden beiden Tagen bewegte ich mich wie

durch einen Nebelschleier. Die Ereignisse verschwammen ineinander. Vorkosten, trainieren, vorkosten, trainieren. Aris und Jancos Flüche und Versuche, mich anzufeuern, blieben erfolglos. Selbst die Nachricht, dass ich mit dem Messerkampf anfangen konnte, erweckte in mir keine Begeisterung. Mein Körper war so gefühllos wie der Streitkolben in meiner Hand.

Nach einer meiner Übungsstunden tauchte Margg wie aus dem Nichts auf, um mir mitzuteilen, dass für den folgenden Abend ein Treffen mit ihrer Kontaktperson vorgesehen sei. Die Nachricht brachte mich so aus der Fassung, dass es mir dieses Mal schwer fiel, mich von dem kräftezehrenden Training zu erholen.

In Gedanken spielte ich sämtliche vorstellbaren Möglichkeiten durch, doch alle führten zu demselben Schluss: Wer würde mir glauben, wenn ich von dem Treffen erzählte? Niemand. Ich brauchte einen Zeugen, der auch als Beschützer fungieren konnte. Ari fiel mir ein. Aber ich wollte nicht, dass ein Verdacht auf ihn fiel, falls etwas schief ging. Möglicherweise hatte Marggs Kontaktperson einen Vorgesetzten oder ein ganzes Netzwerk von Informanten, und mir würde die Sache über den Kopf wachsen. Wie man es auch drehte und wendete, es gab nur eine Lösung – und die hieß Valek.

Ich fürchtete mich vor dem Treffen. Mein Verhältnis zu ihm beschränkte sich mittlerweile auf die Übergabe der täglichen Dosis Gegengift – eine ausgesprochen unangenehme Situation, denn wir wechselten kein Wort dabei. Trotzdem machte ich mich, nachdem ich das Abendessen des Commanders überprüft hatte, auf die Suche nach Valek, wobei der Kloß in meinem Magen mit jedem Schritt größer wurde. Sein Arbeitszimmer war verschlossen, also versuchte ich es in seiner Wohnung. Im Wohnzimmer war er nicht, doch ich hörte leise Geräusche aus der oberen Etage. Durch den Spalt der Tür, die zu seiner Schnitzerwerkstatt führte, fiel ein schmaler Lichtstreifen auf den Gang. Ein schleifendes, metallisches Geräusch verursachte mir eine Gänsehaut.

An der Tür zögerte ich. Dies war vermutlich der ungünstigste Zeitpunkt, um ihn zu stören, aber ich sollte Marggs Kontaktperson am nächsten Tag treffen. Ich durfte keine Zeit verlieren. Deshalb nahm ich meinen ganzen Mut zusammen, klopfte und öffnete die Tür, ohne auf eine Antwort zu warten.

Die Lampe flackerte, und Valek hielt mit dem Schleifen inne. Das Schleifrad blitzte im Schein der Lampe, und während es lautlos weiterlief, ließ es kleine Lichtpunkte über die Wände und die Decke tanzen.

„Was gibt's?", fragte er unwirsch.

„Man hat mir ein Angebot gemacht. Jemand will mir Geld für Informationen über den Commander geben."

Er fuhr herum. Sein Gesicht lag halb im Schatten. Sein Ausdruck war genauso hart wie der Stein in seiner Hand. „Warum erzählst du mir das?"

„Ich dachte, dass Ihr uns vielleicht folgt. Es könnte die Person sein, die Informationen über mich weitergegeben hat."

Wortlos starrte er mich an.

In diesem Moment wünschte ich mir, einen schweren Stein in der Hand zu haben, den ich auf seinem Kopf zerschmettern konnte. „Spionage ist gesetzwidrig. Vielleicht wollt Ihr die Person festnehmen oder ihr eine falsche Informationen zukommen lassen. Ihr wisst schon – was Spione eben so machen. Erinnert Ihr Euch nicht mehr? Oder seid Ihr daran inzwischen auch nicht mehr interessiert?"

Ich wurde zornig und holte tief Luft, um meine Schimpfkanonade fortzusetzen, aber Valek nahm mir den Wind aus den

Segeln. Seine angespannten Gesichtszüge wurden weicher, und in seiner Miene lag neues Interesse.

„Wer?“, fragte er schließlich. „Und wann?“

„Margg hat mich angesprochen und etwas von einer Kontaktperson erzählt. Wir treffen uns morgen Abend.“ Aufmerksam studierte ich seinen Gesichtsausdruck. Ich hätte nicht sagen können, ob ihn Marggs Verrat überraschte oder verletzte. Valeks Gemütsverfassung in seiner Miene zu erkennen war genauso unmöglich, wie ein Buch in einer fremden Sprache zu lesen.

„Gut, macht es so, wie ihr es geplant habt. Ich folge euch zu dem Treffen, und dann werden wir ja sehen, mit wem wir es zu tun haben. Wir werden der Kontaktperson zunächst ein paar richtige Informationen geben, damit du glaubwürdig wirkst. Zum Beispiel, dass der Commander einen anderen Nachfolger bestimmt hat; das könnte klappen. Das ist eine harmlose Nachricht, die bald sowieso öffentlich gemacht wird. Und dann werden wir weiterschauen.“

Wir besprachen die Einzelheiten. Obwohl ich mein Leben riskierte, war ich frohgestimmt. Valek war wieder ganz der Alte. Aber für wie lange?, fragte ich mich, während mein Misstrauen sich wieder meldete.

Nach unserem Gespräch machte ich Anstalten zu gehen.

„Yelena.“

An der Tür blieb ich stehen und schaute ihn über die Schulter an.

„Du hast einmal gesagt, dass ich noch nicht bereit sei, dir das Motiv zu glauben, aus dem du Reyad getötet hast. Jetzt bin ich es.“

„Aber ich bin noch nicht bereit, es Euch zu sagen“, entgegnete ich und verließ das Zimmer.

20. KAPITEL

Dieser verflixte Valek! Verflucht, verflucht, verflucht! Vier Tage lang zeigte er mir die kalte Schulter, und dann soll ich ihm auf einmal vertrauen? Ich hatte einen Mord zugegeben. Sie hatten die Täterin festgenommen. Mehr sollte ihn nicht interessieren.

Im Dunkeln stieg ich die Treppe hinunter und ging in mein Zimmer. Ich musste von hier fort. Der Gedanke ließ mich nicht mehr los. Der Wunsch, einfach wegzulaufen und mich einen Teufel um das Gegengift zu scheren, war übermächtig. Lauf weg, lauf weg, lauf weg, ging es mir unentwegt durch den Kopf. Eine vertraute Melodie. Ich hatte sie schon einmal gehört – als ich in Reyads Gewalt war. Erinnerungen, von denen ich glaubte, dass sie tief in meinem Inneren verschlossen seien, drohten wieder aufzutauchen und sich in meinen Gedanken festzusetzen. Dieser verfluchte Valek! Es war seine Schuld, dass ich diese Erinnerungen nicht länger unterdrücken konnte.

In meinem Zimmer verschloss ich die Tür hinter mir. Als ich mich umdrehte, entdeckte ich Reyads Geist, der es sich auf meinem Bett bequem gemacht hatte. Aus der klaffenden Wunde an seinem Hals tropfte Blut auf sein Nachtgewand und färbte es schwarzrot. In merkwürdigem Kontrast dazu stand sein Haar, das nach der neuesten Mode frisiert war, der makellos gestutzte Schnurrbart und seine leuchtenden blauen Augen.

„Verschwinde“, forderte ich ihn auf. Unentwegt sagte ich mir, dass er ein körperloses Wesen war, vor dem man nicht die geringste Furcht haben musste.

„Begrüßt man so einen alten Freund?“, fragte Reyad. Er

nahm das Buch über Gifte von meinem Nachttisch und blätterte darin.

Entsetzt starrte ich ihn an. Er sprach in meinen Gedanken. Er hielt ein Buch in der Hand. Ein Geist, nur ein Geist, wiederholte ich immer wieder. Reyad blieb ungerührt. Er lachte.

„Du bist tot", sagte ich. „Solltest du nicht auf ewig in der Hölle schmoren?"

So leicht war Reyad nicht aus meinem Kopf zu bekommen. „Streberin", sagte er und wedelte mit dem Buch durch die Luft. „Hättest du nur so gründlich für mich gearbeitet, wäre alles anders gekommen."

„Mir gefällt es so."

„Vergiftet, verfolgt und in Gesellschaft eines Irrsinnigen. Nicht gerade das, was ich ein angenehmes Leben nennen würde. Der Tod hat schon seine Vorteile." Er rümpfte die Nase. „Ich sehe doch, welch erbärmliches Leben du führst. Du hättest dich für den Strick entscheiden sollen, Yelena. Da hättest du dir eine Menge erspart."

„Verschwinde", wiederholte ich und versuchte, die leise Hysterie in meiner Stimme zu unterdrücken und den Schweiß, der mir den Rücken hinunterlief, zu ignorieren.

„Ist dir klar, dass du niemals lebend nach Sitia kommen wirst? Du bist eine Versagerin. Immer schon gewesen. Und wirst es auch immer sein. Sieh den Tatsachen ins Gesicht. Akzeptiere sie endlich." Reyad erhob sich vom Bett. „Du hast dich allen Versuchen, dich zu formen, widersetzt. Erinnerst du dich noch? Weißt du noch, wann Daddy dich endgültig aufgegeben hat? Als er dich mir überlassen hat?"

Ich erinnerte mich sehr gut. Es war in jener Woche gewesen, als das Feuerfest stattfand und Reyad so sehr von General Tessos Gefolge in Anspruch genommen war – vor allem von

Tessos Tochter Kanna –, dass er sich keine Mühe machte, mich zu beaufsichtigen. Da ich allen seinen Befehlen lammfromm gehorcht hatte, um Vertrauen zu gewinnen, war er selbstgefällig genug anzunehmen, dass er mich endlich gefügig gemacht hatte, nachdem er mich länger als einen Monat in das winzige Zimmer neben seinen Privatgemächern gesperrt hatte.

Doch obwohl Reyad mir verboten hatte, zum Fest zu gehen, hielt ich mich nicht an seine Anweisung. Die Schläge und Demütigungen vom Jahr zuvor reichten nicht aus, um mich in diesem Jahr vom Besuch abzuhalten. Im Gegenteil – ich verspürte einen trotzigen Stolz darauf, dass ich mich weigerte, mich von ihm einschüchtern zu lassen. Zwar hatte ich schreckliche Angst davor, erwischt zu werden, und tief in meinem Inneren wusste ich, dass man mich ertappen würde, doch ich schlug alle Bedenken in den Wind. Das Feuerfest war ein Teil von mir. Das einzige Mal, dass ich wahre Freiheit empfand. Auch wenn es nur ein paar kurze Augenblicke dauern würde – die Konsequenzen war es allemal wert.

Meine Starrköpfigkeit kam mir bei den akrobatischen Vorführungen zugute; sie machte mich kühn und leichtsinnig. Selbstbewusst schaffte ich die ersten fünf Runden. Meine Sprünge waren elegant, meine Salti sicher, und meine Energie war schier grenzenlos. So erreichte ich die Endrunde des Wettbewerbs, der für den letzten Tag des Fests angesetzt war.

Mit Feuereifer arbeitete ich an meinem Kostüm, das ich beim Wettbewerb tragen wollte, während Reyad mit Kanna und ein paar Freunden zur Jagd aufs Land ging.

In den vergangenen zwei Wochen hatte ich mir die notwendigen Teile für mein Kostüm in Brazells Haus zusammengesucht und -gebettelt. Ich nähte rote Seidenfedern und silberne Pailletten an mein schwarzes Trikot. Ein Paar zusammenklappbare Flügel vervollständigten das Kostüm, aber ich achtete darauf, dass sie klein genug waren, um meine Bewegungsfreiheit nicht einzuschränken. Mein Haar flocht ich zu einem Zopf, den ich zu einem Knoten zusammenrollte und mit zwei leuchtend roten Federn schmückte. Zufrieden mit dem Ergebnis, ging ich zeitig ins Zelt der Akrobaten, um zu üben.

Als der Wettbewerb begann, quoll das Zelt über von Menschen. Der Beifall und Jubel der Zuschauer wurde zu einem fernen Rauschen in meinen Ohren, als ich meine Kunststücke vorführte. Das Einzige, was ich deutlich hörte, war der dumpfe Schlag, wenn ich mit meinen Händen oder Füßen auf dem Trampolin landete, das Knirschen des Hochseils, wenn ich mich abstieß, um eine zweieinhalbfache Drehung zu vollführen, und das Knarren des tiefer gelegenen Drahtseils, auf dem ich landete, ohne das Gleichgewicht zu verlieren.

Das Bodenturnen war meine letzte Übung. Ich stand auf den Fußballen am Rand der Matte und atmete tief ein. Der herbe Geruch von Schweiß und der trockene Kalkstaub drang mir in Nase und Lunge. Das hier war meine Welt. Hier fühlte ich mich zu Hause. In der Luft lag eine Anspannung wie vor einem Unwetter, das jeden Moment einsetzen würde. Aufgepumpt mit Energie, begann ich mit einer ersten Folge von Flickflacks.

In dieser Nacht konnte ich fliegen. Ich schraubte mich hoch in die Luft, drehte mich um die eigene Achse und berührte dabei kaum den Boden. Meine Seele erhob sich in den Himmel. Ich fühlte mich wie ein Vogel, der zu seinem eigenen Vergnügen Kunststücke in der Luft vollführte. Am Ende meiner Vorstellung ergriff ich mit beiden Händen meine Flügel und faltete sie auseinander, während ich ein letztes Rad schlug und sicher auf den Füßen landete. Die leuchtend roten Flügel flatterten hinter mir her. Die Jubelrufe der Zuschauer beschleunigten meinen Herzschlag und ließen mich wie auf Wolken schweben. Der Beifall des Publikums wollte kein Ende nehmen.

Haushoch gewann ich den Wettbewerb. Meine Freude war unbeschreiblich, und zum ersten Mal seit zwei Jahren lächelte ich. Meine Gesichtsmuskeln schmerzten bereits von der ungewohnten Bewegung, während ich auf dem Podium vom Zeremonienmeister den Preis entgegennahm. Er legte mir ein blutrotes flammenförmiges Amulett, in das die Jahreszahl und der Anlass eingraviert waren, um den Hals. Es war der größte Moment meines Lebens – und ihm folgte der schlimmste, als ich Reyad und Kanna in der Menge entdeckte. Kanna strahlte, aber Reyads Miene war wutverzerrt, und um seinen Mund zuckte es gefährlich.

Ich blieb im Umkleidezimmer, bis alle gegangen waren. Das Zelt verfügte über zwei Ausgänge, aber Reyad ließ beide von seinen Soldaten bewachen. Da ich wusste, dass Reyad mir das Amulett vom Hals reißen und zerschlagen würde, vergrub ich es in den Boden, auf dem das Zelt aufgeschlagen war.

Wie erwartet packte Reyad mich an den Schultern, sobald ich das Zelt verließ. Den ganzen Weg über zerrte er mich zum Haus zurück. General Brazell wurde zu Rate gezogen. Er erklärte, dass ich niemals „zu seiner Gruppe" gehören würde. Zu eigensinnig, zu starrköpfig und zu unbotmäßig, befand Brazell und übergab mich seinem Sohn. Keine weiteren Experimente. Ich hatte versagt. An jenem Abend hielt Reyad seine Wut im Zaum, bis wir allein in seinem Zimmer waren, aber nachdem die Tür hinter uns ins Schloss gefallen war, ließ er seinem Ärger mit Fäusten und Füßen freien Lauf.

„Ich wollte dich umbringen, weil du mir nicht gehorcht

hast“, sagte Reyads Geist, während er durchs Zimmer schwebte. „Jede Minute deines Sterbens wollte ich auskosten, und es sollten sehr viele Minuten sein, aber du bist mir zuvorgekommen. Du musstest das Messer schon sehr lange unter deiner Matratze versteckt haben.“ Er verstummte und zog grübelnd die Augenbrauen hoch.

Schon im Jahr zuvor hatte ich das Messer gestohlen und unter Reyads Bett versteckt, nachdem er mich wegen meines Trainings geschlagen hatte. Warum unter seinem Bett? Ich hatte keine bestimmte Absicht, sondern nur die schreckliche Vorahnung, dass ich das Messer in seinem Raum benötigen würde und nicht in meiner kleinen Kammer nebenan.

Einen Mord zu planen war einfach; ihn auszuführen eine andere Geschichte. Obwohl ich in jenem Jahr entsetzliche Schmerzen erdulden musste, hatte ich die Grenze zum Wahnsinn niemals überschritten. Bis in jener Nacht.

„Hat dich eine Eingebung dazu angestachelt?“, fragte der Geist. „Oder hast du genauso lange gezaudert wie jetzt? Du und Kämpfen lernen.“ Er lachte glucksend. „Ich stelle mir gerade vor, wie du einen Angreifer in die Flucht schlägst. Du würdest eine Attacke doch gar nicht parieren können. Das weiß ich doch am besten.“ Er schwebte dicht vor mir her und zwang mich, meinen schlimmsten Erinnerungen ins Gesicht zu sehen.

Ich wollte weder sie noch ihn weiter beachten. „Verschwinde“, sagte ich zu der Erscheinung, nahm das Buch über Gifte zur Hand und legte mich aufs Bett, fest entschlossen, ihn ab sofort zu ignorieren. Wenn ich las, schien die Gestalt zu verblassen, aber wann immer ich aufschaute, gewann sie an Substanz.

„Hat mein Tagebuch den letzten Anstoß gegeben?“, fragte

Reyad, als mein Blick zu lange auf ihm verweilte.

„Nein.“ Die Antwort kam wie aus der Pistole geschossen und überraschte mich selbst. Denn bis jetzt war ich immer davon überzeugt gewesen, dass es sein Tagebuch war, das nach zwei Jahren Quälerei das Fass zum Überlaufen gebracht hatte.

Die Erinnerungen waren so schrecklich, dass ich am ganzen Körper zitterte.

Er hatte mich bewusstlos geprügelt, und als ich wieder aufwachte, lag ich nackt auf seinem Bett. Sofort schob er mir sein Tagebuch zu und befahl mir, es zu lesen, wobei es ihm ein diebisches Vergnügen bereitete, das wachsende Entsetzen in meiner Miene zu beobachten.

Sein Tagebuch verzeichnete jede einzelne Anschuldigung, die er im Laufe der zwei Jahre, in denen ich ihm ausgeliefert war, gegen mich vorgebracht hatte. Jedes Mal, wenn ich ihm nicht gehorcht oder ihn geärgert hatte, hatte er einen Vermerk gemacht, versehen mit einer genauen Beschreibung der Strafe, die er sich für mich ausgedacht hatte. Da Brazell mich nicht länger für seine Experimente benötigte, kannte Reyad keine Grenzen mehr. Seine sadistischen Neigungen und sein teuflischer Einfallsreichtum waren detailliert niedergeschrieben. Während ich nach Luft rang, galt mein erster Gedanke dem Messer, um mich selbst umzubringen, aber die Waffe lag auf der anderen Seite des Bettes in der Nähe des Kopfendes.

„Heute Abend beginnen wir mit der Strafe auf Seite eins“, erklärte Reyad voller Vorfreude, trat vor seine „Spielzeugkiste“ und holte Ketten sowie andere Folterinstrumente heraus.

Hastig blätterte ich zurück zur ersten Seite. Dort stand, dass ich es versäumt hatte, ihn bei unserem Kennenlernen mit

Sir anzureden. Und weil ich es an Respekt fehlen ließ, musste ich eine unterwürfige Stellung einnehmen, bei der ich auf Händen und Knien lag und ausgepeitscht wurde. Dabei verlangte er, dass ich ihn *Sir* nannte. Nach jedem Schlag musste ich sagen „Mehr bitte, *Sir.*" Bei der anschließenden Vergewaltigung würde ich ihn mit *Sir* anreden und ihn darum bitten, mit meiner Bestrafung fortzufahren.

Sein Tagebuch glitt mir aus den klammen Fingern. Ich rutschte über das Bett, um nach dem Messer zu suchen, aber Reyad, der glaubte, ich wollte fliehen, bekam mich zu fassen. Meine Gegenwehr war nutzlos, als er mich auf die Knie zwang. Er drückte mein Gesicht auf die kalten Steinfliesen und fesselte mir die Hände hinter dem Nacken.

Das Warten auf das Entsetzliche war schlimmer als die Tat selbst. Auf eine perverse Weise war die Strafe sogar eine Erlösung, denn ich wusste, was mich erwartete und wann er aufhören würde. Bereitwillig spielte ich meine Rolle, weil mir klar war, dass ich ihn nur noch mehr erzürnen würde, wenn ich mich gegen ihn zur Wehr setzte.

Als der Horror endlich vorbei war, waren mein Rücken und die Innenseite meiner Oberschenkel blutverschmiert. Zusammengerollt lag ich auf Reyads Bett. Mein Kopf war leer. Ich zitterte am ganzen Körper. Wie immer hatte er seine Finger in mich hineingesteckt. Er lag neben mir und blies mir seinen heißen Atem ins Ohr.

Dieses Mal war das Messer in Reichweite. Ich dachte an Selbstmord.

Dann sagte Reyad: „Ich glaube, ich muss mit einem neuen Tagebuch beginnen."

Ich reagierte nicht.

„Da du versagt hast, bilden wir jetzt ein neues Mädchen

aus." Er setzte sich auf und schob seinen Finger tiefer in mich hinein. „Auf die Knie. Es ist Zeit für Seite zwei."

„Nein", schrie ich. „Das wirst du nicht tun!" Wahnsinnig vor Angst zog ich das Messer hervor und schlitzte ihm die Kehle auf. Obwohl es nur ein oberflächlicher Schnitt war, fiel er überrascht aufs Bett zurück. Ich sprang auf seinen Brustkorb und stach tiefer zu. Die Klinge traf auf einen Knochen. Blut spritzte. Ein tiefes Gefühl der Befriedigung überkam mich, als ich sah, dass sich sein und mein Blut auf meinen Schenkeln vermischte.

„Das hat dich also ausrasten lassen? Die Aussicht, dass ich dich noch einmal vergewaltigen wollte?", fragte Reyads Geist.

„Nein. Der Gedanke, dass du ein anderes Mädchen aus dem Waisenhaus quälen würdest."

„Ach richtig." Er schnaubte verächtlich. „Deine Freundinnen."

„Meine Schwestern", verbesserte ich ihn. „Für sie habe ich dich getötet, aber ich hätte es für mich tun sollen." Wütend trat ich vor ihn. Mit den Fäusten schlug ich zu, obwohl ich wusste, dass ich ihm nichts anhaben konnte. Er betrachtete mich spöttisch, während ich auf ihn eintrommelte, bis die Morgendämmerung anbrach. Sofort verschwand die Erscheinung.

Schluchzend sank ich zu Boden. Erst nach einer Weile nahm ich meine Umgebung wieder wahr. Meine Fäuste waren vom Hämmern gegen die Steinwand blutunterlaufen. Ich war erschöpft und fühlte mich vollkommen leer. Außerdem kam ich zu spät zum Frühstück. Dieser verdammte Valek!

„Pass doch auf!", sagte Ari. Er rammte mir sein Holzmesser in den Bauch. „Du bist tot. Das ist schon das vierte Mal heute.

Was ist denn los?“

„Schlafmangel“, sagte ich. „Tut mir Leid.“

Ari winkte mich hinüber zur Bank an der Wand. Wir setzten uns hin und beobachteten Maren und Janco, die sich am anderen Ende des Raumes ein freundschaftliches Duell mit den Streitkolben lieferten. Maren war zwar geschickt, aber Janco war schneller. Er hatte sie in eine Ecke gedrängt, und sie war in der Defensive.

„Sie ist groß und dünn, doch das bringt ihr kein' Gewinn“, sang Janco. Mit seinem Spottvers wollte er sie wütend machen – eine Taktik, die schon einmal funktioniert hatte. Wenn Maren sich ärgerte, ließ sie sich oft zu verhängnisvollen Fehlern hinreißen. Doch dieses Mal blieb sie ruhig. Sie pflanzte das Ende ihres Streitkolbens zwischen seine Füße und engte seine Bewegungsfreiheit ein, sodass er seine Waffe dicht an seinen Körper pressen musste. Dann setzte sie zu einem Sprung über seinen Kopf an, landete hinter seinem Rücken und legte die Hände um seinen Hals, sodass er sich geschlagen geben musste.

Meine düstere Stimmung hellte sich ein wenig auf, als ich Maren dabei beobachtete, wie sie einige der Kniffe anwandte, die ich sie gelehrt hatte. Jancos entrüstete Miene war zum Schreien komisch. Er bestand auf einer Revanche, und kurz darauf waren sie erneut in einen heftigen Zweikampf verwickelt. Ari und ich blieben auf der Bank sitzen. Er schien zu spüren, dass ich keine Kraft mehr hatte, unseren Unterricht fortzusetzen.

„Irgendetwas stimmt nicht mit dir“, sagte er ruhig. „Was ist es?“

„Ich …“ Da ich nicht wusste, was ich sagen sollte, schwieg ich. Sollte ich ihm von Valeks abweisendem Verhalten und seinem plötzlichen Sinneswandel erzählen? Oder von meinen nächtelangen Unterhaltungen mit dem Geist des Mannes, den ich ermordet hatte? Nein. Stattdessen fragte ich ihn: „Glaubst du nicht auch, dass das hier Zeitverschwendung ist?“ Reyads Bemerkung über meine Unentschlossenheit enthielt einen wahren Kern. Vielleicht nutzte ich die Trainingsstunden unbewusst als Flucht, um der Lösung meiner wirklichen Probleme auszuweichen.

„Wenn ich es für Zeitverschwendung hielte, säße ich nicht hier.“ In Aris Stimme schwang leiser Ärger mit. „Du brauchst das doch, Yelena.“

„Warum? Vielleicht sterbe ich, ehe ich eine Chance habe, es anzuwenden.“

„Du rennst wohl am liebsten weg, wenn es Schwierigkeiten gibt, was? Eine Woche lang hast du gebraucht, bis du den Mut hattest, Maren überhaupt nur anzusprechen. Und wenn es nach dir ginge, würde sie dich noch immer Spuckerin nennen. Du musst lernen, für die Dinge, die du erreichen willst, zu kämpfen.“ Ari spielte mit dem hölzernen Messer in seiner Hand und ließ es um seine Finger wirbeln.

„Du bleibst immer weit weg von allem stehen, damit du nur ja schnell verschwinden kannst, wenn etwas schief geht. Aber wenn du erst einmal Janco den Streitkolben aus der Hand schlagen oder mir die Füße wegziehen kannst, wird dein Selbstvertrauen schon wachsen.“ Er schwieg eine Weile, ehe er fortfuhr: „Glaubst du allerdings, dass du deine Zeit mit anderen Dingen verbringen musst, dann tu es ... *zusätzlich* zu deinem Training. Wenn dich dann das nächste Mal jemand Spuckerin nennt, bist du selbstbewusst genug ihr zu sagen, sie soll sich zum Teufel scheren.“

Aris Meinung, die er von mir hatte, erstaunte mich. Ich

war mir nicht sicher, ob ich seine Ansicht teilte, aber auf jeden Fall hatte er Recht mit seiner Vermutung, dass ich unbedingt etwas anderes tun wollte. Im Gegensatz zu mir wusste er allerdings nicht, was es war: nämlich das Gegengift zu Butterfly Dust zu finden.

„Ist das deine Art von Ermutigung?“, fragte ich zaghaft.

„Ja. Und jetzt hör auf, nach Ausflüchten zu suchen, um das Training an den Nagel zu hängen, und vertrau mir einfach. Was brauchst du sonst noch?“

Die ruhige, eindringliche Art, mit der Ari sprach, verursachte mir eine Gänsehaut. Wusste er, was ich vorhatte, oder vermutete er bloß etwas? Von Anfang an wollte ich nur in den Besitz des Gegengifts gelangen und nach Sitia fliehen. Fliehen, fliehen, fliehen. In dieser Beziehung hatte Ari tatsächlich Recht. Aber in den Süden zu flüchten hieß, dass ich topfit und in der Lage sein musste, mich gegen Soldaten zu verteidigen. Etwas Wichtiges hatte ich dabei allerdings nicht berücksichtigt: Valek.

Auch jenseits der Grenze wäre ich nicht vor ihm sicher, denn er würde mir nach Sitia folgen. Selbst Irys' Magie konnte mich nicht vor ihm schützen. Es wäre ihm ein persönliches Anliegen, mich zurückzuholen oder zu töten. Genau das war es, wovor ich Angst hatte und was ich vermeiden wollte. Ich hatte mich mit Feuereifer auf das Training gestürzt, um nicht länger über meine Zwangslage nachdenken zu müssen, aus der herauszukommen ich mir nicht zutraute. Ich musste nämlich zwei Dinge bewerkstelligen: nicht nur das Gegengift beschaffen, sondern auch mit Valek fertig werden, ohne ihn zu töten. Ari würde mir bei der Lösung meiner Probleme bestimmt nicht helfen können.

„Mit diesen Schlägen könntest du Valek besiegen“, keuchte

Janco, wobei er Marens Streitkolben abwehrte. „Er wird sich köstlich darüber amüsieren, wie jämmerlich schwach sie sind, und das verschafft dir den perfekten Vorteil."

Maren sagte nichts, wurde aber immer schneller bei ihren Angriffen. Janco trat den Rückzug an.

Jancos Worte hallten in meinem Ohr wider. Ein kleiner, riskanter Plan begann Gestalt anzunehmen. „Ari, kannst du mir zeigen, wie man ein Schloss knackt?"

Schweigend dachte er über meine Frage nach. Schließlich sagte er: „Janco könnte es."

„Janco?"

Ari lächelte. „Er sieht so harmlos aus, als könnte er kein Wässerchen trüben, aber als Jugendlicher hat er eine Menge krumme Dinger gedreht, bis er festgenommen wurde. Sie haben ihn vor die Wahl gestellt, entweder zum Militär oder ins Gefängnis zu gehen. Und jetzt ist er Captain. Sein größter Vorteil ist, dass ihn niemand ernst nimmt, und das genau ist es, worauf er es anlegt."

„Hoffentlich erinnere ich mich daran, wenn er das nächste Mal Witze über mich macht und meine Rippen malträtiert." Ich ließ Maren nicht aus den Augen, als sie Janco zum zweiten Mal besiegte.

„Erst wer dreimal hintereinander gewinnt, ist Sieger", rief Janco unermüdlich.

Maren zuckte mit den Schultern. „Wenn du das verkraften kannst", erwiderte sie, während sie versuchte, mit dem Streitkolben seine Füße zu treffen. Mit einem eleganten Sprung wich er ihrer Attacke aus und machte einen Satz nach vorn. Das rhythmische Klopfen von Holz auf Holz hallte durch den Übungsraum.

Ari stand auf und stellte sich in Kampfpositur. Ich sammelte den letzten Rest meiner Energie und nahm seine Herausforderung an.

Nach dem Training erholten wir vier uns ein wenig auf der Bank, als Valek hereinkam. Sofort schoss Maren hoch, als sei es ein Verbrechen, beim Verschnaufen erwischt zu werden. Nur wir anderen drei blieben entspannt sitzen. Es faszinierte mich jedes Mal zu sehen, wie Maren sich veränderte, wenn Valek in der Nähe war. Ihre Ruppigkeit verschwand, sie lächelte häufiger und versuchte, ihn in ein Gespräch zu verwickeln oder zu einem Duell zu überreden. Meistens diskutierte er mit ihr über Kampftechniken oder übte bestimmte Bewegungsabläufe mit ihr, und sie stolzierte herum wie eine streunende Katze, die den größten Kater in der Straße auf sich aufmerksam machen möchte. Aber dieses Mal wollte er mit mir sprechen. Allein. Die anderen verließen den Raum. Maren warf mir einen finsteren Blick zu. Noch lieber hätte sie mich wohl mit ihrem Streitkolben geschlagen. Morgen werde ich dafür büßen müssen, dachte ich.

Valek lief im Raum auf und ab. Mir wurde ein wenig mulmig zumute, und ich hoffte inständig, dass er nicht nach einem Stein suchte, um ihn gegen die Wand zu schleudern.

„Was ist los?“ fragte ich ihn. „Geht es um heute Abend?“ Das stimulierende Gefühl, Margg zu entlarven, wich der Nervosität, als ich an das Risiko dachte, das ich einging. Oder tat ich das vielleicht auch nur, um mich vor meinen wirklichen Problemen zu drücken? Ich verfluchte Reyads Geist. Er brachte mich dazu, an allem zu zweifeln. Nein, ich musste etwas gegen den unbekannten Informanten unternehmen, der mein Leben so sehr beeinflusste. Diese Person hatte den Schlägern beim Feuerfest einen Wink gegeben, und Irys hatte gewusst, dass ich im Wald war. Höchste Zeit, Margg das

Handwerk zu legen.

„Nein. Für heute Abend ist alles geregelt“, antwortete Valek. „Es geht um den Commander.“

„Was ist mit ihm?“

„Hat er in dieser Woche ein ungewöhnliches Treffen gehabt?“

„Ungewöhnlich?“

„Mit jemandem, den du nicht kennst – einem Berater aus einem anderen Militär-Distrikt zum Beispiel.“

„Nicht dass ich wüsste. Wieso?“

Wieder schwieg Valek. Ich spürte förmlich, wie es in seinem Gehirn arbeitete, während er überlegte, ob er mir trauen konnte. „Commander Ambrose hat sich bereit erklärt, eine Delegation aus Sitia zu empfangen.“

„Ist das etwas Schlimmes?“, fragte ich verwundert.

„Er hasst die Menschen aus dem Süden. Seit der Machtübernahme haben sie jedes Jahr um ein Treffen gebeten. Fünfzehn Jahre lang hat er nur eine einzige Antwort für sie gehabt: Nein. Und jetzt werden sie in einer Woche erwartet.“ Valek steigerte sein Tempo. „Seitdem du Vorkosterin bist und dieses Criollo auftauchte, verhält er sich anders. Bisher hatte ich nur so ein Gefühl, und ich konnte nichts beweisen, aber inzwischen gab es zwei ungewöhnliche Vorfälle.“

„Der Wechsel seines Nachfolgers und jetzt die Abordnung aus dem Süden?“

„Genau.“

Ich wusste nicht, was ich darauf erwidern sollte. Meine Erfahrungen mit dem Commander waren das Gegenteil von dem, was ich von einem Militärdiktator erwartet hatte. Er zog andere Ansichten in Betracht, stand zu seinem Wort, war kompetent und fair. Seine Macht war offensichtlich; jedem seiner Befehle wurde sofort Folge geleistet. Er war das beste Beispiel für die einfache Lebensweise, die er anderen abverlangte. Seine Berater und hohen Offiziere hatten keine Angst vor ihm; sie standen in unverbrüchlicher Loyalität zu ihm und erwiesen ihm ihren uneingeschränkten Respekt. Die einzige schreckliche Geschichte, die sich seit der Machtübernahme ereignet und die ich über ihn gehört hatte, betraf Rands Mutter. Und dann waren da natürlich noch die abscheulichen Morde, die vor dem Regierungsumsturz geschehen waren.

Valek blieb stehen und holte tief Luft. „Ich habe ein bisschen Criollo beiseite geschafft und in unsere Wohnung geschmuggelt. Ich möchte, dass du jedes Mal ein Stück isst, wenn er es tut. Aber du darfst niemandem etwas davon erzählen – nicht einmal dem Commander."

„Jawohl, Sir", erwiderte ich automatisch, doch meine Gedanken kreisten noch um seine Worte. Er hatte „unsere Wohnung" gesagt. Hatte ich wirklich richtig gehört?

„Triff dich heute Abend mit Margg. Ich werde da sein."

„Sollte ich Marggs Kontaktperson von der Delegation aus dem Süden erzählen?"

„Nein. Sag nur, dass der Commander einen neuen Nachfolger bestimmt hat. Die Gerüchte machen ohnehin schon die Runde. Du wirst es also nur bestätigen."

Damit niemand, der zufällig unseren Übungsraum entdeckte, Verdacht schöpfte, versteckte ich die Waffen und beseitigte alle Spuren, die uns verraten konnten, und verschloss die Tür. Auf dem Weg zu den Baderäumen kreisten meine Gedanken um unser abendliches Treffen. Eine offen stehende Tür erregte meine Aufmerksamkeit. Seltsam. In diesem Teil der Burg waren die meisten Türen verschlossen, weil sich dahinter Lagerräume befanden.

Aus den Augenwinkeln nahm ich links eine Bewegung wahr. Im selben Moment packte jemand meinen Arm und zerrte mich in den Raum. Die Tür fiel ins Schloss. Es war stockfinster. Mein Gesicht wurde gegen die Mauer gedrückt. Mir stockte der Atem. Ich drehte mich um. Mit dem Rücken an der Wand schnappte ich nach Luft.

„Keine Bewegung", befahl eine männliche Stimme.

Heftig trat ich in die Richtung, aus der die Stimme kam, doch mein Fuß traf auf keinen Widerstand. Ein höhnisches Lachen erklang. Aus dem Dunkel tauchte der schwache Schein einer Kerze auf. Im schummrigen Licht blitzte die lange Klinge eines Messers auf. Entsetzt wanderte mein Blick von der Klinge zur Hand und von dort über den Arm bis hinauf zum Gesicht. Nix.

21. KAPITEL

Warum?“ Nix stellte die Kerze auf die von Spinnweben bedeckte Tischplatte. „Warum behalte ich am Ende immer Recht?“ Er kam näher. Wieder stieß ich mit dem Fuß zu, doch mühelos blockte er den Tritt ab.

„Warum habe ich es nicht geschafft, dich ins Bockshorn zu jagen?“ Im Schein der Kerze trat er noch einen Schritt auf mich zu. Sein Messer schnitt mir in den Hals. „Muss ich noch deutlicher werden?“

Der Geruch von gekochtem Kohl und Schweiß stieg mir in die Nase. Ohne mich zu bewegen, fragte ich so gelassen wie möglich: „Was ist dein Problem?“

„Mein Problem ist, dass niemand in dir eine Bedrohung sieht. Aber ich bin cleverer als Ari, Janco und Maren. Ich bin sogar cleverer als Valek. Oder?“ Als ich die Antwort schuldig blieb, verstärkte Nix den Druck des Messers. „Oder nicht?“

Ich spürte einen brennenden Schmerz an meinem Hals. „Ja“, erwiderte ich. Aus den Staubwolken hinter Nix’ Rücken tauchte Reyads Geist auf und grinste höhnisch.

„Mein Herr möchte, dass du mit dem Trainieren aufhörst. Leider darf ich dich nicht töten.“ Mit seiner freien Hand streichelte Nix mir übers Gesicht. „Ich bin nur gekommen, um dich zu warnen.“

„Warum sollte Parfett etwas dagegen haben?“ Ich musste ihn unbedingt ablenken. Fieberhaft versuchte ich, mich an die Tricks beim Messerkampf zu erinnern, die Ari mir in den wenigen Übungsstunden beigebracht hatte. Warum zum Teufel hast du nicht besser aufgepasst?, schalt ich mich.

„Dem ist das egal. Das Einzige, worauf es diesem Trottel

ankommt, ist eine Beförderung. Aber General Brazell interessiert sich sehr für dein neues Steckenpferd." Mit der freien Hand fuhr Nix mir zwischen die Beine und drückte seinen Körper gegen meinen.

Ich erstarrte. Vor lauter Panik vergaß ich sämtliche Techniken der Selbstverteidigung. In meinem Kopf begann ein leises Summen, aber ich unterdrückte es, und es verwandelte sich in eine einfache Tonleiter. Ich wurde ruhiger. Plötzlich wusste ich, wie ich mich verteidigen konnte.

Stöhnend bewegte ich meine Hüften und spreizte die Beine.

Nix grinste vor Vergnügen. „Ich wusste doch, dass du eine richtige kleine Hure bist. Aber vergiss nicht, dass du dafür bestraft werden musst." Er schob seinen Oberschenkel zwischen meine Beine und begann, an meinem Gürtel zu zerren.

Ich fuhr mit meinem Knie zwischen seine Beine und rammte es gezielt in seine Weichteile. Stöhnend brach er zusammen. Mit beiden Händen ergriff ich sein Messer, damit es mir nicht noch tiefer ins Fleisch schnitt. Aris Worte „Besser die Hände als den Hals aufschlitzen" schossen mir durch den Kopf, während ich vor Schmerz zusammenzuckte. Ich konzentrierte mich auf das Messer und drückte die Klinge zur Seite. Nix richtete sich wieder auf.

„Du Miststück", knurrte er wütend und holte weit aus, um zuzustechen.

Als die Klinge auf mich zuschoss, trat ich näher, sodass ich mit meiner rechten Schulter gegen seine Brust stieß. Mit beiden Handkanten hämmerte ich gegen seinen Ober- und Unterarm. Durch die Wucht meiner Schläge verlor Nix das Gleichgewicht, die Muskeln in seinem Arm erschlafften, und das Messer fiel klirrend zu Boden.

Ich packte seinen Arm und drehte ihn, bis seine Handfläche zur Decke zeigte. Anschließend drehte ich mich um meine eigene Achse und presste meine rechte Schulter gegen seinen Ellbogen. Mit aller Kraft riss ich seine Hand hinunter. Ich hörte ein lautes Knacken, gefolgt von einem markerschütternden Schrei, als Nix' Arm brach. Blitzschnell fuhr ich herum und boxte ihm zweimal auf die Nase. Blut schoss hervor. Während er taumelnd das Gleichgewicht zu halten versuchte, trat ich gegen seine Kniescheibe. Mit einem hässlichen Geräusch zersplitterte sie, und Nix stürzte zu Boden.

Ich tänzelte um ihn herum und versetzte ihm mehrere Tritte in die Rippen. Das Blut rauschte mir in den Ohren. Seine kraftlosen Versuche, meine Angriffe abzuwehren, stachelten meine Wut nur noch mehr an. In der Verfassung, in der ich mich gerade befand, hätte ich ihn ohne weiteres töten können.

Reyads Geist feuerte mich an. „Richtig so, Yelena", drängte er. „Töte noch einen Mann. Dann ist dir der Galgen sicher."

Irgendwie drangen seine Worte durch meine unbändige Wut zu meinem Verstand durch, und schwer atmend hielt ich inne. Nix rührte sich nicht. Ich kniete mich neben ihm und fühlte nach seinem Puls. Meine Finger spürten ein kräftiges und gleichmäßiges Pochen. Doch meine Erleichterung wich neuem Entsetzen, als Nix meinen Ellbogen umklammerte.

Ich schrie auf und schlug ihm ins Gesicht. Sein Griff lockerte sich, und ich entzog ihm meinen Arm. Rasch klaubte ich das Messer vom Boden auf und erinnerte mich an Jancos Ratschlag über Selbstverteidigung: „Zuschlagen und Abhauen." Ich rannte los. Aber diesmal ließ ich die Furcht hinter mir zurück, wobei ich das Gefühl hatte, auf flammend roten Schwingen zu gleiten.

Noch bevor die Reaktion auf das aufwühlende Erlebnis einsetzte und mich am ganzen Körper zittern ließ, hatte ich die Baderäume erreicht. Um diese Zeit waren sie leer. Ich versteckte Nix' Messer unter einem der Tische, auf denen die Handtücher lagen. Im Spiegel betrachtete ich meine Verletzungen. Der Schnitt an meinem Hals hatte aufgehört zu bluten, aber zwei klaffende Wunden auf meinen Handflächen sahen schlimm genug aus, um einen Arzt aufzusuchen. Hinzu kam dieser merkwürdige wilde Blick in meinen Augen, den ich noch nie zuvor wahrgenommen hatte. Ich bleckte die Zähne und dachte *Na, wer ist denn jetzt die Ratte?* Ich überlegte, was ich als nächstes tun sollte. Der Commander erwartete mich, damit ich sein Abendessen testete, aber in meinem Zustand konnte ich mich unmöglich bei ihm blicken lassen. Allmählich verebbte die Energie, die beim Kampf mit Nix durch meinen Körper geflossen war. Und dann begann sich alles um mich zu drehen. Ich eilte zur Krankenstation und hoffte, sie zu erreichen, ehe ich in Ohnmacht fiel.

Frau Doktor musterte mich prüfend von Kopf bis Fuß und deutete auf einen Untersuchungstisch. Ich setzte mich auf die Kante und hielt ihr meine Hände hin.

„Wie ist …" begann sie.

„Glasscherben", unterbrach ich sie.

Sie nickte nachdenklich und presste dic Lippen fest zusammen. „Ich hole die Instrumente."

Als sie mit einem Tablett voller Scheren, Verbände und Medikamente zurückkam, hatte ich mich bereits auf dem Untersuchungstisch ausgestreckt. Das Glas mit Rands Klebstoff nahm sich unter all den medizinischen Utensilien seltsam aus – wie ein Kinderspielzeug inmitten von Dingen, die Erwachsenen gehörten. Ein heftiger Schmerz pochte in meinen Händen, und ich fürchtete mich vor der Behandlung. In diesem Moment stürmte Valek ins Untersuchungszimmer. Du hast mir gerade noch gefehlt, dachte ich seufzend. An diesem Tag blieb mir wirklich nichts erspart.

„Was ist passiert?“, wollte er wissen.

Vielsagend schaute ich zur Ärztin.

Sie nahm meine rechte Hand und begann, die Wunde zu säubern. „Glasscherben verursachen ausgefranste Wunden. Diese glatten Schnitte stammen offensichtlich von einem Messer. Ich musste das melden.“

Die Ärztin hatte Valek also informiert, und er wartete nun auf eine Antwort. Resigniert ergab ich mich in mein Schicksal. Vielleicht würde es mich ja von den Schmerzen in meinen Händen ablenken, wenn ich mich auf das Gespräch mit ihm konzentrierte. „Ich wurde angegriffen.“

„Von wem?“ Seine Stimme war schneidend.

Wieder warf ich der Ärztin einen Blick zu, und Valek verstand.

„Würdest du uns für eine Minute entschuldigen?“, bat er sie.

Sie spitzte die Lippen, als dächte sie über seine Frage nach. Hier hatte sie das Sagen; Valeks Autorität galt nichts in diesem Bereich.

„Fünf Minuten“, sagte sie mit fester Stimme und setzte sich an ihren Schreibtisch ganz am anderen Ende der Krankenstation.

„Wer war es?“, fragte Valek erneut.

„Nix, ein Soldat in Parfetts Einheit. Er sagte, er arbeite für Brazell und forderte mich dann auf, mit dem Training aufzuhören.“

„Ich werde ihn töten.“

Valeks Ton schockierte und beunruhigte mich. „Nein, das werdet Ihr nicht tun“, erwiderte ich so fest wie möglich. „Ihr solltet ihn für Eure Zwecke nutzen. Er ist eine Verbindung zu Brazell.“

Seine stahlblauen Augen durchbohrten mich mit ihrem Blick. „Wo hat er dich angegriffen?“

„In einer leeren Vorratskammer in der Nähe unseres Übungsraums.“

„Wahrscheinlich ist er längst verschwunden. Ich werde jemanden zur Kaserne schicken.“

„Er wird nicht dort sein.“

„Warum nicht?“ Valek maß mich mit einem Blick, der mich an den Commander erinnerte. Er zog die Augenbrauen zusammen, um seine Erregung zu verbergen, und wartete stumm darauf, dass ich weitersprach.

„Wenn er nicht mehr in der Vorratskammer ist, kann er nicht weit gekommen sein. Schickt ein paar Männer, um ihn zu suchen.“

„Ich verstehe.“ Valek schwieg eine Weile, ehe er fragte: „Dein Training war also erfolgreich?“

„Besser als erwartet.“

Valek verließ die Krankenstation. Frau Doktor, die Petze, kam zu mir zurück. Das nächste Mal behandle ich mich selbst, dachte ich verbittert. Dann werde ich wenigstens nicht von der Ärztin angeschwärzt. Ich hatte immer noch ein Glas von Rands Klebstoff in meinem Rucksack. Es konnte doch nicht so schwer sein, ein paar Schnitte zu behandeln.

Ich biss mir auf die Unterlippe, während sie die Wunden säuberte und versiegelte. Nachdem sie die Verbände angelegt hatte, sagte sie mir, wie ich mich verhalten sollte, damit die Verletzungen schnell heilten: einen Tag lang keine Berührung mit Wasser, eine Woche lang nichts Schweres tragen und nicht schreiben. Also erst mal auch kein Training mehr, dachte ich resigniert.

In dem Moment betraten Valeks Wächter den Raum und legten Nix unsanft auf einen anderen Behandlungstisch. Die Ärztin warf mir einen fragenden Blick zu. Dann beugte sie sich über ihren stöhnenden Neuzugang. Ich nutzte die Gelegenheit und verschwand.

Ich eilte zum Arbeitszimmer des Commanders, aber Valek war schneller gewesen. Er kam in den Thronsaal und schloss die Tür hinter sich.

„Ich habe mich schon um das Abendessen gekümmert", sagte er, wobei er uns einen Weg zwischen den Schreibtischen hindurch bahnte. Es war früh am Abend, und nur wenige Berater arbeiteten noch.

„Geh zu Margg und sag die Verabredung für heute Abend ab. Dann begib dich in unsere Wohnung und ruh dich ein wenig aus", befahl er.

„Absagen? Warum denn? Das würde doch Verdacht erregen. Ich ziehe Handschuhe über die Verbände. Nachts ist es schon ziemlich kalt, da wird es keinem auffallen." Als er nichts erwiderte, fügte ich hinzu: „Mir geht es gut."

Er lächelte. „Du solltest dich mal im Spiegel sehen." Er zögerte. In seinem Gesicht lag ein zweifelnder Ausdruck. „Nun gut. Halten wir uns also an unseren Plan."

Vor Valeks Arbeitszimmer blieben wir stehen. „Ich habe noch zu tun. Leg dich ein wenig hin und mach dir keine Sorgen. Ich werde heute Nacht in deiner Nähe sein." Er steckte den Schlüssel ins Schloss.

„Valek?"

„Ja?"

„Was wird jetzt mit Nix passieren?"

„Wir päppeln ihn wieder auf, drohen ihm mit jahrelangem Kerker, wenn er nicht mit uns zusammenarbeiten will, und wenn er uns geholfen hat, wird er degradiert und nach MD-1 versetzt. Reicht das aus? Oder soll ich ihn doch töten?"

Der Militär-Distrikt 1 war der kälteste und unwirtlichste Teil von Ixia. Beim Gedanken, dass Nix womöglich von einer Schneekatze angegriffen wurde, konnte ich mir ein hämisches Lächeln nicht verkneifen. „Nein. Degradierung ist gut. Wenn ich gewollt hätte, dass er stirbt, hätte ich selbst dafür gesorgt."

Valek straffte den Rücken und musterte mich durchdringend. Meine Worte hatten ihn überrascht, amüsiert und argwöhnisch gemacht. Doch rasch fasste er sich wieder, und seine Miene nahm den undurchdringlichen Ausdruck an, den ich von ihm gewohnt war.

Jancos Beispiel vor Augen, warf ich ihm ein gutgelauntes Lächeln zu und ließ Valek stehen. An Ausruhen war nicht zu denken, denn vor dem Treffen heute Abend hatte ich noch einiges zu erledigen. Zuerst brauchte ich ein paar Handschuhe und einen Umhang. Beim Übergang von der kühlen Jahreszeit in die kalte waren die Nächte oft schon frisch bis eisig, und wenn der Frost zuschlug, glitzerten die Grashalme in der Morgensonne wie Diamanten.

Gott sei Dank arbeitete Dilana noch in ihrer Nähstube. Wir tauschten den neuesten Klatsch aus, ehe ich meine Bitte äußerte.

„Um Himmels willen", sagte sie besorgt wie eine alte Amme. „Du hast keine passende Kleidung für die Kälte." Sie wühlte in ihren Uniformen. Ihre honigblonden Locken wippten bei jeder Bewegung. „Warum bist du nicht schon früher zu mir gekommen?", fragte sie mich streng.

Ich lachte. „Weil ich sie bisher nicht gebraucht habe. Kümmerst du dich um jeden in der Burg so aufopfernd wie eine Mutter, Dilana?"

Sie hielt in ihrer Tätigkeit inne und sah mich an. „Nein, mein Liebes. Nur um diejenigen, bei denen es nötig ist."

„Danke", erwiderte ich mit gespielter Ironie in der Stimme, um meine Rührung zu verbergen.

Als sie ihre Suche beendet hatte, versank ich in Bergen von Kleidung für die kalte Jahreszeit. Mit der Flanellunterwäsche, den Wollsocken und schweren Stiefeln hätte ich wochenlang auf dem Packeis überleben können. Ich stapelte die Sachen in einer Ecke des Raumes und bat Dilana, sie in Valeks Privatwohnung bringen zu lassen.

„Immer noch dort?", fragte sie mit einem verschmitzten Lächeln.

„Nur vorübergehend. Aber wenn erst mal alles geregelt ist, werde ich wieder in mein altes Zimmer ziehen." *Wenn*, dachte ich verbittert. *Falls* würde es besser treffen.

Ich wählte einen schweren schwarzen Umhang aus dem Haufen, steckte die schwarzen Wollhandschuhe in die tiefen Taschen und legte ihn über meinen Arm. Auf die rechte Seite des Mantels waren zwei handtellergroße rote Diamant-Imitate gestickt, und seine übergroße Kapuze diente eher dazu, den Regen abzuhalten, als mich zu wärmen.

„Ich glaube, du wirst noch lange dort wohnen", sagte Dilana.

„Wieso?"

„Weil Valek dich mag. Er hat sich noch nie zuvor so intensiv eines Vorkosters angenommen. Normalerweise bildet er sie aus, und dann überlässt er sie ihrem Schicksal. Falls es irgendwelche Probleme gab, hat er einen seiner Männer auf den Vorkoster angesetzt, aber er selbst hat sich nicht darum gekümmert, ganz zu schweigen davon, ihm ein Zimmer in seiner Wohnung anzubieten." Jetzt war sie ganz in ihrem Element, und die Aussicht auf neuen Klatsch ließ ihr Gesicht vor Eifer glühen.

„Du bist verrückt. Das redest du dir nur ein."

„Außerdem hat er sich noch nie für eine Frau interessiert. Ich hatte ihn schon im Verdacht, dass er mehr auf seine männlichen Spione steht, aber jetzt ..." Sie machte eine dramatische Pause. „Jetzt haben wir die süße, kluge Yelena, die Valeks Herz schneller schlagen lässt."

„Du solltest öfter mal aus deiner Nähstube heraus. Du brauchst frische Luft und eine Dosis Realität", sagte ich. Selbstverständlich glaubte ich kein Wort von dem, was sie sagte. Trotzdem konnte ich das törichte Lächeln in meinem Gesicht nicht abstellen.

Ihr angenehmes Lachen folgte mir bis in den Korridor. „Du weißt, dass ich Recht habe", rief sie mir nach.

Für Valek bin ich nur deshalb interessant, überlegte ich, während ich durch die dämmrigen Gänge lief, weil ich für ihn ein Rätsel bin, das er lösen will. Wenn er erst einmal alle Antworten über die Zauberin aus dem Süden und Brazell zu haben glaubte, würde er mich wieder in mein Zimmer im Dienstbotenflügel zurückschicken. Etwas anderes wollte und durfte ich nicht glauben. Selbst wenn ich in ihn vernarrt sein sollte, würde diese harmlose Schwärmerei keinerlei Einfluss auf meine Pläne haben. Ganz bestimmt nicht. Es wäre ein schwerwiegender Fehler zu glauben, dass er für mich genauso empfinden könnte.

Dilana mochte ein Schatz sein, aber was Valek anbetraf,

war sie ein Opfer ihrer allzu blühenden Fantasie geworden. Sie musste sich irren. Ganz bestimmt. Jedenfalls versuchte ich mir das einzureden, und ich gab mir große Mühe damit. Ich redete es mir auf dem Weg zur Küche ein. Ich redete es mir ein, als ich Rand zusah, wie er sich am Herd zu schaffen machte, und rief mir ins Gedächtnis, dass Valek ein rücksichtsloser Mensch war, der Dutzende von Menschen getötet hatte. An seinem Messer klebte noch das Blut des Königs. Valek war gefährlich und launenhaft und konnte einen zur Weißglut treiben. Warum nur hatten Dilanas Worte ein Hochgefühl in mir ausgelöst, das absolut nicht verschwinden wollte, egal, wie sehr ich mich darum bemühte?

Ich legte meinen Umhang über einen Stuhl und lud mir ein Nachtmahl auf den Teller. Rand ließ die Spanferkel, die er über dem Feuer gedreht hatte, ruhen, zog einen Stuhl an den Tisch und setzte sich zu mir. Beim Geruch des Schweinebratens lief mir das Wasser im Mund zusammen.

„Was ist der Anlass?", fragte ich. Spanferkel war eine Delikatesse, deren Zubereitung einen ganzen Tag in Anspruch nahm und die nur bei besonderen Gelegenheiten serviert wurde.

„Die Generäle kommen in dieser Woche zu Besuch. Ich muss alle meine Spezialitäten auftischen. Außerdem soll ich für nächste Woche ein Fest vorbereiten. So was hatten wir schon nicht mehr seit …" Er schüttelte den Kopf und spitzte die Lippen. „Also, seitdem der Commander hier das Sagen hat, gab's überhaupt noch kein Fest." Rand seufzte. „Mir bleibt nicht viel Zeit, um die Menüs zusammenzustellen."

„Kannst du dir das hier trotzdem mal ansehen?" Ich holte eine Handvoll meiner rätselhaften Bohnen aus der Tasche und schob sie über den Tisch. Der günstige Zeitpunkt, auf den ich gewartet hatte, schien gekommen zu sein. „Ich habe sie in einem alten Lagerraum gefunden. Sind das vielleicht deine Kaffeebohnen?"

Sofort beugte er den Kopf über die Bohnen und sog das Aroma ein. „Nein, leider nicht. Ich weiß nicht, was das ist. Kaffeebohnen sind glatt und haben eine rundere Form. Die hier sind oval, siehst du? Und uneben." Rand verteilte sie auf dem Tisch, suchte sich eine aus und biss hinein. Vorsichtig kaute er darauf herum und verzog den Mund bei dem bitteren Geschmack. „So etwas habe ich noch nie gesehen oder geschmeckt. Wo hast du sie gefunden?"

„Irgendwo in den unteren Räumen der Burg." Nun ja, es war einen Versuch wert gewesen, dachte ich zutiefst enttäuscht. Ich hatte gehofft, Commander Ambrose die Lösung des Rätsels präsentieren zu können, aber es sah ganz so aus, als wäre ich wieder in einer Sackgasse gelandet.

Rand musste meine Enttäuschung gespürt haben. „Etwas Wichtiges?", erkundigte er sich.

Ich nickte.

„Ich mach dir einen Vorschlag", sagte er. „Lass sie hier, und nach dem Fest werde ich sie für dich verarbeiten."

„Verarbeiten?"

„Ich versuche die Bohnen zu mahlen, zu backen und zu kochen. Dinge können ihren Geschmack und ihre Beschaffenheit verändern, wenn man sie erhitzt, und vielleicht verwandeln sie sich in etwas, das ich kenne. Einverstanden?"

„Ich möchte dir keine Umstände machen."

„Unsinn. Ich liebe Herausforderungen. Nach dem Fest kehrt sowieso wieder Alltagsroutine ein, und so habe ich wenigstens etwas, worauf ich mich freuen kann." Er füllte die Bohnen in ein Glas und stellte es auf das oberste Regal, auf dem schon andere merkwürdige essbare Dinge in Gläsern standen.

Wir unterhielten uns über verschiedene mögliche Speisefolgen für das Fest, bis Rand die Spanferkel erneut drehen musste. Jede Stunde eine Vierteldrehung, erklärte er. Seine Worte erinnerten mich daran, dass es Zeit für mein Treffen mit Margg wurde. Ich spürte, wie meine Nervosität wuchs, als ich Rand eine gute Nacht wünschte.

Im Baderaum waren zu viele Menschen, als dass ich Nix' Messer unbemerkt an mich hätte nehmen können. Vielleicht war es auch besser, unbewaffnet zu gehen, sagte ich mir und versuchte, die Schmetterlinge in meinem Magen zu beruhigen. Gut möglich, dass man mich durchsuchte, und wenn sie ein Messer fanden, hätte ich nur noch mehr Schwierigkeiten.

Margg trug ihre übliche angewiderte Miene zur Schau, als ich sie am Südtor der Burganlage traf. Statt einer Begrüßung tauschten wir ein paar Boshaftigkeiten aus und liefen schweigend nach Castletown. Ich hoffte inständig, dass Valek hinter uns herkam, aber ich hütete mich, zurückzublicken, um Margg nicht misstrauisch zu machen.

Der Himmel war sternenübersät, und der Vollmond zeichnete bizarre Schatten. Die Straße, die in die Stadt führte, war festgestampft von zahllosen Stiefeln und zerfurcht von Wagenrädern. Tief sog ich die kühle Nachtluft in meine Lungen und fühlte mich wie neugeboren, als mir der schwere Geruch von Erde und getrocknetem Laub in die Nase stieg.

Am Stadtrand standen dreistöckige Holzhäuser in Reih und Glied. Ihre Symmetrie erstaunte mich. Ich hatte mich so sehr an den chaotischen, ungleichmäßigen Baustil der Burg mit ihren Fenstern in allen möglichen Formen gewöhnt, dass mir die schlichte Geradlinigkeit der Stadt sehr merkwürdig erschien. Sogar die Anordnung von Geschäften zwischen Wohnhäusern war nach strengen logischen Gesichtspunkten geplant.

Die wenigen Städter, die mir auf der Straße begegneten, bewegten sich sehr zielstrebig. Niemand blieb stehen, um ein Schwätzchen zu halten, oder machte den Eindruck, grundlos durch die Gegend zu laufen. Niemand – bis auf die Wächter.

Soldaten, die einst eine wichtige Rolle bei der Machtübernahme gespielt hatten, waren zu Polizisten degradiert worden, die durch die Städte von Ixia patrouillierten.

Sie sorgten dafür, dass die Ausgangssperre und die Kleiderordnung eingehalten wurden, sie achteten darauf, dass niemand gegen die Regeln des Neuen Gesetzbuchs verstieß, indem sie Papiere kontrollierten, Ortswechsel überwachten und Verhaftungen vornahmen. Jeder Besucher musste sich im Hauptquartier der Stadt melden, um die entsprechenden Formulare auszufüllen, ehe er sich eine Unterkunft suchen durfte.

Unser Treffen war so geplant, dass uns ausreichend Zeit blieb, in die Burg zurückzukehren, bevor unsere Anwesenheit auf der Straße Verdacht erregen konnte. Die Soldaten, die stets zu zweit auftraten, musterten uns mit misstrauischen Blicken, die mir eine Gänsehaut über den Rücken jagten. Fast rechnete ich damit, jeden Moment von ihnen angehalten zu werden.

Auf halber Höhe einer Straße, in der keine Wächter zu sehen waren, blieb Margg vor einem Haus stehen, das sich durch nichts von den anderen in der Reihe unterschied. Zweimal klopfte sie an die Tür. Nach einer Weile schwang sie nach innen auf, und eine große, rothaarige Frau in der Uniform einer Schankwirtin steckte den Kopf heraus. Sie warf Margg einen Blick zu und nickte, als sie sie erkannte. Die Frau hatte eine ausgeprägte, steil abfallende Hakennase, und als sie mich anschaute, hatte ich den Eindruck, als würde ihr Kopf den Bewegungen ihrer Nase folgen. Ihr Blick war so durchdringend, dass ich vor Nervosität beinahe von einem Fuß auf den anderen getrippelt wäre. Schweißtropfen liefen mir den Rücken hinunter. Schließlich zog sie ihre Nase zurück, um die Straße hinauf- und hinunterzuschauen. Wahrscheinlich will sie sichergehen, dass es keine Falle ist, überlegte ich. Offenbar zufrieden mit dem, was sie sah, öffnete sie die Tür weiter und ließ uns eintreten. Niemand von uns sagte ein Wort, als wir die zwei Stockwerke hochstiegen.

Die oberste Etage des Hauses war hell erleuchtet, und ich blinzelte, bis sich meine Augen an die Helligkeit gewöhnt hatten. Unzählige Kerzen standen auf dem Boden, auf Tischen, Kommoden und Regalen, erwärmten den Raum und verbreiteten den Geruch von Äpfeln. Die Lichter mussten auf der Straße zu sehen sein. Ich schaute zum Fenster. Schwarze, viel zu lange Vorhänge reichten bis zum Boden und ließen nichts von der Helligkeit nach außen dringen.

Bücherregale, ein Schreibtisch und mehrere, wahllos verteilte bequeme Sessel deuteten darauf hin, dass der Raum als Studierzimmer genutzt wurde. Die Frau, die uns hereingelassen hatte, nahm hinter dem Schreibtisch Platz. Rechts und links davon standen zwei merkwürdige Gebilde aus Eisen, die wie Laternen aussahen und am oberen Ende mit Ringen versehen waren. Weitere seltsame, glänzende Objekte waren sorgfältig auf Regalen und Tischen angeordnet. Einige hingen sogar von der Decke und bewegten sich durch den Luftzug, den unser Eintreffen erzeugte.

Die scharfnasige Frau bot uns keinen Platz an. Deshalb blieben Margg und ich vor ihrem Schreibtisch stehen. Den größten Teil ihres roten Haares hatte sie zu einem Knoten gebunden, aber ein paar krause Locken hatten sich gelöst.

„Die Vorkosterin“, stellte sie mit einem zufriedenen Ton in der Stimme fest und spitzte die Lippen. „Ich wusste, dass es nur eine Frage der Zeit war, bis du für mich arbeitest.“

„Wer bist du?“ Meine direkte Frage sollte ihr zu verstehen geben, dass ich keine Lust auf Spielchen hatte.

„Du kannst mich Captain Star nennen.“

Ich betrachtete ihre Schankwirtin-Uniform.

„Ich gehöre nicht zur Truppe von Ambrose. Ich habe meine eigene. Hat Margg dir erzählt, wie ich arbeite?“

„Ja.“

„Gut. Dann wird das ein schnelles Gespräch. Das ist schließlich keine Abendgesellschaft. Ich möchte keinen Klatsch und keine Gerüchte hören. Und stelle keine Fragen nach mir oder meinem Geschäft. Du brauchst nur meinen Namen zu kennen. Klar?“

„Klar.“ Da ich ihr Vertrauen gewinnen wollte, akzeptierte ich ihre Anweisungen widerspruchslos. Jedenfalls fürs Erste.

„Gut. Was hast du für mich?“ Ihre Nase kam mir entgegen, als sie sich auf ihrem Stuhl vorbeugte.

„Der Commander hat einen neuen Nachfolger bestimmt“, antwortete ich.

Ohne eine Regung nahm Star den Brocken auf, den ich ihr anbot. Ich warf Margg einen Blick zu. Sie wirkte ebenso schockiert wie verärgert, weil ich mit einer solch interessanten Neuigkeit aufwarten konnte.

„Woher weißt du das?“, wollte Star wissen.

„Ich habe ein Gespräch zwischen dem Commander und Valek belauscht.“

„Ach ja, Valek.“ Stars Nasenspitze zeigte auf mich. „Warum wohnst du bei ihm?“

„Das geht dich nichts an", erwiderte ich mit fester Stimme.

„Warum sollte ich dir dann vertrauen?"

„Weil Valek mich umbringen würde, wenn er wüsste, dass ich hier bin. Das weißt du genauso gut wie ich. Wie viel ist dir die Information wert?"

Star öffnete eine schwarze Samtbörse und holte eine goldene Münze heraus. Sie warf sie mir zu wie einem Hund einen Knochen. Ich fing sie in der Luft auf und wäre fast zusammengezuckt, als die Schnitte in meiner Hand zu pochen begannen.

„Deine fünfzehn Prozent." Eine Silber- und eine Kupfermünze flogen zu Margg. Sie kannte Stars Gepflogenheiten und schnappte das Geld geschickt auf. „Sonst noch etwas?", fragte Star mich.

„Diesmal nicht."

„Wenn du wieder etwas für mich hast, sag Margg Bescheid. Sie wird dann ein Treffen arrangieren."

Damit waren wir entlassen, und ich folgte der schweigenden Margg aus dem Haus und die Straße hinunter. Gerade als sie mich in eine dunkle Gasse führte, tauchte Valek aus dem Schatten auf. Ehe ich mich versah, hatte er mich durch eine Tür in einen dunklen Raum gezerrt.

Sein plötzliches Auftauchen überraschte und verwirrte mich, denn ich hatte geglaubt, er würde sich eine Weile Zeit lassen, bis er Margg festnahm. Sie folgte mir in den Raum und grinste höhnisch übers ganze Gesicht. Damit hatte ich nun überhaupt nicht gerechnet. So zufrieden, ja geradezu vergnügt hatte ich sie noch nie erlebt. Fragend schaute ich Valek an und hoffte, von ihm eine Erklärung zu bekommen.

„Valek, ich hatte Recht. Sie hat den Commander für eine Goldmünze verkauft. Schaut in ihrer Tasche nach."

„Yelena ist bereits vor dem Treffen zu mir gekommen. Sie

glaubte, *dich* zu entlarven", entgegnete Valek kühl.

Das hämische Grinsen verschwand. „Warum habt Ihr mir nichts davon erzählt?", fragte sie empört.

„Keine Zeit."

„Margg ist nicht die undichte Stelle?", fragte ich, immer noch verwirrt.

„Nein. Margg arbeitet für mich. Wir haben Star mit ein paar exklusiven Neuigkeiten versorgt und herauszufinden gehofft, wer ihre anderen Kunden sind. Star hat Margg bekniet, dich mit hineinzuziehen, und ich dachte, es sei eine gute Gelegenheit, deine Loyalität zu testen."

Auf einmal verstand ich Valeks schlechte Laune. Er hatte damit gerechnet, dass ich ihn und den Commander verraten würde. Wir konnte er so etwas nur annehmen?, überlegte ich. Kannte er mich so wenig? Wut, Enttäuschung und Erleichterung kämpften um die Vorherrschaft in meinem Herzen. Alle Worte blieben mir im Halse stecken.

„Ich hatte gehofft, diese Ratte in den Kerker zurückschicken zu können, wo sie hingehört", beklagte Margg sich bei Valek. „Jetzt läuft sie immer noch frei herum und ist immer noch eine Bedrohung." Verärgert bohrte sie mir ihren fleischigen Finger in die Rippen.

Ich trat einen Schritt zur Seite, packte ihren Arm und drehte ihn in auf den Rücken. Sie schrie auf, als ich ihre Hand in die Luft riss und sie zwang, sich vornüber zu beugen.

„Ich bin *keine* Ratte", zischte ich durch zusammengebissene Zähne. „Ich habe meine Loyalität bewiesen. Du wirst mich nicht mehr belästigen, ist das klar? Keine widerlichen Botschaften im Staub mehr. Nicht mehr in meinen Sachen herumschnüffeln. Sonst breche ich dir beim nächsten Mal den Arm." Ehe ich sie losließ, versetzte ich ihr noch einen heftigen Stoß.

Sie stolperte und fiel zu Boden. Hochrot ihm Gesicht, rappelte sie sich wieder auf. Als sie den Mund öffnete, um zu protestieren, brachte Valek sie mit einem Blick zum Schweigen.

„Gut gesagt, Yelena. Margg, du kannst gehen."

Marggs Mund klappte zu. Sie drehte sich auf dem Absatz um und verschwand.

„Sie ist garstig", sagte ich.

„Das stimmt. Genau deshalb mag ich sie." Einen Moment lang starrte er auf die Tür, durch die sie gegangen war. Dann fuhr er fort: „Yelena, ich zeige dir etwas, das dir nicht gefallen wird, aber ich halte es für wichtig, dass du es weißt."

„Ach ja? Wird es mir ebensowenig gefallen wie Euer Vertrauenstest?" Meine Stimme troff vor Sarkasmus.

„Ich habe dich darauf hingewiesen, dass ich die Vorkoster von Zeit zu Zeit einer Prüfung unterziehe."

Ehe ich etwas sagen konnte, sprach er weiter: „Sei still und bleib dicht hinter mir." Wir betraten die Gasse und hielten uns im Schatten, als wir zu Stars Haus zurückgingen. Valek führte mich in einen dunklen Eingang, von dem aus man Stars Tür im Auge behalten konnte.

„Die Person, die von Star mit Informationen versorgt wird, muss bald eintreffen", wisperte er in mein Ohr. Seine Lippen streiften sachte meine Wangen, und bei seiner Berührung lief mir eine Gänsehaut über den Rücken, sodass ich gar nicht auf seine Worte achtete.

Deren Bedeutung wurde mit erst klar, als ich eine einsame Figur die Straße entlang humpeln sah.

22. KAPITEL

Ich erkannte den Gang sofort. Das Herz wurde mir schwer, als ich Rand zu Stars Haus humpeln sah. Er klopfte zweimal. Sofort ließ sie ihn eintreten. Der dumpfe Schlag der zufallenden Tür hallte in meinen Ohren nach.

„Ist das noch eine Prüfung?“, fragte ich Valek halb wütend und halb verzweifelt. „Arbeitet er auch für Euch?“ Doch tief in meinem Inneren kannte ich die Antwort schon, noch ehe er bedrückt den Kopf schüttelte. Ich fühlte mich so leer, als ob jedes Gefühl in mir abgestorben sei. Das alles war einfach zu viel. Nach Reyads Geist, Nix’ Überfall und Valeks Prüfung konnte ich einen weiteren Schlag nicht verkraften. Ausdruckslos starrte ich Valek an. Ich kam mir vor wie in einem schrecklichen Traum, ohne Gedanken, ohne Gefühle und vollkommen ratlos.

Valek bedeutete mir, ihm zu folgen, und ich gehorchte. Wir gingen um Stars Haus herum, betraten das Gebäude zur linken Seite und schlichen zwei Etagen hoch. Bis auf das oberste Stockwerk war das Haus dunkel und leer. Einer von Valeks Männern lehnte im Schneidersitz an der Wand, hinter der Stars Arbeitszimmer lag. Im Schein einer einzigen Kerze machte er sich eifrig Notizen in eine Kladde.

Rands Stimme war deutlich zu verstehen. Gestenreich verständigte Valek sich mit dem Mann an der Wand. Er reichte Valek die Kladde und verschwand über die Treppe. Valek nahm den Platz des Mannes ein und klopfte auf den Fußboden neben sich.

Mit dem Gesicht zur Wand hockte ich mich neben ihn. Ich verspürte nicht die geringste Lust, Zeugin von Rands Verrat zu werden, aber ich hatte auch nicht die Kraft zu gehen. Valek deutete auf eine Reihe von kleinen Löchern in der Wand. Doch als ich durch eines von ihnen blinzelte, konnte ich nur die Rückwand eines Möbelstücks sehen. Vermutlich waren die Löcher lediglich zum Hören gedacht. Ich kauerte auf dem Fußboden, legte die Stirn gegen die Wand und schloss die Augen, um mich auf Rands Worte zu konzentrieren.

„In dieser Woche kommen die Generäle in die Stadt. Das ist nichts Neues, aber der Commander will ein Fest ausrichten. Also ist irgendetwas im Busch. Etwas Wichtiges. Aber ich habe noch nicht herausgefunden, was es ist."

„Lass es mich so bald wie möglich wissen", erwiderte Star. Ein längeres Schweigen entstand. „Vielleicht weiß Yelena mehr."

Mein Herz machte einen Sprung, als ich meinen Namen hörte. Lauf weg, lauf weg, lauf weg, befahl mir mein Verstand, aber stattdessen drückte ich meine Stirn nur fester gegen die Wand.

„Das bezweifle ich. Sie war selbst überrascht, als ich das Fest erwähnte, deshalb habe ich sie gar nicht gefragt. Vielleicht weiß sie am Ende der Woche mehr. Ich versuche es noch mal."

„Bemüh dich nicht. Ich frag sie selbst." Der beiläufige Ton in Stars Stimme ließ darauf schließen, dass sie mit dieser Mitteilung gewartet hatte, bis sie die größte Wirkung erreichen konnte.

„Yelena?", stotterte Rand. „Sie arbeitet für dich? Unmöglich. Das ist nicht ihre Art."

„Willst du damit sagen, dass sie für Valek arbeitet?" Jetzt klang ihre Stimme alarmiert.

Ich warf Valek einen empörten Blick zu. Doch er schüttelte den Kopf und gab mir mit einer Geste zu verstehen, dass ich mir keine Sorgen machen sollte.

„Nein. Ganz bestimmt nicht." Rand hatte sich wieder gefasst. „Ich bin nur überrascht, aber eigentlich sollte ich es nicht sein. Sie kann das Geld gebrauchen, und wer bin ich, deswegen schlecht über sie zu denken?"

„Nun, du solltest überhaupt nicht an sie denken. Ich halte sie für ziemlich unwichtig. Das Einzige, das mir Sorgen bereitet, ist die Frage, wer sie im Falle ihres Todes ersetzen wird und wie ich den Nachfolger bestechen kann."

„Das zeigt mir mal wieder sehr deutlich, dass ich meine Schulden so früh wie möglich zurückzahlen sollte. Wie viel bekomme ich heute Abend für die Information?"

„Zwei Silberlinge. Ich notiere es in meinem Buch. Aber es macht nicht viel Unterschied."

„Wie meinst du das?"

„Hast du es immer noch nicht begriffen? Du wirst deine Schuld niemals abzahlen können. Denn immer, wenn du es fast geschafft hast, wettest du auf irgendetwas und fällst wieder in ein tiefes Loch. Du bist zu schwach, Rand. Du lässt dich zu sehr von deinen Gefühlen leiten. Du bist leicht zu verführen und hast keine Willenskraft."

„Ja, natürlich! Du behauptest, eine Zauberin zu sein. Hast du meine Gedanken gelesen, Captain? ‚Captain Star' – dass ich nicht lache! Wenn du wirklich magische Kräfte besäßest, hätte Valek dich längst unschädlich gemacht. Du bist nämlich nicht so raffiniert, wie du immer glaubst." Unregelmäßige schwere Schritte drangen durch die Wand, als Rand das Zimmer verließ.

Ich war wie vom Donner gerührt. Noch nie hatte ich Rand mit solchem Sarkasmus reden gehört, und mehr noch: Wenn Star wirklich eine Zauberin war, schwebte ich in ernster Gefahr.

In meinem Kopf überstürzten sich die Gedanken, aber es war alles viel zu kompliziert, um jetzt darüber nachzugrübeln.

„Ich muss deine Gedanken gar nicht lesen, Rand“, rief Star hinter ihm her. „Ich brauche mir doch nur deinen Lebenslauf anzusehen. Da steht doch alles drin.“

Das Schweigen, das daraufhin in Stars Arbeitszimmer entstand, wurde nur durch das Rascheln von Seiten unterbrochen, die umgeblättert wurden. Valek erhob sich und zog mich hoch. Sein Mann war zurückgekommen. Valek drückte ihm die Kladde in die Hand und stieg die Treppe hinunter.

Ich folgte ihm durch die dunklen Straßen von Castletown. Um die Wächter nicht auf uns aufmerksam zu machen, hielten wir uns im Schatten. Nachdem wir die Stadtgrenze hinter uns gelassen hatten, entspannte er sich ein wenig und lief auf der Hauptstraße zur Burg neben mir her.

„Es tut mir Leid“, sagte er. „Ich weiß, dass Rand dein Freund war.“

Dass er die Vergangenheitsform benutzte, traf mich wie ein Messerstich ins Herz.

„Seit wann wisst Ihr es?“, fragte ich.

„Im Verdacht hatte ich ihn bereits während der vergangenen drei Monate, aber richtig handfeste Beweise habe ich erst seit kurzem.“

„Wie seid Ihr darauf gekommen?“

„Rand und seine Leute haben mir geholfen, den Gifttest für dich vorzubereiten. Er war dabei, als ich das Essen präpariert habe. Den Becher mit dem Pfirsichsaft habe ich auf meinem Schreibtisch stehen gelassen, um ihn rein zu halten. Es war wirklich ein fairer Test. In der Schale war Brombeergift, aber ich habe es nicht dorthin gestellt.“ Valek machte eine Pause, um die Neuigkeit einwirken zu lassen.

„Brombeeren haben eine interessante Eigenschaft. Nur wenn man sie in einer speziellen Lösung aus Alkohol und Hefe bis zu einer bestimmten Temperatur erhitzt, werden sie giftig. Die wenigsten Köche sind dazu in der Lage – von ihren Gehilfen ganz zu schweigen." Valek klang, als bewundere er Rands Fähigkeit als Giftmischer.

Die Tatsache, dass Rand versucht hatte, mich zu vergiften, traf mich wie ein Schlag in den Magen, und Übelkeit stieg in mir hoch. Torkelnd lief ich an den Straßenrand und übergab mich ins Gebüsch. Erst als die Krämpfe in meinem Körper nachließen, merkte ich, dass Valek mich festhielt. Einen Arm hatte er um meine Taille gelegt, und eine kühle Handfläche drückte gegen meine Stirn.

„Danke", sagte ich, während ich mir das Kinn mit einer Handvoll Blätter abwischte. Meine Beine zitterten, als Valek mich zur Burg führte. Wäre er nicht bei mir gewesen, hätte ich mich nur noch auf die Erde fallen lassen und wäre sofort eingeschlafen.

„Es gibt noch mehr zu berichten. Möchtest du es hören?", fragte Valek.

„Nein." Ich meinte es ernst, aber als wir uns der äußeren Burganlage näherten, kam mir ein abscheulicher Gedanke. „Hat Rand mir auf dem Feuerfest die Falle gestellt?"

„In gewisser Weise."

„Das ist keine Antwort."

„Die Schläger, die dich überfallen haben, warteten in der Nähe des Backzelts auf dich. Deshalb verdächtigte ich Rand, Star erzählt zu haben, dass du dort sein würdest. Aber dann hätte er dich wohl kaum aus den Augen gelassen. Es schien eher so, als ob er dich schützen wollte. Erinnerst du dich noch, wie aufgeregt er war, als er dich nicht finden konnte? Und wie erleichtert, als er sah, dass dir nichts geschehen war?“

„Ich habe gedacht, er sei betrunken“, sagte ich.

„Ich glaube, Rand macht nicht freiwillig mit. Als er beim Gifttest mithalf, kannte er dich ja überhaupt nicht, aber als eure Freundschaft enger wurde, steckte er auf einmal in der Zwickmühle. Er will dir keinen Schaden zufügen, aber er muss seine Wettschulden abzahlen. Star verfügt über ein weitverzweigtes Netz mit genügend Totschlägern, um diejenigen zu ersetzen, die ich aus dem Verkehr gezogen habe. Mörder, die für ihre Herrin über Leichen gehen. Fühlst du dich jetzt besser?“

„Nein.“ Meine Reaktion auf Rands Verrat schien selbst mir übertrieben, aber gegen meine Gefühle kam ich nun einmal nicht an. Es war nicht das erste Mal, dass jemand ein falsches Spiel mit mir gespielt hatte, und es würde nicht das letzte Mal sein. Brazell hatte mich enttäuscht. Ich hatte ihn geliebt wie einen Vater und war ihm treu ergeben. Erst nachdem ich seine Experimente ein Jahr lang erduldet hatte, kehrten sich meine Gefühle für ihn ins Gegenteil um, und ich sah ihn, wie er wirklich war. Aber ich hatte immer gewusst, dass meine jugendliche Zuneigung einseitig war. Und da er mir niemals einen Grund zu der Annahme geliefert hatte, dass er mich mochte, waren seine Taten auch leichter zu ertragen.

Rands Freundschaft dagegen war mir aufrichtig erschienen. Zum ersten Mal hatte ich das Gefühl, als habe jemand aus der Mauer, die ich um mich herum errichtet hatte, einen kleinen Stein herausgebrochen. Das Loch war groß genug für mich, um hindurchzuschlüpfen und einem anderen unbefangen gegenüberzutreten. Doch jetzt stürzte die Mauer über mir zusammen, und Steine und Mörtel begruben mich. Wie konnte ich jemals wieder einem Menschen vertrauen?

„Gibt es sonst noch etwas, das Ihr mir sagen wollt?“, fragte ich Valek, als wir den Südeingang der Burg fast erreicht hatten. „Haben Ari und Janco mich auf Nix' Überfall vorbereitet? Habt Ihr eine weitere Prüfung auf Lager, um Euch meiner Loyalität zu vergewissern? Vielleicht versage ich beim nächsten Mal ja tatsächlich. Die Aussicht erscheint mir wirklich sehr verlockend!" Ich stieß Valeks Arm beiseite. „Als Ihr mir sagtet, dass Ihr mich hin und wieder prüfen wollt, hatte ich nur an vergiftetes Essen gedacht. Doch offensichtlich gibt es mehr als einen Weg, das Herz eines Menschen zu vergiften, und man braucht dazu nicht einmal eine Speise."

„Jeder trifft immer wieder eine Wahl. Manche ist schlecht, manche gut. Das Ganze nennt man Leben, und wenn du nicht mehr mitmachen willst, dann geh. Aber mach keine halben Sachen. Versinke nicht in Selbstmitleid", sagte Valek barsch. „Ich weiß nicht, durch welche Hölle du gegangen bist, ehe man dich in unseren Kerker gebracht hat. Ich könnte mir vorstellen, dass sie schlimmer war als das, was du heute Abend erfahren hast. Vielleicht rückt das die Dinge in die richtige Perspektive."

Mit weit ausholenden Schritten ging er in die Burg. Ich lehnte mich gegen die kalte Mauer und drückte meine Stirn gegen die rauen Steine. Vielleicht würde mein Herz auch zu Stein werden, wenn ich lange genug so stehen bliebe. Dann wären mir Verrat, Vertrauensprüfungen und alle Gifte dieser Welt vollkommen gleichgültig. Doch die Kälte trieb mich schließlich hinein.

* * *

„Übe ein wenig Druck auf den Schraubenschlüssel aus. Nicht zu viel. Du musst fest, aber mit Gefühl drücken."

Die Wunden in meinen Händen schmerzten immer noch.

Unbeholfen steckte ich den Schraubenschlüssel in das Schlüsselloch und presste ein wenig.

„Und jetzt benutzte den Pickel, um den Riegel beiseite zu schieben, der durch die Feder an seinem Platz gehalten wird, bis er nachgibt“, wies er mich an.

„Nachgibt?“

„Bis er gerade ausgerichtet ist. Wenn du einen Schlüssel in ein Schlüsselloch steckst, schiebt der Schlüsselbart die Stifte nach oben, sodass du den Zylinder drehen und das Schloss öffnen kannst. Die Stifte halten den Zylinder an seinem Platz. Du musst dir einen Stift nach dem anderen vornehmen, und denk an den Druck!“

Ich schob den Pickel neben den Schraubenschlüssel ins Loch, drehte ihn hin und her und schob alle fünf Stifte nach oben. Als die Stifte nacheinander mit einem leisen, aber vernehmlichen Knacken brachen, spürte ich ein leises Vibrieren in meinen Fingergelenken. Schließlich waren sie alle in einer Linie ausgerichtet. Jetzt ließ sich der Zylinder drehen und die Tür öffnen.

„Gute Arbeit. Verflixt und zugenäht, Yelena, du bist eine gelehrige Schülerin.“ Besorgt runzelte Janco die Stirn. „Du hast doch nicht etwa eine Dummheit vor, oder? Nicht, dass du uns in Schwierigkeiten bringst.“

„Was meinst du mit Dummheit?“, fragte ich mit Unschuldsmiene. Als Janco mich mit großen Augen ansah, beruhigte ich ihn: „Keine Bange. Ich wäre die Einzige, die Schwierigkeiten bekäme.“

Er entspannte sich, und ich nahm mir ein neues Schloss vor. Wir übten im unteren Teil der Burg, wo wir von niemandem überrascht werden konnten. Vor vier Tagen hatte ich die Wahrheit über Rand erfahren. Valek hatte mir eingeschärft, so zu tun, als sei nichts geschehen. Er wollte Stars ganzes Netzwerk aufdecken, ehe er die beiden enttarnte. Valek war ein echtes Raubtier, dachte ich verdrießlich. Er beobachtet seine Beute eine ganze Weile, ehe er sich darauf stürzt.

Ich wusste, dass ich Rand nichts vormachen konnte. Deshalb ging ich ihm aus dem Weg, was nicht besonders schwer war. In der Burg wimmelte es von Generälen und ihrem Gefolge, und die Bediensteten, auch Rand, hatten alle Hände voll zu tun.

Brazell war ein weiterer Grund für mich, unsichtbar zu bleiben. Seine schwarz-grün gekleideten Soldaten liefen überall umher. Sie zu meiden war weitaus schwieriger. Doch es machte mir nichts aus, mich in Valeks Privaträumen zu verstecken. Er hatte eine Schachtel Criollo gestohlen, und ich war glücklich, jedes Mal, nachdem ich das Essen des Commanders getestet hatte, ein Stück naschen zu können.

Solange die Generäle sich auf der Burg aufhielten, ließen Ari, Janco und ich das Training ausfallen, aber wenigstens hatte ich Janco überreden können, mir beizubringen, wie man Schlösser knackt. Als Dank dafür schenkte ich ihm die Goldmünze, die Star mir gegeben hatte. Valek hatte mir gesagt, dass ich sie behalten könne, da es nicht zu den Aufgaben eines Vorkosters gehöre, als Spion zu arbeiten. Aber das Gewicht in meiner Tasche erinnerte mich ständig an Rands Verrat. Deshalb beschloss ich, das Beste daraus zu machen und jemand anderem eine Freude zu bereiten.

„Dieses Schloss hat zehn Stifte. Wenn du das hinkriegst, schaffst du alle Tür- und Vorhängeschlösser in der Burg. Bis auf die Kerkerriegel. Die sind sehr kompliziert, und an denen werden wir wohl auch kaum üben können." Janco furchte die Stirn. „Oder brauchst du die etwa auch?"

„Das will ich doch nicht hoffen."

„Gut."

Nach mehreren vergeblichen Versuchen gelang es mir endlich, das Schloss zu öffnen.

„Jetzt brauchst du nur noch Übung. Je schneller du ein Schloss knacken kannst, um so besser", erklärte Janco. „Ich würde dir ja meine Pickel leihen, aber man weiß nie, wann man sie mal benötigt." Er zwinkerte mir schelmisch zu. „Deshalb ..." er zog einen zweiten Satz aus der Tasche, „... habe ich mit der Münze, die du mir geschenkt hast, eine Kollektion für dich gekauft." Er reichte mir ein mit schwarzem Stoff überzogenes Kästchen.

„Aber das Geld war für dich."

„Ach, es ist noch viel übrig. Sogar nachdem ich auch das für dich gekauft habe." Er zog einen mahagonifarbenen Stab, etwa so lang wie meine Hand, hervor, der einen silberglänzenden Knopf hatte und an der Seite mit silbernen Symbolen verziert war.

„Was ist das denn?", fragte ich.

„Drück auf den Knopf", forderte er mich fröhlich auf.

Ich tat, wie mir geheißen, und erschrak, als eine lange glänzende Klinge hervor schoss. Es war ein Schnappmesser.

Verdattert betrachtete ich meine Geschenke. „Danke, Janco. Aber warum hast du das für mich gekauft?"

„Schuldgefühle, nehme ich an."

„Schuldgefühle?" Mit dieser Antwort hatte ich nicht gerechnet.

„Ich habe dich eine Verbrecherin genannt. Dabei war ich selbst mal ein Gauner, aber die Zeiten sind vorbei, und niemand hat sie mir mehr vorgehalten. Außerdem habe ich so eine dumpfe Ahnung, dass du die Sachen gebrauchen könntest. General Brazells Soldaten haben bei der Kaserne herumgelungert und sich damit gebrüstet, Reyads Mörderin ‚auszuschalten'. Sie haben eine lebhafte Fantasie, und ich musste Ari ein paar Mal davon abhalten, die Meute zum Kampf herauszufordern. Zehn gegen einen – das verspricht nicht besonders erfolgreich zu werden, selbst für Ari und mich nicht."

„Dann werde ich ihnen aus dem Weg gehen", sagte ich.

„Tu das. Ich muss jetzt mal los. Ich habe nämlich eine Nachtschicht erwischt. Aber zuerst bringe ich dich noch zu deinem Zimmer."

„Das ist nicht nötig."

„Ari würde mich umbringen, wenn ich es nicht täte."

Zusammen gingen wir zu Valeks Wohnung. Ehe wir in den Korridor einbogen, der zu der großen Doppeltür führte, blieb Janco stehen, sodass uns die Wachen nicht sehen konnten.

„Das hätte ich fast vergessen", sagte er, griff in die Tasche seiner Uniform und zog eine Scheide für das Schnappmesser hervor. „Die kannst du um deinen rechten Oberschenkel binden. Vergiss nicht, ein großes Loch in deine Hosentasche zu schneiden, sodass sich das Messer nicht im Stoff verfängt, wenn du es herausziehst."

Damit wollte er gehen, doch ich hielt ihn zurück. „Janco, was bedeuten diese Zeichen?" Ich zeigte auf die silbernen Gravuren am Messergriff.

Janco lächelte. „Das sind alte Kampfsymbole. Der König hat sie im Krieg benutzt, wenn er Botschaften und Befehle verschickte. Es machte nichts, wenn der Gegner sie sah, denn er hätte sie ohnehin nicht entziffern können. Einige der Soldaten benutzen sie übrigens immer noch. Für militärische Übungen sind sie sehr gut zu gebrauchen."

„Und was bedeuten sie?"

Sein Lächeln wurde breiter. „Es ist ganz einfach, Yelena. Ich bin sicher, dass du es herausfinden wirst … irgendwann einmal.“ Er lachte vor Vergnügen. Janco war und blieb ein Spaßvogel.

„Komm näher“, befahl ich ihm, „damit ich dich schlagen kann.“

„Gern würde ich Euren Wunsch erfüllen, Herzallerliebste.“ Er trat ein paar Schritte zurück. „Aber ich bin schon spät dran.“

23. KAPITEL

Nachdem ich Jancos Geschenke tief in den Taschen meiner Uniform vergraben hatte, betrat ich Valeks Wohnung. Er saß an seinem Schreibtisch und arbeitete. Sobald ich eintrat, schaute er hoch. Es sah aus, als habe er auf mich gewartet.

„Wo warst du?“, fragte er.

„Bei Janco“, erwiderte ich vorsichtig. Normalerweise erkundigte Valek sich nicht danach, was ich in meiner Freizeit machte, solange ich pünktlich zu den Mahlzeiten erschien.

Er stand auf und stützte die Hände in die Hüften. „Was habt ihr gemacht?“, bohrte er weiter.

Das groteske Bild eines eifersüchtigen Ehemanns kam mir in den Sinn, und ich unterdrückte ein Lächeln. „Wir haben über Kampftechniken gesprochen.“

„Ach so.“ Valek stand locker und ließ unbeholfen die Arme sinken, als ob er den Eindruck, übertrieben reagiert zu haben, vertuschen wollte. „Das ist in Ordnung. Aber von heute an muss ich immer wissen, wo du dich aufhältst. Ich schlage vor, du bleibst vorläufig in der Burg und lässt dich so wenig wie möglich blicken. General Brazells Wächter haben ein Kopfgeld auf dich ausgesetzt.“

„Ein Kopfgeld?“ Vor Angst begann mein Puls zu rasen.

„Vielleicht ist es auch nur ein Gerücht oder das Geschwätz von betrunkenen Soldaten. Doch bis zur ihrer Abreise möchte ich dich in Sicherheit wissen.“ Valeks Ton duldete keinen Widerspruch. Aber nach einer Weile setzte er noch hinzu: „Ich möchte nämlich nicht schon wieder einen Vorkoster anlernen müssen.“

„Ich pass schon auf.“

„Das reicht nicht. Du hättest keine ruhige Minute mehr. Bleib immer in einer Gruppe, vermeide dunkle Ecken und achte darauf, stets in Begleitung zu sein, wenn du spät nachts durch leere Korridore läufst. Verstanden?“

„Jawohl, Sir.“

„Gut. Die Brandy-Runde des Commanders ist für morgen Abend geplant. Jeder General wird eine Flasche seines besten Brandys mitbringen. Den trinken sie bei ihrem Gespräch über Angelegenheiten in Ixia. Die Versammlung wird sehr lange dauern. Du wirst die Getränke des Commanders vorkosten müssen.“ Valek hob eine Kiste mit acht Flaschen vom Boden. Ein helles Klingen ertönte, als er sie auf den Tisch stellte.

„Heute Abend sollst du von jedem Brandy eine Kostprobe nehmen und morgen mindestens zwei, damit du weißt, wie sie ohne Gift schmecken.“ Er holte ein kleines Trinkglas und reichte es mir. „Auf den Flaschenetiketten ist die Art des Brandys vermerkt und der Name des Generals, der sie mitgebracht hat.“

Wahllos griff ich nach einer Flasche. Sie enthielt General Dinnos Kirschbrandy aus MD-8. Ich goss einen Schluck ein, kostete ein wenig und ließ die Flüssigkeit über meine Zunge rollen. Dabei versuchte ich, mir den Geschmack einzuprägen, ehe ich den Brandy hinunterschluckte. Der Alkohol brannte mir scharf in der Kehle und hinterließ ein kleines Feuer in meiner Brust. Sofort wurde mir ganz warm im Kopf.

„Ich rate dir, die ‚Schlürf-und-Spuck‘-Methode zu benutzen, damit du nicht betrunken wirst“, sagte Valek.

„Gute Idee.“ Ich nahm mir ein zweites Glas, in das ich den Alkohol hineinspucken konnte, und probierte dann eine Flasche nach der anderen.

Am Tag der Versammlung testete ich jeden Brandy zweimal in Valeks Wohnung und machte die Probe aufs Exempel mit einer dritten Runde. Erst als ich bereits am Geschmack erraten konnte, welches Getränk zu welchem General gehörte, war ich zufrieden.

Abends wartete ich auf Valek, um mich von ihm in die Versammlungshalle begleiten zu lassen. Zur Feier des Tages hatte er seine Gala-Uniform angelegt. Mit den roten Tressen auf seinen Schultern und den Medaillen, die in Sechserreihen an sein linkes Revers geheftet waren, bot er das stattliche Bild eines würdevollen und Respekt einflößenden Mannes. Ohne den unbehaglichen und gereizten Ausdruck in seiner Miene – der eines bockigen Kindes, das gezwungen wurde, seine besten Sachen zu tragen – hätte er mich sehr beeindruckt. Ich legte die Hand auf meinen Mund, um ein Lachen zu unterdrücken, was mir allerdings nicht ganz gelang.

„Bitte! Ich muss dieses verdammte Ding einmal im Jahr anziehen, und was mich betrifft, ist das genau einmal zuviel." Valek zupfte an seinem Kragen. „Fertig?"

Ich folgte ihm auf den Gang. Die Uniform betonte seinen athletischen Körper, und unwillkürlich stellte ich mich vor, wie gut er erst *ohne* die Uniform aussehen mochte.

„Ihr seht großartig aus", sprudelte es aus mir hervor. Sofort wurde ich knallrot im Gesicht, und eine Hitzewelle flutete durch meinen Körper. Offenbar hatte ich mehr Brandy hinuntergeschluckt, als gut für mich war.

„Wirklich?" Valek schaute an seiner Uniform hinunter. Dann straffte er die Schultern und hörte auf, an seinem Kragen herumzuzupfen. Seine düstere Miene wich einem nachdenklichen Lächeln.

„Ja. Wirklich", bekräftigte ich.

Wir trafen gleichzeitig mit den Generälen in der Versammlungshalle ein. Die letzten Strahlen der untergehenden Sonne fielen durch die langen schmalen Buntglasfenster. Diener hasteten durch den runden Saal, entzündeten Lampen und stellten Tabletts mit Speisen auf. Alle, die zum militärischen Personal gehörten, trugen ihre beste Uniform. Orden und Medaillen blitzten. Ich kannte nur drei Generäle vom Ansehen; die restlichen konnte ich mit Hilfe der Farbe ihrer Diamanten auf den ansonsten schwarzen Uniformen zuordnen. Unauffällig prägte ich mir ihre Gesichter ein für den Fall, dass Valek mich später wieder abfragen würde.

Brazell starrte mich wütend an, als sich unsere Blicke trafen. Sein Berater Mogkan stand dicht neben ihm und betrachtete mich abschätzend von Kopf bis Fuß, sodass mir ein Schauer über den Rücken lief. Er war stets in der Nähe gewesen, als Brazell und Reyad ihre Experimente mit mir durchführten. Seine unsichtbare Gegenwart hatte mir die schlimmsten Albträume bereitet. Brazells übliche Ratgeber waren nicht anwesend. Ich fragte mich, warum er Mogkan mitgebracht hatte.

Der Commander saß an der Spitze des ovalen Besprechungstisches. Seine Uniform war schlicht und elegant. Auf seinen Kragen waren echte Diamanten gestickt. Die Generäle nahmen, flankiert von ihren Ratgebern, auf den übrigen Stühlen Platz.

Valek saß rechts neben dem Commander, und mein Stuhl stand hinter ihnen allen an der einzigen fensterlosen Wand des Raumes. Ich wusste, dass das Treffen die ganze Nacht dauern würde und war froh, mich anlehnen zu können. Ein weiterer Vorteil meiner Position bestand darin, dass ich nicht unmittelbar in Brazells Blickfeld saß. So war ich den hasserfüllten

Blicken, die er in meine Richtung schoss, entzogen. Mogkans anzüglichem Starren dagegen konnte ich leider nicht ausweichen.

Der Commander klopfte mit einem hölzernen Hammer auf den Tisch. Sofort trat Ruhe ein. „Ehe wir uns den vorgesehenen Themen widmen“, begann er mit einer Geste auf das detaillierte Tagesprogramm, das zuvor verteilt worden war, „muss ich eine wichtige Ankündigung machen. Ich habe einen neuen Nachfolger bestimmt.“

Ein Murmeln brandete durch die Versammlungshalle, während der Commander um den Tisch herumging und jedem General einen versiegelten Umschlag überreichte. In den Briefen befanden sich die acht Teile eines codierten Puzzles, das den Namen des neuen Nachfolgers ergab, wenn Valek es entschlüsselt hatte.

Die Anspannung im Raum übertrug sich auch auf mich und nahm mir beinahe die Luft zum Atmen. In den Mienen der Generäle spiegelten sich die unterschiedlichsten Emotionen: Überraschung, Ärger, Besorgnis und Nachdenklichkeit. General Rasmussen von MD-7 flüsterte seinem Berater etwas ins Ohr, wobei seine Wangen genauso rot wurden wie seine Haare und sein Schnurrbart. Ich beugte mich auf meinem Stuhl ein wenig vor und bemerkte, dass Brazell bemüht war, sich seine verstohlene Freude nicht anmerken zu lassen.

Da der Commander gar nicht auf das Raunen einging, verstummte es bald wieder, anstatt in eine erregte Diskussion zu münden. Angelegenheiten, die MD-1 betrafen, standen als erstes auf der Tagesordnung, gefolgt von einem Distrikt nach dem anderen. Als eine Flasche von General Kitvivans speziellem weißen Brandy die Runde machte, diskutierten die Generäle gerade über Schneekatzen und Schürfrechte.

„Lass gut sein, Kit. Wir haben genug von den Katzen gehört. Wirf ihnen ihr Futter aufs Packeis, wie wir das auch machen, und sie lassen euch in Ruhe“, sagte General Chenzo von MD-2 aufgebracht, wobei er sich mit einer mächtigen Hand durch sein schlohweißes Haar fuhr, das in starkem Kontrast zu seiner gebräunten Hautfarbe stand.

„Damit sie groß und stark werden und sich wie die Karnickel vermehren? Wir gehen bankrott, wenn wir das ganze Fleisch beschaffen müssen“, blaffte Kitvivan zurück.

Je nach dem Thema, das gerade besprochen wurde, hörte ich mal mit mehr, mal mit weniger Interesse der Diskussion zu. Nach einer Weile wurde mir ganz warm und leicht im Kopf, als die Wirkung des Brandys einsetzte, denn das Protokoll verlangte, dass ich die Getränke beim Vorkosten hinunterschlucken musste.

Die Generäle stimmten über verschiedene Themen ab, aber die endgültige Entscheidung lag beim Commander. In der Regel richtete er sich nach der Mehrheit, aber niemand wagte einen Widerspruch, wenn er anders entschied.

Commander Ambrose hatte in MD-3 gelebt. Am Fuß der Soul Mountains hatte er sich und seine Familie mehr schlecht als recht durchgebracht. Sein Haus, eingezwängt zwischen Bergen und Packeis, stand auf einer ausgedehnten Diamantenmine. Nach ihrer Entdeckung hatte der König die Diamanten für sich beansprucht und dem Commander und seiner Familie „gestattet“, dort zu bleiben und in den Minen zu arbeiten. Durch Grubeneinstürze, das feuchte Klima und die schmutzige Umgebung verlor er zahlreiche Angehörige.

Wütend über die Ungerechtigkeiten der Monarchie, hatte Ambrose sich als junger Mann vieles selbst beigebracht und begonnen, Vorträge über Reformen zu halten. Seine Intelligenz, Offenheit und Hartnäckigkeit verschafften ihm zahlreiche loyale Anhänger.

Als die Belange von MD-5 zur Diskussion standen, erwachte mein Interesse erneut. General Brazell verursachte einen ziemlichen Wirbel. Anstatt seinen besten Brandy anzubieten, ließ er ein silbernes Tablett herumgehen, auf dem etwas lag, das wie kleine braune Steine aussah. Valek gab mir einen. Es war Brazells Criollo, diesmal allerdings kugelförmig.

Ehe die Generäle über den Bruch mit der Tradition lamentieren konnten, erhob Brazell sich und bat alle, einen Bissen zu nehmen. Nach kurzem Schweigen hallten begeisterte Rufe durch den Raum. Das Criollo war mit Erdbeer-Brandy gefüllt. Ich gab dem Commander zu verstehen, dass alles in Ordnung sei, und widmete mich dem Rest meines Stücks. Die Kombination des süßen, nussigen Geschmacks von Criollo mit dem weichen Brandy war himmlisch. Rand würde sich bestimmt darüber ärgern, nicht selbst auf die Idee gekommen zu sein, beides zu vermischen. Doch mein Mitleid verschwand schlagartig beim Gedanken an seine heuchlerische Miene.

Nachdem die Lobeshymnen verklungen waren, verkündete Brazell, dass seine Fabrik fertiggestellt sei. Anschließend sprach er über banale Dinge wie die Menge an Wolle, die geschoren worden war und das zu erwartende Ergebnis bei der Baumwollernte.

Im Militär-Distrikt 5 wurde das gesamte Garn für Ixia produziert und gefärbt und in den MD-3 von General Francis gebracht, wo es zu Tuch verarbeitet wurde. Francis nickte beflissen und notierte die Zahlen, die Brazell nannte. Er war der jüngste der Generäle und hatte die Angewohnheit, die purpurroten Diamanten auf seinem Kragen zu betasten, wenn er konzentriert nachdachte.

Während ich auf meinem Stuhl eindöste, hatte ich im Halbschlaf seltsame Erscheinungen. Bizarre Träume von Brandy, Grenzwachen und Passierscheinen wirbelten wie Schneeflocken durch meine Gedanken. Plötzlich wurde das Bild klar und deutlich, als eine junge Frau in weißem Jagdpelz vor meinem inneren Auge auftauchte.

Triumphierend schwenkte sie einen blutigen Speer durch die Luft. Eine tote Schneekatze lag zu ihren Füßen. Sie rammte die Spitze ihrer Waffe ins Packeis, zog ein Messer und schnitt in das Fell des Raubtiers. Mit einem Becher fing sie das heraussprudelnde Blut auf.

Sie richtete sich auf und trank. Purpurrote Rinnsale liefen ihr das Kinn hinunter. Klar und deutlich konnte ich ihre Gedanken hören. „Niemand hat dieses Kunststück fertiggebracht", dachte sie. „Niemand außer mir", tönten ihre Worte über den Schnee. Ihre Begeisterung steckte mich an. „Es ist der Beweis, dass ich ein starker, geschickter Jäger bin. Der Beweis, dass mir meine Männlichkeit genommen wurde. Der Beweis, dass ich ein Mann bin. Männer werden nicht länger über mich bestimmen!", rief sie. „Werde eine Schneekatze, um mit Schneekatzen zu leben. Werde ein Mann, um mit Männern zu leben."

Die Jägerin wandte mir ihr Gesicht zu. Zuerst glaubte ich, sie sei die Schwester des Commanders. Sie hatte die gleichen feinen Gesichtszüge und das gleiche schwarze Haar. Macht und Selbstvertrauen umgaben sie wie ein Mantel. Während ich mir selbst beim Träumen zuschaute, fuhr der Blick ihrer mandelförmigen goldbraunen Augen durch mich hindurch wie ein Blitz. Die plötzliche Erkenntnis, dass sie der Commander war, ließ mich hochschrecken. Das Herz klopfte mir bis zum Hals, in meinem Schädel pochte ein dumpfer Schmerz, und ich stellte fest, dass ich direkt in Mogkans stechende Augen blickte. Er lächelte zufrieden.

Plötzlich erkannte ich messerscharf den Grund, warum der Commander Magier hasste. Er war eine Sie, aber der festen Überzeugung, dass sie als Mann hätte geboren werden müssen. Ein grausames Schicksal hatte entschieden, ihm diese Geschlechtsumwandlung aufzubürden, die er überwinden musste. Und der Commander befürchtete, dass ein Zauberer das Geheimnis in seinen Gedanken entdecken konnte. Dummes Zeug, dachte ich und schüttelte den Kopf, um diese bizarren Grübeleien zu verdrängen. Nur weil ich von einer Frau geträumt hatte, hieß das noch lange nicht, dass der Commander eine war. Das war absoluter Blödsinn. Oder vielleicht doch nicht?

Ich rieb mir die Augen und schaute mich verstohlen um, ob sonst noch jemand mitbekommen hatte, dass ich eingeschlafen war. Der Commander schaute geistesabwesend in die Ferne, und Valek saß kerzengerade und wachsam neben ihm. Prüfend ließ er seinen Blick durch den Saal wandern, als suche er etwas oder jemanden. General Tesso hatte das Wort.

Valek schaute den Commander an und versetzte seinem Arm einen Stoß. „Was ist los?“, flüsterte er eindringlich. „Wo wart Ihr?“

„Ich habe mich an längst vergangene Zeiten erinnert“, antwortete der Commander mit Sehnsucht in der Stimme. „Viel erfreulicher als General Tessos fürchterlich detailreicher Bericht über die Getreideernte in MD-4.“

Aufmerksam betrachtete ich die Gesichtzüge des Commanders und versuchte, darin jene der Frau aus meinem Traum zu erkennen. Sie passten überein, aber das hatte nichts zu bedeuten. Träume verdrehten die Tatsachen, und es gehörte nicht viel dazu, sich den Commander beim Töten einer Schneekatze vorzustellen.

Der Rest des Treffens verlief ohne besondere Vorkommnisse. Hin und wieder nickte ich auf meinem Stuhl ein, ohne von weiteren seltsamen Träumen verfolgt zu werden. Als der Commander mit seinem Holzhammer auf den Tisch klopfte, war ich sofort hellwach.

„Letzter Tagesordnungspunkt“, verkündete der Commander. „Eine Delegation aus Sitia hat um ein Treffen gebeten.“

Unvermittelt erhob sich erregtes Stimmengewirr im Raum. Argumente machten die Runde, als ob die Generäle an eine alte Debatte anknüpften, die sie irgendwann einmal begonnen hatten. Sie diskutierten über Handelsvereinbarungen und ereiferten sich darüber, ob sie Sitia angreifen sollten. Warum nicht gleich das ganze Land erobern, statt mit ihnen Handel zu treiben?, argumentierten sie. Sie wollten ihre Distrikte ausweiten, über mehr Menschen bestimmen, über größere Bodenschätze verfügen und die Angst vor einem Angriff Sitias auf Ixia ein für allemal beenden.

Schweigend ließ der Commander die Argumente über sich ergehen. Schließlich sprachen sich die Generäle für eine Abstimmung aus, ob man den Sitianern erlauben sollte, zu kommen. Die vier Generäle aus dem Norden (Kitvivan, Chenzo, Francis und Dinno) wollten sich nicht mit der Delegation an einen Tisch setzen, wohingegen die vier Generäle aus dem Süden (Tesso, Rasmussen, Hazal und Brazell) sich für ein Treffen aussprachen.

Der Commander schüttelte den Kopf. „Ich nehme eure Ansicht über Sitia zur Kenntnis, aber die Menschen aus dem Süden würden lieber Handel mit uns treiben, als Krieg gegen uns zu führen. Wir haben mehr Leute und Eisen. Das wissen sie sehr genau. Um Sitia anzugreifen, würden wir viele Menschenleben verlieren und sehr viel Geld ausgeben. Und wozu? Ihre Luxusgüter sind die Bemühungen nicht wert. Ich bin zufrieden mit dem, was Ixia bietet. Wir haben das Land von der königlichen Krankheit geheilt. Vielleicht will mein Nachfolger mehr. Bis dahin werdet ihr eben warten müssen."

Ein Murmeln ging durch die Reihen der Generäle. Brazell nickte zustimmend. Um seinen schmallippigen Mund zeichnete sich ein dünnes Lächeln ab. Mehr denn je glich er einem Raubvogel.

„Ich habe bereits meine Einwilligung gegeben, mich mit einer Abordnung aus dem Süden zu treffen", fuhr der Commander fort. „Sie werden in vier Tagen eintreffen. Bis dahin habt ihr Zeit, mir eure Bedenken zu nennen, ehe ihr wieder nach Hause fahrt. Die Sitzung ist vertagt." Der Hammerschlag des Commanders dröhnte durch den stillen Saal.

Der Commander erhob sich und machte Anstalten zu gehen. Valek und seine Leibwächter standen dicht hinter ihm. Valek machte mir ein Zeichen, ihnen zu folgen. Ein wenig unsicher kam ich auf die Füße. Unvermittelt zeigte der Brandy, den ich getrunken hatte, seine Wirkung. Mir war schwindlig, als ich den anderen aus der Versammlungshalle folgte. Noch ehe die Tür hinter uns ins Schloss fiel, entstand ein lautes Stimmengewirr im Saal.

„Das dürfte ihr Blut in Wallung bringen", meinte der Commander mit einem schwachen Lächeln.

„In diesem Jahr würde ich an Eurer Stelle nicht in MD-8 Urlaub machen", sagte Valek ironisch. „So wie Dinno auf Eure Ankündigung über die Delegation aus dem Süden reagiert hat, traue ich ihm durchaus zu, dass er Sandspinnen in Eurem Strandhaus verteilt." Valek schauderte. „Eine schreckliche Art zu sterben."

Auch mir lief eine Gänsehaut über den Rücken beim Gedanken an die tödlichen Spinnen, die so groß wie kleine Hunde waren. Schweigend legte unsere kleine Prozession den Rest des Weges zu den Privaträumen des Commanders zurück. Mein Gang war ein wenig unsicher. Die Steinwände verschwammen vor meinen Augen, als ob sie an mir vorbeizögen, ich selbst mich aber nicht vom Fleck rührte.

Vor der Wohnung des Commanders sagte Valek: „Auf Rasmussen würde ich auch ein Auge haben. Er hat die Nachricht vom Wechsel Eures Nachfolgers nicht gerade erfreut aufgenommen."

Der Commander öffnete die Tür. Rasch warf ich einen verstohlenen Blick in seine Wohnung. Hier herrschte der gleiche karge Stil, den ich von seinem Arbeitszimmer und dem Rest der Burg kannte. Was hatte ich erwartet? Vielleicht ein wenig Farbe oder ein weibliches Element? Mit einem unmerklichen Kopfschütteln verbannte ich solche absurden Überlegungen aus meinen Gedanken. Die Bewegung verursachte mir Schwindel, und ich musste mich an der Wand abstützen, um mein Gleichgewicht nicht zu verlieren.

„Ich habe auf alle ein Auge, Valek. Das weißt du doch", sagte der Commander, bevor die Tür hinter ihm ins Schloss fiel.

Kaum hatten wir unsere Wohnung betreten, zog Valek seine Uniformjacke aus und warf sie aufs Sofa. Er deutete auf einen Sessel und sagte: „Setz dich. Wir müssen reden."

Ich ließ mich in den Sessel fallen, legte ein Bein über die Armlehne und sah Valek dabei zu, wie er in seinem ärmellosen Unterhemd und den enganliegenden schwarzen Hosen durchs Zimmer lief. Bei der Vorstellung, dass ich seine kräftigen Armmuskeln massierte, um die Verkrampfung zu lösen, hätte ich beinahe laut losgekichert. Der Alkohol in meinem Blut ließ meinen Puls schneller schlagen.

„Zwei Dinge haben heute Abend nicht gestimmt", begann Valek.

„Ich bitte Euch. Ich bin nur ein paar Sekunden lang eingenickt", protestierte ich.

Valek schaute mich erstaunt an. „Nein, nein. Du hast alles richtig gemacht. Ich rede von der Besprechung und den Generälen." Er nahm seine Wanderung durchs Zimmer wieder auf. „Zunächst einmal schien Brazell ungewöhnlich froh über den Wechsel des Nachfolgers und die Delegation aus Sitia zu sein. Er hat schon immer einen Handelsvertrag gewollt, aber es ist typisch für ihn, dass er sehr vorsichtig zu Werke geht. Und zweitens war ein Magier im Raum."

„Was?" Mir stockte der Atem. Hatte er mich etwa entlarvt?

„Zauberei. Allerdings sehr behutsam. Es muss sich um einen sehr fähigen Zauberer handeln. Ich habe es nur einmal ganz kurz gespürt, aber ich konnte die Quelle nicht ausfindig machen. Doch der Magier muss im Raum gewesen sein, sonst hätte ich nichts gespürt."

„Wann?"

„Bei Tessos langatmiger Rede über Getreide." Valek entspannte sich ein wenig, als ob es bereits eine Hilfe sei, wenn er das Problem nur zur Sprache brachte. „Ungefähr zur gleichen Zeit, als man dein Schnarchen im halben Saal hören konnte."

„Hach", erwiderte ich ziemlich laut. „Und Ihr habt die ganze Zeit so steif dagesessen, dass ich schon glaubte, die Todesstarre habe bei Euch eingesetzt."

Valek ließ ein amüsiertes Lachen hören. „Ich bezweifle,

dass du heute Abend in deiner unbequemen Uniform viel besser ausgesehen hast. Dilana hat es bestimmt eine diebische Freude bereitet, besonders viel Stärke für den Stoff zu verwenden."

Dann wurde er wieder ernst. „Kennst du den Berater Mogkan? Er hat dich den ganzen Abend kaum aus den Augen gelassen."

„Ich habe von ihm gehört. Er war Reyads erster Ratgeber. Sie sind auch zusammen auf die Jagd gegangen."

„Was ist er für ein Mensch?", erkundigte Valek sich.

„Ein ebenso widerwärtiger Kerl wie Reyad und Nix", sagte ich. Kaum hatte ich die Worte geäußert, legte ich die Finger auf meine Lippen, doch es war zu spät.

Valek sah mich eine Weile an. Dann sagte er: „Bei dem Treffen waren einige neue Ratgeber anwesend. Ich glaube, ich werde über jeden von ihnen ein paar Nachforschungen anstellen müssen. Es sieht ganz so aus, als hätten wir einen neuen Spion aus dem Süden mit magischen Fähigkeiten." Er seufzte. „Das hört wohl niemals auf." Er ließ sich aufs Sofa fallen. Auf einmal wirkte er ziemlich erschöpft.

„Wenn es das täte, hättet Ihr ja keine Arbeit mehr." Ehe ich mich versah, hatte ich mich zwischen Valek und die Rückenlehne gehockt und begonnen, seine Schultern zu massieren. Der Alkohol ließ mich meine Hemmungen vergessen, und der winzige Teil meines Verstandes, der noch klar denken konnte, vermochte nichts weiter als nutzlose Ermahnungen in mein Ohr zu flüstern.

24. KAPITEL

Unter meiner Berührung erstarrte Valek. Glaubte er etwa, ich wollte ihn erwürgen? Doch als ich begann, seine Muskeln zu kneten, entspannte er sich spürbar. „Was würdet Ihr tun“, fragte ich, „wenn die Welt plötzlich vollkommen wäre und Ihr niemanden mehr hättet, den Ihr ausspionieren müsstet?“

„Ich würde mich langweilen“, erwiderte er belustigt.

„Nein, ich meine es ernst. Wenn Ihr einen anderen Beruf ergreifen müsstet.“ Ich grub meine Daumen in die Vertiefung zwischen seinem Halswirbel und seinem Schlüsselbein. „Ein Feuertänzer?“ Wieder jagte der Brandy eine warme Welle durch meine Adern.

„Nein. Aber ich könnte lehren, mit Waffen zu kämpfen“, schlug Valek vor.

„Es ist eine perfekte Welt. Waffen sind nicht erlaubt.“ Ich fuhr mit den Händen seinen Rücken hinunter. „Wie wäre es mit einem Gelehrten? Ihr habt doch all diese Bücher gelesen, die bei Euch herumliegen, nicht wahr? Oder dienen sie nur als Stolperfalle, um Fremden das Eindringen zu erschweren?“

„Bücher sind mir auf vielerlei Arten von Nutzen. Aber ich bezweifle, dass deine perfekte Welt einen Gelehrten braucht, der sich mit Mord auskennt.“

Für ein paar Sekunden hielt ich mit dem Massieren inne. „Nein. Ganz bestimmt nicht.“

„Wie wäre es mit Bildhauer? Ich könnte außergewöhnliche Skulpturen schaffen. Wir könnten die ganze Burg umdekorieren und alles ein bisschen freundlicher gestalten. Und was ist mit dir?“, fragte er, als ich mit den Fingerspitzen sein Kreuz massierte. „Was würdest du sein wollen?“

„Akrobatin.“ Das Wort war heraus, ehe ich darüber nachdenken konnte. Ich glaubte, ich hätte die Akrobatik zusammen mit meinem Feueramulett hinter mir gelassen, aber offenbar hatte mein Ausflug in den Wald meinen Wunsch zu neuem Leben erweckt.

„Eine Akrobatin! Nun, das erklärt Einiges.“

Valeks wohlgeformten Körper zu berühren erregte mich, und ich schlang die Arme um seinen Bauch. In diesem Moment dachte ich nicht daran, was Reyad mir angetan hatte. Der Brandy hatte mich so entspannt, dass ich keinerlei Furcht verspürte. Ich begann, Valeks Hose zu öffnen.

Er ergriff meine Handgelenke und hielt sie fest. „Yelena, du bist betrunken.“ Seine Stimme klang heiser.

Valek ließ meine Hände los und erhob sich. Reglos blieb ich sitzen. Zu meiner Überraschung beugte er sich zu mir hinunter, nahm mich auf den Arm, trug mich wortlos in mein Zimmer und legte mich aufs Bett.

„Schlaf ein bisschen, Yelena“, sagte er leise, als er das Zimmer verließ.

Um mich herum drehte sich alles, während ich in die Dunkelheit starrte. Ich legte eine Hand an die kalte Steinwand neben meinem Bett. Es half mir beim Nachdenken. Jetzt wusste ich Bescheid. Valek sah in mir lediglich die Vorkosterin. Dilanas Klatsch und Marens Eifersucht hatten mich auf eine falsche Fährte geführt. Den Schmerz, der nach seiner Zurückweisung wie Messerstiche in mein Herz stach, hatte ich mir ganz alleine eingebrockt.

Hatte ich noch immer nicht aus meinen Fehlern gelernt? Menschen verwandelten sich in Schurken. Erst Brazell, dann Rand. Obwohl – Reyad war sich treu geblieben. Und was war mit Valek? Würde er sich auch in ein Monster verwandeln, oder war er bereits eins? Hatte Star nicht gesagt, dass ich keine Gedanken an ihn verschwenden sollte – weder als Gefährten noch als jemanden, der den leeren Platz in meinem Herzen einnehmen konnte?

Als ob das so einfach wäre! Ich musste lachen. Es war ein betrunkenes Lachen, unsicher und rau – ein hässliches Echo meiner trüben Gedanken. Schau dich um, Yelena, schalt ich mich selbst. Die vergiftete Vorkosterin, die sich mit Geistern unterhält. Ich sollte dankbar sein, dass ich überhaupt noch atmete, dass ich noch lebte. Ich sollte mich nicht nach mehr als einem freien Leben in Sitia sehnen. Dann könnte ich die Leere füllen. Kurzentschlossen verdrängte ich alle sentimentalen und selbstmitleidigen Gedanken. Ich lebte. Das war die Hauptsache.

Meine Flucht nach Sitia würde meine Beziehung zu Valek nicht zerstören. Schließlich hatten wir gar keine. Wenn ich erst einmal das Gegengift zu Butterfly Dust hätte, konnte ich meine Pläne in die Tat umsetzen. Im Geiste stellte ich mir noch einmal vor, wie man ein Schloss knackte, bis ich in einen alkoholgeschwängerten Schlaf fiel.

Mit pochendem Schädel wachte ich eine Stunde vor Sonnenaufgang auf. Mein Mund war ausgetrocknet, und ich hatte das Gefühl, dass mit jedem Atemzug, den ich ausstieß, Staub von meinen Lippen wirbelte. Vorsichtig stieg ich aus dem Bett und wickelte mir die Decke um die Schultern. Ich hatte Durst. Valek liebte kaltes Wasser und hatte immer einen Krug auf dem Balkon stehen.

Die frische Nachtluft pustete mir die letzten Reste von alkoholumnebeltem Schlaf aus dem Kopf. Im fahlen Licht des Mondes, das von den Mauern reflektiert wurde, wirkte die Burg gespenstisch. Ich entdeckte den Krug. Eine dünne Eisschicht hatte sich auf der Oberfläche des Wassers gebildet. Ich zerstieß das Eis mit einem Finger und trank gierig.

Als ich einen weiteren Schluck nehmen wollte, entdeckte ich hoch über mir an der Burgwand eine spinnenähnliche Gestalt. Erschrocken stellte ich fest, dass sie zu mir herunterkletterte. Es war keine Spinne, sondern ein Mensch.

Ich wollte mich verstecken, ließ es aber bleiben, als mir klar wurde, dass mich der Eindringling vermutlich bereits gesehen hatte. Sämtliche Türen und Fenster der Wohnung abzuschließen und Valek zu suchen schien mir die bessere Lösung zu sein. Aber ehe ich den stockdunklen Wohnraum betrat, zögerte ich. Dort drinnen würde man den Einbrecher wegen seiner dunklen Kleidung kaum sehen können. Und hinter verschlossenen Türen fühlte ich mich sowieso auch nicht mehr sicher, seitdem Janco mir beigebracht hatte, wie man Schlösser öffnete.

Ich verfluchte mich, weil ich mein Schnappmesser nicht bei mir trug, und drückte mich an das äußerste Ende des Balkons. Den Wasserkrug hielt ich fest umklammert.

Der Kletterer sprang die letzten Meter hinunter auf den Balkon. Seine geschmeidigen Bewegungen weckten Erinnerungen in mir.

„Valek?", flüsterte ich.

Weiße Zähne blitzten auf, und Valek setzte seine dunkle Brille ab. Über Kopf und Gesicht hatte er eine schwarze Kapuzenmaske gezogen, und sein Körper steckte in einem hautengen Trikot.

„Was macht Ihr da?", fragte ich.

„Erkundungsgang. Normalerweise bleiben die Generäle noch lange auf, nachdem der Commander das Brandy-Treffen verlassen hat. Deshalb musste ich warten, bis alle im Bett waren." Valek ging in den Wohnraum. Er streifte die Kapuze ab, entzündete eine Lampe und zog ein Blatt Papier aus der Tasche.

„Ich hasse Geheimnisse. Ich hätte das Rätsel um den Nachfolger des Commanders unangetastet gelassen, wie ich es fünfzehn Jahre lang getan habe, aber heute Nacht war die Gelegenheit zu verlockend. Acht Generäle, die ihren Rausch ausschliefen – ich hätte auf ihren Betten tanzen können, ohne sie aufzuwecken. Nicht einer von ihnen hat auch nur einen Funken Fantasie. Ich habe gesehen, wie sie alle den Umschlag des Commanders in ihre Aktentaschen steckten." Valek winkte mich zum Schreibtisch hinüber. „Hilf mir, das zu entziffern."

Er drückte mir ein festes Blatt Papier in die Hand, das mit Wörtern und Zahlen bekritzelt war. Valek hatte sich in die Zimmer der acht Generäle geschlichen und alle acht Teile der verschlüsselten Botschaft abgeschrieben. Ich fragte mich, warum er mich ins Vertrauen zog. Doch weil meine Neugier stärker war als meine Verwunderung, zog ich einen Stuhl heran und setzte mich neben ihn.

„Wie habt Ihr das Wachssiegel erbrochen?", erkundigte ich mich.

„Anfängertrick. Alles, was du brauchst, sind ein scharfes Messer und eine kleine Flamme. Und jetzt lies mir die ersten Buchstaben vor." Er schrieb sie auf und ordnete sie so lange, bis sie das Wort *Belagerung* ergaben. Anschließend schaute er in einem Band nach, der zahlreiche Symbole enthielt, die so ähnlich aussahen wie die auf meinem Schnappmesser. Ein großes blaues Zeichen, das einen Stern inmitten von drei Kreisen zeigte, erregte Valeks Interesse.

„Was ist das?", fragte ich.

„Das alte Kampfsymbol für *Belagerung*. Der tote König benutzte diese Kennzeichen, um in Kriegszeiten mit seinen Captains zu kommunizieren. Ein großer Stratege hat sie vor Hunderten von Jahren entworfen. Lies mir die nächste Gruppe vor. Das müssten Zahlen sein."

Ich nannte sie ihm, und er begann, die Zeilen des Textes zu zählen.

Während er damit beschäftigt war, überlegte ich, dass ich mir das Buch ausleihen könnte, um die Botschaft auf dem Messer zu entziffern, das ich von Janco bekommen hatte. *Irgendwann einmal wirst du die Bedeutung herausfinden.* Von wegen! Janco würde bestimmt Augen machen, wenn ich schon bald mit der Lösung aufwarten konnte.

Valek zählte die Zeilen ab und notierte einen Buchstaben auf einem unbenutzten Blatt. Nachdem er die Nachricht entschlüsselt hatte, saß er regungslos auf seinem Stuhl. Schließlich konnte ich meine Neugier nicht länger im Zaum halten und fragte: „Wer ist es?"

„Rate mal", antwortete er.

Ich sah ihn bloß an. Ich war müde, hatte Katzenjammer und keine Lust auf Ratespiele.

„Ich gebe dir einen Hinweis. Wer war am glücklichsten über den Wechsel? Wessen Name taucht in den merkwürdigsten Situationen immer wieder auf?"

Schieres Entsetzen erfasste mich. Wenn dem Commander etwas geschähe, würde Brazell sein Nachfolger. Ich wäre wahrscheinlich der erste Punkt auf seiner Tagesordnung und würde kaum lange genug leben, um die Veränderungen, die er in Ixia vornehmen würde, mit eigenen Augen zu sehen.

Valek sah meine schockierte Miene und nickte langsam. „Richtig. Brazell."

Zwei Tage lang führte der Commander mit allen Generälen Gespräche. Jedes Mal, wenn ich erschien, um die Speisen zu testen, entstand ein unangenehmes Schweigen. Die Anspannung in der Burg war mit Händen zu greifen, und die Gefolgsleute der Generäle lieferten sich zahlreiche Wortgefechte und sogar tätliche Übergriffe.

Als ich am dritten Tag ins Zimmer kam, um das Frühstück vorzukosten, war der Commander mit Brazell und dessen Berater Mogkan ins Gespräch vertieft. Der Commander hatte glasige Augen und sprach mit monotoner Stimme.

„Raus hier!“, bellte Brazell.

Mogkan drängte mich in den Thronsaal. „Warte hier, bis wir dich rufen“, befahl er.

Vor der Tür überlegte ich, ob ich dieser Anordnung überhaupt nachkommen musste. Hätten Valek oder der Commander mir die Anweisung erteilt, wäre es in Ordnung gewesen, aber was zum Teufel hatte Mogkan mir zu befehlen?, fragte ich mich verärgert. Die Vorstellung, dass Brazell ein Attentat plante, ließ meine Besorgnis noch wachsen. Ich wollte mich gerade auf die Suche nach Valek begeben, als er in den Thronsaal stürzte und mit versteinerter Miene zum Arbeitszimmer des Commanders eilte.

„Was tust du hier draußen?“, fragte Valek barsch. „Hast du sein Frühstück noch nicht probiert?“

„Man hat mir befohlen zu warten. Er redet mit Brazell und Mogkan.“

Plötzlich sah Valek besorgt aus. Er stürmte an mir vorbei ins Arbeitszimmer. Ich folgte ihm. Mogkan stand hinter dem Commander und presste die Fingerspitzen gegen seine Schläfen. Als er Valek sah, trat er sofort zurück. Mit aalglatter Stimme sagte er: „Ihr könnt es förmlich spüren, Sir, dass dies eine ausgezeichnete Methode ist, Kopfschmerzen zu bekämpfen."

Sofort kehrte Leben in das Gesicht des Commanders zurück. „Danke, Mogkan", sagte er. Dann wandte er sich verärgert an Valek. „Was gibt es denn so Wichtiges?"

„Beunruhigende Neuigkeiten, Sir." Valek warf Brazell und Mogkan durchbohrende Blicke zu. „Ich würde es gerne unter vier Augen besprechen."

Der Commander schickte die beiden fort mit dem Versprechen, die Unterhaltung später am Tag fortzusetzen.

„Yelena, koste sofort das Frühstück des Commanders."

„Jawohl, Sir."

Valek ließ mich nicht aus den Augen, als ich den kalt gewordenen Tee und das lauwarme Omelett probierte. Sein angespannter Gesichtsausdruck machte mich nervös. Glaubte er, die Speisen seien vergiftet? Doch da ich nichts Ungewöhnliches herausschmeckte, stellte ich das Tablett auf den Schreibtisch.

„Yelena, wenn ich wieder kalte Speisen zu mir nehmen muss, lasse ich dich auspeitschen. Ist das klar?" Seine Stimme klang teilnahmslos, aber seine Drohung war ernst gemeint.

„Jawohl, Sir", erwiderte ich und verzichtete darauf, mich zu entschuldigen. Es hätte ohnehin nichts gebracht.

„Du kannst gehen."

Eilig verließ ich das Arbeitszimmer und durchquerte den Thronsaal, ohne auf das geschäftige Treiben zu achten. Im Gang blieb ich stehen. Plötzlich verspürte ich einen gewaltigen Appetit, und mein Magen knurrte. Mit Heißhunger stürmte ich in die Küche.

Als ich um eine Ecke bog, wäre ich fast mit Mogkan zusammengestoßen. Er stand mitten im Korridor und versperrte mir den Weg. Wie selbstverständlich hakte er mich unter und führte mich in einen abgelegenen Teil der Burg. Neben ihm herzulaufen schien ganz selbstverständlich zu sein. Dabei wollte ich ihm doch meinen Arm entziehen. Ich hätte Angst und Schrecken verspüren müssen, aber seltsamerweise war es mir unmöglich, sie zu empfinden. Auch mein Hunger war verschwunden. Ich fühlte mich vollkommen zufrieden.

Mogkan führte mich in einen verlassenen Korridor. Eine Sackgasse, dachte ich, immer noch ungerührt. Seine grauen Augen musterten mich einen Moment lang, ehe er seinen Arm fortnahm. Seine Finger fuhren über die Reihe schwarzer Diamanten am Ärmel meiner Uniformjacke.

„Meine Yelena", sagte er wie ein eifersüchtiger Ehemann.

Eine schreckliche Angst überkam mich genau in dem Moment, als Mogkan mir seinen Arm entzog. Der Moment vollkommener Gefühllosigkeit war verschwunden, aber ich konnte mich nicht vom Fleck rühren. Mein Verstand drängte darauf, dass ich mich zur Wehr setzte, doch mein Körper hörte nicht auf ihn.

Ein Magier! Mogkan hatte Macht. Er hatte sie beim Brandy-Treffen angewendet, und Valek hatte es bemerkt. Mir blieb keine Zeit, weiter darüber nachzudenken, denn Mogkan trat näher.

„Wenn ich gewusst hätte, dass du solche Schwierigkeiten machst, hätte ich dich niemals in Brazells Waisenhaus gebracht." Er lächelte, als er meine verwirrte Miene sah. „Hat Reyad dir nie gesagt, dass ich es war, der dich gefunden hat?"

„Nein." Meine Stimme klang heiser.

„Mit sechs Jahren hast du dich im Dschungel verirrt. Ein schönes, kluges Kind. Ich habe dich aus den Fängen eines Baumleoparden gerettet, denn ich wusste, dass du über große

Fähigkeiten verfügst. Aber du warst zu dickköpfig und zu freiheitsliebend. Je mehr wir uns um dich bemühten, umso heftiger hast du dich widersetzt.“ Mogkan legte die Hand unter mein Kinn und zwang mich, ihm in die Augen zu sehen. „Selbst jetzt, wo ich dich durch meinen Blick an mich fessele, bekämpfst du mich noch. Ich kann über deinen Körper bestimmen.“ Er hob seinen linken Arm, und mein linker Arm spiegelte seine Bewegung. „Aber wenn ich versuchen würde, deinen Geist *und* deinen Körper zu kontrollieren, könntest du mich eventuell daran hindern.“ Ungläubig schüttelte er den Kopf, als ob ihn diese Schlussfolgerung erstaunte.

„Glücklicherweise reicht es aus, ein klein wenig Druck auszuüben.“ Er zog seine Hand fort und legte Daumen und Zeigefinger aneinander, als wolle er mich kneifen.

Meine Kehle zog sich zusammen. Ich konnte nicht mehr atmen. Zu kraftlos, um mich zu verteidigen, sank ich zu Boden. Die Befehle, die mir mein Verstand gab, verhallten ungehört. Die Logik bemächtigte sich der Panik und besiegte sie. Mogkan setzte seine Zauberkraft ein. Vielleicht konnte ich mich dagegen zur Wehr setzen, ehe ich ohnmächtig wurde. Ich versuchte, im Geiste die Namen der Gifte aufzusagen.

„Was für eine Willenskraft“, sagte Mogkan bewundernd. „Aber diesmal wird sie dir nicht helfen.“ Er beugte sich zu mir und küsste mich sanft und väterlich auf die Stirn.

Ein Gefühl vollkommenen Friedens überkam mich. Ich gab jeden Widerstand auf. Alles verschwamm vor meinen Augen. Mogkan nahm meine Hand und umschloss sie mit der seinen.

25. KAPITEL

Gegen die Wand gelehnt umklammerte ich Mogkans Hand, während die Welt um mich herum in einem Nebel versank. Ein heftiger Schlag brachte mich wieder zur Besinnung. Das beklemmende Gefühl in meiner Kehle ließ nach. Gierig sog ich die Luft ein. Im selben Moment merkte ich, dass ich mit dem Gesicht nach unten auf dem Fußboden lag. Neben mir saß Valek auf Mogkans Brustkorb, die Hände um Mogkans Hals gelegt, und sah mich an.

Mogkan lächelte, als Valek sich erhob und ihn mit einem Ruck hochzog. „Ich hoffe, du bist dir im Klaren darüber, welche Strafe dich als Magier in Ixia erwartet", sagte Valek. „Falls nicht, wird es mir ein Vergnügen sein, dich aufzuklären."

Mogkan strich seine Uniform glatt und ordnete seinen langen schwarzen Zopf. „Manch einer würde sagen, dass die Fähigkeit, dank der du der Magie widerstehst, dich selbst zu einem Zauberer macht, Valek."

„Der Commander sieht das etwas anders. Vorläufig bist du festgenommen."

„Dann wartet eine große Überraschung auf dich. Vielleicht solltest du diese falschen Anschuldigungen erst einmal mit dem Commander besprechen, ehe du irgendeinen schwerwiegenden Schritt unternimmst", erwiderte Mogkan.

„Wie wäre es, wenn ich dich auf der Stelle töten würde?" Valek machte einen Schritt auf ihn zu. Aufheulend umklammerte ich meine Knie und presste sie gegen meine Brust. Die Krämpfe waren kaum auszuhalten. Valek trat noch einen Schritt näher. Als ein Feuer durch meinen Körper schoss und mein Kopf schier zu platzen drohte, stieß ich einen gellenden Schrei aus.

„Noch einen Schritt weiter, und sie ist tot", sagte Mogkan mit aalglatter Stimme.

Durch die Tränen, die der Schmerz mir in die Augen getrieben hatte, sah ich, wie Valek vor und zurück wippte, ohne sich von der Stelle zu rühren.

„Das ist ja äußerst bemerkenswert. Dem alten Valek hätte es überhaupt nichts ausgemacht, wenn ich seine Vorkosterin getötet hätte. Yelena, mein Liebes, ich habe gerade festgestellt, wie ausgesprochen nützlich du doch bist."

Die Schmerzen wurden immer unerträglicher. Wie gerne wäre ich gestorben, um diesen entsetzlichen Qualen ein Ende zu bereiten. Ehe ich in Ohnmacht fiel, sah ich nur noch, wie Mogkan unbehelligt davonging.

Als ich die Augen wieder aufschlug, war es um mich herum vollkommen dunkel. Etwas Schweres lag auf meiner Stirn. Voller Panik versuchte ich mich aufzurichten.

„Es ist alles in Ordnung", sagte Valek und drückte mich in die Kissen.

Ich fasste mir an den Kopf. Auf meiner Stirn lag ein feuchtes Tuch. Ich zog es fort und blinzelte in die Helligkeit. Ich schaute mich um und erkannte das vertraute Mobiliar meines Zimmers. Mit einer Tasse in der Hand stand Valek neben mir.

„Trink das."

Ich nahm einen Schluck. Die Flüssigkeit war so bitter, dass es mich schüttelte. Valek bestand darauf, dass ich die Tasse leerte. Dann stellte er sie auf den Nachttisch.

„Ruh dich jetzt aus", sagte er und wandte sich zum Gehen.

„Valek", rief ich hinter ihm her, „warum habt Ihr Mogkan nicht getötet?"

Er legte den Kopf schräg und dachte über meine Frage nach. „Ein taktisches Manöver. Mogkan hätte dich ermordet, ehe ich mit ihm fertig gewesen wäre. Du bist der Schlüssel zu einer Menge Rätsel. Ich brauche dich." Er ging zur Tür, blieb an der Schwelle jedoch noch einmal stehen. Seine Hand umfasste den Türknauf so fest, dass seine Knöchel weiß hervortraten. „Ich habe dem Commander von Mogkan berichtet, aber es …" Valeks Hand drehte den Knauf, bis ein metallisches Knacken zu hören war, „… hat ihn nicht sonderlich interessiert. Ich werde ihn nicht aus den Augen lassen, bis Brazell und Mogkan abgereist sind. Ari und Janco habe ich zu deinen persönlichen Leibwächtern abgestellt. Verlass diese Wohnung nicht ohne sie. Und lass die Finger von Criollo. Das teste ich ab sofort selbst für den Commander. Außerdem will ich sehen, ob mit dir etwas geschieht." Valek zog die Tür zu und überließ mich meinen Gedanken, die ein heilloses Durcheinander in meinem Kopf anrichteten.

Valek stand zu seinem Wort. Sehr zum Missfallen des Commanders wich er ihm nicht mehr von der Seite. Ari und Janco waren froh über die Abwechslung von ihrem täglichen Einerlei, aber ich sorgte dafür, dass sie keine freie Minute hatten. Wenn ich nicht die Speisen des Commanders testete, musste Ari mich im Messerkampf unterweisen und Janco mir dabei helfen, meine Fähigkeiten beim Öffnen von Schlössern zu verbessern.

Am nächsten Tag sollten die Generäle abreisen. Das hieß, dass es Zeit für mich war, auf eigene Faust ein paar Nachforschungen anzustellen. Es war noch früh am Abend und ich wusste, dass Valek bis spät in der Nacht beim Commander sein würde. Ari und Janco erzählte ich, dass ich früh zu Bett gehen wollte, und wünschte ihnen vor Valeks Wohnungstür eine gute Nacht. Nachdem ich eine Stunde gewartet hatte, schlüpfte ich zurück in den Korridor.

Die Gänge der Burg waren nicht so verlassen, wie ich gehofft hatte, aber Valeks Arbeitszimmer lag ein wenig abseits vom Hauptkorridor. Leise schlich ich mich zu seiner Tür und schaute mich vorsichtig um. Als ich niemanden sah, führte ich die Pickel in das erste der drei Schlösser ein, aber ich war zu nervös, um es zu öffnen. Ein paar Mal atmete ich tief durch, ehe ich es von Neuem versuchte.

Zwei Schlösser hatte ich bereits geknackt, als ich plötzlich Stimmen näherkommen hörte. Ich richtete mich auf, zog die Pickel aus dem Schlüsselloch und klopfte an die Tür genau in dem Moment, als die Wachen in Sicht kamen.

„Er ist beim Commander", sagte der linke Wächter.

„Danke", erwiderte ich und ging in die entgegengesetzte Richtung davon. Das Herz schlug mir bis zum Hals. Verstohlen schaute ich ihnen nach, bis sie verschwunden waren. Dann lief ich zurück zu Valeks Arbeitszimmer. Das dritte Schloss war das schwierigste. Als ich es endlich geknackt hatte, war ich schweißgebadet. Rasch schlüpfte ich ins Zimmer und schloss die Tür hinter mir.

Zuerst musste ich den Schrank öffnen, in dem mein Gegengift stand. Vielleicht hatte Valek das Rezept ebenfalls dort eingeschlossen. Ich zündete eine kleine Lampe an und leuchtete hinein. Glasflaschen in verschiedenen Formen und Größen reflektierten das Licht. Auf den meisten Flaschen stand „Gift". Bei meiner Suche wurde ich zunehmend hektischer. Alles, was ich entdeckte, war eine große Flasche mit dem Gegenmittel. Ich goss ein wenig davon in das Fläschchen, das ich in meiner Tasche versteckt hatte. Valek würde es merken, wenn ich zuviel nahm.

Nachdem ich den Schrank wieder verschlossen hatte, begann ich, Valeks Unterlagen systematisch zu durchsuchen. Mit den Schreibtischschubladen fing ich an. Im Gegensatz zum Arbeitszimmer, das mit Büchern und Karten übersät war, hatte er seine persönlichen Unterlagen penibel geordnet. Ich entdeckte Aufzeichnungen über Margg und den Commander. Gerne hätte ich sie durchgelesen, aber ich zwang mich, nach Unterlagen zu suchen, auf denen mein Name oder zumindest ein Hinweis auf Butterfly Dust stand. Valek hatte eine Menge interessanter Bemerkungen über meine Qualitäten als Vorkosterin in meiner persönlichen Akte notiert, aber das Gift oder das Gegengift erwähnte er mit keinem Wort.

Nach dem Schreibtisch nahm ich mir den Konferenztisch vor. Bücher über Gifte lagen zwischen Akten und anderen Spionage-Unterlagen. Hastig durchsuchte ich die Papierstapel. Die Zeit wurde knapp. Ich musste zurück in Valeks Wohnung sein, bevor er den Commander zu seinen Privatgemächern begleitete.

Ich schluckte meine Enttäuschung hinunter, als ich auch auf dem Konferenztisch nichts fand. Gerade einmal die Hälfte des Arbeitszimmers hatte ich bis jetzt durchsucht.

Auf dem Weg zur Tür hörte ich durch die Stille des dunklen Raumes, wie ein Schlüssel ins Schlüsselloch gesteckt wurde. Nach einem lauten Klicken wurde er wieder herausgezogen. Hastig blies ich die Lampe aus, als das zweite Schloss geöffnet wurde. Ich duckte mich hinter den Konferenztisch und hoffte, dass mich die Kisten, die darunter aufgestapelt waren, verbergen würden. Bitte lasst es Margg und nicht Valek sein, flehte ich die Mächte des Schicksals an. Als das dritte Schloss klickte, blieb mir fast das Herz stehen.

Die Tür wurde geöffnet und sofort wieder geschlossen. Leise Schritte kamen durch den Raum. Jemand nahm am Schreibtisch

Platz. Ohne einen Blick zu riskieren wusste ich, dass es Valek war. Hatte sich der Commander doch früher zurückgezogen? Mir blieben nur zwei Möglichkeiten: Entweder entdeckt zu werden oder zu warten, bis Valek gegangen war. Ich versuchte, es mir in meinem Versteck ein wenig bequemer zu machen.

Ein paar Minuten später wurde an die Tür geklopft.

„Herein", rief Valek.

„Eure ... ähm ... Eure Lieferung ist eingetroffen, Sir", sagte eine männliche Stimme.

„Bring ihn herein." Valek rutschte mit seinem Stuhl über den Boden.

Ich hörte Ketten klirren und schlurfende Schritte. „Du kannst gehen", sagte Valek. Die Tür fiel ins Schloss. Der vertraute faulige Kerkergeruch stieg mir in die Nase.

„Nun, Tentil, bist du dir im Klaren darüber, dass du der Nächste für den Galgen bist?", fragte Valek.

Sofort empfand ich Mitleid mit dem verurteilten Gefangenen. Ich wusste genau, wie ihm zumute war.

„Jawohl, Sir", wisperte eine Stimme.

Papier raschelte. „Du bist hier, weil du deinen dreijährigen Sohn mit einem Pflug erschlagen hast. Du behauptest, es sei ein Unfall gewesen. Ist das richtig?", erkundigte Valek sich.

„Jawohl, Sir. Meine Frau war gerade gestorben. Ich konnte mir keine Kinderfrau leisten. Ich wusste nicht, dass er unter den Pflug gekrochen war." Die Stimme des Mannes klang verzweifelt.

„Tentil, in Ixia gibt es keine Entschuldigungen."

„Ja, Sir, ich weiß, Sir. Ich möchte sterben, Sir. Die Schuld ist unerträglich."

„Dann wäre der Tod ja keine angemessene Bestrafung, nicht wahr?" Valek wartete die Antwort nicht ab. „Leben zu müssen wäre das härtere Urteil. Ich kenne ein Gehöft im MD-4, auf dem tragischerweise der Bauer und seine Frau gestorben sind. Sie haben drei Söhne unter sechs Jahren. Morgen wird Tentil hängen, das soll jeder glauben, aber stattdessen wirst du in den MD-4 gebracht, um die Felder zu bestellen und die drei Jungen großzuziehen. Ich denke, als erstes solltest du eine Kinderfrau einstellen. Verstanden?"

„Aber ..."

„Das Neue Gesetzbuch lässt zwar keine Wünsche offen, wenn es darum geht, Ixia von unliebsamen Zeitgenossen zu befreien, aber es fehlt ihm grundsätzlich an Mitmenschlichkeit. Obwohl ich den Commander oft genug darauf hingewiesen habe, ist er auf diesem Ohr taub. Deshalb regele ich manche Angelegenheiten auf meine Weise. Sprich nicht darüber, und du wirst weiterleben. Einer meiner Mitarbeiter kommt hin und wieder vorbei, um nach dem Rechten zu sehen."

Ungläubig hockte ich hinter den Kisten. Dass Valek das Wort *Mitmenschlichkeit* in den Mund nahm, war für mich genauso unfassbar wie die Vorstellung, dass Margg sich für ihr schlechtes Benehmen entschuldigen könnte.

Erneut klopfte es an der Tür.

„Herein", rief Valek. „Wie immer zur rechten Zeit, Wing. Hast du die Unterlagen mitgebracht?"

Ich hörte Papiere rascheln. „Deine neue Identität", sagte Valek. „Ich denke, damit hätten wir alles besprochen. Wing wird dich zum MD-4 begleiten." Ketten fielen klirrend zu Boden. „Du kannst gehen."

„Jawohl, Sir", erwiderte Tentil. Die Stimme versagte ihm. Vermutlich war er überwältigt. Ich wüsste jedenfalls, wie ich mich fühlen würde, wenn Valek mir ein Leben in Freiheit angeboten hätte.

Nachdem die Männer gegangen waren, lastete eine bedrückende Stille im Zimmer. Ich hatte Angst, dass mein Atmen mich verraten könnte. Valeks Stuhl kratzte über den Boden. Zwei dumpfe Schläge ertönten, gefolgt von einem herzhaften Gähnen.

„Nun, Yelena, fandest du unser Gespräch interessant?"

Mucksmäuschenstill blieb ich sitzen. Vielleicht blufft er nur, hoffte ich. Doch seine nächsten Worte versetzten mich in Panik.

„Ich weiß, dass du hinter dem Tisch sitzt."

Langsam kam ich hinter den Kisten hervor. Seine Stimme klang nicht verärgert. Er rekelte sich auf seinem Stuhl. Die Füße hatte er auf den Schreibtisch gelegt.

„Woher wisst Ihr …", begann ich.

„Deine Lavendelseife. Außerdem weilte ich längst nicht mehr unter den Lebenden, wenn ich nicht merkte, dass sich jemand an meinen Schlössern zu schaffen macht. Attentäter lieben Hinterhalte und lassen Tote gern in Räumen zurück, die auf mysteriöse Weise verschlossen sind. Spaßige Geschichten." Valek gähnte erneut.

„Ihr seid nicht zornig?"

„Nein, sondern im Gegenteil erleichtert. Ich hatte mich schon gefragt, wann du mein Arbeitszimmer nach dem Rezept für das Gegengift durchsuchen würdest."

Plötzlich wurde ich ärgerlich. „Erleichtert? Dass ich versuchen könnte zu fliehen? Dass ich Eure Papiere durchwühlt habe? Wart Ihr Euch so sicher, dass ich es nicht schaffen würde?"

Nachdenklich legte Valek den Kopf zur Seite. „Ich bin erleichtert, dass du die ganz normalen Fluchtversuche unternimmst, ohne einen eigenständigen Plan zu entwickeln. Wenn ich weiß, was du vorhast, kann ich deinen nächsten Schritt vorhersagen. Falls nicht, könnte ich möglicherweise etwas übersehen. Wenn man weiß, wie man Schlösser knacken kann, ist das hier der nächste logische Schritt." Mit einer weit ausholenden Geste zeigte Valek durchs Zimmer. „Doch da das Rezept nirgendwo schriftlich existiert und ich der Einzige bin, der es kennt, bin ich mir ziemlich sicher, dass du es nicht finden wirst."

Ich ballte die Fäuste und musste mich zusammenreißen, um diesem arroganten Besserwisser keine Ohrfeige zu versetzen. „Gut, ich habe also keine Chance zu fliehen. Aber sagt mir, warum habt Ihr Tentil ein neues Leben gegeben, mir aber nicht?"

„Woher willst du wissen, dass ich das nicht längst getan habe?" Valek stellte die Füße auf den Boden und beugte sich vor. „Warum, glaubst du wohl, warst du fast ein Jahr lang im Kerker? War es nur Glück, dass ausgerechnet *du* als Nächste gehenkt werden solltest, als Oscove starb? Vielleicht habe ich bei unserem ersten Treffen ja nur so getan, als sei ich überrascht, eine Frau zu sehen."

Ich hielt es nicht länger aus. „Was wollt Ihr eigentlich, Valek?", fragte ich. „Soll ich resignieren? Soll ich mich mit dem Gift in meinem Körper abfinden?"

„Willst du das wirklich wissen?" Valeks Stimme wurde lauter. Er erhob sich und baute sich vor mir auf.

„Ja."

„Ich möchte nicht, dass du eine widerspenstige Dienerin bist, sondern ein loyales Mitglied des Personals. Du bist intelligent, hast eine rasche Auffassungsgabe und entwickelst dich zu einer respektablen Kämpferin. Ich möchte, dass dir genauso viel wie mir daran liegt, das Leben des Commanders zu schützen. Ja, es ist eine gefährliche Aufgabe. Aber andererseits könnte dir auch ein falsch eingeschätzter Salto auf dem

Drahtseil das Genick brechen. Jetzt weißt du, was ich von dir erwarte. Bist du bereit, es mir zu geben?“ Valek sah mir tief in die Augen, als ob er dort eine Antwort zu finden hoffte. „Außerdem – wohin willst du denn gehen? Du gehörst hierher.“

Fast hätte ich mich geschlagen gegeben. Doch ich wusste, dass wenn ich nicht vergiftet oder von Brazell getötet würde, irgendwann die ungezügelte Zauberkraft in meinem Blut zum Ausbruch kommen und meinen Untergang besiegeln würde. Die einzige Spur, die von mir auf dieser Welt bliebe, wären kleine Wellen in der Kraftquelle. Und ohne das Gegengift war ich sowieso verloren.

„Ich weiß nicht“, erwiderte ich. „Da ist so viel …“

„… was du mir noch nicht gesagt hast?“

Ich nickte, denn ich bekam kein Wort heraus. Würde ich ihm von meinen magischen Fähigkeiten berichten, wäre ich noch schneller tot, überlegte ich.

„Vertrauen ist schwer. Zu wissen, wem man vertrauen kann, ist noch schwerer“, meinte Valek.

„Und ich habe eine Menge auf dem Kerbholz. Eine Schwäche von mir.“

„Im Gegenteil – eine Stärke. Schau dir Ari und Janco an. Sie haben sich zu deinen Beschützern ernannt, lange bevor ich es tat. Weil du dich für sie beim Commander eingesetzt hast, als ihr Captain es nicht tun wollte. Überlege dir gut, was du bis jetzt geleistet hast, ehe du mir antwortest. Du hast dir den Respekt des Commanders und von Maren erworben sowie Aris und Jancos Ergebenheit.“

„Und was bekomme ich von Euch, Valek? Ergebenheit? Respekt? Vertrauen?“

„Du hast meine Aufmerksamkeit. Aber wenn du mir gibst, was ich will, kannst du alles von mir haben.“

Am nächsten Morgen bereiteten sich die Generäle auf ihre Abreise vor. Die acht Gefolgschaften benötigten vier Stunden, um sich zu versammeln. Als endlich alle durch die Tore verschwunden waren, schien ein Aufatmen durch die Burg zu gehen. Vor lauter Erleichterung liefen Diener und Soldaten ziellos in der Gegend herum. Sie versammelten sich zu kleinen Gruppen und holten erst einmal tief Luft, ehe sie sich daranmachten, die acht Gästezimmer aufzuräumen. Genau diesen Moment der Ruhe vor dem Sturm nutzte der Commander, um zu verkünden, dass die Delegation von Sitia am folgenden Tag eintreffen würde. Seine Worte schlugen ein wie der Blitz. Nachdem sich alle von dem Schock erholt hatten, setzte eine gewaltige Hektik ein, als die Diener davoneilten, um die nötigen Vorbereitungen zu treffen.

Obwohl ich heilfroh war, Brazell und Mogkan nicht länger sehen zu müssen, lief ich lustlos durch die Burg. Valeks Frage hatte ich noch nicht beantwortet. Um frei zu sein, musste ich in den Süden gehen, aber ohne das Gegengift würde ich nicht überleben. Mir wurde ganz beklommen ums Herz, als ich mir der Ausweglosigkeit meiner Lage bewusst wurde.

Zur Ankunft der Delegation aus dem Süden am nächsten Tag musste ich bei der feierlichen Begrüßung anwesend sein. Ich hatte ein ungutes Gefühl in der Magengrube bei dem Gedanken, den Besuchern aus Sitia gegenüberzustehen. Jemand schien mir ins Ohr zu wispern: „Yelena, schau dir genau an, was du niemals haben kannst."

Da der Thronsaal zum Arbeitszimmer umfunktioniert worden war, blieb als einziger passender Raum für einen angemessenen Staatsempfang die Versammlungshalle des Commanders übrig. Wieder stand ihm Valek in seiner Paradeuniform zur Seite, während ich hinter den beiden wartete.

Meine Befürchtungen verwandelten sich in Ehrfurcht, als ich die Anspannung der hochrangigen Regierungsmitglieder und ihrer Berater spürte, die für diese Zeremonie ausgewählt worden waren. Als die Delegation angekündigt und gebeten wurde einzutreten, ging ich einen Schritt zur Seite, um besser sehen zu können.

Die Besucher aus Sitia betraten die Halle. Ihre langen, farbenfrohen und ungewöhnlichen Gewänder reichten bis zum Boden und bedeckten ihre Füße. Sie trugen mit Federbüschen verzierte Tiermasken, verbeugten sich vor dem Commander und verteilten sich V-förmig im Saal.

Ihr Anführer hatte eine Habichtsmaske aufgesetzt und sprach in feierlichem Tonfall: „Wir versichern Euch unserer Ehrerbietung und entbieten Euch die Grüße Eurer Nachbarn aus dem Süden. Wir hoffen, dass dieses Treffen unsere beiden Länder enger zusammenbringen wird. Um Euch zu beweisen, wie ernsthaft wir uns darum bemühen, sind wir bereit, uns vor Euch zu zeigen." Mit einer theatralischen Bewegung setzten der Sprecher und seine vier Begleiter gleichzeitig ihre Masken ab.

Ich blinzelte ein paar Mal in der Hoffnung, dass das Bild vor meinen Augen sich als Täuschung erweisen möge. Doch nichts dergleichen geschah. Es war der Moment, in dem aus meinen unglücklichen Leben ein jämmerliches wurde. Valek warf mir einen resignierten Blick zu, als ob auch er die neue Wendung, die die Dinge genommen hatten, nicht glauben konnte.

Der Anführer aus Sitia war Irys. Eine Zauberin im Range eines Meisters stand nur knapp einen Meter von Commander Ambrose entfernt.

26. KAPITEL

„Wir heißen Euch in Ixia willkommen und hoffen auf einen verheißungsvollen Neubeginn", verkündete der Commander den Staatsgästen. Während ich hinter dem Commander wartete, fragte ich mich, was mit den Besuchern aus Sitia geschehen würde, wenn Valek den Commander darüber aufklärte, dass Irys eine Zauberin war. Da ich wusste, welchen Schaden sie anrichten konnte, ehe sie die Burg wieder verließ, malte ich mir aus, was im besten Fall passieren würde. Doch ich kam nur zu dem Ergebnis, dass dies vermutlich der Anfang vom Ende war.

Gedankenverloren sah Valek zu, als die Gäste und der Commander weitere förmliche Höflichkeiten austauschten. Nach Valeks Verhalten zu urteilen hatte Irys keine Zauberkräfte angewendet. Am Ende der offiziellen Begrüßungszeremonie wurden die Mitglieder der Delegation auf ihre Zimmer geführt, um sich von der Reise zu erholen und sich auf das abendliche Fest vorzubereiten. Das Protokoll schrieb vor, dass den anstrengenden und kräftezehrenden Verhandlungen Unterhaltung und Vergnügen vorausgehen mussten.

Außer dem Commander und Valek verließen alle Anwesenden die Versammlungshalle. Ich wollte ebenfalls gehen, doch Valek hielt mich zurück.

„Gut, Valek, berichte. Schlechte Neuigkeiten, nehme ich an?", fragte der Commander seufzend.

„Der Anführer aus Sitia ist eine Zauberin im Range eines Meisters", antwortete Valek mit einem leisen Unterton von Ärger in der Stimme. Wahrscheinlich mochte er es nicht, wenn seine Worte mit einem Seufzer quittiert wurden, noch ehe er sie ausgesprochen hatte.

„Damit war zu rechnen. Wie könnten sie sonst wissen, dass wir es mit unserem Handelsvertrag ehrlich meinen? Wir hätten sie auch in einen Hinterhalt locken können. Das wäre doch logisch gewesen, oder?“ Gleichmütig wandte sich der Commander zur Tür.

„Ihr macht Euch keine Sorgen wegen ihr?“, fragte Valek verblüfft. „Sie hat versucht, Yelena zu töten.“

Zum ersten Mal, seit wir die Versammlungshalle betreten hatten, sah der Commander mich an. „Es wäre unklug, meine Vorkosterin zu ermorden. Ein solcher Akt könnte als Attentat verstanden werden und die Verhandlungen zu einem vorzeitigen Ende bringen. Yelena ist sicher … jedenfalls fürs Erste.“ Mit einem Achselzucken verließ er den Raum. Offenbar verspürte er keine Lust, noch länger über meine Sicherheit nachzudenken.

Valek schnitt eine Grimasse. „Verflucht.“

„Und jetzt?“, fragte ich.

Er trat gegen ein Stuhlbein. „Mit einem Zauberer in der Delegation hatte ich gerechnet – aber nicht mit *ihr.*“

Seine Stimme klang verbittert. Resigniert schüttelte er den Kopf. „Die Muskelzwillinge sollen dich nicht aus den Augen lassen, solange sie hier ist. Obwohl sie nichts davon abhalten wird, wenn sie beschlossen hat, dich in ihre Gewalt zu bringen. Bei Mogkan hatte ich noch Glück gehabt. Ich wollte gerade um die Ecke biegen, als ich seine Zauberkräfte spürte. Hoffen wir, dass sie sich benimmt, solange sie in unserem Land zu Gast ist.“

Mit einem lauten Knall schob Valek den Stuhl gegen den Tisch. „Wenigstens weiß ich, wo alle Zauberer sind. Mogkan habe ich beim Brandy-Meeting der Generäle gespürt. Und die Meisterin aus dem Süden hält sich jetzt in der Burg auf. Wenn nicht noch mehr von ihrer Sorte auftauchen, müssten wir sicher sein."

„Was ist mit Captain Star?", fragte ich.

„Star ist ein Scharlatan. Sie behauptet nur, eine Zauberin zu sein, um ihre Informanten einzuschüchtern, damit sie sie nicht hintergehen." Valek seufzte.

„Die Generäle und die Besucher aus Sitia sowie die Feierlichkeiten bereiten bloß zusätzliche Arbeit. Ach ja, ehe ich's vergesse: Du musst bei der ganzen Zeremonie anwesend sein. Eine ziemlich langweilige Angelegenheit, aber wenigstens wird das Essen vorzüglich sein. Ich habe gehört, dass Rand das Criollo für ein neues Rezept benutzen wollte, aber der Commander hat seine Bitte abgelehnt. Noch so ein Rätsel, denn Brazell hat ganze Wagenladungen von dem Zeug geschickt und den anderen Generälen auch versprochen, sie zu beliefern. Sie sind so verrückt danach, als sei es pures Gold."

In Valeks Augen blitzte es kurz auf. „Hast du irgendwelche ungewöhnlichen Symptome, Gefühle oder Vorlieben gespürt, seitdem du kein Criollo mehr isst?"

Vor drei Tagen hatte ich das letzte Stück gekostet, aber mir waren keine Reaktionen an mir aufgefallen, die damit zu tun haben könnten. Das Criollo hatte meine Stimmung verbessert und mir neuen Schwung verliehen. Jetzt, nachdem meine Aussicht auf Freiheit praktisch zunichte war, verlangte es mich mehr denn je danach.

„Lust darauf habe ich schon", erwiderte ich. „Aber es ist keinesfalls ein Suchtgefühl. Hin und wieder denke ich daran und wünschte, ich könnte ein Stück in den Mund stecken."

Valek runzelte die Stirn. „Vielleicht ist es zu früh. Das Criollo könnte noch in deinem Blut sein. Du sagst mir Bescheid, wenn du irgendetwas spürst?"

„Natürlich."

„Gut. Dann bis heute Abend."

Armer Valek, dachte ich. Jetzt musste er schon zum dritten Mal innerhalb von drei Tagen seine Gala-Uniform anziehen. Der Speisesaal war aufwändig dekoriert worden. Rote und schwarze Stoffbahnen schmückten die Wände, und von der Decke flatterten rote und goldene, ineinander verschlungene Bänder. Der Saal war taghell erleuchtet. Auf einem Podium stand ein Tisch für die Delegation aus dem Süden. Auch der Commander hatte sich in seine beste Uniform geworfen. Hochrangige Offiziere und die obersten Berater saßen an runden Tischen, die im Saal verteilt waren. In der Mitte des Raumes war eine große Freifläche ausgespart, und in einer Ecke spielte ein Zwölf-Mann-Orchester leise Musik. Das war wirklich eine Überraschung, denn der Commander hasste Musik, da er sie für Zeitverschwendung hielt.

Ich saß hinter ihm, damit er mir seinen Teller reichen konnte. Das Essen war in der Tat köstlich. Rand hatte sich selbst übertroffen.

Meine schwarze Uniform hob sich kaum von den schwarzen Stoffbahnen an den Wänden ab. Da ich bezweifelte, dass irgendjemand jenseits des Podiums meine Anwesenheit überhaupt bemerkte, beobachtete ich zwischen den Gängen in aller Ruhe die anderen. Ari und Janco saßen an einem Tisch neben der Tür. Es war ihr erster offizieller Auftritt als Captains, und sie fühlten sich sichtlich unwohl in ihrer Haut. Wie ich sie kannte, würden sie jetzt bestimmt lieber mit ihren Kumpanen in der Kaserne sitzen und Bier trinken.

Irys hatte mit ihrem Gefolge zur Linken des Commanders Platz genommen. Ihre farbenfrohe Kleidung glänzte im

Schein der Kerzen. Sie trug einen Diamantanhänger in Form einer Blume, der auf ihrem Busen Feuer warf. Mich würdigte sie keines Blickes, was mir nur recht war.

Nachdem die Diener die Tische abgeräumt hatten, löschten sie die Hälfte der Lampen. Das Orchester spielte zunehmend rhythmischere Musik, bis die Gläser auf den Tischen zu vibrieren begannen. Plötzlich stürmten kostümierte Tänzer, die brennende Stöcke über ihren Köpfen schwangen, in den Saal. Feuertänzer! Rasend schnell wirbelten sie um ihre eigene Achse, schlugen Rad und sprangen meterhoch in die Luft. Ihre Aufführung war so fantastisch, dass mir der Atem stockte. Kein Wunder, dass ihr Zelt beim Feuerfest die Menge der begeisterten Bewunderer kaum zu fassen vermochte.

Während der Vorführung lehnte Valek sich in seinem Stuhl zurück und sagte: „Ich glaube, ich hätte beim Vortanzen nicht einmal die erste Hürde geschafft, Yelena. Wahrscheinlich wären meine Haare längst in Brand geraten.“

„Ein angesengter Kopf ist diese Kunst doch allemal wert“, neckte ich ihn, und er lachte. Im Saal herrschte eine heitere und angeregte Stimmung, und ich hoffte inständig, dass der Commander nicht wieder fünfzehn Jahre bis zum nächsten Fest verstreichen ließ.

Die Tänzer beendeten ihre zweite Zugabe und verließen den Saal. Irys erhob sich, um einen Toast auszusprechen. Die Sitianer hatten ihren edelsten Cognac mitgebracht. Irys schenkte dem Commander, Valek und sich selbst ein Glas ein, und es schien sie nicht zu kränken, dass der Commander mir sein Glas reichte.

Ich schwenkte die goldfarbene Flüssigkeit im Glas und sog den intensiven Geruch ein. Nachdem ich einen kleinen Schluck genommen hatte, ließ ich ihn über meine Zunge rollen und spie ihn sofort wieder aus. Hustend und würgend versuchte ich, auch den letzten Rest des Getränks loszuwerden. Valek sah mich besorgt an.

„My Love“, brachte ich würgend heraus.

Valek stieß die beiden anderen Gläser um. Der Inhalt ergoss sich über den Tisch. Als das Gift in meinem Körper zu wirken begann, verwandelte Valek sich in einen schwarzen Fleck, und über die Wände liefen Sturzbäche von Blut.

Ich schwamm auf einem purpurroten Meer. Ein Kaleidoskop von Farben wirbelte an mir vorbei. Das Geräusch zerberstenden Glases auf Steinen erzeugte eine seltsame Melodie in meinem Kopf. Auf einem Floß, das aus lockigem weißem Haar gewebt war, schwebte ich dahin, vorwärtsgetrieben von einer mächtigen Strömung. Durch den Sturm der Farben vernahm ich Irys’ beruhigende Stimme: „Dir wird nichts passieren. Halte dich einfach am Floß fest. Dann wirst du diesen Orkan überstehen.“

Ich erwachte in meinem Zimmer. Eine Lampe verbreitete einen schwachen Schein. Janco saß in einem Sessel und las ein Buch. Dieses Mal waren die Folgen meiner Erfahrung mit „My Love“ viel angenehmer als beim ersten Mal. Ein weiches Bett war einer Lache von Erbrochenem allemal vorzuziehen. Trotzdem hatte ich langsam genug davon, in meinem Zimmer wach zu werden ohne zu wissen, wie ich dorthin gekommen war.

„Aber Janco, ich wusste ja gar nicht, dass du lesen kannst“, neckte ich ihn. Meine Stimme klang rau, meine Kehle brannte, und tief in meinem Schädel pochte ein dumpfer Schmerz.

„Ich bin ein Mann mit vielen unbekannten Fähigkeiten.“ Janco grinste. „Willkommen zurück im Leben.“

„Wie lange war ich bewusstlos?“

„Zwei Tage.“

„Was ist passiert?“

„Nachdem du dich in eine Wahnsinnige verwandelt hast?“, fragte Janco. „Oder warum du es getan hast?“

Ich schnitt eine Grimasse. „Nachdem.“

„Es ist erstaunlich, wie schnell Valek reagieren kann“, meinte Janco bewundernd. „Er hat dich aus dem Blickfeld gezogen, die vergiftete Flasche verkorkt und mit einer Art Taschenspielertrick gegen eine andere ausgetauscht. Dann hat er sich ausgiebig für seine Tollpatschigkeit entschuldigt und drei neue Gläser vollgeschenkt, damit diese Hexe aus dem Süden ihren heuchlerischen Trinkspruch anbringen konnte. Der Zwischenfall war so schnell vorbei, dass nur die Leute auf dem Podium mitbekommen haben, was wirklich passiert ist.“

Janco kratzte sich den Spitzbart. „Na ja, und Ari natürlich. Er hat dich den ganzen Abend lang nicht aus den Augen gelassen. Als du umgekippt bist, waren wir schon unterwegs. Während des Trinkspruchs sind wir hinter den Tisch gekommen, und er hat dich hierher getragen. Er wäre immer noch hier, aber ich habe ihn sozusagen mit vorgehaltenem Messer gezwungen, schlafen zu gehen.“

Das war also mein lockiges Floß gewesen! Ich setzte mich auf. Der Schmerz in meinem Kopf wurde schlimmer. Ein Krug mit Wasser stand auf meinem Nachttisch. Ich goss ein Glas ein und leerte es in einem Zug.

„Valek hat gesagt, dass du durstig sein würdest. Er ist ein paar Mal hier gewesen, aber er musste sich viel um die Südländer kümmern. Nicht zu fassen, dass diese Hexe versucht hat, den Commander zu vergiften. Ziemlich dreist, nicht wahr?“

„Sie war es nicht. Erinnerst du dich nicht mehr? Sie hat

doch drei Gläser aus derselben Flasche eingeschenkt. Jemand anders muss es getan haben“, entgegnete ich. Aber der Schuldige wollte mir nicht einfallen, weil mein Kopf zu dröhnen begann, als ich darüber nachdachte.

„Es sei denn, sie hat Mord und Selbstmord geplant. Lieber ein rascher Tod anstatt in unserem Kerker zu warten, bis der Henker kommt.“

„Möglich“, sagte ich. Doch ich hielt es für unwahrscheinlich.

„Valek ist wohl auch deiner Meinung. Die Verhandlungen über die Handelsbeziehungen gehen jedenfalls weiter, als wäre nichts passiert.“ Janco gähnte. „Nun ja, jetzt, wo du wieder bei Sinnen bist, werde ich mich ein wenig aufs Ohr hauen. Noch vier Stunden bis zur Morgendämmerung.“ Janco drückte mich aufs Bett zurück. „Ruh dich noch ein wenig aus. Morgen früh kommen wir zurück.“

Forschend betrachtete er mich. In seiner Miene lag ein leiser Zweifel. „Ari hat erzählt, du hättest getobt und geschrieen, als er sich um dich gekümmert hat. Und dass er Reyad auf der Stelle abmurksen würde, wenn der Schweinehund noch am Leben wäre. Ich denke, das solltest du vielleicht wissen.“ Er drückte mir einen brüderlichen Kuss auf die Stirn und verschwand.

Na prima, dachte ich seufzend. Was mochte Ari sonst noch mitbekommen haben? Wie würde ich ihm am Morgen gegenübertreten können? Nun ja, im Moment konnte ich sowieso nichts daran ändern. Ich versuchte, noch ein wenig zu schlafen, aber mein leerer Magen knurrte unentwegt. Meine Gedanken kreisten nur noch ums Essen. Dabei versuchte ich mein Hungergefühl zu analysieren – war es vielleicht nur eine Einflüsterung von Irys, die sich meines Verstandes bemächtigte, wie es Mogkan zuvor getan hatte? Mir fiel allerdings kein Grund ein, warum sie mich zum Essen auffordern sollte.

Ich beschloss, das Risiko zu wagen, schnallte mein Schnappmesser um und ging mit unsicheren Beinen in die Küche. Ich wollte mir unbemerkt ein wenig Brot besorgen und hoffte, dass Rand noch nicht aufgestanden war, um seinen Teig zu kneten.

Gerade hatte ich mir noch ein Stück Käse zu meinem Brot abgeschnitten und machte Anstalten zu gehen, als die Tür zu Rands Zimmer geöffnet wurde.

„Yelena", sagte er überrascht.

„Guten Morgen, Rand. Ich stehle mir, wie du siehst, gerade etwas zu essen."

„Ich habe dich ja schon seit Wochen nicht mehr gesehen", meinte er pikiert. „Wo hast du bloß gesteckt?" Er ging hinüber zu den Herden, öffnete die erste schwarze Eisentür, stocherte in der Glut und legte einige Kohlen nach.

„Ich hatte viel zu tun. Du weißt schon. Die Generäle. Die Delegation. Die Feier. Die übrigens fantastisch war. Du bist wirklich ein Genie, Rand."

Mein Lob ließ seine Laune sichtlich steigen. Widerwillig fand ich mich damit ab, dass ich mit ihm plaudern musste, wenn er glauben sollte, dass wir noch miteinander befreundet waren. Deshalb legte ich mein Frühstück auf den Tisch und zog einen Stuhl heran.

Rand humpelte zu mir herüber. „Jemand hat erzählt, du seiest krank?"

„Ja. Verdorbener Magen. Zwei Tage lang habe ich nichts gegessen, aber jetzt geht's mir wieder besser." Ich deutete auf das Brot.

„Warte, ich backe dir einen Kuchen."

Während er den Teig anrührte, ließ ich ihn nicht aus den Augen, um zu vermeiden, dass er irgendetwas Giftiges untermischte. Doch als das duftende Gebäck vor mir stand, ließ ich es mir schmecken, ohne weiter darüber nachzudenken. Das vertraute Bild – Rand backte Brot, ich saß in seiner Nähe – nahm der Situation etwas von der Befangenheit, die zwischen uns herrschte. Schon bald redeten und lachten wir wie in alten Zeiten.

Erst als er begann, mir immer gezieltere Fragen zu stellen, merkte ich, dass er Informationen über den Commander und Valek aus mir herauslocken wollte. Ich umklammerte meine Gabel und stach sie heftig in den Kuchen.

„Hast du irgendetwas über die Verträge mit dem Süden gehört?", wollte er wissen.

„Nein." Meine Stimme klang schroff, und er schaute mich verwundert an. „Tut mir Leid, ich bin müde. Ich glaube, ich gehe besser wieder ins Bett."

„Nimm doch diese Bohnen wieder mit." Rand holte einen Glaskrug hervor. „Ich habe sie kurz gebraten, gemahlen, sogar gekocht, aber sie schmecken noch immer entsetzlich, und ich weiß nicht, wonach." Er schüttete sie in eine Tüte und widmete sich wieder seinen Feuerstellen.

Als er in den glühenden Kohlen herumstocherte, kam mir eine Idee. „Vielleicht sind sie gar nicht essbar", überlegte ich. „Vielleicht sind sie eine Art Brennstoff." Die Schoten aus dem Süden waren in Brazells neue Fabrik geliefert worden. Möglicherweise benutzte er sie, um seine Öfen zu heizen.

„Es ist einen Versuch wert", meinte Rand.

Ich warf die Bohnen ins Herdfeuer. Wir warteten eine Weile, aber weder loderten Flammen empor noch nahm die Temperatur zu. Rand wechselte die Brotformen aus, und ich starrte ratlos in die Glut. Was das Geheimnis der Bohnen anging, war ich mit meinem Latein nun endgültig am Ende.

Als Rand weitere Fragen stellte, wandte ich den Blick vom Herdfeuer ab. Meine Kehle fühlte sich an wie zugeschnürt. „Ich gehe jetzt besser. Nachher wundert Valek sich noch, wo ich mich herumtreibe."

„Ja, geh ruhig. Ich habe gemerkt, dass du und Valek euch in letzter Zeit ziemlich nahegekommen seid. Sag ihm, dass er meinetwegen niemanden umbringen soll, ja?" Seine Stimme troff vor Sarkasmus.

Unbeherrscht schlug ich die Ofentür zu. Der Knall zerschnitt die Stille in der Küche. „Wenigstens ist Valek so anständig, mir vorher zu sagen, wenn er mich vergiftet", sprudelte es aus mir heraus. Sofort wünschte ich, die Worte nie ausgesprochen zu haben. Egal, ob ich meine Müdigkeit, meinen Zorn oder Rand dafür verantwortlich machte – nichts konnte sie mehr ungesagt machen.

In seiner Miene spiegelten sich nacheinander Überraschung, Schuld und Wut. „Hat Star dir das gesagt?", fragte er barsch.

„Ähm …" Mir fiel keine Antwort ein. Sagte ich Ja, würde er von Star erfahren, dass ich log, und wenn ich verneinte, würde er darauf bestehen, dass ich ihm meine Informationsquelle nannte. So oder so würde er es herausfinden. Ich hatte gerade Valeks geheime Operation verraten.

Glücklicherweise wartete Rand nicht auf meine Antwort, sondern steigerte sich in eine Schimpfkanonade hinein. „Ich hätte wissen müssen, dass sie es dir erzählt. Sie liebt diese widerlichen Spielchen. Als du hier aufgetaucht bist, wollte ich nichts mit dir zu tun haben. Mir lag nur an dem Haufen Gold, mit dem Star meine Schulden abzahlen wollte, wenn ich Valeks Test ein bisschen verfälschte." Wütend schlug er auf den Tisch. „Dann haben mein verdammtes Gewissen und deine verdammte Freundlichkeit alles nur komplizierter gemacht. Informationen über dich zu verkaufen und dich dann beschützen zu müssen, ohne dass es so aussah, war für mich die Hölle."

„Tut mir Leid, dass du Unannehmlichkeiten hattest", antwortete ich. „Wahrscheinlich sollte ich dir sogar dankbar sein – mal abgesehen von den Vergiftungen und Entführungen." Mein Zynismus war nicht zu überhören.

Rand fuhr sich mit der Hand übers Gesicht. Seine Wut war verraucht. „Entschuldige bitte, Yelena. Ich stand mit dem Rücken zur Wand und konnte nicht mehr wegkommen, ohne jemanden zu verletzen."

Ich beruhigte mich ein wenig. „Warum wollte Star mich vergiften lassen?"

„General Brazell hat ihr den Auftrag erteilt. Das dürfte dich wohl kaum überraschen."

„Nein." Ich überlegte eine Weile, ehe ich fragte: „Rand, gibt es jemanden, der dir aus diesem Schlamassel heraushelfen kann? Valek vielleicht?"

„Niemals! Warum hältst du nur so große Stücke auf ihn? Er ist ein Mörder. Du solltest ihn dafür hassen, dass er dir Butterfly Dust gegeben hat. Ich jedenfalls würde es."

„Wer hat dir das gesagt?", fragte ich. „Wer weiß sonst noch davon? Ich dachte, das sei nur dem Commander und Valek bekannt."

„Dein Vorgänger Oscove hat mir mal erzählt, warum er niemals versucht hat zu fliehen. Aber keine Bange, ich habe niemandem etwas davon gesagt. Auch für mich gibt es Grenzen." Er zog an seiner Schürze. „Oscove hat Valek genauso gehasst wie ich, und ich habe ihn verstanden. Aber deine Beziehung zu Valek …“ Ratlos zog er die Augenbrauen hoch.

„Du bist in ihn verliebt“, rief er.

„Das ist absurd“, protestierte ich.

Wir starrten uns an, zu verdattert, um etwas zu sagen.

Plötzlich stieg mir ein süßer, nussiger Duft in die Nase. Auch Rand schnüffelte vernehmlich. Ich folgte dem Geruch zum Ofen, in den ich die geheimnisvollen Bohnen geworfen hatte. Als ich die Tür öffnete, schlug mir eine Woge des himmlischen Aromas entgegen. Criollo.

27. KAPITEL

„Wo hast du diese Bohnen gefunden?", fragte Rand. „Sie sind die fehlende Zutat in meinem Criollo-Rezept. Aber auf Idee, sie zu rösten, um den Geschmack zu verändern, bin ich nicht gekommen."

„Unten in einem Lagerraum", log ich. Ich würde ihm nicht erzählen, dass Valek und ich sie auf dem Weg zu Brazells neuer Fabrik entdeckt hatten. In der, wie mir schlagartig bewusst wurde, kein Tierfutter, sondern Criollo produziert wurde.

„In welchem Lagerraum?", drängte Rand. Er klang ein wenig verzweifelt.

„Ich weiß es nicht mehr."

„Versuch dich zu erinnern. Wenn ich Vings Rezept für Criollo nachmachen kann, werde ich vielleicht nicht versetzt."

„Versetzt? Wohin denn?"

„Hat Valek dir etwa noch nicht erzählt, wie sehr er sich darüber freut? Seit der Machtübernahme wollte er mich loswerden. Ich soll zu Brazell, und Ving kommt hierher. Er wird das keine Woche überleben." Verbittert spie Rand die Worte aus.

„Und wann?"

„Keine Ahnung. Noch habe ich meine Versetzungspapiere nicht. Es besteht also noch ein wenig Hoffnung, dass es nicht soweit kommt. *Wenn* du mir hilfst, diese Bohnen zu finden."

Er glaubt immer noch, wir seien Freunde, dachte ich erstaunt. Selbst nachdem er zugegeben hat, mich vergiften zu wollen und mir vorwirft, seinen Feind zu lieben, denkt er, dass ich es für ihn tun würde. Ich wusste nicht, was ich darauf erwidern sollte. „Ich versuche es", sagte ich ausweichend und verabschiedete mich schnell.

Niemand begegnete mir auf dem Rückweg. Über den Soul Mountains dämmerte der Morgen herauf, als ich Valeks Wohnung betrat. Die hohen Fenster im Wohnraum gingen nach Osten. Im grauen Zwielicht zeichnete sich Valeks Profil ab. Er saß auf dem Sofa und wartete auf mich.

„Schon zurück?“, fragte er. „Zu dumm. Ich wollte gerade nach deiner Leiche suchen lassen. Was ist passiert, als du an Irys' Tür geklopft hast, um dich zu opfern? Haben sie dich hinausgeworfen, weil sie dich für zu töricht hielten, um ihre Zeit mir dir zu verschwenden?“

Ich ließ mich auf einen Stuhl fallen und wartete, bis Valek mit seinen ironischen Bemerkungen fertig war. Keine Entschuldigung der Welt würde ihn zufrieden stellen. Er hatte Recht – allein hinauszugehen war eine törichte Idee gewesen. Aber Logik und ein leerer Magen waren wie Öl und Wasser – unvereinbar.

Als er verstummte, fragte ich: „Seid Ihr fertig?“

„Wie bitte? Kein Widerspruch?“

Ich schüttelte den Kopf.

„Dann bin ich fertig.“

„Gut“, sagte ich. „Da Ihr ohnehin schon schlechter Stimmung seid, kann ich Euch ja berichten, was eben in der Küche passiert ist. Genau genommen sind es zwei Dinge: etwas Gutes und etwas Schlechtes. Welches wollt Ihr zuerst hören?“

„Das Schlechte“, antwortete Valek. „Dann kann ich wenigstens darauf hoffen, dass das Gute es wieder ausgleicht.“

Ich nahm meinen ganzen Mut zusammen und gestand ihm, dass ich seine geheime Aktion verraten hatte. Valeks Miene wurde grimmig.

„Aber es ist Eure Schuld. Ich wollte Euch verteidigen“, platzte ich heraus.

Er schwieg. „Nur um meine Ehre zu schützen, zerstörst

du eine Arbeit von Monaten. Eigentlich sollte ich mich geschmeichelt fühlen."

„Das solltet Ihr auch", bekräftigte ich. Ich hatte nicht die Absicht, mich schuldig zu fühlen. Hätte er bei Star nicht meine Loyalität auf die Probe gestellt und mich dann benutzt, um seine Nachforschungen zu intensivieren, wäre er nicht in diese Situation geraten.

Mit hängenden Schultern lehnte er sich auf dem Sofa zurück und massierte seine Schläfen. „Ich wollte die Festnahmen erst am Ende des Monats machen. Aber jetzt ist es wohl besser, die Säuberungsaktion durchzuführen, ehe Rand Gelegenheit hat, Star darüber zu informieren." Er rieb sich die Augen. „Trotzdem könnte das von Vorteil sein. Ich glaube, Star schöpft allmählich Verdacht. Seit längerem hat sie in ihrem Haus keine illegalen Geschäfte mehr getätigt. Wenn ich sie jetzt ins Spiel bringe, finde ich vielleicht heraus, wer sie beauftragt hat, die Flasche aus Sitia zu vergiften."

„Star? Wie um alles in der Welt soll sie das bewerkstelligt haben?"

„Sie hat einen Attentäter aus dem Süden in ihren Diensten. Er wäre der Einzige, der dazu fähig ist und auch die Gelegenheit hatte. Ich glaube nicht, dass Star die Flasche aus eigenem Antrieb vergiftet hat. Welchen Grund sollte haben? Aber für eine entsprechende Summe würde ihre Organisation alles tun. Ich muss herausfinden, wer ein so großes Risiko eingeht, den Ruf der Delegation aufs Spiel zu setzen."

Mit neuer Energie erhob er sich. „Und was ist die gute Nachricht?"

„Die rätselhaften Bohnen sind ein Bestandteil, um Criollo zu machen."

„Warum hat Brazell dann auf seinem Antrag gelogen? Einen Nachtisch herzustellen ist nicht gesetzwidrig“, sagte Valek, womit er meine Gedanken zum Ausdruck brachte. Auch ich überlegte, welche Ziele Brazell mit seiner Fabrik denn nun wirklich verfolgen mochte.

„Vielleicht, weil die Bohnen aus Sitia importiert werden“, sinnierte ich. „Das wäre nämlich ungesetzlich, jedenfalls solange der Handelsvertrag noch nicht unterzeichnet ist. Vielleicht hat Brazell auch noch andere Zutaten oder Bestandteile aus dem Süden genutzt.“

„Möglich. Das würde auch erklären, warum er so scharf auf den Vertrag ist. Du wirst dich gründlich umsehen müssen, wenn du die Fabrik besuchst.“

„Wie bitte?“

„Der Commander plant eine Fahrt zum MD-5, sobald die Südländer abreisen. Und du gehst natürlich dahin, wo der Commander hingeht.“

„Was ist mit Euch? Kommt Ihr nicht mit?“ Vor lauter Panik wurde meine Stimme ganz schrill.

„Nein. Ich habe den ausdrücklichen Befehl erhalten, hier zu bleiben.“

„Eins, zwei, drei, vier, fünf, sechs, sieben, kämpfst du so, dann bleibst du liegen“, sang Janco.

Ich stand mit dem Rücken an der Wand. Polternd fiel mein Streitkolben zu Boden. Janco drückte seine Waffe gegen meine Schläfe, um seine Worte zu bekräftigen.

„Was ist los? Sonst bist du doch nicht so leicht zu schlagen.“ Janco stützte sich auf seinen Streitkolben.

„Ich bin mit meinen Gedanken ganz woanders.“ Erst einen Tag zuvor hatte Valek mir von den Plänen des Commanders berichtet.

„Was tun wir denn dann hier?", fragte Ari. Er hatte mit Maren den Kampf beobachtet.

Es fiel mir immer noch schwer, ihm in die Augen zu sehen. Hatte ich im Schlaf Dinge gesagt, die keinen etwas angingen? Der Gedanke, dass Ari sie mitbekommen haben könnte, war mir ausgesprochen peinlich. „Bei der nächsten Runde strenge ich mich mehr an", versprach ich, während Janco und ich versuchten, wieder zu Atem zu kommen. Dabei ließ ich mir unser jüngstes Duell noch einmal durch den Kopf gehen. „Warum redest du beim Kämpfen eigentlich immer in Versen?", wollte ich von Janco wissen.

„Das hilft mir, meinen Rhythmus zu finden."

„Machen sich die anderen Soldaten nicht darüber lustig?"

„Nicht, wenn ich sie schlage."

Wir begannen einen neuen Kampf. Obwohl ich mich diesmal zu konzentrieren versuchte, unterlag ich erneut.

„Jetzt bist du zu verkrampft. Ich sehe förmlich, wie du jeden Schritt im Voraus planst", kritisierte Janco. „Damit verrätst du dich, und ich kann deine Schläge parieren, ehe du sie überhaupt ausführst."

„Wir haben doch ein Ziel vor Augen", fügte Ari hinzu. „Angriff und Verteidigung müssen instinktiv sein. Bleib ganz entspannt, aber sei auf der Hut. Lass dich von nichts ablenken. Behalte deinen Gegner im Auge, doch sei nicht starr auf ihn fixiert."

„Das ist doch ein Widerspruch!", rief ich frustriert.

„Aber es klappt", sagte Ari nur.

Ich holte ein paar Mal tief Luft und verdrängte den beunruhigenden Gedanken an meine bevorstehende Fahrt in Brazells Distrikt. Mit der Handfläche rieb ich über den Schaft des Streitkolbens, wobei ich mich auf die glatte Oberfläche des Holzes konzentrierte. Anschließend umklammerte ich die Waffe mit festem Griff und versuchte, eine mentale Verbindung herzustellen, durch die sich meine Gedanken und Absichten auf den Streitkolben übertragen sollten.

Ich spürte ein leises Vibrieren in den Fingerspitzen, als ich über die Maserung fuhr. Mein Bewusstsein floss durch den gesamten Kolben und zurück in meinen Arm. In diesem Moment beherrschte ich meinen Körper ebenso wie meine Waffe.

Mit erhöhter Wachsamkeit ging ich in die dritte Runde. Instinktiv wusste ich, was Janco vorhatte. Sekundenbruchteile bevor er einen Schritt machte, konterte ich bereits mit meiner Verteidigung. Weil ich nicht länger nur darauf achtete, seine Schläge zu parieren, gewann ich mehr Zeit für Angriffe und Gegenwehr. Ich drängte Janco zurück, einem Rhythmus folgend, den ich in meinem Körper spürte und von dem ich mich leiten ließ.

Diesmal gewann ich den Kampf.

„Erstaunlich", rief Janco. „Hast du Aris Rat befolgt?"

„Wort für Wort."

„Kannst du es noch mal tun?"

„Keine Ahnung."

„Versuch's mit mir." Ari nahm seinen Streitkolben und stellte sich im Kampfpositur.

Wieder fuhr ich mit meiner Hand über den hölzernen Schaft und versuchte, die Verbindung zwischen mir und der Waffe herzustellen. Beim zweiten Mal fiel es mir leichter.

Ari war ein stärkerer Gegner als Janco. Was ihm an Tempo fehlte, machte er durch Stärke wett. Ich musste meine Verteidigungstaktik ändern, indem ich seinen Attacken blitzschnell auswich, um nicht getroffen zu werden. Da ich kleiner war als er, duckte ich mich unter seinen Schlägen, schwang meinen Kolben hinter ihn und versetzte ihm einen Hieb gegen die Fußknöchel. Er fiel um wie ein Sack Mehl. Wieder hatte ich gewonnen.

„Unglaublich", staunte Janco.

„Jetzt bin ich dran", forderte Maren mich heraus.

Zum dritten Mal stimmte ich mich auf die geistige Verbindung ein. Marens Angriffe kamen so schnell wie die eines Panthers. Sie täuschte oft Attacken in Augenhöhe vor, was mich dazu verleitete, meinen Körper ungeschützt zu lassen, womit ich eine große Angriffsfläche bot. Doch dieses Mal war ich ihr immer einen Schritt voraus, ignorierte ihre Täuschungsmanöver und wehrte alle ihre Hiebe ab.

Als kluge Gegnerin verließ sie sich auf Taktik anstatt Geschwindigkeit und Stärke. Sie griff mich frontal an, doch ich wusste, dass sie seitwärts ausweichen würde, wenn ich jetzt auf sie zuging. Stattdessen wirbelte ich um meine eigene Achse und brachte sie mit meinem Streitkolben zum Stolpern. Als sie ausgestreckt auf dem Boden lag, stürzte ich mich auf sie und drückte ihr meine Waffe in den Nacken, bis sie sich geschlagen gab.

„Verdammt", fluchte sie. „Wenn eine Schülerin anfängt, ihre Lehrerin zu besiegen, heißt das, dass sie sie nicht länger braucht. Ich verschwinde." Damit stürmte sie aus dem Raum.

Ari, Janco und ich sahen uns an.

„Sie meint es doch nicht ernst, oder?", fragte ich.

„Das nagt an ihrem Selbstbewusstsein. Aber sie wird's überleben", meinte Ari. „Es sei denn, du besiegst sie jetzt jedes Mal."

„Unwahrscheinlich", erwiderte ich.

„Sehr“, brummelte Janco, der offensichtlich auch noch seine Wunden leckte.

„Genug gekämpft“, beschloss Ari. „Yelena, warum machst du nicht ein paar Katas, um dich zu entspannen, und wir lassen's für heute gut sein?“

Ein Kata war eine festgelegte Abfolge von verschiedenen Angriffs- und Verteidigungstechniken. Jedes Kata hatte einen Namen, und sie wurden von Stufe zu Stufe komplizierter. Ich begann mit einem einfachen Bogen-Kata.

Während ich meine Übung machte, begannen Ari und Janco eine erregte Diskussion. Unwillkürlich musste ich lächeln, weil sie mir wie ein altes zänkisches Ehepaar vorkamen. Doch dann konzentrierte ich mich wieder auf mein Kata und versuchte, meine spirituelle Kampfzone zu finden. Mühelos tauchte ich in die entsprechenden Kata-Figuren ein und wieder auf. Als ich mein Pensum atemlos beendete, entdeckte ich Irys. Sie stand an der Tür und beobachtete mich interessiert.

Sie trug ihre Habichts-Uniform. Das Haar hatte sie gemäß den militärischen Vorschriften von Ixia zurückgebunden. Auf diese Weise konnte sie sich unbehelligt in der Burg bewegen.

Ich warf einen Blick auf meine „Leibwächter“. Sie waren immer noch in ihr Gespräch vertieft und beachteten weder Irys noch mich. Mir wurde ganz beklommen zumute. Ich rückte näher zu meinen Kumpanen, als sie den Raum betrat.

„Spürt Valek deine Zauberkraft nicht?“, fragte ich sie mit einer Handbewegung zu Ari und Janco.

„Er ist auf der anderen Seite der Burg“, erwiderte sie und kam näher. „Aber ich habe gespürt, dass jemand vor unserer Ankunft die Kraftquelle angezapft hat. Zwei kurze Wellen. Es gab oder gibt hier also noch einen Zauberer.“

„Würdest du das denn nicht mitbekommen?", fragte ich beunruhigt.

„Leider nein."

„Aber du weißt, wer es ist, oder?"

Sie schüttelte den Kopf. „Mehrere Zauberer sind verschwunden. Sie sind entweder tot oder halten sich verborgen. Einige leben auch ganz zurückgezogen, und wir erfahren nie von ihrer Existenz. Jeder oder jede könnte es sein. Ich kann einen Magier nur erkennen, wenn ich eine Verbindung zu ihm herstelle – so wie ich es mit dir getan habe." Aufmerksam betrachtete Irys die verschiedenen Waffen, die an der Wand aufgereiht standen.

„Was ist mit dem Commander los?", wollte sie wissen. „Seine Gedanken tropfen ihm förmlich aus dem Kopf. Er ist ein offenes Buch. Ich könnte darin blättern und jede Information bekommen, wenn es nicht gegen unseren Ehrenkodex verstieße."

Ich wusste nicht, was ich darauf sagen sollte. Stattdessen fragte ich: „Was tust du hier eigentlich?"

Lächelnd deutete Irys auf den Streitkolben in meiner Hand. „Was hast du mit dieser Waffe gemacht?"

Da ich keinen Grund sah zu lügen, erzählte ich ihr von meinem Training.

„Und wie warst du heute?", erkundigte sie sich.

„Ich habe zum ersten Mal alle drei Gegner besiegt."

„Interessant." Irys wirkte sehr zufrieden.

Ich warf einen Blick zu Ari und Janco, die immer noch miteinander diskutierten. „Warum bist du hier?", fragte ich nochmals. „Du hast mir ein Jahr versprochen." Plötzlich kam mir ein schrecklicher Gedanke. „Droht mir etwa ein baldiges Verglühen?"

„Dir bleibt noch Zeit. Im Moment hältst du dein Gleichgewicht. Aber wie sieht es mit deiner Flucht nach Sitia aus?"

„Ich komme einfach nicht an das Gegengift heran. Es sei denn, du kannst die nötigen Informationen aus Valeks Gedanken stehlen."

Sie runzelte die Stirn. „Unmöglich. Aber meine Heiler haben gesagt, wenn du dir genügend Gegengift für einen Monat beschaffen kannst, besteht die Möglichkeit, das Gift aus deinem Körper zu filtern. Komm mit uns, wenn wir abreisen. Ich habe eine Beraterin, die genauso groß ist wie du. Sie zieht deine Uniform an und wird Valek und seine Leute ablenken, während du ihren Platz einnimmst. Wenn du eine Maske trägst, wird es niemand bemerken." Irys klang sehr zuversichtlich. Entweder war sie so unbekümmert, oder sie war sich der Risiken nicht bewusst.

Hoffnung keimte in meinem Herzen. Mein Puls raste. Ich versuchte, einen kühlen Kopf zu bewahren. Irys hatte gesagt, es gäbe eine *Möglichkeit,* das Gift aus dem Körper zu bekommen. Mit anderen Worten: keine Gewissheit. Der Fluchtplan schien unkompliziert zu sein, aber dennoch suchte ich nach einer Ausrede. Ich hütete mich davor, ihr rückhaltlos zu vertrauen.

Um Zeit zu gewinnen, sagte ich: „Berater Mogkan war vergangene Woche hier. Gehört er zu deinen Spionen?"

„Mogkan, Mogkan ..." Sie ließ den Namen auf der Zunge zergehen.

Ich rief mir sein Aussehen in Erinnerung. „Groß, graue Augen. Das schwarze Haar hat er zu einem Zopf gebunden. Valek behauptet, er habe Macht."

„Kangom! Wie unoriginell. Vor zehn Jahren ist er von der Bildfläche verschwunden. Es gab einen großen Skandal wegen seiner angeblichen Beteiligung an einem Entführerring. Ach!"

Irys holte tief Luft und musterte mich durchdringend. Sie trat einen Schritt näher und erkundigte sich interessiert: „Wo hat er sich denn versteckt?"

„MD-5. Fahndet man nach ihm?"

„Nur, wenn er zu einer Gefahr für Sitia wird. Aber das erklärt auch, warum wir aus dieser Gegend hin und wieder aufflackernde magische Aktivitäten registrieren." Sie neigte den Kopf und lauschte konzentriert, als ob sie von ferne leise Musik wahrnahm. „In dieser Burg ist ein schwacher Strom von Magie zu spüren. Er könnte von Kangom … Mogkan stammen, obwohl es eher unwahrscheinlich ist. Über eine solche Macht verfügt er nicht. Es ist wahrscheinlich nur ein leichtes Vibrieren innerhalb der Kraftquelle … ein kleiner Faden, der heraushängt. Ich habe gespürt, wie sich jemand vor kurzem aus der Quelle bedient hat." Sie schwieg eine Weile, ehe sie den Blick ihrer smaragdgrünen Augen direkt auf mich richtete. „Kommst du nun mit mir?"

Mogkans Magie mochte sie unberührt lassen – im Gegensatz zu mir. Zwischen seiner Zauberkraft und dem ungewöhnlichen Verhalten des Commanders schien es eine Verbindung zu geben, aber den Grund dafür vermochte ich noch nicht zu erkennen.

So sorgfältig wie ich Speisen kostete, um Gift zu entdecken, dachte ich jetzt über ihre Frage nach, ohne zu einem Entschluss zu kommen. Wegzulaufen war für mich stets eine instinktive Art der Verteidigung gewesen, und der Süden versprach die größten Überlebenschancen. Noch vor ein paar Monaten hätte ich das Angebot ohne zu zögern angenommen. Doch jetzt hatte ich das Gefühl, als würde ich die Flinte zu früh ins Korn werfen. Vielleicht gab es ja doch einen anderen Ausweg.

„Nein“, antwortete ich. „Noch nicht.“

„Bist du verrückt?“

„Möglich, aber ich muss zuerst noch etwas zu Ende bringen. Dann werde ich mein Versprechen einlösen und nach Sitia kommen.“

„Wenn du dann noch lebst.“

„Vielleicht kannst du mir helfen. Gibt es eine Möglichkeit, wie ich meinen Geist vor magischen Einflüssen schützen kann?“

Irys legte den Kopf schräg. „Hast du Angst vor Kangom?“

„Große Angst.“

„Das habe ich mir gedacht. Aber du bist stark genug, um damit klarzukommen.“ Sie reichte mir den Streitkolben. „Übe einen von deinen Katas. Schließ die Augen und mache deinen Kopf frei.“

Ich begann mit der entsprechenden Übung.

„Stelle dir einen Ziegelstein vor. Lege ihn auf den Boden, lege weitere daneben, bis eine ganze Reihe entsteht. Benutze imaginären Mörtel, setzte eine neue Reihe darauf. Mach so lange weiter, bis du eine Mauer errichtet hast, die dir bis zum Kopf reicht.“

Ich tat, wie sie mir befahl, und vernahm tatsächlich jedes Mal ein deutliches Geräusch, wenn ein Ziegelstein gelegt wurde. In meiner Vorstellung entstand eine Mauer.

„Halt“, sagte sie. „Öffne deine Augen.“

Meine Mauer verschwand.

„Jetzt wehre mich ab.“

Laute Musik erklang in meinem Kopf und nahm mich vollkommen gefangen.

„Stell dir deine Mauer vor!“, rief Irys.

Sofort sah ich meine Verteidigungsmauer wieder vor mir.

Im selben Moment verstummte die Musik.

„Sehr gut. Ich schlage vor, du erledigst deine Angelegenheiten und fliehst dann in den Süden. Sieh zu, dass deine Kräfte größer werden. Wenn du nicht die vollkommene Kontrolle über deine magischen Fähigkeiten gewinnst, könnte sie dir jemand stehlen und benutzen, und du stündest als hirnlose Sklavin da." Verdrossen machte sie auf dem Absatz kehrt und verließ den Raum.

Kaum war die Tür hinter ihr ins Schloss gefallen, beendeten Ari und Janco ihre Unterhaltung und blinzelten, als seien sie gerade aus einem tiefen Schlaf erwacht.

„Schon fertig? Wie viele Katas hast du geschafft?", fragte Ari.

Ich lachte und stellte meinen Streitkolben beiseite. „Kommt, Jungs, ich bin hungrig."

Bei der Abreise der Delegation aus Sitia drei Tage später wurde ich plötzlich von Panik befallen. Was zum Teufel war bloß in mich gefahren? Ich ließ meine erste perfekte Fluchtmöglichkeit ungenutzt. Sie entschwand sozusagen in den Süden, wohingegen ich zurückblieb und Vorbereitungen für die Reise zu Brazells Anwesen treffen musste. Irys hatte Recht gehabt: ich war verrückt. Jedes Mal, wenn ich an die Fahrt dachte, blieb mir fast das Herz stehen. Das Gefolge des Commanders sollte am Morgen aufbrechen.

Ich eilte durch die Burg, um Vorkehrungen für die Reise zu treffen. Dilana begrüßte mich mit bekümmertem Blick, als ich mir bei ihr meine Kleidung für die Fahrt abholte. Die Dokumente für Rands Versetzung seien unterzeichnet, erzählte sie. Er würde mit uns kommen.

„Ich habe auch um eine Versetzung gebeten, aber ich bezweifle, dass sie bewilligt wird", erzählte sie beim Durchwühlen ihrer Kleiderstapel. „Hätte mich dieser Dummkopf doch bloß geheiratet. Dann hätten wir dieses Problem jetzt nicht."

„Du hast noch genügend Zeit, deinen Antrag einzureichen. Wenn er genehmigt wird, kannst du für die Hochzeit nach MD-5 fahren."

„Er möchte nicht, dass irgendjemand weiß, wie sehr er mich mag. Er befürchtet, dass sie mein Leben als Druckmittel gegen ihn einsetzen könnten." Betrübt schüttelte sie den Kopf. Nicht einmal die Nachricht, dass der neue Handelsvertrag mit Sitia künftig den Import von Seide gestattete, vermochte sie aufzuheitern.

Der Vertrag mit dem Süden sah einen unkomplizierten Austausch von Waren vor, die genau festgelegt waren. Nur Kaufleute mit den entsprechenden Genehmigungen und Konzessionen durften die Güter zu einem festgesetzten Preis kaufen und verkaufen. Alle Trecks würden kontrolliert werden, wenn sie die Grenze nach Ixia an bestimmten Übergängen passierten. Schon in wenigen Monaten hätte Rand mir eine Tasse Kaffee brühen können, aber ich bezweifelte, dass er es getan hätte, da ich seit unserem Streit in der Küche nicht mehr mit ihm gesprochen hatte. Ich konnte ihm keine weiteren Bohnen besorgen, und den Grund dafür konnte ich ihm auch nicht nennen.

Der Morgen unserer Abfahrt war grau und wolkenverhangen. Es sah nach Schnee aus. Die kalte Jahreszeit begann. Eigentlich wurden ab diesem Zeitpunkt keine Reisen mehr unternommen. Schnee und Eis würden den Commander und sein Gefolge wahrscheinlich zwingen, bis zum Tauwetter bei Brazell auszuharren. Bei dem Gedanken schauderte ich.

Valek hielt mich zurück, als ich unsere Wohnung verlassen

wollte. „Das ist eine sehr gefährliche Reise für dich. Bleib stets im Hintergrund und halte die Augen offen. Fragen, die du dir in Gedanken stellst, sind möglicherweise nicht deine eigenen." Er drückte mir eine silberne Flasche in die Hand. „Der Commander gibt dir deine tägliche Dosis Gegengift, aber wenn er es einmal vergessen sollte, ist das deine eiserne Reserve. Sag niemandem, dass du sie hast, und verstecke sie gut."

Zum ersten Mal vertraute Valek mir. Die metallene Flasche lag warm in meinen Händen. „Vielen Dank."

Ich hatte ein mulmiges Gefühl im Magen, als ich das Gefäß in meinem Rucksack verstaute. An diese Gefahr hatte ich überhaupt nicht gedacht. Hatte ich sonst noch etwas übersehen?

„Warte, Yelena, da ist noch etwas." Valeks Benehmen war ungewöhnlich kühl und formell, und seine Stimme klang beiläufig. „Ich möchte dir das hier geben." Er streckte die Hand aus. Auf seiner Handfläche saß der wunderschöne Schmetterling, den er geschnitzt hatte. Er hing an einer silbernen Kette, für die Valek ein winziges Loch in den Körper gebohrt hatte, und die silbernen Flecken auf seinen Flügeln reflektierten das milchige Licht des Morgens.

Valek legte mir die Kette um den Hals. „Als ich diese Figur geschnitzt habe, dachte ich an dich. Ein zierlicher Körper, aber von einer ungeheuren Stärke, die man auf den ersten Blick gar nicht erkennt." Er sah mir in die Augen.

Meine Kehle war wie zugeschnürt. Valek benahm sich, als würde er mich nie wiedersehen. Seine Angst um meine Sicherheit schien aufrichtig zu sein. Doch machte er sich Sorgen um *mich* oder um seine wertvolle Vorkosterin?

28. KAPITEL

Commander Ambroses Gefolge bestand aus fast fünfzig Soldaten seiner Elite-Einheit. Einige führten den Zug an, andere ritten hoch zu Pferd an der Seite des Commanders und seiner Berater. Ein paar Soldaten flankierten die kleine Gruppe der Diener, die vor den Pferden herliefen, und der Rest der Einheit bildete die Nachhut. Ari und Janco kundschafteten die geplante Route aus und waren unserem Treck um Stunden voraus.

In der frischen Morgenluft kamen wir schnell voran. Die Farben der heißen Jahreszeit waren längst aus den Wäldern gewichen und hatten einer langweiligen grauen Monotonie Platz gemacht. Ich hatte Valeks Schmetterling unter meinem Hemd verborgen. Immer wieder betastete ich das Schmuckstück auf meiner Brust. Sein Geschenk hatte meine Gefühle in Aufruhr versetzt. Immer wenn ich glaubte, ihn durchschaut zu haben, überraschte er mich von Neuem.

Da ich nicht nur einen Rucksack trug, sondern auch einen Spazierstock mit mir führte, der unschwer als Streitkolben zu erkennen war, musterten einige der Soldaten mich misstrauisch, aber ich ignorierte sie. Rand dagegen würdigte mich keines Blickes. In tiefes Schweigen versunken, starrte er stur geradeaus. Bald schon blieb er zurück, denn sein Bein hinderte ihn daran, mit uns Schritt zu halten.

Nach einer Rast, bei der wir unser Mittagsmahl einnahmen, zogen wir weiter bis eine Stunde vor Sonnenuntergang. Major Granten, der offizielle Anführer der Expedition, wollte das Lager noch bei Tageslicht aufschlagen. Geräumige Zelte wurden für den Commander und seine Berater errichtet; kleinere Zwei-Mann-Zelte waren für die Dienerschaft vorgesehen. Meines würde ich mit einer Frau namens Bria teilen, die Botengänge machte und für die Ratgeber des Commanders arbeitete.

Ich verkroch mich im Zelt, während Bria sich am Feuer wärmte. Im Schein einer kleinen Lampe las ich das Buch über Kriegssymbole, das ich mir von Valek ausgeliehen hatte. Nachdem wir den Namen des neuen Nachfolgers entschlüsselt hatten, hatte ich noch keine Zeit gefunden, Jancos Symbole auf meinem Schnappmesser zu entziffern. Sechs silberne Zeichen waren in den Holzgriff eingraviert. Ich begann mit der Spitze und arbeitete mich bis zum untersten durch. Mit jedem Begriff, den ich entzifferte, wurde mein Lächeln breiter. Janco konnte eine ziemliche Nervensäge sein, aber im Grunde seines Herzens war er ein unheimlich lieber Kerl.

Als Bria, nach Feuerrauch riechend, ins Zelt kam, versteckte ich das Buch in meinem Rucksack.

Unruhige Träume ließen mich kaum zur Ruhe kommen. Vollkommen gerädert wachte ich im Morgengrauen auf. Mit den Pausen für die Mahlzeiten, dem Auf- und Abbauen der Lager und angesichts der kürzer werdenden Tage schätzte ich, dass die Reise zu Brazell etwa fünf Tage dauern würde.

In der zweiten Nacht fand ich einen Zettel in meinem Zelt. Eine Bitte um ein Treffen. Wenn die Soldaten am folgenden Abend das Lager aufschlügen, sollte ich mich davonstehlen und einem schmalen, nach Norden verlaufenden Pfad folgen, der die Hauptstraße kurz hinter unserem Lager querte. Die Nachricht war von Janco in großen Buchstaben verfasst worden. Im schwindenden Licht studierte ich die Botschaft, wobei ich mich zu erinnern versuchte, ob ich Jancos Handschrift jemals zuvor gesehen hatte.

War es eine ernst gemeinte Aufforderung – oder eine Falle?

Sollte ich ihr Folge leisten oder lieber im Lager bleiben, wo ich sicher war? Ich überlegte die ganze Nacht und den folgenden dritten Tag, wie ich mich entscheiden sollte. Wie würde Valek sich in einer solchen Situation verhalten? Ich versuchte, mich in ihn hineinzuversetzen und fand tatsächlich eine Antwort.

Nachdem das Signal zum Aufbau des Nachtlagers ertönte, wartete ich, bis alle beschäftigt waren, ehe ich mich von der Lichtung stahl. Als ich außer Sichtweite war, nahm ich meinen Umhang ab und wendete die Innenseiten nach außen. Vor meiner Abreise hatte ich mir grauen Stoff von Dilana geben lassen, mit dem ich meinen Mantel gefüttert hatte für den Fall, dass ich mich in der Winterlandschaft verstecken musste. Ich hoffte, dass meine aschgraue Tarnung ausreichen würde, um mich möglichst lange unsichtbar zu machen, wenn ich mich dem Treffpunkt näherte.

Ich schnallte mir den Streitkolben auf den Rücken, band das Schnappmesser um mein rechtes Bein und nahm das Seil mitsamt dem Haken aus meinem Rucksack. Schnell fand ich den Pfad, der nach Norden führte. Doch statt ihm zu folgen, suchte ich nach einem brauchbaren Baum und schleuderte den Haken ins Geäst. Zuerst befürchtete ich, zu viel Lärm zu machen, wenn ich mich durch die Baumkronen schwang, aber die kahlen Äste knackten nur leise unter meinem Gewicht.

Als ich mich nahe genug an den Treffpunkt herangepirscht hatte, bemerkte ich einen großen, dunkelhaarigen Mann, der bereits auf mich wartete und einen sehr nervösen Eindruck machte. Zu dünn für Janco, dachte ich. Dann drehte sich der Mann in meine Richtung. Es war Rand.

Was tat er denn hier? Leise kletterte ich in luftiger Höhe einmal um die Lichtung herum. Im Unterholz konnte ich nichts Bedrohliches entdecken. Deshalb kletterte ich hinunter, ließ mein Seil aber vorsichtshalber an einem Ast hängen. Den Rucksack versteckte ich hinter dem Baumstamm.

„Na endlich“, sagte Rand. „Ich hatte schon befürchtet, dass du nicht kommst.“ Er wirkte angespannt, und unter seinen Augen lagen dunkle Ringe.

„Und ich dachte, Janco sei hier.“

„Ich würde es dir erklären, Yelena, aber wir haben keine Zeit.“ Unruhig sah er sich um, ehe er mich durchdringend anschaute. „Das ist eine Falle. Lauf weg.“

„Von wem? Wo sind sie?“, fragte ich. Rasch schnallte ich meinen Streitkolben vom Rücken und spähte durch das Unterholz.

„Von Star und zwei ihrer Schläger. Sie sind irgendwo in der Nähe. Sie hat versprochen, mir meine Schulden zu erlassen, wenn ich dich hierher locke.“ Tränen liefen ihm übers Gesicht.

Wütend drehte ich mich zu ihm um. „Nun, das ist dir ja gelungen. Und wie ich sehe, bist du entschlossen, dich bis zum Ende an deine Abmachung zu halten.“ Ich spie ihm die Worte förmlich ins Gesicht.

„Nein!“, rief er. „Ich kann es nicht tun. Lauf weg, verdammt, lauf endlich weg.“

Gerade als ich verschwinden wollte, weiteten sich Rands Augen vor Entsetzen.

„Nein!“ Er stieß mich zur Seite. Etwas zischte ganz dicht an meinem Ohr vorbei, als ich stürzte. Neben mir fiel Rand zu Boden. Ein Pfeil steckte in seiner Brust. Blut schoss hervor und färbte sein weißes Uniformhemd rot.

„Lauf“, wisperte er, „lauf.“

„Nein, Rand“, sagte ich, während ich ihm den Schmutz aus dem Gesicht wischte. „Ich will nicht mehr weglaufen.“

„Bitte vergib mir.“ Er umklammerte meine Hand, als er mich durch tränennasse Augen beschwörend ansah. Sein Gesicht war schmerzverzerrt.

„Dir ist vergeben.“

Er stieß einen Seufzer aus und hörte auf zu atmen. Der Glanz in seinen braunen Augen verlosch. Ich zog ihm die Kapuze über den Kopf.

„Steh auf“, kommandierte eine männliche Stimme.

Eine geladene Armbrust war auf mich gerichtet. Ich stützte mich auf meinen Streitkolben und erhob mich. Während ich mein Körpergewicht auf die Fußballen verlagerte, rieb ich mit den Händen über den hölzernen Stab und konzentrierte mich darauf, die mentale Verbindung herzustellen.

„Das Gelände ist gesichert, Captain!“, rief der Mann in den Wald. „Rühr dich nicht von der Stelle“, befahl er mir, wobei er mich weiter mit seiner Waffe in Schach hielt.

Schritte näherten sich. Der Mann drehte sich suchend nach seinen Kumpanen um. Das war sein Fehler.

Mein erster Hieb landete auf seinem Unterarm. Die Armbrust glitt ihm aus den Händen, und der Bogen landete im Gebüsch. Mein zweiter Schlag galt seinen Kniekehlen. Er verlor den Halt. Auf dem Rücken liegend, blinzelte er mich verdutzt an.

Ehe er auch nur Luft holen konnte, rammte ich ihm die Spitze meines Kolbens mitten in seinen Hals und zerquetschte seine Luftröhre.

Rasch schaute ich mich um. Star und ein anderer Mann betraten die Lichtung. Star schrie und gestikulierte wild. Ihr Schläger zückte sein Schwert. Ich rannte über den Pfad, und er folgte mir mit schweren Schritten. Als ich mein Seil erreichte, warf ich den Streitkolben in den Wald und kletterte in die Baumkronen. Der Mann stieß mit seinem Schwert nach meinen Beinen. Die Spitze verfing sich in meiner Hose, und der Stoff zerriss. Der kalte Stahl an meinem Oberschenkel ließ mich nur noch schneller werden.

Er fluchte, als ich in den nächsten Baum sprang. Flink bewegte ich mich durch die Kronen, wohingegen er sich geräuschvoll einen Weg durchs Unterholz bahnte. Als ich das Knacken der morschen Zweige und das Rascheln des trockenen Laubs nur noch von ferne hörte, fand ich ein geeignetes Versteck. Ich hüllte mich in meinen Umhang, kauerte mich auf einen Ast und wartete.

Stars Mörder trampelte durch das Gebüsch. In der Nähe meines Sitzes blieb er lauschend stehen und ließ seinen Blick suchend durch die Baumkronen schweifen. Das Herz schlug mir bis zum Hals. Ich hielt mir den Umhang vor den Mund, um mein heftiges Keuchen zu unterdrücken. Mit erhobenem Schwert kam er näher.

Als er genau unter mir stand, warf ich den Umhang ab, sprang hinunter und landete mit den Füßen in seinem Rücken. Mit einem heftigen Schlag stürzten wir zusammen auf die Erde. Sofort rollte ich mich zur Seite. Ehe er sich von seinem Schrecken erholen konnte, kam ich auf die Füße und trat ihm das Schwert aus der Hand. Doch er war schneller, als ich erwartet hatte. Er umklammerte meinen Fußknöchel und brachte mich zu Fall.

Sekundenbruchteile später spürte ich sein Gewicht auf meinem Körper und seine Hände um meinen Hals. Während er meinen Kopf auf den harten Boden schlug, murmelte er: „Das werde ich dir heimzahlen." Dann drückte er seine Daumen tief in meine Kehle.

Halb betäubt und nach Atem ringend, zerrte ich an seinen

Armen. Ich nahm meine Umgebung nur noch verschwommen wahr. Doch ehe die weißen Punkte vor meinen Augen zu einer dichten Schneedecke wurden, erinnerte ich mich im letzten Moment an mein Schnappmesser. Mit einer fahrigen Bewegung steckte ich die Hand in meine Hosentasche, bekam den Griff zu fassen, zog das Messer heraus und drückte auf den Knopf.

Angst flackerte in seinen Augen, als er das Klicken der Klinge hörte. Ich hatte das Gefühl, er könnte in mein Innerstes schauen. Dann stieß ich ihm das Messer in den Bauch. Mit einem tiefen Grunzen verstärkte er den Druck auf meine Kehle. Warmes, klebriges Blut lief mir über den Arm und tränkte mein Hemd. Ich achtete nicht auf den Schwindel und die Schmerzen, zog das Messer heraus und versuchte es erneut. Diesmal zielte ich mit der Spitze auf sein Herz und stach zu. Vor Schmerz krümmte der Mann sich zusammen, wodurch das Messer noch tiefer in ihn eindrang. Schließlich brach er zusammen.

Das Gewicht des leblosen Körpers drückte auf meine Brust und machte meinen gepeinigten Lungen das Atmen noch schwerer. Mit letzter Kraft schob ich ihn von mir fort.

Benommen wischte ich die Klinge mit Erde ab, ging zurück zu der Stelle, an der ich meinen Streitkolben weggeworfen hatte, und machte mich auf die Suche nach Star.

Zwei Menschen. Mit der Präzision einer Tötungsmaschine hatte ich soeben zwei Menschen ermordet, ohne auch nur eine Sekunde zu zögern. Furcht und Wut saßen tief in mir und hatten mein Herz mit einem Eispanzer überzogen.

Star war nicht weit gekommen. Sie wartete mitten auf der Lichtung. Ihr flammend rotes Haar stach vom grauen Hintergrund des leblosen Waldes ab. Bald schon würde die Nacht über uns hereinbrechen.

Als ich zwischen den Bäumen hervortrat, stieß sie einen Laut der Überraschung aus. Durch die zunehmende Dämmerung blinzelte sie ungläubig auf die purpurroten Flecken in meinem Hemd. Der feuchte Stoff klebte an meiner Haut. Als sie bemerkte, dass ich unbewaffnet war, schaute sie sich suchend nach ihrem Schläger um, wobei ihr Kopf von ihrer großen Hakennase geführt zu werden schien.

„Er ist tot", sagte ich.

Die Farbe wich aus ihrem Gesicht. „Lass uns darüber reden." In ihrer Stimme lag ein flehender Unterton.

„Kommt nicht in Frage. Wenn ich dich jetzt laufen lasse, trommelst du bloß noch mehr Männer zusammen. Und wenn ich dich zum Commander bringe, muss ich mich dafür rechtfertigen, deine beiden Mörder getötet zu haben. Mir bleibt keine andere Wahl." Ich trat näher, meine Glieder starr vor Angst. Die anderen beiden hatte ich in der Hitze des Gefechts umgebracht, um mich zu selbst zu verteidigen. Dies hier würde schwieriger werden – es war vorsätzlicher Mord.

„Yelena, warte!", rief jemand hinter mir. Als ich mich umdrehte, sah ich einen Soldaten des Commanders mit gezück tem Schwert hinter mir. Während er näher kam, schätzte ich die Entfernung zwischen uns ab.

Offenbar hatte er bemerkt, dass ich mich in Kampfpositur aufstellte, denn er blieb stehen und steckte sein Schwert in die Scheide. Seine schwarzen Locken fielen ihm ins Gesicht, als er sich die Wollmütze vom Kopf zog.

„Ich dachte, Ihr hättet den Befehl erhalten, in der Burg zu bleiben", sagte ich zu Valek. „Werdet Ihr jetzt nicht vor ein Kriegsgericht gestellt?"

„Und ich dachte, deine Tage als Mörderin seien jetzt endgültig Vergangenheit", entgegnete er, als er den leblosen Körper von Stars Schläger bemerkte, der an seiner zerschmetterten Luftröhre erstickt war. „Ich mache dir einen Vorschlag. Wenn du mich nicht verrätst, verrate ich dich auch nicht. Auf diese Weise können wir beide dem Strick entgehen. Einverstanden?“

Ich deutete mit dem Kopf auf Star. „Und was ist mit ihr?“

„Gegen sie besteht ein Haftbefehl. Hast du schon daran gedacht, sie zum Commander zu bringen?“

„Nein.“

„Warum nicht?“ Verwundert sah er mich an. „Mord ist nicht die einzige Lösung für ein Problem. Oder ist das bisher deine Lebenseinstellung gewesen?“

„*Meine* Lebenseinstellung? Entschuldigt bitte, Herr Attentäter, dass ich lache. Ich erinnere mich nur gerade an die Geschichtsstunden, in denen ich gelernt habe, wie man mit einem tyrannischen Monarchen umgeht – nämlich indem man ihn und seine Familie umbringt.“

Valek warf mir einen warnenden Blick zu.

Ich war zu weit gegangen. Deshalb änderte ich meine Taktik und fuhr fort: „Ich habe nur das getan, von dem ich annahm, dass Ihr es auch getan hättet, wenn Ihr in einen Hinterhalt geraten wärt.“

Ein unbehagliches Schweigen entstand, während er über meine Worte nachdachte.

Star schien unser Gespräch in Angst und Schrecken zu versetzen. Nervös schaute sie sich um. Sie sah aus, als ob sie jeden Moment fliehen wollte.

„Du kennst mich wirklich nicht“, sagte Valek schließlich.

„Überlegt doch mal, Valek. Was würde mit mir geschehen, wenn ich sie zum Commander brächte und ihm erzählte, was geschehen ist?“

Seine niedergeschlagene Miene war mir Antwort genug. Man würde mich festnehmen, weil ich Stars Männer getötet hatte. Die Stelle des Vorkosters würde an den nächsten Gefangenen übergehen, der auf seine Hinrichtung wartete, und ich würde meine letzten Tage in einem dunklen, feuchten Verlies verbringen.

„Nun, dann war es ja für uns beide ein Glück, dass ich gekommen bin", sagte Valek. Er imitierte einen seltsamen Vogelgesang. Im selben Moment nahm Star die Beine in die Hand.

Sie floh über den Pfad, doch als ich ihr folgen wollte, befahl Valek mir zu warten. Zwei graue Gestalten tauchten aus dem Dunkel zu beiden Seiten des Weges auf und packten Star. Vor Überraschung und Wut schrie sie laut auf.

„Bringt sie zur Burg", befahl Valek. „Ich kümmere mich um sie, wenn ich zurück bin. Ach ja, und schickt eine Putzkolonne her. Ich möchte nicht, dass jemand diese Schweinerei hier entdeckt."

Sie begannen, Star fortzuziehen.

„Wartet", sagte sie. „Ich habe wichtige Informationen. Wenn ihr mich freilasst, erzähle ich euch, wer das Zustandekommen des Vertrags mit Sitia verhindern wollte."

„Bemühe dich nicht." Valek musterte sie mit einem kalten Blick aus seinen blauen Augen. „Du wirst es sowieso erzählen." Er machte Anstalten zu gehen, blieb jedoch vor ihr stehen. „Wenn du allerdings deine Informationsquelle jetzt schon preisgeben willst, können wir uns später das schmerzhafte Verhör sparen."

Um Stars Nase zuckte es, als sie über das Angebot nachdachte. Selbst in dieser Situation war sie ganz Geschäftsfrau.

„Mit Lügen würdest du deine Situation nur verschlimmern", warnte Valek.

„Kangom", stieß sie durch zusammengebissene Zähne hervor. „Er trug die Uniform eines einfachen Soldaten mit den Farben von MD-8."

„General Dinno", erwiderte Valek . Er schien nicht überrascht zu sein.

„Beschreibe Kangom", befahl ich, da ich wusste, dass Kangom der andere Name für Ratgeber Mogkan war. Das konnte ich Valek natürlich nicht erzählen, ohne preiszugeben, woher ich das wusste.

„Groß. Langes schwarzes Haar, zu einem Zopf gebunden, wie ihn Soldaten tragen. Ein arrogantes Miststück. Ich hätte ihn fast hinausgeworfen, aber er zeigte mir einen Haufen Gold, dem ich nicht widerstehen konnte", sagte Star.

„Sonst noch was?", fragte Valek.

Star schüttelte den Kopf. Valek schnipste mit den Fingern. Als die Männer in ihren Tarnanzügen Star zur Burg zurückbrachten, fragte ich: „Könnte es sich um Mogkan handeln?"

„Mogkan?" Valek schaute mich an, als sei mir plötzlich ein Geweih gewachsen. „Nein. Brazell war doch mehr als froh darüber, dass der Commander die Delegation empfangen hat. Warum sollte er den Vertrag aufs Spiel setzen? Das ergibt keinen Sinn. Dinno dagegen war wütend auf den Commander. Vermutlich hat er einen seiner Männer losgeschickt, um Star anzuheuern."

Ich versuchte, mir einen plausiblen Grund vorzustellen, warum Mogkan die Vertragsverhandlungen hintertreiben sollte, wenn der Handel mit Sitia für Brazell nur Vorteile brachte. Nachdem ich mir vergeblich den Kopf darüber zerbrochen hatte, überlegte ich, wie ich Valek davon überzeugen konnte, dass es Mogkan war, der Star engagiert hatte.

Mir wurde kalt, und ich begann zu zittern. Das Blut hatte

mein Uniformhemd total durchnässt, und meine Hände klebten. Ich wischte sie an meinen zerrissenen Hosen ab und machte mich auf die Suche nach meinem Umhang. Als ich ihn mir über die Schulter legen wollte, meinte Valek: „Lass die Sachen besser hier. Du würdest ziemliches Aufsehen erregen, wenn du in diesem Zustand zum Abendessen erscheinst.“

Ich holte meinen Rucksack hinter dem Baum hervor. Valek drehte mir den Rücken zu, während ich in eine saubere Uniform schlüpfte, mir den Umhang überwarf und mich fragte, ob er wohl noch mehr Späher im Wald postiert hatte.

Wir machten uns auf den Weg zurück zum Lager.

„Übrigens, gute Arbeit“, meinte Valek, als wir an der zweiten Leiche vorbeikamen. „Ich habe den Kampf beobachtet. Leider war ich nicht nahe genug, um dir zu helfen. Aber du hast dich auch allein wacker geschlagen. Woher hast du das Messer?“

„Ich habe es mir von dem Geld gekauft, das ich von Star bekommen habe.“ Das war zumindest teilweise wahr. Aber ich wollte Janco nicht in Gefahr bringen.

Valek schnaubte verächtlich. „Das passt dann ja ausgezeichnet.“

Im Lager tauchte Valek sofort in einer Gruppe von Soldaten unter, während ich zum Commander ging, um sein Essen vorzukosten. Der Zwischenfall mit Star hatte nur anderthalb Stunden gedauert, aber mir erschien es, als sei ich tagelang fort gewesen.

Nachts am Lagerfeuer zitterte ich am ganzen Körper – eine verspätete Reaktion auf die Ereignisse des Abends. Zu meiner Überraschung empfand ich beim Gedanken an Rands Tod ein Gefühl von Trauer. Die züngelnden Flammen des Feuers sahen aus wie rote Zeigefinger, die mir drohend entgegenwaberten.

Was hast du getan?, schienen sie zu fragen. Drei Männer sind tot wegen dir. Bilde dir bloß nicht ein, dass du einem anderen eine Hilfe bist, mahnten die Flammen. Geh in den Süden. Soll Valek sich doch um den Commander und Brazells Absichten kümmern, du dummes Mädchen. Die Flammen schienen immer näher zu kommen.

Ich wandte den Blick ab und starrte in die Dunkelheit. Bildete ich mir das nur ein, oder versuchte jemand, mich zu beeinflussen? Ich rief mir das Bild meiner schützenden Ziegelmauer vor Augen, und das Gefühl wurde schwächer, wenn ich es auch nicht ganz verdrängen konnte.

Rands Verschwinden wurde erst am nächsten Morgen bemerkt. Da man glaubte, er sei geflohen, schickte Major Granten einen kleinen Suchtrupp aus. Unterdessen setzten die anderen ihren Weg zu Brazells Distrikt fort.

Der Rest der Reise verlief ohne besondere Vorkommnisse – abgesehen von dem beunruhigenden Umstand, dass die Miene des Commanders immer ausdrucksloser wurde, je mehr wir uns unserem Ziel näherten. Er hatte aufgehört, Befehle zu erteilen oder sich für irgendetwas in seiner Umgebung zu interessieren. Der wissende, bohrende Blick, der seiner Miene stets etwas Bedrohliches verliehen hatte, verschwand mit jedem Schritt ein wenig mehr und wich einem leeren, unbeteiligten Gesichtsausdruck.

Im Gegensatz zum Commander wurde ich immer aufgeregter. Meine Hände hinterließen feuchte Abdrücke auf meinem Streitkolben, als uns nur noch wenige Stunden von unserem Ziel trennten. Unentwegt hielt ich nach einem Hinterhalt im Unterholz Ausschau, stets in der Furcht, plötzlich zwei Hände an meinem Hals zu spüren, die mir die Luft zum Atmen nahmen. Meine Stiefel versanken in der feuchten Erde und machten jeden Schritt zu einer Qual. Die Reise zu Brazell war ein großer Fehler, sagte ich mir unaufhörlich. Um nicht in Panik zu geraten, stellte ich mir meine Ziegelmauer vor. Auf diese Weise kamen meine strapazierten Nerven ein wenig zur Ruhe, und ich dachte mir einige Überlebensstrategien aus.

Eine Stunde, bevor wir unser Ziel erreichten, stieg uns der süße Duft von Criollo in die Nase. Vorsichtshalber stahl ich mich in den Wald, der unseren Weg zu beiden Seiten säumte, verstaute meinen Rucksack in einem hohlen Baumstamm und versteckte meinen Streitkolben in der Nähe. Nur die Pickel nahm ich mit. Ich band mein Haar zu einem Knoten und steckte die dünnen Metallstäbe hinein, damit er hielt.

Beim Anblick von Brazells Herrenhaus wurde unser Zug langsamer. Ein Seufzer der Erleichterung ging durch die Reihen der Soldaten. Sie hatten den Commander sicher ans Ziel gebracht. Jetzt konnten sie sich in der Kaserne ausruhen, bis es Zeit zur Rückkehr war.

Trotz meiner mentalen Schutzmauer war ich im Gegensatz zu den Soldaten alles anderes als erleichtert. Während ich dem Commander und seinen Beratern zu Brazells Arbeitszimmer folgte, fiel mir das Atmen zunehmend schwerer. Mein Herz hämmerte wie verrückt in meiner Brust, und mir war ein wenig schwindlig.

Als wir eintraten, stand Brazell hinter seinem Schreibtisch auf. Er trug ein breites Lächeln in seinem kantigen Gesicht. Mogkan hielt sich dicht hinter Brazells rechter Schulter. Meine Schutzmauer vor Augen, blieb ich in der Nähe der Tür stehen und hoffte, von niemandem bemerkt zu werden. Bei Brazells Begrüßung seiner Gäste ließ ich meinen Blick durch sein Arbeitszimmer wandern. Bilder von Jagdszenen waren in schwarzem Walnussholz gerahmt, und Samtvorhänge in dunkelroten Tönen hingen an den Fenstern. Brazells gigantischer Mahagoni-Schreibtisch schien gleichzeitig eine Barriere zwischen seinem hohen Ledersessel und den Polsterstühlen davor zu sein.

„Gentlemen, Ihr müsst müde von der Reise sein“, begrüßte Brazell die Ratgeber des Commanders, als eine hochgewachsene Frau den Raum betrat. „Meine Hauswirtschafterin wird Euch zu Euren Zimmern führen.“

Sie machte den Männern ein Zeichen, ihr zu folgen. Unauffällig wollte ich mich den Beratern anschließen, aber Mogkan hielt mich zurück.

„Noch nicht“, sagte er. „Mit dir haben wir etwas Besonderes vor.“

Besorgt schaute ich den Commander an, der reglos in seinem Sessel saß. Das Purpurrot der üppigen Polster brachte seine Blässe und seine schmächtige Gestalt noch mehr zur Geltung. Mit ausdrucksloser Miene starrte er in die Ferne. Auf mich wirkte er wie eine Marionette, die darauf wartet, dass der Puppenspieler die Fäden zieht.

„Was nun?“, erkundigte Brazell sich bei Mogkan.

„Wir spielen jetzt ein paar Tage lang Theater. Zeigt ihm wie geplant die Fabrik.“ Mogkan deutete auf den Commander. „Sorgt dafür, dass seine Berater zufrieden sind. Wenn wir sie erst alle am Haken haben, brauchen wir ihnen nichts mehr vorzumachen.“

Brazell lächelte zufrieden. „Und sie?“

Mit aller Macht konzentrierte ich mich auf meine Ziegelsteinmauer.

„Yelena“, sagte Mogkan, „du hast einen neuen Trick gelernt. Rote Ziegel, wie einfallslos. Aber …“

Ich vernahm ein leises, kratzendes Geräusch. Es klang, als

würden Steine aneinandergerieben.

„Schwachstellen. Hier und da." Mogkan stach mit dem Finger in die Luft. „Und dieser Stein hier ist locker, glaube ich."

Mörtel zerkrümelte. In meiner mentalen Mauer entstanden kleine Löcher.

„Wenn ich gleich ein wenig Zeit habe, werde ich deinen Widerstand brechen", versprach Mogkan.

„Warum diese Zeitverschwendung?", fragte Brazell und zückte sein Schwert. „Sie soll sterben. Am besten sofort." Mit mordlüsternem Blick trat er auf mich zu. Erschrocken wich ich einen Schritt zurück.

„Wartet", befahl Mogkan. „Wir brauchen sie, um Valek in Schach zu halten."

„Aber wir haben doch den Commander." Brazell greinte wie ein kleines Kind.

„Zu offensichtlich. Wir müssen auch die sieben anderen Generäle berücksichtigen. Sie würden Verdacht schöpfen, wenn wir den Commander töten, solange er bei Euch zu Besuch ist. Ihr würdet niemals sein Nachfolger werden. Valek weiß das nur zu genau. Es würde also nichts bringen, den Commander zu bedrohen." Mogkan sah mich an. Sein Blick war kalt und berechnend. „Aber wer interessiert sich schon für eine Vorkosterin? Keiner außer Valek. Und wenn sie hier stirbt, werden die Generäle übereinstimmend sagen, dass es gerechtfertigt war."

Mogkan beugte sich zum Commander und flüsterte ihm etwas ins Ohr. Der Commander öffnete seine Aktentasche, zog eine Flasche heraus und übergab sie Mogkan. Mein Gegengift.

„Ab jetzt kommst du zu mir, wenn du deine Medizin

brauchst“, sagte Mogkan grinsend.

Ehe ich etwas erwidern konnte, klopfte es an der Tür. Ohne auf eine Aufforderung zu warten, betraten zwei Wächter den Raum.

„Deine Begleiter sind hier, Yelena. Sie werden sich gut um dich kümmern.“ Mogkan wandte sich an die Wächter. „Sie braucht keine Besichtigungstour. Unsere berühmt-berüchtigte Yelena ist nach Hause zurückgekehrt.“

29. KAPITEL

Ich musterte die beiden muskulösen Wächter, die bis zu den Zähnen bewaffnet waren. An ihren Gürteln baumelten Schwerter, Messer und Handschellen, und sie starrten mich feindselig an, als sie mich wiedererkannten. Verstohlen tastete ich nach dem Schnappmesser an meinem Schenkel, an das ich mich inzwischen schon gewöhnt hatte, doch bei ihnen hatte ich keine Chance. Mir blieb nichts übrig als zu warten, bis sich mir eine günstigere Gelegenheit bot.

Die Wächter machten mir ein Zeichen, ihnen zu folgen. Ich warf einen letzten flehentlichen Blick auf den Commander, aber nichts konnte ihn aus seinem tranceartigen Zustand reißen.

Ein kleiner Funken Hoffnung glomm in mir auf, als mich die Wachen zu einem winzigen kahlen Raum im Gästeflügel führten, statt zu den Zellen im unteren Bereich, in denen Brazell seine Gefangenen hielt. Nach dem Mord an Reyad hatte ich eine Woche in den stinkenden Rattenlöchern verbringen müssen, und allein die Vorstellung, dorthin zurückzukehren, war grauenvoll.

Nachdem sie die Tür hinter mir abgeschlossen hatten, tröstete mich der Gedanke an meine Eisenpickel, die ich sofort aus meinem Haar löste. Die Tür hatte ein einfaches Einsteckschloss, das leicht zu öffnen war. Aber anstatt es gleich zu knacken, schob ich erst einmal einen Pickel, an dessen einem Ende ein kleiner Spiegel angebracht war, unter dem Türspalt hindurch. Zu beiden Seiten der Zellentür sah ich ein Paar Stiefel. Die übereifrigen Wächter hatten vor meinem Zimmer Stellung bezogen.

Ich trat ans Fenster. Der Gästeflügel lag im ersten Stock.

Vor mir erstreckte sich der große Innenhof. Sollte meine Lage kritisch werden, konnte ich immer noch hinunterspringen, aber vorerst wollte ich abwarten.

Am folgenden Tag durfte ich mein Zimmer nur verlassen, um die Mahlzeiten des Commanders zu testen. Nach dem Frühstück wedelte Mogkan mit der kleinen Flasche Gegengift vor meiner Nase herum.

„Wenn du das hier willst, musst du eine Frage beantworten", sagte er.

Ich ließ mir meine Angst nicht anmerken und antwortete so ruhig wie möglich: „Ihr haltet mich zum Narren. Wenn Ihr wirklich meinen Tod wolltet, stünde ich jetzt nicht vor Euch."

„Ich versichere dir, dass es nur ein vorübergehender Zustand ist." In seinen Augen flackerte Wut. „Ich biete dir nur eine Alternative an. Tod durch Butterfly Dust ist ein langes, hässliches und ausgesprochen qualvolles Sterben. Dagegen ist, sagen wir mal, ein Schnitt durch die Kehle eine rasche Angelegenheit – nur ein kurzer Moment des Schmerzes."

„Wie lautet die Frage?"

„Wo ist Valek?"

„Ich weiß es nicht", erwiderte ich wahrheitsgemäß. Seit dem Kampf im Wald hatte ich ihn nicht mehr gesehen. Mogkan dachte über meine Antwort nach. Ich nutzte den Moment seiner Geistesabwesenheit, riss ihm die Flasche aus der Hand und leerte sie in einem Zug.

Sein Gesicht wurde rot vor Wut. Er packte mich an den Schultern und zerrte mich zu den Wächtern. „Bringt sie in ihr Zimmer zurück", befahl er.

Dort angekommen, überlegte ich, was Valek wohl im Schilde führte. Ich bezweifelte, dass er tatenlos abwartete.

Mogkans Frage nach seinem Aufenthaltsort bestärkte mich nur in meiner Annahme. Unruhig lief ich in dem kleinen Zimmer auf und ab und sehnte mich nach meinen Übungsstunden mit Ari und Janco.

Während der nächsten Tage sah ich den Commander jeweils nur für kurze Momente. Allmählich wurde mir klar, dass das zu Mogkans Spiel gehörte. Brazell tat so, als gäbe der Commander immer noch Befehle aus, damit seine Berater keinen Verdacht schöpften. Einmal beugte Brazell sich ganz nahe zu ihm hinüber, als ob sie ein vertrauliches Gespräch führten, um hinterher zu verkünden, dass auf Wunsch des Commanders für den nächsten Tag eine Besichtigung der Fabrik angesetzt sei.

Ich durfte mich der Gruppe anschließen. Das fand ich genauso überraschend wie die Tatsache, dass keiner der Ratgeber des Commanders dagegen protestierte oder überhaupt nur erwähnte, dass Brazell Criollo herstellte anstatt des Tierfutters, das er in seinem Bauantrag erwähnt hatte. Stattdessen probierten sie Unmengen von Criollo, nickten zustimmend, wenn Brazell etwas erklärte, und waren mit ihm einer Meinung, dass die Fabrik eine fantastische Einrichtung sei.

Auf unserem Weg durch das Gebäude schlug uns die Gluthitze der gigantischen Röstöfen entgegen, die unentwegt mit den Bohnen aus Sitia gefüttert wurden. Schweiß- und rußbedeckte Arbeiter schaufelten Kohlen in die gewaltigen Feuer, die unter den Öfen loderten. Die gerösteten Bohnen wurden in eine riesige Halle transportiert, wo andere Arbeiter die Schalen mit Hämmern aufschlugen und dunkelbraune Brösel herauskratzten. Mit Stahlrollen wurden die Stückchen zu einer Paste zerdrückt, die in Metallschüsseln von anderthalb Metern Durchmesser mit Zucker, Milch und Butter vermengt wurde. Die Zutaten verrührten die Arbeiter mit eisernen Gabeln zu einer dickflüssigen braunen Mischung, die in quadratische und rechteckige Formen gegossen wurde.

Obwohl es hier überall köstlich duftete, verbreitete der Ort eine freudlose Atmosphäre. Die mürrischen Arbeiter, deren verschwitzte Uniformen über und über mit Criollo befleckt waren, stöhnten unter den körperlichen Strapazen. Beim Rundgang hielt ich vorsichtig Ausschau nach giftigen oder sonstigen Zutaten, die unter die Mischung gerührt werden konnten, entdeckte aber nichts.

Auf dem Rückweg in Brazells prunkvolles Haus fiel mir auf, dass die Lebhaftigkeit in den Gesichtern der Berater nach und nach der gleichen ausdruckslosen Miene wich, die der Commander seit Tagen zur Schau trug. Das bedeutete, dass es einen Zusammenhang gab: Wer Criollo aß, unterlag Mogkans magischen Kräften. Sobald er die Kontrolle über den Geist der Berater hatte, würde er sein Spiel beenden, und dann würde sich meine Lage dramatisch verschlechtern.

In der folgenden Nacht warf ich im Schutz der Dunkelheit meinen Umhang aus dem Fenster meines Zimmers und hämmerte gegen die Tür, um die Wächter auf mich aufmerksam zu machen.

Als die Tür geöffnet wurde, erklärte ich: „Ich brauche ein Bad.“ Ohne auf eine Antwort zu warten, lief ich zielstrebig den Korridor entlang. Die Wachen folgten mir.

Vor den Baderäumen stellte sich einer der Wärter vor mich, während der Zweite sich drinnen umsah. Erst als er sich vergewissert hatte, dass niemand ein Bad nahm, nickte er und trat einen Schritt zurück.

Im Hineingehen sagte ich mit gebieterischer Stimme: „Ich brauche kein Publikum. Wartet hier. Es dauert nicht lange.“

Zu meiner Erleichterung blieben sie tatsächlich draußen. Ich eilte ans andere Ende des Raumes, wo, von der Tür aus nicht einsehbar, ein zweiter Ausgang war. Die Wächter waren nur Angestellte auf dem Anwesen; ich dagegen war hier aufgewachsen. Neugierig, wie Kinder nun einmal sind, hatte ich in meiner Freizeit fast jeden Winkel des Hauses erkundet. Lediglich Brazells Privatgemächer, sein Arbeitszimmer und Reyads Wohnräume waren verbotenes Terrain – leider nur, bis ich sechzehn geworden war. Danach wurden seine Privaträume zum Ort meines allnächtlich wiederkehrenden Albtraums. Ich verscheuchte die Erinnerungen und konzentrierte mich auf die Gegenwart.

Als ich den Knauf drehte, erlebte ich meine erste unangenehme Überraschung: Die Tür war verschlossen. Kein Problem, dachte ich, und griff nach meinen Pickeln. Das Schloss gab sofort nach, die Tür schwang auf, und der zweite Schock erwartete mich. Einer der Wächter stand grinsend im Korridor.

Ich stürzte mich auf ihn und nutzte meinen Schwung, um ihn aus dem Gleichgewicht zu bringen. Daraufhin boxte ich ihm in den Unterleib – ein schmutziger Trick, den ich von Valek abgeschaut hatte. Doch daran verschwendete ich keinen weiteren Gedanken, als ich über den Gang floh und den Wächter weit hinter mich ließ.

Ich trat durch das Tor, das nach Süden führte, griff nach meinem Umhang und hielt mich anschließend westwärts auf der Suche nach meinem Rucksack und meinem Streitkolben. Der Mond schien hell, und so konnte ich mühelos meinem Weg folgen. Mein eigentliches Ziel dagegen war weniger offensichtlich. Mir war klar, dass ich den Commander nicht aus seinem verschlossenen Zimmer befreien konnte. Hier draußen war ich ihm allerdings auch keine Hilfe. Ich musste unbedingt mit Valek reden. Da es zu riskant war, zur Kaserne zu gehen, beschloss ich, den Weg durch die Baumkronen zu nehmen. Nur Valek kannte diese List. Wenn er von meiner Flucht erfuhr, würde er mich dort finden.

Als ich das offene Gelände erreichte, auf dem das Feuerfest jedes Jahr im MD-5 Station machte, beschloss ich, hier die Nacht zu verbringen. Schnell kletterte ich auf einen Baum, hüllte mich zitternd in meinen Umhang und lehnte mich an den Baumstamm. Weiße Wolken verwehten vor meinem Mund, wenn ich ausatmete. Irgendwann hörte ich aus der Ferne Hundegebell und Stimmen, aber niemand näherte sich meinem provisorischen Nachtlager. Weil ich erbärmlich fror und viel zu aufgeregt war, konnte ich keinen Schlaf finden. Ich stellte mir die leuchtenden Farben der Festzelte auf der Lichtung vor. Vielleicht würde mich der Gedanke an das bunte Treiben und die Hitze der Festnächte wärmen.

Vor meinem geistigen Auge erstanden die hohen Aufbauten mit den flatternden Fahnen. Tänzer, Sänger und Akrobaten stellten sich in der Mitte der Lichtung auf. Von den Essensständen, die rund um die großen Zelte aufgebaut waren, zogen Düfte durch die Luft, die mir das Wasser im Mund zusammenlaufen ließen. Solange ich unter Brazells Dach wohnte, hatte ich in der heißen Jahreszeit jedes Feuerfest besucht. Es waren die Höhepunkte meines Lebens gewesen – ungeachtet der Tatsache, dass ich während meiner letzten beiden Jahre als Reyads Laborratte durch die Hölle gegangen war.

Unfähig, länger stillzusitzen, kletterte ich vom Baum hinab und lief über mein imaginäres Fest. Dort, wo das Zelt der Akrobaten gestanden hatte, verharrte ich. Ob ich wohl noch den Salto schaffte, mit dem ich den ersten Platz und das Feueramulett gewonnen hatte? Ohne lange nachzudenken, warf ich meinen Umhang fort und begann mit den Aufwärmübungen. Tief in meinem Inneren wusste ich, dass ich besser daran täte, mich zu verstecken und dass es geradezu tollkühn war, mich so leichtsinnig dem Risiko einer Entdeckung auszusetzen. Aber der Wunsch, diesen einen wirklich schönen Moment noch einmal zu erleben, war zu stark, als dass ich ihm widerstehen konnte.

Kurz darauf dachte ich nicht mehr an Brazell, Reyad und Mogkan, als ich um meine eigene Achse wirbelte und ausgelassene Luftsprünge machte. Mein Geist erreichte jenen Grad der Konzentration, den ich auch bei meinen Kämpfen erlangte. Für einen Moment, mochte er auch noch so kurz sein, genoss ich es, die Anspannung und Bedrohung der vergangenen Tage vergessen zu können.

Im Laufe meiner Vorstellung entdeckte ich, dass sich mein erweitertes Bewusstsein auch auf die Bäume und selbst auf die Tiere im Wald erstreckte. Eine Eule, die hoch oben auf einem Ast saß, verfolgte die Bewegungen einer Feldmaus. Eine Familie von Opossums huschte geräuschlos durchs Unterholz. Eine Frau, die hinter einem Fels geduckt saß, beobachtete mich.

Sich in Irys' Geist hineinzustehlen war so einfach, wie ein Paar Handschuhe überzustreifen. Mühelos flossen ihre Gedanken in mich hinein. Ich erinnerte sie an ihre jüngere Schwester Lily, und sie wäre gerne wieder mit ihrer Familie zusammen, statt sich im unwirtlichen, kalten Ixia aufhalten zu müssen. Die Lage im Norden wurde zunehmend gefährlicher. In Sitia würde sie sicherer sein. Doch wie lange?, fragte sie sich. Als Zauberin im Range eines Meisters musste sie den Machtmissbrauch, den sie in dieser Gegend gespürt hatte, unterbinden.

Kangom, der sich Mogkan nannte, erzeugte Theobroma in besorgniserregenden Mengen. Er hatte auch eine Möglichkeit gefunden, seinen Machtbereich auszudehnen.

Irys' Gedanken richteten sich wieder auf mich, und ich spürte, wie sich unsere mentale Verbindung intensivierte.

Yelena, was machst du in meinen Gedanken?

Ich bin mir nicht sicher, wie ich dorthin gekommen bin.

Hast du es immer noch nicht bemerkt? Wenn du kämpfst, konzentrierst du dich auf deine Magie. Deshalb kannst du die Bewegungen deines Gegners instinktiv vorhersehen. Ich habe dich gespürt, als du in der Burg mit deinen Freunden gekämpft hast. Jetzt, da du gelernt hast, deine Kräfte sinnvoll zu nutzen, hast du den nächsten logischen Schritt getan, indem du sie jenseits deiner unmittelbaren Umgebung anwendest.

Meine Verblüffung kappte unsere Verbindung. Ich unterbrach meine Vorstellung und sog keuchend die kalte Nachtluft in meine Lungen, als Irys aus dem Wald auftauchte.

„Heißt das, dass ich nicht verglühen werde?", fragte ich.

„Du hast einen stabilen Zustand erreicht, aber du wirst erst mächtiger werden, wenn du entsprechend ausgebildet bist. Du willst doch deine Fähigkeiten nicht vergeuden. Komm mit in den Süden. Deine Verfolger sind meilenweit entfernt."

„Der Commander …"

„Steht unter einem magischen Bann. Du kannst nichts für ihn tun; er hat wahrscheinlich den Verstand verloren. Mogkan hat ihn mit Theobroma vollgestopft. Seitdem ich hier bin, rieche ich es."

„Theobroma? Du meinst Criollo? Die braune Süßigkeit, die Brazell herstellt."

„Richtig. Es macht den Geist anfällig für magische Beeinflussung, schwächt die mentalen Widerstandskräfte und erleichtert Außenstehenden den Zutritt zum Verstand eines Menschen. Wir benutzen es bei Übungen für ungeübte Magier, die zum ersten Mal diese Erfahrungen machen, wobei wir natürlich alles unter Kontrolle haben. Der Commander verfügt über einen starken Charakter, der für magische Suggestion sehr unempfänglich ist. Theobroma überwindet diesen Widerstand. Bei einem Studenten, der noch viel lernen muss, ist es sehr hilfreich. Aber es beim Commander anzuwenden, um seinen Geist zu kontrollieren, kommt einer Vergewaltigung gleich." Irys zog sich den Umhang fester um die Schultern. „Selbst mit Theobroma sollte es einem Zauberer nicht möglich sein, den Geist des Commanders aus der Entfernung zu erreichen, aber Mogkan hat es geschafft. Er hat einen Weg gefunden, um seine Macht auszudehnen."

Irys rieb sich mit den Händen über die Arme, um sich aufzuwärmen. „Ich vermute, Mogkans Besuch in der Burg hatte nur das eine Ziel, in den Geist des Commanders einzudringen, um ihn hierher lotsen zu können."

„Was können wir tun, um den Bann zu brechen?", fragte ich.

„Mogkan töten. Aber das dürfte schwierig werden. Denn er ist sehr mächtig."

„Gibt es keine andere Möglichkeit?" Ich erinnerte mich an die Diskussion mit Valek im Wald, bei der wir über Mord als Lösung gesprochen hatten. *Meine* Methode, hatte er gesagt. Es ärgerte mich immer noch. Vermutlich war er noch nie in einer so ausweglosen Situation gewesen, in die ich ständig hineingeriet.

„Mogkan daran hindern, die Kraftquelle anzuzapfen. Das könnte funktionieren. Er hat dann zwar noch seine Zauberkraft, aber sie wird nicht mehr stärker."

„Wie sähen denn seine zusätzlichen Reserven aus? Wie können wir sie finden?“

„Ich vermute, dass er einige Magier rekrutiert hat, die ihre Kraft zusammenlegen, oder er hat eine Möglichkeit entdeckt, die Kraftquelle anzuzapfen, ohne dass es zu spürbaren Wellenbewegungen kommt.“ Nachdenklich hielt sie inne. „Diamanten.“

„Diamanten?“ Ich spürte einen Eisklumpen in meinem Magen. Es gab so viele Dinge im Bereich der Magie, von denen ich keine Ahnung hatte.

„Ja. Es ist zwar sehr kostspielig, aber sie sammeln und horten die Kraft genauso, wie glühende Kohlen die Hitze bewahren. Vielleicht benutzt er Diamanten, um seine Macht zu vergrößern. Er würde einen Kreis von Diamanten benötigen, dessen Durchmesser so groß wie ein Mensch ist, und das lässt sich nicht so ohne weiteres verstecken. Wenn wir diesen Kreis fänden, könnte ich ihn dazu benutzen, seine Kraft zu blockieren oder sie zumindest so lange umzulenken, bis du den Commander aufgeweckt hast.“

„Und wenn die Quelle aus mehreren Magiern besteht? Wie würde ich sie erkennen?“

„Leider gibt es in Ixia keine Uniformen für Magier“, antwortete Irys sarkastisch. „Anstatt nach ihnen Ausschau zu halten, solltest du besser nach einem leeren Raum suchen, auf dessen Boden ein Wagenrad gezeichnet ist. Um die magischen Kräfte zu bündeln, muss jeder Zauberer eine genau bestimmte Position am Rand des Kreises einnehmen.“

„Ich kann das Haus durchsuchen, aber dafür brauche ich Hilfe“, sagte ich. „Ich brauche Valek.“

Irys verzog spöttisch den Mund. „Was du brauchst, ist wohl ein Wunder.“

„Kannst du Valek hierher bringen?"

„Er ist bereits unterwegs. Ihr beide habt eine intensive Verbindung aufgebaut, obwohl ich mir nicht sicher bin, ob sie auf magischen Fähigkeiten beruht." Irys schürzte die Lippen. „Ich verschwinde besser, bevor Valek eintrifft. Wenn und falls du die Quelle von Mogkans zusätzlicher Kraft entdeckst, singe im Geist meinen Namen. Ich höre deinen Ruf, weil wir beide ebenfalls eine Verbindung hergestellt haben. Jedes Mal, wenn wir miteinander kommunizieren, wird unser mentales Band stärker. Ich versuche, dir mit dem Commander zu helfen. Aber ich verspreche nichts. Denn ich bin hinter Mogkan her." Damit verschwand sie im Wald.

Während ich auf Valek wartete, lief ich ungeduldig über den harten Boden und dachte über mögliche Wege nach, Mogkans Kraftquelle ausfindig zu machen. Irys' Bemerkung, ich bräuchte ein Wunder, war vermutlich noch untertrieben.

Um mich abzulenken, nahm ich meine Umgebung in Augenschein. Viele Füße hatten dafür gesorgt, dass hier kein Gras mehr wuchs und der festgetretene Boden fast glänzte. Als ich zuletzt hier war, hatte ich meine Fersen in diese Erde gebohrt, denn ich wollte verhindern, dass Reyad mich ins Haus zerrte, um mich zu bestrafen, weil ich ihm nicht gehorcht und das Amulett gewonnen hatte. Den Preis hatte ich so fest an mich gedrückt, dass er eine Einkerbung auf meiner Haut hinterließ. Dann hatte ich ihn versteckt, damit er dem grausamen Reyad nicht in die Hände fiel.

Zwei Jahre waren vergangen, seitdem ich mein Amulett vergraben hatte. Vermutlich hatte es inzwischen längst jemand gefunden. Ich beschloss, meine magischen Kräfte ein wenig zu trainieren, konzentrierte mich auf den Untergrund und schritt die gesamte Lichtung einmal ab. Nachdem ich lange Zeit im Kreis herumgelaufen war, begann ich mich zu langweilen. Doch plötzlich wurde mir ganz heiß unter den Fußsohlen. Lief ich weiter, kühlten sie wieder ab. Ich schritt auf und ab, bis ich erneut die Hitze spürte.

Ich fischte meinen Haken aus dem Rucksack und begann, an der besagten Stelle zu graben. Als ich auf ein Stück Stoff stieß, warf ich den Haken beiseite und grub mit den Fingern weiter, bis ich auf mein Amulett stieß.

Es war stumpf geworden und schmutzverkrustet. Das Band, an dem es hing, war zerrissen und fleckig. Ich drückte das flammenförmige Amulett an meine Brust und spürte die Wärme, die von ihm ausging. Summend legte ich es beiseite, um das Loch wieder aufzufüllen. Anschließend säuberte ich das handtellergroße Stück Metall und befestigte es an der Halskette, an der bereits Valeks Schmetterling hing.

„Nicht gerade ein gutes Versteck, findest du nicht?“, fragte Valek.

Erschrocken sprang ich hoch. Wie lange mochte er schon hinter mir gestanden haben?

„Sie suchen nach dir. Warum bist du nicht geflohen?“, wollte er wissen.

Rasch informierte ich Valek über den Commander, Mogkan, die Fabrik und die Berater und hoffte, dass er zum gleichen Schluss kommen würde wie ich.

„Mogkan benutzt Criollo also, um ihren Geist zu kontrollieren. Aber woher nimmt er die Macht?“, fragte Valek.

„Ich weiß es nicht. Wir müssen das Haus durchsuchen.“

„Du meinst, *ich* muss es durchsuchen?“

„Nein, *wir.* Ich bin hier aufgewachsen. Ich kenne jeden Zentimeter.“ Zuerst wollte ich in Reyads Laboratorium nachschauen. „Wann fangen wir an?“

„Sofort. Uns bleiben vier Stunden bis zur Morgendämmerung. Wonach suchen wir?“

Als ich ihm erklärte, dass wir entweder einen Diamant-Kreis oder ein gemaltes Wagenrad finden mussten, zog Valek erstaunt die dünnen Augenbrauen hoch. In seiner Miene las ich die Frage, wie ich an diese Information gekommen war. Doch er schwieg und eilte zur Kaserne zurück.

Ich versteckte mich draußen, während Valek in sein hautenges schwarzes Trikot schlüpfte. Für mich brachte er ein dunkles Hemd mit, das ich über das leuchtend rote meiner Uniform streifte. In der Hand hielt er eine dunkle Blendlaterne. Da mein Umhang mir bei unserer Suche nur hinderlich gewesen wäre, versteckte ich ihn im Gebüsch.

Wir fanden eine Hintertür in der Nähe der Dienstbotenquartiere. Jetzt zündete Valek die Laterne an und schloss die Blende so weit, dass nur ein schmaler Lichtstreif zu sehen war. Im Inneren des Hauses übernahm ich die Führung.

Reyads Privaträume befanden sich zu ebener Erde im Ostflügel gegenüber dem Laboratorium. Er hatte den gesamten Bereich genutzt. Sämtliche Türen waren stets verschlossen gewesen, als ich seine Laborratte war.

Auf unserer Erkundungstour wurde ich von alten Schreckensbildern verfolgt. Meine Kehle war wie zugeschnürt, und mir lief es heiß und kalt über den Rücken. Ich erkannte den sauren Geruch von Angst, der sich mit dem Staub vermischte, den wir aufwirbelten. Das war mein Geruch. Er umgab mich jedes Mal wie ein Parfüm, wenn Reyad mich zu seinen Experimenten schleppte.

Die dumpfe Luft machte mir das Atmen schwer. Ich hatte den Geschmack von Asche und Blut im Mund, denn ich hatte mir unbewusst in die Hand gebissen. Eine alte Angewohnheit von mir, um meine Schreie zu unterdrücken.

Der schwache Schein der Laterne beleuchtete die Gerätschaften, die an den Wänden des Laboratoriums hingen und auf den Tischen herumstanden. Jedes Mal, wenn der Lichtstrahl einen dieser Gegenstände streifte, wurde der Eisklumpen in meinem Magen größer. Unheimliche Schatten jagten mir Schauer des Entsetzens über den Rücken, und ich vermied ängstlich, auch nur in die Nähe der Dinge zu kommen, die sie warfen. Der Raum glich mehr einer Folterkammer als einem Ort für Experimente.

Ich kam mir wieder vor wie ein Tier, das in einem Eisenkäfig gefangen war, und wäre am liebsten laut schreiend aus dem Zimmer geflüchtet. Warum hatte ich Valek hierher geführt? Brazells Ratgeber wohnten im ersten Stock. Mogkans Diamant-Kreis, wenn es ihn denn überhaupt gab, befand sich vermutlich eher in der Nähe seiner Privaträume und nicht hier unten.

Valek hatte kein Wort mehr gesprochen, seitdem er die Laterne angezündet hatte. Im Korridor vor Reyads Schlafzimmer hielt mich eine unbestimmte Macht davon ab einzutreten. Meine Muskeln zitterten, und kalter Schweiß klebte meine Uniform an meinem Körper fest. Ich blieb an der Tür stehen und ließ Valek allein hineingehen. In einer Ecke des Zimmers entdeckte ich die unheilverkündenden dunklen Umrisse von Reyads sadistischer „Spielzeugkiste". Ich fragte mich, ob meine Albträume aufhören würden, wenn ich diese Truhe verbrannte.

„Nicht, wenn ich es verhindern kann", sagte Reyads Geist, der neben mir im Gang aus dem Nichts aufgetaucht war.

Ich zuckte zurück und schlug gegen die Wand. Ein Schrei entfuhr meiner Kehle, ehe ich die Hand vor meinen Mund legen konnte.

„Ich dachte, du wärst für immer verschwunden", wisperte ich.

„Niemals, Yelena. Ich werde immer bei dir sein. Mein Blut hat deine Seele durchtränkt. Du hast keine Chance, dich von mir reinzuwaschen."

„Ich habe keine Seele", flüsterte ich.

Reyad lachte. „Deine Seele ist schwarz vom Blut deiner Opfer, meine Liebe. Deshalb kannst du sie nicht sehen. Wenn du stirbst, wird dieses blutgefüllte schwere Etwas auf den Grund der Erde sinken, wo du auf ewig für deine Verbrechen brennen wirst."

„Du musst es ja wissen", wisperte ich so wütend, dass meine Stimme nur wie ein Zischen klang.

Valek kam aus Reyads Zimmer. Er war kreideweiß und sah mich so lange mit einem entsetzten Gesichtsausdruck an, dass ich fürchtete, es habe ihm endgültig die Sprache verschlagen. Schließlich zog er die Tür zu und ging an dem Geist vorbei, ohne ihn wahrzunehmen. Vor der nächsten verschlossenen Tür blieb er stehen. Dort wartete er einen Moment mit gesenktem Kopf, die Hand an die Stirn gelegt.

„Das ist einer, der wirklich einmal heimgesucht werden müsste", sagte Reyad und zeigte mit einem gespenstisch weißen Finger auf Valek. „Es ist eine Schande, dass er sich von seinen Dämonen nicht quälen lässt. Ich kenne nämlich einen gewissen toten König, der ihm liebend gerne erscheinen würde." Reyad sah mich an. „Nur die Schwachen gestatten ihren bösen Geistern, mit ihnen zu leben. Habe ich Recht?"

Ich ignorierte seine Frage, während ich Valek folgte. Wir setzten unsere Suche fort, aber bis auf das Laboratorium war der Rest des Flügels leer geräumt. Es blieben noch drei weitere Türen.

Während Valek die Schlösser öffnete, redete Reyad unverdrossen weiter auf mich ein. „Mein Vater wird dich bald zu mir schicken, Yelena. Ich freue mich schon darauf, die Ewigkeit mir dir zu verbringen.“ Er grinste und wackelte schelmisch mit dem Finger.

Aber der Geist interessierte mich nicht länger. Das, was ich in dem Zimmer sah, vor dem ich stand, fesselte meine Aufmerksamkeit vollkommen. Dutzende von Frauen und ein paar Männer flohen vor dem gelben Strahl von Valeks Laterne. Fettige Haare hingen ihnen in die schmutzverkrusteten Gesichter. Keiner von ihnen sagte etwas oder schrie bei unserem Anblick auf. Entsetzt stellte ich fest, dass sie am Boden angekettet waren – und zwar kreisförmig. Zwischen einem äußeren und zwei inneren Kreisen waren Linien aufgemalt.

Als Valek und ich den Raum betraten, schlug uns der Gestank von ungewaschenen Körpern und Exkrementen entgegen. Würgend hielt ich mir die Hand vor den Mund. Valek ging zwischen den Menschen umher und stellte ihnen Fragen. Wer seid ihr? Warum seid ihr hier? Doch sie antworteten nicht. Mit leerem Blick sahen sie ihm zu, wie er von einem zum anderen ging, und bewegten sich nicht von der Stelle, an die sie gefesselt waren.

Nach und nach erkannte ich einige der schmutzigen Gesichter wieder. Sie gehörten zu Menschen, die zusammen mit mir im Waisenhaus gelebt hatten. Es waren die älteren Mädchen und Jungen, die ihre „Prüfung“ abgelegt und angeblich über den gesamten Distrikt verteilt Arbeit gefunden hatten. Beim Anblick eines Mädchens, dessen rötlich braunes Haar stumpf und verfilzt war, unterdrückte ich einen entsetzten Schrei.

In Carras sanften braunen Augen bemerkte ich keinerlei

Anzeichen von Erkennen, als ich ihr über die Schulter streichelte und ihren Namen flüsterte. Aus dem offenherzigen Mädchen, um das ich mich im Waisenhaus gekümmert hatte, war eine seelenlose, leere Hülle geworden.

„Meine Schüler“, sagte Reyad. Seine Brust war stolzgeschwellt, als er in die Mitte des Raumes schwebte. „Diejenigen, die *nicht* versagt haben.“

„Was machen wir jetzt?“, fragte ich Valek mit zitternder Stimme.

„Ihr seid festgenommen und werdet in den Kerker geworfen“, tönte Mogkans Stimme vom Eingang her.

Valek und ich fuhren gleichzeitig herum. Im Halbdunkel stand Mogkan drohend an der Tür, die Arme über der Brust verschränkt. Mit flammendem Zorn im Blick stürzte Valek sich auf ihn. Mogkan trat einen Schritt in den Korridor zurück. Kaum war Valek auf der anderen Seite der Tür, hob er langsam die Hände über den Kopf. Fluchend folgte ich ihm.

Mogkan, dieser Feigling, hatte sich hinter acht Soldaten gestellt. Ihre Schwertspitzen waren nur wenige Zentimeter von Valeks Brust entfernt.

30. KAPITEL

Spitze Schwerter stachen in meinen Rücken. Ich ließ Valek nicht aus den Augen. Jeden Moment rechnete ich damit, dass er sich auf dem Weg in Brazells Untersuchungszellen zur Wehr setzen würde. Ich wartete darauf, während die Wächter uns nackt auszogen und durchsuchten und ich die Demütigung ertragen musste, von ihren brutalen Händen abgetastet und befingert zu werden. Sie nahmen mir alles ab, natürlich auch meinen Rucksack, das Schnappmesser und die Halskette. Dass sie mir meine Kleidung nahmen, schmerzte mich nicht so sehr wie der Verlust von Valeks Schmetterling und meinem Amulett.

Auch als wir in den Kerker gebracht wurden, zählte ich darauf, dass Valek etwas unternehmen würde, und ich gab die Hoffnung selbst dann noch nicht auf, als man uns in benachbarte Zellen warf.

Mit angehaltenem Atem hörte ich das schwere Eisenschloss an der Kerkertür tief unter der Erde zuschnappen. Die Soldaten stopften unsere Kleider durch die Gitterstäbe, ehe sie uns in der Finsternis zurückließen. Mit einiger Mühe schlüpfte ich in meine Uniform und versuchte, mein Hemd im Dunkeln zuzuknöpfen.

Nun war ich doch wieder hier gelandet. Mein Albtraum war zunehmend realer geworden, als wir durch den Aufenthaltsraum der Wächter gingen und ein Stockwerk tiefer zu dem Verlies hinunterstiegen, das aus nur acht Zellen bestand – vier auf jeder Seite eines kurzen Korridors. Man hatte uns in jene gesteckt, die direkt links neben der Treppe lagen. Ein vertrauter, aufdringlich ekelhafter Gestank durchzog das Gefängnis. Der Pesthauch nahm mir fast die Sinne, sodass ich eine

Weile brauchte, ehe ich feststellte, dass wir die einzigen Insassen waren.

Die plötzliche Stille war mir unerträglich. „Valek?“

„Was?“

„Warum habt Ihr Euch nicht gegen die Wächter zur Wehr gesetzt? Ich hätte Euch geholfen.“

„Acht Männer hielten mir ihre Schwerter vor die Brust. Eine unbesonnene Bewegung, und sie hätten mich aufgespießt. Aber es schmeichelt mir, dass du mir zutraust, unter diesen Umständen zu gewinnen. Vier bewaffnete Gegner vielleicht, aber acht sind definitiv zu viel.“

Valeks Stimme klang amüsiert.

„Dann wollen wir also die Schlösser knacken und fliehen?“ Ich vertraute darauf, dass Valek ein erfahrener Mörder und geübter Kämpfer war, ein Mann also, der sich nicht lange einsperren ließ.

„Das wäre ideal, vorausgesetzt, wir hätten etwas, womit wir sie aufbekämen“, machte er meine Hoffnungen zunichte.

Ich suchte jeden Zentimeter meiner Zelle ab, fand aber nichts außer schmutzigem Stroh, Rattenkot und undefinierbarem Unrat. Entmutigt sank ich zu Boden und lehnte mich gegen die Gitterstäbe, die mich von Valek trennten.

Nach langem Schweigen fragte er mich: „Wäre das auch dein Schicksal gewesen? Wärst du auch an den Boden gekettet worden und zu einer hirnlosen Hülle verwest, wenn du Reyad nicht getötet hättest?“

Das Bild dieser Gefangenen hatte sich in mein Gehirn eingebrannt. Ich schauderte. Zum ersten Mal war ich froh darüber, Reyads Tests nicht bestanden zu haben.

Während ich über die bedauernswerten Kreaturen nachdachte, fiel mir Irys’ Bemerkung über die Fähigkeit eines Zauberers ein, sich die magischen Kräfte von anderen anzueignen. Schlagartig wurde mir klar, was es mit den Frauen und Männern im Kreis auf sich hatte. Mogkan bezog seine zusätzliche Macht von den angeketteten Gefangenen. Brazell, Reyad und Mogkan mussten die Kinder aus dem Waisenhaus geholt haben, um ihr magisches Potenzial zu fördern. Bei den Experimenten mit ihnen hatte Mogkan eine Gehirnwäsche bei ihnen vorgenommen, sodass lediglich geistlose Hüllen zurückblieben, aus denen sich noch mehr Kraft ziehen ließ.

„Ich glaube, Brazell und Reyad wollten mich auch in diesen Zustand versetzen. Aber ich habe durchgehalten." Ich erzählte ihm von meinen Vermutungen über die Gefangenen.

„Berichte mir, was mit dir geschehen ist", forderte Valek mich mit rauer Stimme auf.

Ich zögerte, ehe ich mit meiner Schilderung begann. Erst kamen die Worte unzusammenhängend und stockend, doch dann flossen sie nur so aus mir heraus wie die Tränen über mein Gesicht. Ich ersparte ihm keine Einzelheit. Ich beschönigte die hässlichen Passagen nicht. Ich erzählte Valek alles über mein zweijähriges Martyrium als Versuchskaninchen, Reyads sadistische Quälereien und Folterungen, die grausamen Spielchen, die Demütigungen, die Schläge, das Bedürfnis, Reyad zufrieden zu stellen, und schließlich die Vergewaltigung, die zum Mord führte. Ich reinigte mich von allem Schmutz, mit dem Reyad meine Seele belastet hatte. Danach fühlte ich mich vor Erleichterung ganz benommen im Kopf.

Schweigend lauschte Valek meinen Enthüllungen. Er gab keine Kommentare ab und stellte keine Fragen. Seine Stimme klang eisig, als er schließlich sagte: „Brazell und Mogkan müssen sterben."

Ich war mir nicht sicher, ob das eine Drohung oder ein Versprechen war. Aber so entschlossen, wie er den Satz aussprach, war es kein leeres Gerede.

Als hätten sie ihre Namen gehört, betraten Brazell und Mogkan genau in diesem Moment den Kerker, begleitet von vier Wächtern mit Laternen. Vor unseren Zellen blieben sie stehen.

„Schön, dich wieder da zu sehen, wo du hingehörst", begrüßte Brazell mich. „Fast hätte ich mich von dem Wunsch, dein Blut an meinen Händen zu sehen, zu einer unbedachten Tat hinreißen lassen. Freundlicherweise hat Mogkan mich über dein Schicksal aufgeklärt, das dir blüht, wenn du dein Gegengift nicht bekommst." Brazell machte eine Pause. Er lächelte befriedigt. „Zu sehen, wie sich die Mörderin meines Sohnes in unerträglichen Schmerzen windet, ist ganz bestimmt die gerechtere Strafe. Ich komme dich später besuchen, um deine Schreie zu hören. Solltest du mich bitten, deinen Qualen ein Ende zu bereiten, kann ich dich immer noch von deinem Elend erlösen und den heißen Geruch deines Blutes genießen."

Brazells Blick wanderte zu Valeks Zelle. „Einer Anweisung nicht zu gehorchen ist ein Schwerverbrechen. Commander Ambrose hat dein Todesurteil unterzeichnet. Deine Hinrichtung durch den Strang ist für morgen Mittag geplant." Brazell legte den Kopf schief, als begutachte er ein Vollblutpferd. „Ich denke, ich werde deinen Kopf ausstopfen und aufstellen lassen. Du wirst eine beeindruckende Dekoration für mein Arbeitszimmer abgeben, wenn ich Kommandant bin."

Unter lautem Gelächter verließen Brazell und Mogkan das Verlies. Die Dunkelheit, die sie zurückließen, war noch undurchdringlicher als zuvor. Mir wurde eng ums Herz, und ich fühlte Panik in mir hochsteigen. Rastlos lief ich in meiner Zelle auf und ab. Meine Gefühle schwankten zwischen bodenlosem Entsetzen und grenzenloser Verzweiflung. Ich trat gegen die Eisenstangen, schleuderte Strohballen durch die Zelle und hämmerte mit den Fäusten gegen die Wände.

„Yelena“, sagte Valek schließlich. „Setz dich hin. Versuche zu schlafen. Du brauchst deine Kräfte für heute Abend.“

„Ja natürlich. Jeder sollte ausgeruht sterben“, erwiderte ich, bereute meine Schroffheit aber sofort, als ich mir klarmachte, dass auch Valek dem Tod ins Auge blickte. „Ich versuche es.“

Ich legte mich auf das faulige Stroh, obwohl ich wusste, dass ich keine Ruhe finden würde. Wer konnte schon die letzten Stunden seines Lebens verschlafen?

Offenbar ich.

Mit einem Schrei wachte ich auf. Mein Albtraum, in dem es von Ratten wimmelte, zerrann zur Realität, als ich eine warme, pelzige Masse auf meinem Bein spürte. Ich sprang auf die Füße und trat gegen das Nagetier. Es flog gegen die Wand und huschte davon.

„Gut geschlafen?“, fragte Valek.

„Es war schon mal besser. Mein Zimmernachbar hat geschnarcht.“

Valek lachte glucksend in sich hinein.

„Wie lange war ich weg?“

„Schwer zu sagen ohne Tageslicht. Ich vermute, bald ist Sonnenuntergang.“

Meine letzte Dosis Gegengift hatte ich am Morgen zuvor erhalten. Das hieß, dass ich die Nacht noch überlebte, aber die Symptome des Giftes würden sich bald schon bemerkbar machen.

„Valek, ich muss Euch etwas …“ Die Worte erstarben in meiner Kehle. Mein Magen verkrampfte sich plötzlich so sehr, dass ich das Gefühl hatte, jemand wollte ihn aus meinem Körper reißen.

„Was ist los?“

„Entsetzliche Magenkrämpfe.“ Obwohl der Schmerz abgeklungen war, keuchte ich immer noch. „Ist das der Anfang?“

„Ja. Es beginnt langsam, aber bald werden die Krämpfe ununterbrochen kommen.“

Eine neue Schmerzwelle schlug über mir zusammen, und ich fiel zu Boden. Nachdem der Krampf aufgehört hatte, kroch ich zu meinem Strohbett und wartete auf den nächsten Anfall. Das stumme Warten wurde mir unerträglich, und ich bat: „Valek, sprecht zu mir. Erzählt mir etwas, um mich abzulenken.“

„Was denn?“

„Egal. Irgendetwas.“

„Nun, vielleicht tröstet dich das ein wenig: Es gibt kein Gift, das ‚Butterfly Dust‘ heißt.“

„Was?“ Ich hätte ihn am liebsten angeschrieen, aber ein neuer Krampf kam über mich, so stark, dass ich mich übergeben musste und das Gefühl hatte, mein Unterleib würde in Stücke gerissen.

Als ich wieder klar denken konnte, erklärte Valek: „Du wirst dir wünschen zu sterben oder lieber noch, schon tot zu sein. Aber am Ende wirst du doch überleben.“

„Warum erzählt Ihr mir das jetzt?“

„Der Verstand kontrolliert den Körper. Wenn du glaubst, sterben zu müssen, dann kann allein der Gedanke daran deinen Tod verursachen.“

„Warum habt Ihr denn nur mit dieser Enthüllung bis jetzt gewartet?“, fragte ich zornig. Er hätte mir wahrlich meine Qual erleichtern können.

„Eine taktische Entscheidung."

Ich verkniff mir eine boshafte Erwiderung. Stattdessen versuchte ich, seine Logik zu verstehen und mich in seine Lage zu versetzen. Beim Training mit Ari und Janco hatten wir uns auch über Strategien und Taktiken unterhalten. Janco hatte den Kampf mit einem Kartenspiel verglichen. „Drücke deine Trumpfkarten fest an deine Brust und setzte sie erst ein, wenn dir keine anderen Möglichkeiten bleiben", hatte er geraten.

Vielleicht hätte sich ja am nächsten Tag eine Möglichkeit zur Flucht ergeben. In diesem Fall hätte Valek seine letzte Karte nicht ausspielen und mir die Wahrheit über das Gift gestehen müssen.

„Und was ist mit den Krämpfen?", fragte ich genau in dem Moment, als ein weiterer meinen Körper in die Zange nahm. Ich rollte mich zu einem Ball zusammen in der Hoffnung, den Schmerz auf diese Weise ein wenig lindern zu können, aber es nutzte nichts.

„Entzugserscheinungen."

„Wovon?"

„Von deinem so genannten Gegengift", erwiderte Valek. „Es ist ein interessantes Gebräu. Ich benutze es, um Leute krank zu machen. Wenn die Wirkung des Tranks nachlässt, verursacht er Magenkrämpfe, die den Betroffenen einen Tag ans Bett fesseln. Er ist vorzüglich geeignet, jemanden zeitweise außer Gefecht zu setzen, ohne ihn zu töten. Solange du das Gegenmittel weiter zu dir nimmst, bleiben diese Symptome aus."

In keinem der Bücher, die ich gelesen hatte, war ich auf einen solchen Trank gestoßen. „Wie heißt es?"

„White Fright – die weiße Angst."

Jetzt, nachdem ich wusste, dass ich nicht sterben musste,

ließ die Panik etwas nach, und ich ertrug die Schmerzen ein wenig leichter. Von diesem Moment an betrachtete ich jeden Anfall als einen Schritt, den ich gehen musste, um das Gift aus meinem Körper zu bekommen.

„Und was ist mit Butterfly Dust?“, fragte ich.

„Das gibt es gar nicht. Ich habe es erfunden. Ich brauchte ein Druckmittel, um die Vorkoster an der Flucht zu hindern, ohne dass ich dauernd Wächter auf sie ansetzen oder alle Türen verschließen musste.“

Ein unangenehmer Gedanke schoss mir durch den Kopf. „Weiß der Commander, dass es ein Trick ist?“ Falls er es tat, würde Mogkan es ebenfalls wissen.

„Nein. Er denkt, dass du vergiftet wurdest.“

In der Nacht fiel es mir schwer zu glauben, dass ich kein Gift im Körper hatte. Entsetzliche Krämpfe machten mir zu schaffen. Würgend und jammernd kroch ich durch die Zelle.

Mitten in meinem realen Albtraum nahm ich verschwommen wahr, dass Brazell und Mogkan sich irgendwann in der Nacht grinsend über mich beugten. Es war mir egal, dass sie mich beobachteten. Es war mir auch egal, dass sie lachten. Mir kam es einzig und allein darauf an, eine Haltung einzunehmen, die meine Schmerzen linderte.

Endlich fiel ich in einen erschöpften Schlaf.

Ich erwachte auf dem schmutzigen Kerkerboden. Mein rechter Arm steckte zwischen zwei Eisenstäben. Dass ich Valeks Hand umklammerte, wunderte mich mehr als die Tatsache, dass ich lebte.

„Yelena, geht es dir gut?“ Valeks Besorgnis war unüberhörbar.

„Geht so“, antwortete ich mit rauer Stimme. Meine Kehle brannte vor Durst.

„Stell dich tot“, flüsterte er und ließ meine Hand los. „Versuche, sie so nahe wie möglich zu meiner Zelle zu locken“, wies er mich an, als zwei Wächter das Verlies betraten. Ich zog meine Hand, die ganz warm von Valeks Berührung war, zurück, und streckte die eiskalte Linke durch die Stäbe, während die Männer die Treppe hinabstiegen.

„Verdammt. Der Gestank hier unten ist schlimmer als in den Latrinen nach einem Braufest“, sagte der Wächter, der die Laterne hielt.

„Glaubst du, dass sie tot ist?“, fragte sein Kumpan.

Das Gesicht zur Wand gestreckt, schloss ich die Augen und hielt den Atem an, als das gelbe Licht meinen Körper streifte.

Der Wächter berührte meine Hand. „Kalt wie Schneeleopardenpisse. Ziehen wir sie ’raus, ehe sie anfängt zu verrotten. Dann wird es hier noch schlimmer stinken …“

Dem Aufschnappen des Schlosses folgte das Kreischen von Metall, als die Kerkertür geöffnet wurde.

So gut ich konnte, stellte ich mich tot, während der Wächter mich an den Füßen hinauszog. Der Lichtschein bewegte sich von meinen Körper fort, und ich riskierte einen Blick. Der Wächter mit der Laterne ging voraus, um den Weg zu beleuchten, sodass mein Oberkörper im Schatten lag. Als ich an Valeks Zelle vorbeigeschleift wurde, umklammerte ich die Eisenstäbe mit beiden Händen.

„Eh, warte, sie steckt fest.“

„Wo denn?“, fragte der mit der Laterne.

„Keine Ahnung. Bring mal die verdammte Lampe her.“

Ich lockerte meinen Griff und schob meinen Arm in die Zelle.

„Sei vorsichtig“, sagte der Mann mit der Laterne warnend.

Seine fleischige Hand zerrte an meinem Ellbogen. Dann fluchte er leise. Ich öffnete meine Augen und sah gerade noch, wie das Licht erlosch, als die Laterne auf den Boden fiel.

„Pass doch auf!“, rief der andere Mann. Er trat einen Schritt von Valeks Zelle zurück, ohne meine Füße loszulassen.

Ich beugte die Knie und zog mich ganz nahe an seine Stiefel heran. Überrascht schrie er auf, als ich seine Fußknöchel umklammerte. Er schwankte und fiel auf den Rücken.

Ein hässliches Geräusch entstand, als Knochen auf Stein prallte. Damit hatte ich nicht gerechnet. Sein Körper wurde schlaff. Zitternd erhob ich mich.

Als ich einen dumpfen Schlag und das Klirren eines Schlüsselbundes hörte, drehte ich mich um. Valek zündete gerade die Laterne wieder an. Der andere Wächter lehnte an den Eisenstangen, den Kopf in einem unnatürlichen Winkel zur Seite geneigt.

Im schwachen Lichtschein betrachtete ich die Gestalt zu meinen Füßen. Der Soldat war mit dem Kopf auf die unterste Stufe der Treppe geschlagen. Eine dunkle Flüssigkeit sammelte sich um meine Stiefel. Soeben hatte ich einen weiteren Menschen getötet. Ich begann zu zittern. Ein vierter Mann war wegen mir ums Leben gekommen. Hatte mich der Verlust meiner Seele zu einer herzlosen Mörderin werden lassen? Empfand Valek Bedauern oder wurde er von Gewissensbissen geplagt, wenn er jemanden ermordete? Ich sah ihn nur noch wie durch einen blutigen Schleier.

Vorausschauend wie immer, nahm Valek die Waffen der toten Männer an sich.

„Warte hier“, befahl er. Er öffnete das Haupttor zum Kerker und stürzte in den Aufenthaltsraum der Wächter.

Flüche, Schreie und das Geräusch, wenn Fleisch auf Fleisch

trifft, drangen an meine Ohren, während ich auf den Stufen wartete. Rücksichtslos und ohne den geringsten Anflug von Gewissensbissen bekämpfte Valek seine Gegner.

Als er mich zu sich winkte, bemerkte ich Blut auf seinem Gesicht, seiner Brust und seinen Armen. Drei Wächter lagen im Zimmer – entweder bewusstlos oder tot.

Mein Rucksack stand auf einem Tisch. Der Inhalt war auf der Platte verstreut, und ich stopfte die Sachen hinein. Obwohl ich, abgesehen von dem Schmetterling und meinem Amulett, keine wertvollen Besitztümer hatte, wollte ich nicht auf meine wenigen Habseligkeiten verzichten. Kaum hatte ich die Kette um den Hals gelegt, wurde ich seltsamerweise wieder zuversichtlich. Unterdessen hatte Valek versucht, die letzte Tür zu öffnen, die zwischen uns und unserer Freiheit stand.

„Verdammt", fluchte Valek.

„Was ist?"

„Der Captain ist der Einzige, der einen Schlüssel zu dieser Tür hat. Er wird sie erst beim Wachwechsel öffnen."

„Versucht es mit diesen." Ich gab ihm meine Pickel.

Er grinste.

Während er sich mit dem Schloss abmühte, entdeckte ich einen Krug mit Wasser und eine Waschschüssel. Mein Wunsch, Gesicht und Hände zu säubern, war stärker als die Angst, entdeckt zu werden. Das Bedürfnis, den Geruch von Erbrochenem und Blut loszuwerden, war geradezu unbezwingbar. Kurz darauf goss ich mir so lange Wasser über den Kopf, bis ich klatschnass war. Der Krug war bereits halb leer, ehe ich daran dachte, Valek etwas von dem Wasser anzubieten. Er hielt kurz inne, um zu trinken, und setzte dann seine Arbeit fort.

Endlich sprang das Schloss auf. Vorsichtig schaute Valek auf den Gang hinaus. „Perfekt. Keine Wachen." Weit stieß er die Tür auf. „Gehen wir."

Er nahm meine Hand und eine Laterne, drehte unserer einzigen Fluchtmöglichkeit den Rücken zu und führte mich zurück in den Kerker. Die Tür zu den Zellen ließ er weit offen stehen.

„Seid Ihr wahnsinnig?", flüsterte ich, als er mich zur letzten Zelle zog. „Die Freiheit liegt in dieser Richtung." Ich zeigte mit dem Finger auf die Tür.

Er beachtete mich nicht, sondern öffnete die Zellentür. „Vertrau mir. Das ist das perfekte Versteck. Sie werden bald das Blutbad entdecken, das wir angerichtet haben. Die offenen Türen nehmen sie als Beweis für unsere Flucht." Valek schob mich vor sich in die Zelle. „Suchtrupps werden ausgesandt. Und wenn alle Soldaten das Haus verlassen haben, verschwinden wir. Bis dahin ruhen wir uns aus."

In der hintersten Ecke der Zelle richtete er ein provisorisches Bett aus Stroh her. Nachdem er die Laterne gelöscht und versteckt hatte, zog er mich hinunter. Ich rollte mich auf die Seite, sodass ich mit dem Rücken zu ihm lag, und zitterte in meinen nassen Kleidern. Valek zog ein wenig Stroh über unsere Körper, schlang einen Arm um mich und zog mich fest an sich. Unter seiner Berührung erstarrte ich, aber sein Körper wärmte mich, und bald empfand ich seine Nähe als entspannend.

Zuerst schreckte ich beim kleinsten Geräusch hoch, und mein Herz begann jedes Mal zu rasen. Doch ich hätte mir keine Sorgen zu machen brauchen, denn das Getöse, das entstand, als unsere Flucht entdeckt wurde, war ohrenbetäubend.

Wütende und vorwurfsvolle Stimmen drangen durch den Kerker. Suchtrupps wurden organisiert und ausgesandt. Man vermutete, dass wir eine Stunde Vorsprung hatten, aber Brazell und Mogkan konnten sich nicht darüber einigen, in welche Richtung wir geflohen waren.

„Valek ist wahrscheinlich in den Westen gegangen. Dort kennt er sich aus", behauptete Brazell selbstsicher.

„Nein. Süden ist logischer", widersprach Mogkan. „Wir haben den Commander; sie können nichts machen. Sie rennen um ihr Leben, da bleibt ihnen keine Zeit für Strategie und Taktik. Ich nehme ein Pferd und suche den Wald ab. Wozu habe ich schließlich meine magischen Kräfte?"

Valek räusperte sich leise und wisperte mir ins Ohr: „Sie glauben tatsächlich, dass wir den Commander im Stich lassen. Loyalität ist ihnen vollkommen fremd."

Nachdem sich das Verlies geleert hatte und Stille eingetreten war, warteten wir noch einige Stunden. Wäre nicht meine Furcht gewesen, hätte ich mich sogar gelangweilt. Die Türen zu den Zellen waren immer noch weit geöffnet, sodass ein schwacher Lichtschein in den Kerker fiel.

„Können wir jetzt gehen?", fragte ich ungeduldig.

„Noch nicht. Ich glaube, es ist noch Tag. Wir warten, bis es dunkel wird."

Um die Zeit totzuschlagen, wollte ich von Valek wissen, wie er den Commander kennen gelernt hatte. Ich hielt es für eine ganz harmlose Frage, aber er schwieg so lange, dass ich schon bereute, sie gestellt zu haben.

Nach einer Weile begann er zu reden. „Meine Familie lebte in der Provinz Icefaren – so hieß die Gegend, ehe sie in MD-1 umbenannt wurde. In einem sehr strengen Winter ist das Haus, in dem mein Vater sein Ledergeschäft führte, zusammengestürzt und hat das gesamte Inventar zerstört. Er musste alles ersetzen, um im Geschäft bleiben zu können, aber die Soldaten, die zu uns kamen, um die Steuer zu kassieren, ließen nicht mit sich reden." Valeks Griff wurde fester.

Eine Minute verstrich, ehe er fortfuhr. „Damals war ich

noch ein kleiner magerer Junge, aber ich hatte drei ältere Brüder. Sie waren etwa so groß wie Ari und genauso stark. Als mein Vater den Soldaten erklärte, dass er nicht genug Geld hätte, um seine Familie zu ernähren, wenn er die gesamte Steuer bezahlen müsste ...", ein paar Herzschläge lang sagte er kein Wort, „... töteten sie meine Brüder. Dann lachten sie und sagten ‚Damit wäre das Problem gelöst. Jetzt hast du drei Mäuler weniger zu stopfen'." Valeks Oberarmmuskeln zitterten vor Anspannung.

„Natürlich wollte ich mich rächen – aber nicht an den Soldaten. Sie waren ja nur Befehlsausführer. Ich wollte den König. Den Mann, der seinen Männern erlaubt hatte, meine Brüder in seinem Namen zu ermorden. Deshalb lernte ich kämpfen und die Kunst des Mordens, bis ich unbesiegbar war. Ich reiste viel und benutzte meine neu erlernten Fähigkeiten, um Geld zu verdienen. Der Adel war korrupt genug, sich gegenseitig umzubringen, und bezahlte mich dafür.

Eines Tages erhielt ich den Auftrag, einen jungen Mann namens Ambrose zu töten, der aufständische Reden hielt und die Mitglieder des Königshauses nervös machte. Er war so populär geworden, dass er die Massen um sich versammelte. Die Menschen begannen, sich gegen die königlichen Doktrinen aufzulehnen. Eines Tages verschwand Ambrose, um sich und seine beständig wachsende Anhängerschar vor der Öffentlichkeit zu verstecken und verdeckte Aktionen gegen die Monarchie zu organisieren.

Man bot mir eine bedeutende Summe, um Ambrose aufzuspüren und zu töten. Ich wollte ihm aus dem Hinterhalt auflauern und ihm das Messer ins Herz rammen, ehe er um Hilfe rufen konnte. Aber er schaffte es, den Angriff abzuwehren. Auf einmal musste ich um mein Leben kämpfen – und verlor.

Doch anstatt mich zu töten, ritzte Ambrose mit meinem eigenen Messer ein C auf meine Brust. Es war, nebenbei bemerkt, dieselbe Waffe, mit der ich später den König umbrachte. Dann erklärte Ambrose, dass er mein Commander sei und ich von nun an nur noch für ihn und niemand sonst arbeiten würde. Ich erklärte mich einverstanden und versprach ihm meine lebenslange Loyalität, wenn er dafür sorgte, dass ich dem König nahe genug kommen konnte, um ihn zu ermorden.

Mein erster Auftrag bestand darin, denjenigen zu beseitigen, der mich angeheuert hatte, Ambrose zu töten. In all den Jahren habe ich den Commander immer als einen Mann erlebt, der seine Ziele mit Beharrlichkeit verfolgt und sie auch erreicht hat, ohne zuviel Blut zu vergießen und unnötige Schmerzen zuzufügen. Weder Macht noch Besitzgier haben ihn korrumpiert. Er ist fair und loyal zu seinen Leuten. Und es gibt niemanden auf dieser Welt, der mir mehr bedeutet. Bis jetzt jedenfalls."

Atemlos hörte ich ihm zu. Ich hatte ihm eine ganz schlichte, unschuldige Frage gestellt – mit einer so persönlichen Antwort hatte ich nicht gerechnet.

„Yelena, du raubst mir den Verstand. Du hast mir beträchtliche Probleme bereitet, und seitdem ich dich kenne, wollte ich deinem Leben zwei Mal ein Ende setzen." Valeks warmer Atem an meinem Ohr jagte mir einen Schauer über den Rücken.

„Aber du bist mir unter die Haut geschlüpft, in mein Blut eingedrungen und hast mein Herz mit Beschlag belegt."

„Das klingt mehr nach einem Gift als nach einem Menschen." Mehr brachte ich nicht hervor. Sein Geständnis hatte mich ebenso bestürzt wie erregt.

„Genau", nahm Valek den Faden auf. „Du hast mich vergiftet." Er drehte mich um, um mir ins Gesicht zu sehen. Ehe ich etwas erwidern konnte, küsste er mich.

Lang unterdrückte Sehnsüchte erwachten zum Leben, als ich meine Arme um seinen Hals schlang und seinen Kuss mit gleicher Leidenschaft erwiderte.

Meine Reaktion war eine köstliche Überraschung für mich. Nach Reyads Missbrauch hatte ich befürchtet, dass ich mich voller Entsetzen und Ekel abwenden würde. Doch die Vereinigung unserer Körper war auch eine unseres Geistes, und noch nie in meinem Leben hatte ich mich einem Menschen so nahe gefühlt.

Musik drang von weitem an mein Ohr. Die magischen Harmonien wurden lauter und umhüllten uns wie eine warme Decke. Die Kerkerzelle und das schmutzige Stroh blieben weit unter uns zurück. Ein seidenweiches Weiß umgab uns. In diesem Moment waren wir gleichwertige Partner. Unsere Seelen verbanden sich miteinander. Seine Befriedigung wurde zu meiner Ekstase. Mein Blut pumpte durch sein Herz.

Doch weil das überwältigende Glücksgefühl nur so kurz währte, wollten Valek und ich es sofort noch einmal erleben. Erneut verschmolzen unsere Körper miteinander, und unsere Seelen wurden wieder eins. Begierig sog ich seinen Geruch in mich auf, ergötzte mich an seinem Fleisch und genoss die Berührung seiner Haut. Er füllte die Leere in meinem Inneren aus und brachte Freude und Licht in die Dunkelheit, die ich bis jetzt mein Leben genannt hatte. Obwohl wir auf hartem Stroh lagen und einer ungewissen Zukunft entgegensahen, schwebte ich auf einer Woge des Glücks, die meinen Körper vor Wonne erbeben ließ.

31. KAPITEL

Der widerwärtige Geruch eines verwesenden Tieres riss uns in die Wirklichkeit zurück. Es war dunkel geworden. „Gehen wir“, sagte Valek und zog mich hoch.

„Wohin?“, fragte ich, während ich meine Uniform glatt strich.

„Ins Zimmer des Commanders, um ihn zurück zur Burg zu bringen.“ Valek bürstete sich das Stroh aus dem Haar und von der Kleidung.

„Das wird nicht gehen.“

„Warum nicht?“, wollte er wissen.

„Sobald du ihn berührst, wird Mogkan es spüren.“ Ich erzählte ihm von seiner Verbindung zum Commander und wie er sie mit Hilfe von Criollo hergestellt hatte.

„Wie können wir sie trennen?“ fragte Valek.

Es wurde Zeit, ihm meine magischen Kräften zu beichten. Mir war immer noch ein wenig schwindlig, und ich fühlte mich, als balancierte ich am Rand der Welt. Nachdem ich tief Luft geholt hatte, erzählte ich ihm von meinen Begegnungen und Unterhaltungen mit Irys und wie sie uns möglicherweise helfen konnte.

Eine Minute lang stand Valek wie versteinert. Mein Herz hämmerte wild in meiner Brust.

„Vertraust du ihr?“, wollte er schließlich wissen.

„Ja.“

„Gibt es noch etwas, von dem du mir nichts erzählt hast?“

Meine Gedanken überstürzten sich. So viel hatte sich ereignet, und einem mächtigen Magier mussten wir noch das

Handwerk legen. Der Tod war eine sehr reale Möglichkeit. Ich beschloss, Valek meine Gefühle zu offenbaren.

„Ich liebe dich."

Valek schloss mich in die Arme. „Meine Liebe gehört dir seit dem Feuerfest. Wenn diese Schläger dich getötet hätten, wäre ich nie mehr derselbe gewesen. Was zwischen uns passiert ist, habe ich weder gewollt noch erwartet. Aber ich konnte dir einfach nicht widerstehen."

Ich schmiegte mich an ihn, um seine Haut zu spüren.

Er ergriff meine Hand. „Gehen wir."

Im Aufenthaltsraum der Wächter plünderten wir den Uniformschrank, ehe wir in den Korridor hinaustraten. Wir hofften, dass uns Brazells Farben – schwarz und grün – vor der Enttarnung bewahrten, solange wir uns auf dem Anwesen aufhielten.

Da Valek seinen Beutel mit dem Werkzeug brauchte, steuerten wir zuerst die Kaserne an. Während ich nach meinem Umhang suchte, schlich er sich in das leere Holzhaus. Alle Soldaten waren ausgeflogen, um uns zu suchen.

Im Schatten der Kaserne lief ich auf und ab und sang Irys' Namen in meinen Gedanken. Wir benötigten einen Angriffsplan. Heute Nacht mussten wir von hier verschwinden.

Plötzlich drangen Rufe und Flüche aus dem Gebäude. Ich stürzte hinein und stieß auf Ari und Janco, die Valek mit ihren Schwertern in Schach hielten.

„Hört auf", befahl ich.

Bei meinem Anblick steckten sie ihr Schwert in die Scheide und lächelten.

„Wir dachten, Valek sei ohne dich geflohen", sagte Ari und schloss mich in die Arme.

„Solltet ihr nicht bei dem Suchtrupp sein?" Valek zog seinen schwarzen Beutel unter einer Schlafkoje hervor. Er hatte sich umgezogen und trug jetzt einen schwarzen Overall mit zahlreichen Taschen.

„Wir sind zu krank“, erwiderte Janco mit einem breiten Grinsen.

„Wie bitte?“, fragte ich.

„Die Anklagen gegen Euch waren ganz offensichtlich erfunden. Deshalb haben wir uns geweigert, an der Jagd teilzunehmen“, erklärte Janco.

„Das ist Gehorsamsverweigerung.“ Valek nahm ein langes Messer und einige Pfeile aus seinem Beutel.

„Genau das war die Absicht. Was muss man tun, um festgenommen und in den Kerker geworfen zu werden?“, fragte Janco.

Verblüfft starrte ich ihn an. Die beiden hatten tatsächlich riskiert, vor ein Kriegsgericht gestellt zu werden, nur um mir zu helfen. Es war Janco also ernst gewesen mit der Botschaft, die er in mein Schnappmesser eingraviert hatte.

„In welche Richtung sind die Suchtrupps ausgeschwärmt?“, erkundigte Valek sich, wobei er Waffen in die verschiedenen Taschen seines Anzugs steckte und das Schwert sowie das Messer an seinem Gürtel befestigte.

„Hauptsächlich nach Süden und Osten. Nur ein paar kleinere Trupps sind nach Westen und Norden geschickt worden“, erklärte Ari.

„Hunde?“

„Ja.“

„Und auf dem Anwesen?“

„Sind nur wenige zurückgeblieben.“

„Gut. Ihr kommt mit uns“, befahl Valek den beiden.

Sie nahmen Haltung an. „Jawohl, Sir.“

„Möglicherweise müsst ihr aus dem Hinterhalt angreifen. Haltet also eure Schwerter bereit. Ihr werdet sie brauchen." Valek beendete seine Vorkehrungen, während Ari und Janco sich fertig machten.

„Warte", sagte ich. „Ich möchte nicht, dass sie in Schwierigkeiten geraten." Beim Gedanken an unser Vorhaben begann mein Herz zu rasen. Vor Angst wurde mir fast übel, und ein bitterer Geschmack von Galle stieg mir in die Kehle.

Valek legte die Hand auf meine Schulter. „Wir brauchen ihre Hilfe."

„Ihr braucht mehr als das." Irys' Stimme drang aus der Dunkelheit. Die drei Männer zückten gleichzeitig ihre Schwerter. Als Irys in den schwachen Schein der Laterne trat, ließ Valek sein Schwert sinken, aber Ari und Janco schwangen weiter drohend ihre Waffen.

„Weg mit den Schwertern", befahl Valek.

Da sie zögerten, erklärte ich: „Sie ist eine Freundin. Sie will uns helfen." Ich wandte mich an sie. „Wir haben Mogkans außergewöhnliche Kraftquelle entdeckt."

„Was ist es?"

Ich erzählte ihr von den Gefangenen, die ihres Verstandes beraubt und in Ketten gelegt worden waren, und von meiner Vermutung, dass Mogkan bei ihnen eine Gehirnwäsche vorgenommen hatte, um sich ihrer Stärke zu bemächtigen. Obwohl sie auf den ersten Blick so kühl wirkte, besaß sie wohl doch ein mitfühlendes Herz, denn Entsetzen und Abscheu spiegelten sich in ihrer Miene. Doch eine Sekunde später sah sie wieder so unnahbar aus wie eh und je. Nur Ari und Janco waren ein wenig grün im Gesicht geworden, als müssten sie sich gleich übergeben.

„Was hat das alles zu bedeuten?", wollte Ari wissen.

„Ich erkläre es euch später. Aber jetzt …" Ich unterbrach mich, denn plötzlich sah ich den perfekten Angriffsplan zum Greifen nahe vor mir. Leider bezog er Ari und Janco mit ein. Ich hatte gehofft, ihr Leben nicht aufs Spiel setzen zu müssen, doch Valek hatte Recht. Wir brauchten ihre Hilfe.

„Ich möchte, dass ihr Irys mit allen Mitteln beschützt", bat ich meine Freunde. „Es ist sehr wichtig."

„Jawohl, Sir", antworteten Ari und Janco wie aus einem Mund.

Verblüfft starrte ich sie an, weil sie mich *Sir* genannt hatten. Das hieß, sie würden meine Befehle befolgen, selbst wenn es ihren Tod bedeutete.

Valek musterte mich mit einem durchdringenden Blick. „Du hast einen Plan?"

„Ja."

„Erzähl."

Warum hatte ich bloß meinen Mund nicht gehalten?, überlegte ich, als ich mit Valek durch das stille leere Haus schlich. *Mein* Plan. Was wusste ich schon? Valek, Ari und Janco waren mir an Erfahrungen um Jahre voraus, was diese nervenaufreibenden Aktionen anging, bei denen mir immer vor Aufregung schlecht wurde. Aber sie alle riskierten ihren Hals, um *meinen* Plan auszuführen.

Im finsteren Korridor schluckte ich meine Angst hinunter und überdachte meine Strategie. Wir warteten vor der Tür des Commanders, bis die anderen ihre Stellungen eingenommen hatten. Mein Atem ging so laut, dass er von den Wänden widerzuhallen schien. Vor lauter Anspannung wusste ich nicht, ob ich gleich losschreien oder in Ohnmacht fallen sollte. Ich tat nichts von beidem.

Nach wenigen Minuten hatte Valek das Schloss geöffnet, und wir schlüpften ins Zimmer. Sofort schloss er die Tür hinter sich, zündete eine Laterne an und trat an das überdimensionale, von einem Baldachin gekrönte Bett, auf dem der Commander mit geöffneten Augen lag. Er war vollkommen angezogen, und sein leerer Blick war zur Decke gerichtet. Von unserer Anwesenheit nahm er keine Notiz.

Ich setzte mich neben ihn, ergriff seine Hand und befolgte Irys' Anweisungen, die sie mir in der kurzen Zeit, die uns blieb, gegeben hatte. Noch einmal stellte ich mir meine Ziegelwand vor, baute sie in Gedanken so hoch und versah sie mit einer Kuppel, bis sie zu einem perfekten Schutz für mich und den Commander geworden war. Valek drückte sich gegen die Wand neben der Tür und wartete auf Mogkan. Er hatte einen angriffslustigen Ausdruck im Gesicht. Seine zur Schau getragene Eiseskälte konnte mich nicht darüber hinwegtäuschen, dass in seinem Inneren eine tödliche Wut loderte.

Es dauerte nicht lange, bis ein Schlüssel im Schloss gedreht wurde. Sekunden später flog die Tür auf. Vier bewaffnete Wächter stürmten herein. Einen von ihnen hatte Valek niedergeschlagen, kaum dass er den Fuß über die Schwelle gesetzt hatte. Schwertergeklirr erfüllte das Zimmer.

Mogkan stahl sich erst in den Raum, als seine Männer Valeks ganze Aufmerksamkeit in Anspruch nahmen. Sorgsam darauf bedacht, den Kämpfenden nicht zu nahe zu kommen, trat er auf mich zu. Ein herablassendes Lächeln spielte um seine Lippen.

„Ein Iglu aus Ziegeln. Wie hübsch. Du solltest mir schon ein bisschen mehr zutrauen, Yelena. Eine Festung aus Stein oder eine Wand aus Eisen wären eine größere Herausforderung gewesen."

Ich spürte einen heftigen Schlag gegen meine mentale Verteidigungsmauer. Steine zerbrachen. Während er Löcher in meinen Schutzschild hieb, betete ich verzweifelt darum, dass Ari, Janco und Irys den Raum, in dem Mogkan seine Gefangenen in Ketten hielt, unbeschadet erreichten. Irys hatte erklärt, dass sie Mogkans zusätzliche Zauberkräfte nur in Gegenwart der Gefangenen unterbinden könne. Und selbst wenn es ihr gelang, musste ich immer noch mit Mogkans eigener Macht fertig werden.

Für einen Moment unterbrach er seine Attacken, neigte den Kopf und schaute versonnen in die Ferne. „Netter Trick", meinte er. „Sind das deine Freunde? Bis Reyads Korridor haben sie es immerhin geschafft, aber wenn es ihnen nicht gelingt, sich gegen zehn Männer zur Wehr zu setzen, werden sie wohl kaum bis zu meinen Kindern gelangen."

Das Herz sank mir in die Magengrube. Mit neuer Entschlossenheit setzte Mogkan seine Angriffe fort. Von den vier Wächtern hatte Valek inzwischen drei besiegt. Beeilt euch, dachte ich. Mit jedem Hieb nahm meine Widerstandskraft ab. Mit letzter Anstrengung konzentrierte ich mich auf meine Mauer, aber schließlich stürzte sie unter einer großen Staubwolke ein.

Mogkans mentale Kräfte umklammerten meinen Brustkasten wie die Faust eines Riesen. Vor Schmerz schrie ich auf und ließ die Hand des Commanders los. Bebend stand ich neben dem Bett. Im selben Moment riss Valek sein Schwert aus dem Körper des letzten toten Wächters.

„Keinen Schritt weiter, oder sie stirbt", befahl Mogkan.

Wie angewurzelt verharrte Valek an seinem Platz. Drei weitere Wächter stürzten ins Zimmer, gefolgt von Brazell. Sie umzingelten Valek, entrissen ihm das Schwert und zwangen ihn auf die Knie. Die Hände musste er auf den Kopf legen.

„Auf, General. Tötet sie“, sagte Mogkan und trat einen Schritt beiseite, um Brazell den Weg freizumachen. „Ich hätte Euch ihre Kehle schon am Tag ihrer Ankunft aufschlitzen lassen sollen.“

„Warum hört Ihr auf Mogkan?“, fragte ich Brazell. Obwohl Mogkans wütende Blicke mir schreckliche Angst einjagten, fuhr ich tapfer fort: „Man kann ihm nicht vertrauen.“

„Was meinst du damit?“, schnaubte Brazell. Er griff nach seinem Schwert und schaute erst mich, dann Mogkan an.

Mogkan lachte. „Sie versucht nur, das Unvermeidliche hinauszuzögern.“

„So wie du, als du versucht hast, den Handelsvertrag mit Sitia zu verhindern, indem du den Cognac vergiftet hast? Oder wolltest du die ganze Delegation außer Gefecht setzen?“, fragte ich ihn.

Seine bestürzte Reaktion war ein unmissverständliches Eingeständnis seiner Schuld. In Valeks Miene spiegelte sich Überraschung, aber er blieb stumm. Sprungbereit wartete er darauf, ins Geschehen eingreifen zu können.

„Das ergibt doch keinen Sinn“, sagte Brazell.

„Mogkan möchte den Kontakt mit den Südländern verhindern. Denn sie wissen ...“ Meine Kehle war plötzlich wie zugeschnürt, und ich konnte nicht mehr atmen. Voller Panik griff ich mir an den Hals.

Brazell drehte den Kopf zu Mogkan. Sein kantiges Gesicht war wutverzerrt. „Was hast du dir dabei gedacht?“

„Wir brauchen keinen Vertrag mit Sitia. Wir haben unsere Lieferungen immer problemlos bekommen. Aber Ihr wolltet ja nicht auf mich hören und konntet den Hals nicht voll kriegen. Wenn wir erst den Vertrag unterschrieben hätten, wäre es nur noch eine Frage der Zeit gewesen, bis die Südländer über die Grenze gekommen wären, hier herumgeschnüffelt und uns schließlich gefunden hätten.“ Mogkan zeigte keine Anzeichen von Angst gegenüber Brazell. Vielmehr schien es ihn zu ärgern, dass er seine Taten rechtfertigen musste. „Also, wollt *Ihr* sie nun töten, oder soll *ich* es tun?“

Weiße Punkte tanzten vor meinen Augen, und ich nahm meine Umgebung nur noch verschwommen wahr. Doch ehe Brazell etwas sagen konnte, geriet Mogkan plötzlich ins Taumeln. Der Klammergriff an meinem Hals lockerte sich ein wenig, und ich schnappte nach Luft.

„Meine Kinder!“, brüllte Mogkan. „Auch ohne sie bin ich immer noch stärker als du.“

Ich verlor den Boden unter den Füßen und wurde gegen die Wand geschleudert. Mit dem Kopf krachte ich gegen die Steine. Hilflos hing ich an der Mauer, Mogkans Macht ungeschützt ausgeliefert. Jeder Schlag fühlte sich an, als würde ein Felsbrocken auf mich niederstürzen. Das ist das Ende, dachte ich. Reyad hatte Recht gehabt. Meine Tätigkeit als Vorkosterin hatte das Unvermeidliche nur ein wenig hinausgezögert.

Aus den Augenwinkeln nahm ich wahr, dass Valek mit den Soldaten kämpfte, um zu Mogkan zu gelangen. Zu spät für mich. Ich nahm meine letzten Kräfte zusammen und versuchte, eine mentale Verbindung herzustellen. Doch ich traf auf ein unüberwindbares Hindernis, als ich meine Sinne schwinden spürte. Mir wurde schwarz vor Augen.

In diesem Moment hörte ich Irys’ beruhigende Stimme in meinem Kopf. „Warte“, sagte sie, „lass mich dir helfen.“ Unvermittelt fuhr die Kraft in meine Glieder zurück. Flugs baute ich meine mentale Schutzmauer wieder auf und wehrte Mogkans Schläge ab, sodass sie auf ihn zurückfielen. Mit einem dumpfen

Schlag landete er an der gegenüberliegenden Wand.

Im Zimmer des Commanders herrschte das reinste Chaos. Da ich keine Erfahrung mit magischen Kräften hatte, konnte ich Mogkan nicht zurückhalten. Er stürmte aus dem Zimmer. Unterdessen kämpfte Valek mit dem Messer in der Hand gegen drei Wächter, die ihn mit ihren Schwertern bedrohten. Als ich ihm zu Hilfe eilen wollte, packte Brazell mich am Arm und riss mich herum, sodass ich ihm ins Gesicht sehen musste.

Er hob sein Schwert. In seinen Augen funkelte pure Mordlust. Ich sprang zurück, um dem ersten Schlag auszuweichen, und stieß gegen das Bett des Commanders. Dem zweiten Hieb entging ich, indem ich auf das Bett sprang. Die Augen des Commanders waren noch immer starr zur Decke gerichtet, wie ich mit einem raschen Blick nach unten feststellte. Beim dritten Angriff zertrümmerte Brazell einen Bettpfosten.

Ich sprang vom Bett hinunter, um der nächsten Attacke auszuweichen, und ergriff den heruntergefallenen Pfosten.

Jetzt war ich bewaffnet. Zwar war der Bettpfosten nicht so handlich wie ein Streitkolben, aber er war dick. Besser als nichts.

Brazell war ein starker Gegner. Mit jedem Schwerthieb flogen Holzsplitter aus meiner Waffe.

Zuerst machte er sich lustig über meine Versuche, ihn zu bekämpfen. „Was tust du da eigentlich, du Hänfling? Ich werde dich mit zwei Hieben niedermetzeln.“

Als ich meine mentale Kraftzone gefunden hatte, hörte er auf mit seinen Bemerkungen. Doch selbst jetzt, wo ich seinen nächsten Schritt vorausahnen konnte, musste ich höllisch aufpassen. Mein Holzpfosten war seinem Schwert hoffnungslos unterlegen.

Reyads Geist erschien im Zimmer. Er feuerte seinen Vater

an und versuchte, mich abzulenken. Seine Taktik war erfolgreich. Brazell drängte mich mit dem Rücken an die Wand und zerschlug meinen Pfosten in zwei Teile.

„Du bist tot.“ Mit diebischer Schadenfreude schwang er das Schwert und zielte auf meinen Hals. Doch noch hielt ich ein Stück Holz in der Hand. Mit dem zerbrochenen Pfosten wehrte ich seine Waffe ab und drückte sie nach unten. Die Spitze fuhr über meinen Bauch, zerriss den Stoff meiner Uniform und ritzte eine feuerrote Linie in meine Haut. Blut tropfte auf mein zerfetztes Uniformhemd.

Und dann machte Brazell seinen ersten Fehler. Weil er glaubte, ich sei am Ende, wurde er unvorsichtig. Aber ich hatte ja noch das Stück Holz in den Händen. Mit dem Mut der Verzweiflung hieb ich meine armselige Waffe gegen seine Schläfe. Zusammen stürzten wir zu Boden.

Ich starrte an die Decke und versuchte, wieder zu Atem zu kommen. Valek beugte sich über mich. Ich scheuchte ihn fort. „Lauf hinter Mogkan her.“ Sofort verschwand er aus meinem Blickfeld.

Nachdem ich mich ein wenig erholt hatte, untersuchte ich meine Wunde. Jetzt könnte ich etwas von Rands Klebstoff gebrauchen, überlegte ich und fuhr mit dem Finger an dem Schnitt entlang.

Höhnisch grinsend schwebte Reyads Geist über mir. Da es mir unerträglich war, in seiner Anwesenheit wehrlos auf dem Boden zu liegen, rappelte ich mich fluchend auf.

„Verschwinde.“ Ich stieß mit meinem blutverschmierten Finger nach ihm.

„Kämpfe mit mir“, forderte er mich auf.

Wie konnte ich einen Geist bekämpfen? Ich stellte mich in Verteidigungspositur. Er lachte verächtlich. Nein, es konnte kein körperlicher Kampf werden. Sondern ein geistiger.

Ich überlegte, was ich in den anderthalb Jahren seit dem Mord an Reyad alles erreicht hatte. Ich hatte meine Scheu vor Freundschaften überwunden. Ich stellte mich meinen Gegnern. Ich hatte Liebe gefunden. Ich wusste über meine Gefühle Bescheid. Wer ich war. Ich schaute in den Spiegel, der an einer Wand im Zimmer des Commanders vom Fußboden bis zur Decke reichte. Meine Haare waren zerzaust. Mein Hemd war voller Blut. Mein Gesicht schmutzverkrustet. Fast das gleiche Bild wie damals, als ich Vorkosterin wurde. Und doch war es diesmal anders. Die Schatten des Zweifels waren verschwunden.

Ich schaute genauer hin – und entdeckte meine Seele. Ein wenig zerknittert und mit einigen Löchern, aber es war meine Seele. Sie ist immer dort gewesen, stellte ich schockiert fest. Wenn Reyad und Mogkan sie mir wirklich ausgetrieben hätten, wäre ich jetzt am Boden angekettet und stünde nicht neben dem bewusstlosen Brazell.

Ich hatte mich im Griff. Dieser neue Mensch dort im Spiegel war frei. Frei von allen Giften. Ich schaute auf Brazell hinunter. Er atmete noch, aber ich hatte die Kontrolle über ihn und über mich. Ich war selbst verantwortlich. Kein Opfer mehr. Nicht länger eine Ratte, nicht länger gefangen zwischen den Eisenstäben eines mentalen Käfigs.

„Verschwinde“, befahl ich Reyads Geist. Als er sich mit schockierter Miene in Nichts auflöste, empfand ich eine unbeschreibliche Freude.

Aber Freude war wie ein Schmetterling auf der Hand – ein kurzer Moment der Ruhe, bevor er weiterflatterte.

„Janco ist verletzt.“ Irys’ besorgte Stimme meldete sich in meinem Kopf. „Wir brauchen einen Arzt. Komm schnell.“

Ich nahm einem der toten Wächter die Handschellen ab und fesselte Brazell an das wuchtige Bett. Dann stürmte ich aus dem Zimmer und eilte über die Korridore. Er darf nicht sterben, dachte ich. Nicht Janco. Ich würde seinen Tod nicht ertragen. Schreckliche Bilder schossen mir durch den Kopf. Sie beanspruchten mich so sehr, dass ich Valek und Mogkan in die Arme lief, ohne sie wahrzunehmen.

Die beiden duellierten sich mit Schwertern. Und sofort wurde mir klar, warum ich die Situation zunächst nicht klar erkannt hatte. Mogkan hatte die Oberhand. Valeks bleiches Gesicht sah müde aus. Er schwang sein Schwert wie eine schwere Bürde. Nichts war zu spüren von seiner angeborenen Leichtigkeit. Er kämpfte mit unkonzentrierten, fahrigen Bewegungen. Mogkan dagegen bewegte sich rasch und geschickt, technisch perfekt, aber ohne Stil.

Ungläubig und mit zunehmender Verzweiflung sah ich den Kämpfenden zu. Was war bloß mit Valek los? War es Mogkans Zauberkraft? Nein, dagegen ist er immun, überlegte ich. Dann ging mir ein Licht auf. Valek hatte mir gesagt, dass er sich in der Nähe eines Magiers wie durch zähflüssigen Sirup bewegte. Im Zimmer des Commanders hatte er noch sieben Wächter besiegt, obwohl er zwei Tage ohne Nahrung und Schlaf im Kerker verbracht hatte. Doch jetzt verlangte die Erschöpfung ihren Tribut.

Mogkans Grinsen wurde breiter, als er mich entdeckte. Blitzschnell führte er ein Täuschungsmanöver aus, ehe er einen Satz nach vorn machte. Valeks Schwert fiel klirrend zu Boden, und über seinen Arm zog sich eine leuchtend rote Schnittwunde.

„Was für ein unglaublicher Tag!“, rief Mogkan erfreut. „Ich töte den berühmten Valek und die berüchtigte Yelena zur gleichen Zeit.“

Ich ließ die Klinge meines Schnappmessers hervorschnellen. Doch Mogkan lachte nur hämisch und befahl mir mittels seiner Zauberkraft, die Waffe fallen zu lassen.

In selben Moment, als ich seinem Befehl Folge leistete, vernahm ich erneut Irys' Stimme in meinem Kopf. „Yelena, wo bleibst du? Hast du einen Arzt verständigt?“

„Ich brauche Hilfe“, rief ich stumm. Sofort spürte ich, wie sich Kraft in mir sammelte und mit aller Gewalt hinausdrängte. Mit dem Finger deutete ich auf Mogkan, und prompt fiel ihm das Schwert aus der Hand. Entsetzen zeichnete sich in seiner Miene ab, als ihn die magische Kraft umhüllte und sich wie ein Schlinge um ihn zusammenzog. Wie gelähmt verharrte er auf seinem Platz.

„Du verdammtes, hinterhältiges Miststück“, tobte er. „Du bist ein Fluch für diese Erde. Der Inbegriff der Hölle. Du bist genau wie all die anderen. Das Blut der Zaltana sollte verbrannt, vernichtet und für alle Ewigkeiten unschädlich gemacht werden ...“

Mogkan randalierte weiter, aber ich hörte nicht länger zu. Seine Flüche wurden noch lauter und unflätiger, als Valek mein Messer aufhob und auf ihn zutrat. Eine rasche Bewegung, ein lauter Schmerzensschrei, und Mogkan verstummte für immer. Er fiel zu Boden und blieb rührte sich nicht mehr.

Valek reichte mir das blutige Messer. Mit einer matten Verbeugung sagte er: „Für Euch, meine Geliebte.“

32. KAPITEL

Die Erinnerung traf mich wie ein Blitz. „Janco!“ Ich packte Valek am Arm und zog ihn mit mir, wobei ich ihm atemlos erklärte, was geschehen war. Noch immer in der Uniform von Brazells Leuten, die inzwischen zerrissen und blutdurchtränkt war, weckten wir den Arzt auf, der mit aufreizender Halsstarrigkeit auf Protokoll und rechtmäßiger Befehlsausgabe beharrte, bis Valek sein Messer zog.

Mein Magen hob sich, als wir Reyads Flügel betraten. Der Gang, der zu den Kerkerzellen führte, bot einen entsetzlichen Anblick. Der Korridor war übersät mit toten Soldaten. Abgehackte Beine und Arme lagen kreuz und quer verstreut, als hätte sich jemand einen Weg durch menschliches Dickicht geschlagen. Die Wände waren blutbespritzt, und auf dem Boden hatten sich rote Pfützen gesammelt.

Als der Arzt sich über den ersten Verletzten beugen wollte, riss Valek ihn sofort wieder hoch. Vorsichtig bahnten wir uns einen Weg zwischen den Leichen hindurch zur Tür. Gleich hinter der Schwelle entdeckte ich Janco. Er lag auf der Seite und hatte den Kopf in Aris Schoß gebettet. Zum Glück für ihn war er bewusstlos, denn ein Schwert war in seinen Bauch gerammt; die blutige Spitze ragte aus dem Rücken. Auch Aris Gesicht war blutverschmiert. Er sah grimmig drein. Neben ihm lag die rotverfärbte Streitaxt, mit der das Gemetzel im Korridor angerichtet worden war. Irys saß im Schneidersitz in der Mitte des Kreises der ausgemergelten Gestalten. Sie hatte Schweißperlen auf der Stirn, und ihr Blick war in die Ferne gerichtet. Die angeketteten Männer und Frauen sahen dem Geschehen mit teilnahmslosen Blicken zu.

Der Weg zur Krankenstation war ein einziger chaotischer Albtraum. Die Bilder verschwammen vor meinen Augen. Ich konnte erst wieder klar sehen, als ich in einem Bett neben Janco lag und seine Hand hielt. Der Arzt tat sein Bestes, aber wenn das Schwert lebenswichtige Organe verletzt oder innere Blutungen verursacht hatte, würde Janco nicht überleben. In dieser Nacht gaben Ari und ich ihn bereits zwei Mal verloren.

Meine Wunde war gesäubert und mit Rands Klebstoff versiegelt worden, aber ich achtete nicht auf die pochenden Schmerzen. Meine ganze Aufmerksamkeit galt Janco. Er musste unbedingt überleben.

Spät am nächsten Tag wachte ich aus einem leichten Schlummer auf.

„Du schläfst bei der Arbeit?", flüsterte Janco mit einem schwachen Lächeln in seinem wachsbleichen Gesicht.

Ich stieß einen Seufzer der Erleichterung aus. Wenn er wieder stark genug war, um Witze zu reißen, befand er sich gewiss auf dem Weg der Besserung.

Vom Commander konnte Irys das leider nicht berichten. Vier Tage nach Mogkans Tod war er immer noch nicht bei Bewusstsein. Seine Berater hatten den kurzen Zauberbann gut überstanden und die Herrschaft in Brazells Haus übernommen, während sie auf das Aufwachen des Commanders warteten. Darüber hinaus kontrollierten sie bis auf Weiteres auch den gesamten Militär-Distrikt. Botschafter reisten in den nördlichen MD-4 zu General Tesso und in den westlichen MD-6 zu General Hazel und baten sie, sofort zu kommen. Die Generäle waren befugt, über den nächsten Schritt zu bestimmen, sollte der Commander das Bewusstsein nicht wiedererlangen.

Ebenso verwirrend war die Tatsache, dass Irys zu keinem von Brazells, Mogkans und Reyads Opfern Kontakt aufzunehmen vermochte. Unermüdlich hatte sie versucht, in ihren Geist einzudringen und jene Zone zu erreichen, in der ihr Selbst verborgen war. Schließlich berichtete sie uns, dass der Verstand der Bedauernswerten mit einem verlassenen, komplett eingerichteten Haus vergleichbar sei. Sogar die Asche glomm noch im Kamin, aber die Bewohner waren ausgeflogen.

Irys und ich fanden uns damit ab, dass die Opfer den Rest ihres Lebens in Brazells Gästeflügel verbringen würden, ohne ihre neue, angenehme Umgebung jemals wahrnehmen zu können. Ich trauerte über den Verlust meiner Freundin Carra. Irys hatte die Zimmer, in denen die Waisen lebten, ausfindig gemacht und erzählt, dass May noch am Leben war und es ihr gut ging. Ich wollte May besuchen, sobald Janco wieder zu Kräften gekommen war.

„Es besteht kein Zweifel, dass die Kinder in Brazells Waisenhaus aus Sitia entführt wurden", erklärte Irys, als sie mich auf der Krankenstation besuchte, wo ich an Jancos Bett wachte.

„Mogkans Bande von Kinderdieben führte ihre Aktionen an den unterschiedlichsten Orten und in großen zeitlichen Abständen aus, um nicht erwischt zu werden. Die Zauberkräfte wirken eher bei Frauen; das erklärt auch, warum hier mehr Mädchen sind. Außerdem bevorzugten die Entführer Familien, in denen Fälle von Magie bekannt waren, obwohl sie mit so kleinen Kindern natürlich ein Wagnis eingingen. Es gibt nämlich keine Gewissheit, dass sich die Zauberkraft tatsächlich entwickelt. Mogkan und Brazell müssen sehr langfristig geplant haben." Irys fuhr sich mit den Fingern durch das lange, braune Haar. „Es dürfte nicht allzu schwer sein, deine Familie ausfindig zu machen."

Erschrocken riss ich bei dieser Nachricht die Augen auf. „Du machst Witze, oder?"

„Warum sollte ich?“ Sie bemerkte nicht, welchen Gefühlssturm sie in mir entfachte.

Aber natürlich hatte sie keinen Scherz gemacht – das war nicht ihre Art. Ich überlegte. „Ehe Mogkan starb, hat er etwas vom Blut der Zaltana erwähnt.“

„Zaltana!“ Irys , die normalerweise sehr ernst war, brach in schallendes Gelächter aus. Es war, als ob nach wochenlangem Regenwetter die Sonne zum Vorschein kam. „Ich glaube, sie haben tatsächlich ein Mädchen verloren. Meine Güte, wenn du tatsächlich zur Sippe der Zaltana gehörst, kannst du dich auf eine Überraschung gefasst machen. Das würde nämlich erklären, warum Mogkans Zauber bei dir wirkungslos geblieben ist.“

Tausend Fragen schwirrten mir im Kopf herum. Ich hätte gerne mehr über diese Familie erfahren, aber ich wollte mir keine falschen Hoffnungen machen. Vielleicht war ich ja doch keine Zaltana. Wahrscheinlich würde ich es in Sitia herausfinden. Irys wollte jedenfalls sofort mit meinem Unterricht in Magie beginnen.

Jedes Mal, wenn ich daran dachte, Ixia zu verlassen, beschlich mich ein unbehagliches Gefühl. Deshalb wechselte ich das Thema. „Wie geht es dem Commander?“

Irys machte kein Hehl aus ihrer Ratlosigkeit. „Er ist anders als die Kinder. In ihren Köpfen ist nichts, aber er hat sich auf einen weißen Fleck zurückgezogen. Wenn ich nur sein Selbst finden könnte, gelänge es mir vielleicht, ihn zurückzuholen.“

Eine Weile dachte ich über ihre Worte nach. Dann erinnerte ich mich an jenen Moment in der Versammlungshalle, als ich eingeschlafen war. „Kann ich es einmal versuchen?“

„Warum nicht?“

Nachdem ich mich vergewissert hatte, dass Janco bequem lag und es ihm an nichts fehlte, begleitete Irys mich zum Zimmer des Commanders. Die Leichen waren beseitigt, und jemand hatte den Raum notdürftig gereinigt. Ich setzte mich auf die Bettkante und nahm die kalte Hand des Commanders in meine. Gemäß Irys' Anweisungen schloss ich die Augen und versuchte, eine mentale Verbindung zu ihm aufzubauen.

Eis knirschte unter meinen Stiefeln. Ein kalter Wind blies mir ins Gesicht, und tausend Nadeln stachen mir in die Lunge. Strahlendes Weiß hüllte mich ein. Es war unmöglich zu sagen, ob es sich um Diamanten oder Schneeflocken handelte. Eine Zeit lang schritt ich voran, bis ich in einem gleißenden Schneesturm die Orientierung verlor. Während ich durch den Blizzard stolperte, versuchte ich, Ruhe zu bewahren, und redete mir ein, dass ich mich nicht verirrt hatte. Verbissen kämpfte ich gegen den frostkalten Wind an, der mich kaum vorwärts kommen ließ.

Fast hätte ich aufgegeben, als mir plötzlich wieder einfiel, warum ich glaubte, den Commander finden zu können. Ich konzentrierte mich auf das Bild einer jungen Frau, die über einer erschlagenen Schneekatze jubilierte. Sofort erstarb der Wind und das Schneetreiben hörte auf. Ich stand neben Ambrose.

Sie trug einen schweren weißen Jagdpelz, der dem Fell der Katze ähnelte.

„Kommt zurück", sagte ich.

„Ich kann nicht", erwiderte sie und deutete in eine unbestimmte Ferne.

Dünne schwarze Stäbe umgaben uns von allen Seiten. Zuerst dachte ich an einen Vogelkäfig, aber bei näherem Hinsehen entpuppten sich die Stangen als Soldaten, die mit Schwertern bewaffnet waren.

„Jedes Mal, wenn ich gehen wollte, haben sie mich zurückgestoßen.“ Der Zorn in ihrer Miene wich einer unendlichen Müdigkeit.

„Aber Ihr seid der Commander.“

„Hier nicht. Hier bin ich nur Ambrosia, die in einem falschen Körper gefangen ist. Die Soldaten sind über meinen Fluch im Bilde.“

Fieberhaft suchte ich nach einer Antwort. Es waren gar nicht Mogkans Wächter, sondern ihre eigenen. Mein Blick fiel auf den Kadaver der Schneekatze. „Wie habt Ihr die Katze getötet?“

Ihre Miene erhellte sich, als sie mir erzählte, wie sie im Geruch der Schneekatzen gebadet, sich wochenlang in ihren Pelz gehüllt und so getan hatte, als sei sie eine von ihnen, bis die Tiere sie in ihrem Rudel akzeptierten. Dann war es nur noch eine Frage der Zeit und der günstigen Gelegenheit, um den Plan in die Tat umzusetzen.

„Der Beweis, dass ich wirklich ein Mann war und das Recht erworben hatte, ein Mann zu sein.“

„Dann solltet Ihr Eure Auszeichnung auch vorzeigen“, schlug ich vor. „Tierfelle werden Euch bei denen …“ ich deutete mit dem Kopf zum Kreis der Wächter, „… jedoch nichts nutzen.“

Die Frau riss die goldbraunen Augen weit auf, als sie die Bedeutung meiner Worte verstand. Während sie auf das erschlagene Tier starrte, verwandelte sie sich in den Commander. Ihr schulterlanges Haar schrumpfte zu einer Bürstenschnitt-Frisur, und Altersfältchen gruben sich in ihr Gesicht, als seine Physiognomie darin zum Vorschein trat. Die weißen Felle fielen zu Boden und gaben den Blick frei auf seine faltenfreie Uniform. Mit dem Fuß trat er die Pelze achtlos beiseite.

„Das solltet Ihr besser nicht tun“, sagte ich. „Sie ist ein Teil von Euch. Vielleicht braucht Ihr sie noch mal.“

„Und brauche ich dich, Yelena? Kann ich darauf vertrauen, dass du meine Verwandlung für dich behältst?“, fragte der Commander mit eindringlicher Stimme.

„Ich bin hergekommen, um Euch zurückzubringen. Reicht das nicht aus als Antwort?“

„Valek hat mir Blutstreue geschworen, als ich meinen Anfangsbuchstaben auf seine Brust ritzte. Würdest du das auch tun?“

„Weiß Valek über Ambrosia Bescheid?“, fragte ich.

„Nein. Aber du hast meine Frage noch nicht beantwortet.“

Ich zeigte dem Commander Valeks Schmetterling. „Das hier trage ich auf meiner Brust. Ich habe Valek Treue geschworen, und er ist Euch loyal ergeben.“

Der Commander griff nach dem Schmetterling. Ich rührte mich nicht, als er ihn von meiner Kette löste. Dann nahm er ein Häutungsmesser und ritzte sich damit die rechte Handfläche auf. Mit der blutenden Hand hielt er den Anhänger fest, während er die andere mit dem Messer zwischen den Fingern ausstreckte. Ich hielt ihm meine rechte Hand hin. Die scharfe Klinge ritzte meine Haut, und ich zuckte zusammen. Wir reichten einander die Hände, die meinen Schmetterling umfassten. Unser Blut vermischte sich. Als er seinen Griff löste, lag Valeks Geschenk in meiner Hand, und ich legte es wieder um den Hals, damit es den ihm gebührenden Platz an meinem Herzen einnahm.

„Wie kommen wir zurück?“, fragte er.

„Ihr seid der Commander.“

Nachdenklich betrachtete er die tote Schneekatze. Dann wanderte sein Blick zum Ring der Soldaten, und er zückte sein Schwert. „Wir kämpfen“, sagte er.

Ich zog den Speer aus der Katze und wischte das Blut im Schnee ab. Die Waffe in meinen Händen wiegend, versuchte ich, ein Gefühl für sie zu bekommen, indem ich ein paar Scheinattacken ausprobierte. Sie war leichter als ein Streitkolben, aber wegen der Metallspitze war ihr Schwerpunkt nicht so leicht auszumachen. Doch es würde funktionieren.

Wir gingen auf die Männer los. Sofort schloss sich der Kreis der Wächter enger um uns zusammen. Der Commander und ich kämpften Rücken an Rücken.

Die Gegner fochten geschickt, aber der Commander war ein meisterhafter Schwertkämpfer. Er hatte Valek beigestanden und eine Schneekatze getötet. Ich hatte das Gefühl, mit fünf Männern an meiner Seite zu kämpfen.

Als ich einem der Wächter meinen Speer ins Herz bohrte, explodierte er in einem Wirbel von Schneekristallen, die vom Wind fortgeblasen wurden.

Die Zeit verstrich immer langsamer. Ich besiegte einen Mann nach dem anderen, und plötzlich waren wir wieder in der Gegenwart. Geschwind drehte ich mich um die eigene Achse, um die restlichen Gegner zu bekämpfen, doch wir hatten alle Soldaten ins Jenseits befördert. Schneeflocken wirbelten um uns herum.

„Gute Arbeit“, lobte der Commander. „Du hast mir geholfen, mein wahres Ich wiederzufinden und meine Dämonen zu töten.“ Er nahm meine Hand und drückte sie an die Lippen.

Die winterliche Szene verflüchtigte sich. Ich saß wieder am Bett des Commanders und schaute in seine klaren Augen.

In dieser Nacht berichteten Valek und ich dem Commander alles, was seit dem Brandy-Treffen der Generäle passiert war.

Valek ließ Brazell verhören und fand heraus, dass er gemeinsam mit Mogkan seit zehn Jahren einen Umsturz plante.

„Brazell hat mir erzählt, dass Mogkan eines Tages mit einer Gruppe von Kindern in seinem Haus auftauchte", sagte Valek. „Er war auf der Suche nach einem Versteck und versprach Brazell, ihm dabei zu helfen, der nächste Commander zu werden. Nachdem Mogkan erst einmal genügend Macht hatte, von MD-5 aus Euren Geist zu beeinflussen, Sir, begannen sie, Euch mit Criollo zu versorgen."

„Was ist mit der Fabrik?", erkundigte sich der Commander.

„Wir haben die Produktion zum Stillstand gebracht", antwortete Valek.

„Gut. Lass von den Gerätschaften beiseite schaffen, was noch zu gebrauchen ist, dann verbrennt die Fabrik bis auf die Grundmauern und vernichtet sämtliches Criollo."

„Jawohl, Sir."

„Sonst noch etwas?"

„Etwas recht Interessantes. Brazell hat gestanden, dass er und Mogkan Sitia erobern wollten, sobald sie die Kontrolle über Ixia gewonnen hätten."

Am folgenden Tag hielt der Commander Gericht. Valek stand zu seiner Rechten. Brazell wurde vorgeführt, um seine Strafe entgegenzunehmen. Erwartungsgemäß wurde er degradiert und zu lebenslanger Haft in den Kerkern des Commanders verurteilt.

Man gestattete Brazell ein letztes Wort, und er rief den Anwesenden zu: „Ihr Narren. Euer Commander ist ein Betrüger. Jahrelang hat man euch belogen. Der Commander ist in Wirklichkeit eine Frau, die sich als Mann verkleidet!"

Totenstille herrschte im Saal, doch im Gesicht des Commanders regte sich kein Muskel. Kurz darauf hallte schallendes Gelächter von den Steinwänden wider. Brazell wurde unter Buhrufen abgeführt, in die sich laute Bravos für den Commander mischten. Wer würde auch schon den Worten eines Verrückten Glauben schenken? Ganz offensichtlich niemand.

Ich dachte über den Heiterkeitsausbruch nach. Sie hatten nicht gelacht, weil die Vorstellung, dass eine Frau an der Macht sein könnte, so absurd war, sondern weil Commander Ambrose eine ausgesprochen stattliche Erscheinung war. Seine freimütigen und spontanen Entscheidungen waren so aufrichtig und geradlinig, dass der Gedanke, er könne jemanden hinters Licht führen, geradezu absurd anmutete. Obwohl ich die Wahrheit kannte, würde er für mich aufgrund seiner Ansichten und Einstellung zu sich selbst immer nur ein Mann sein.

Später am Tag besuchte ich das Waisenhaus. Im Schlafsaal traf ich May an. Auf dem Weg durch die Räume, in denen die Waisen wohnten, kamen mir nur glückliche Erinnerungen in den Sinn. May sprang aus dem Bett und umarmte mich stürmisch.

„Yelena! Ich dachte, ich würde dich nie wiedersehen“, sprudelte es aus ihr heraus.

Ich schloss sie fest an meine Brust. Als sie sich von mir löste, musste ich lächeln beim Anblick ihres zerknitterten Rocks und zerzausten Pferdeschwanzes. Während ich ihr Haar richtete, erzählte sie mir, was seit meinem Fortgang alles geschehen war. Doch ihre muntere Aufgeregtheit versiegte, als sie auf Carra zu sprechen kam. Erst da wurde mir bewusst, wie groß sie geworden war.

Es fiel ihr schwer, stillzusitzen, doch als ich ihr das Haar endlich gerichtet hatte, sagte sie: „Wir kommen mit dir nach

Sitia." Dabei drehte sie sich ausgelassen im Kreis. Schließlich zeigte sie auf einen Koffer auf dem Boden.

„Was soll das?"

„Diese Frau aus dem Süden hat versprochen, uns nach Hause zu bringen. Zurück zu unseren Familien."

Ein stechender Schmerz fuhr mir durchs Herz. Das Wort Familie hatte für mich eine andere Bedeutung. Valek, Ari und Janco waren meine Familie, und selbst Maren erschien mir wie eine mürrische ältere Schwester.

„Das ist ja wundervoll", sagte ich, bemüht, ebenso begeistert zu klingen wie sie.

May unterbrach ihren Tanz. „Es sind nur noch wenige von uns übrig", sagte sie ernst.

„Valek kümmert sich darum, dass Carra und die anderen gut versorgt werden."

„Valek! Er ist *so* süß." May lachte und sah so entzückend aus, dass ich sie einfach noch einmal umarmen musste.

Janco dagegen begrüßte mich mit bedrückter Miene, als ich zu ihm kam, um mich von ihm zu verabschieden. Irys, die so schnell wie möglich zurück in den Süden wollte, hatte sich vorgenommen, früh am nächsten Morgen aufzubrechen.

Ari, der meine Rolle als Krankenschwester übernommen hatte, saß an Jancos Bett.

„Hast du's etwa vergessen? ‚Die Belagerung überstanden, gemeinsam gekämpft, Freunde auf immer'," zitierte ich die Symbole auf meinem Schnappmesser.

Jancos Augen hellten sich auf. „Du Schlaumeier. Du hast es also schon herausgefunden, ja?"

Ich grinste ihn frech an.

„Sobald es Janco wieder besser geht, kommen wir auch in den Süden", versprach Ari.

„Und was wollt ihr dort tun?“, fragte ich.

„Faulenzen und braun werden“, antwortete Janco schmunzelnd. „Ich könnte einen Urlaub gebrauchen.“

„Dich beschützen“, ergänzte Ari.

„Im Süden brauche ich keinen Schutz“, sagte ich. „Und außerdem erinnere ich mich schwach daran, dass ich vor kurzem zwei meiner Lehrmeister besiegt habe.“

„Sie ist ziemlich vorwitzig geworden“, seufzte Janco. „Wir können jetzt unmöglich mit ihr gehen. Sie wird herumstolzieren und sich überall damit brüsten und eine ziemliche Plage werden. Schlimm genug, dass ich das alles mit Ari durchmachen muss. Zwei von der Sorte wären mir wirklich zu viel.“

„Außerdem werdet ihr euch zu Tode langweilen“, meinte ich.

Ari grummelte verdrießlich vor sich hin und verschränkte seine kräftigen Arme vor der Brust. „Sobald es Schwierigkeiten gibt, schickst du uns eine Botschaft, und wir sind zur Stelle. Hast du verstanden?“

„Jawohl, Sir“, schnarrte ich. „Mach dir keine Sorgen um mich, Ari. Mir wird schon nichts passieren. Und außerdem komme ich ja zurück.“

„Das solltest du auch“, schaltete Janco sich ein. „Ich verlange nämlich Revanche.“

Was meine Rückkehr anging, war ich zu voreilig gewesen, wie sich bald herausstellte. Valek, Irys und ich hatten über meine Zukunft gesprochen, doch der Commander schien andere Pläne zu verfolgen. Für den Abend setzte er eine offizielle Besprechung an. In Anwesenheit von Valek, Ari und Irys bekräftigte er in Brazells ehemaligem Arbeitszimmer noch einmal, dass er sich an den Handelsvertrag halten wolle, obwohl er auf Mogkans Betreiben hin abgeschlossen worden war.

Dann sprach er zu mir über meine Zukunft.

„Yelena“, begann er in förmlichem Ton, „du hast mir das Leben gerettet, und dafür danke ich dir. Aber du hast magische Kräfte, die in Ixia nicht erlaubt sind. Deshalb bleibt mir keine andere Wahl, als dich hinrichten zu lassen.“

Warnend legte Valek eine Hand auf Aris Schulter, um ihn davon abzuhalten, den Commander anzugreifen. Ari regte sich nicht, aber der Zorn stand ihm ins Gesicht geschrieben. Als der Commander Valek ein Dokument hinhielt, lief es mir eiskalt den Rücken hinunter. Danach empfand ich nur noch dumpfe Angst.

Valek bewegte sich nicht. „Sir, ich war stets der Ansicht, dass es von Vorteil für uns wäre, einen Zauberer in unseren Diensten zu haben, der uns diese unangenehme Situation erspart hätte“, sagte er. „Wir können ihr vertrauen.“

„Ein einsichtiges Argument.“ Der Commander zog seine Hand zurück und legte den Arm auf seinen Schreibtisch. „Doch obwohl wir ihr vertrauen und obwohl sie mein Leben gerettet hat, muss ich mich an das Neue Gesetzbuch halten. Alles andere wäre ein Zeichen von Schwäche, und das kann ich mir gerade jetzt nach dem Zwischenfall mit Mogkan nicht leisten. Außerdem werden die Generäle und meine Berater ihr nicht trauen.“

Erneut hielt der Commander Valek den Hinrichtungsbefehl hin. Durch das Chaos meiner Gedanken hörte ich Irys’ Stimme, die mir zur Flucht riet. Sie wollte versuchen, Valek zurückzuhalten. Nein, entgegnete ich ihr. Ich wollte dies bis zum Ende durchstehen. Ich würde nicht noch einmal davonlaufen.

„Das akzeptiere ich nicht“, sagte Valek gepresst. Er zeigte nicht die geringste Gemütsregung.

„Du würdest einen schriftlichen Befehl missachten?“, fragte

der Commander ungläubig.

„Nein. Wenn ich den Befehl nicht akzeptiere, dann brauche ich ihn nicht zu missachten."

„Und wenn ich ihn dir mündlich erteile?"

„Werde ich gehorchen. Aber es wird meine letzte Tat sein, die ich für Euch ausführe." Valek nahm sein Messer vom Gürtel.

Eisen schabte an Eisen, als Ari sein Schwert zückte. „Erst müsst Ihr mich töten", sagte er und stellte sich schützend vor mich. Aris Chancen, Valek zu besiegen, standen nicht schlecht, aber ich wusste, dass er es am Ende nicht schaffen würde. Und ich wollte nicht, dass er es versuchte.

„Nein, Ari", sagte ich. Ich drückte seinen rechten Arm hinunter und trat neben Valek. Wir sahen uns in die Augen. Seine Loyalität gegenüber dem Commander stand außer Frage. Der Blick aus seine blauen Augen war wild entschlossen, und tief in meinem Herzen wusste ich, dass er sich das Leben nehmen würde, nachdem er mich getötet hatte.

Schweigend betrachtete der Commander uns. Die Zeit schien stillzustehen.

„Ich habe den Befehl laut Gesetzbuch unterzeichnet", sagte er schließlich. „Ich werde jemand anderen mit der Ausführung beauftragen. Es könnte einige Tage dauern, bis ich eine geeignete Person finde." Er schaute mich und Irys an. Es war ein unmissverständlicher Hinweis, dass wir so schnell wie möglich aufbrechen sollten. „Dieser Befehl gilt nur in Ixia. Ihr könnt jetzt alle gehen."

Rasch leerte sich das Arbeitszimmer. Mir war schwindlig vor Erleichterung, als Ari mich stürmisch umarmte und vor Freude jauchzte. Doch mein Herz wurde schwer, als mir klar wurde, dass ich mich von Valek trennen musste, wo wir uns doch gerade erst näher gekommen waren. Kaum hatten Irys und Ari den Raum verlassen, um alles für unser „Entkommen“ vorzubereiten, nahm Valek mich beiseite. Wir küssten uns voller Verzweiflung und Leidenschaft.

Schwer atmend lösten wir uns voneinander. Ich sagte zu ihm: „Komm mit mir.“ Es war keine Bitte oder Frage. Es war eine Aufforderung.

Bedrückt schlug Valek die Augen nieder. „Ich kann nicht.“

Zutiefst enttäuscht wandte ich mich zum Gehen. Ich kam mir vor wie eine von Valeks schwarzen Figuren – tot und gefühllos. Aber er hielt mich zurück.

„Yelena, du musst jetzt viel lernen und deine Familie finden. Du musst deine Flügel ausbreiten und schauen, wie weit du fliegen kannst. Du brauchst mich im Moment nicht. Aber der Commander braucht mich.“

Ich schlang meine Arme um Valek. Er hatte Recht. Ich brauchte ihn nicht, aber ich wollte ihn für immer bei mir haben.

Noch in dieser Nacht reisten wir ab. Irys führte unsere bunt gewürfelte Truppe an. Acht Mädchen und zwei Jungen aus Brazells Waisenhaus folgten ihr durch den Wald zur südlichen Grenze. Ich bildete die Nachhut und achtete darauf, dass alle zusammen blieben und niemand uns verfolgte.

Wir liefen einige Stunden, bis wir eine Lichtung fanden, auf der wir die Nacht verbringen konnten. Ari hatte uns für die Reise überreich mit Proviant versorgt. Ich musste lächeln, als ich an seine mahnenden Worte dachte, nur ja nicht in Schwierigkeiten zu geraten. Wie ein überfürsorglicher Bruder gab er erst Ruhe, als ich versprach, ihm eine Nachricht zu schicken, falls ich Hilfe benötigte. Ich würde ihn und Janco schrecklich vermissen.

Wir schlugen sechs Zelte in einem Kreis auf. Irys verblüffte die Kinder, als sie dank ihrer magischen Kräfte mit einer schwungvollen Geste ein Feuer entfachte. Nachdem alle schlafen gegangen waren, setzte ich mich ans Feuer und stocherte in der Asche. Ich hatte noch keine Lust, zu May ins Zelt zu kriechen, und betrachtete gedankenverloren die einsame Flamme, die emporloderte, als ich in die Funken stieß. Sie tanzte für ein Publikum, das aus einer einsamen Zuschauerin bestand. Ich betastete meinen Anhänger und fragte mich wohl zum hundertsten Mal, warum Valek nicht gekommen war, um sich von mir zu verabschieden.

Hinter mir bewegte sich etwas. Mit einem Satz war ich auf den Beinen und griff nach meinem Streitkolben. Von einem Baum löste sich ein Schatten. Irys hatte einen magischen Kreis um unsere Zelte geschlagen und uns versichert, dass die Grenze den Blick eines Fremden ablenken und er lediglich eine leere Lichtung sehen würde. Ohne dass der Zauber ihm etwas anhaben konnte, blieb der Schatten neben einem Zelt stehen und lächelte mir zu. Valek.

Er streckte die Hand aus. Ich ergriff seine kalten Finger, und er führte mich von den Zelten fort und tiefer in den Wald hinein.

„Warum bist du vor unserer Abreise nicht mehr gekommen?“, fragte ich ihn, als wir bei einer Baumwurzel stehen blieben. Das Wurzelwerk der mächtigen Eiche hatte den Boden aufgebrochen und kleine, schützende Höhlen geformt.

„Ich war zu sehr damit beschäftigt, es dem Commander so schwer wie möglich zu machen, jemanden zu finden, seinen Befehl auszuführen.“ Valek grinste spitzbübisch. „Es ist schon erstaunlich, wie viel in Ordnung gebracht werden muss, nachdem Brazell unschädlich gemacht worden ist.“

Ich fragte mich, was wohl alles in Ordnung gebracht werden musste. „Wer kostet denn jetzt die Speisen des Commanders?“, erkundigte ich mich.

„Vorläufig ich. Aber ich glaube, Captain Star wäre eine ausgezeichnete Kandidatin. Da sie sämtliche Attentäter persönlich kennt, dürfte ihre Hilfe unschätzbar sein.“

Jetzt war es an mir zu lächeln. Star würde bestimmt gute Arbeit leisten, wenn sie das Training überlebte. *Falls* sie es überlebte.

„Genug geredet“, sagte Valek und führte mich tiefer zwischen die Wurzeln. „Ich muss mich noch in angemessener Weise von dir verabschieden.“

Meine letzte Nacht in Ixia verbrachte ich mit Valek unter dem Baum. Die Stunden bis zum Morgengrauen vergingen wie im Fluge. Die aufgehende Sonne riss mich aus einem angenehmen Schlummer in Valeks Armen und zwang mich, dem Tag ins Auge zu sehen, an dem ich ihn verlassen musste.

Valek spürte, wie mir zumute war. „Schon einmal hat uns ein Hinrichtungsbefehl nicht auseinander bringen können“, sagte er. „Es gibt immer Möglichkeiten, ihn zu umgehen. Wir *werden* zusammen sein.“

„Ist das ein Befehl?“

„Nein. Ein Versprechen.“

– ENDE –

Originalausgabe
Dieser Roman erscheint im Januar 2007

Michael H. Schenk
Die Pferdelords und die Kristallstadt der Zwerge

Die Kristallstadt der Zwerge ist von Orks überrannt und wichtige Symbole der Macht, geraubt worden. Jetzt stehen die Zwerge unter der Knechtschaft der Orks und ihr einzige Hoffnung ruht auf dem Zwergenkönig und seiner Begleitung, die in letzter Sekunde entkommen konnten …

Band-Nr. 65002
8,95 € (D)
ISBN: 978-3-89941-357-1

Originalausgabe
Dieser Roman erscheint im Juni 2007

Michael H. Schenk
Die Pferdelords und die Barbaren des Dünenlandes

Das Dünenland: Mumifizierte Leichen ohne Schädel und aufgepfählte Skelette künden von der unbarmherzigen Grausamkeit seiner Bewohner …

Band-Nr. 65003
8,95 € (D)
ISBN: 978-3-89941-358-8

Deutsche Erstveröffentlichung
Dieser Roman erscheint im März 2007

Robin D. Owens
Die Hüterin
von Lladrana

Die magischen Grenzen fallen und das Böse kommt immer näher. Es ist Zeit für die Marshalls von Lladrana, der alten Tradition zu folgen und die Hüterin aus dem exotischen Land zu rufen.

Band-Nr. 65006
7,95 € (D)
ISBN: 978-3-89941-361-8

MIRA®